LUIS MIGUEL SÁNCHEZ TOSTADO

El insólito viaje de Brenda Lauper

Cuando el conocimiento de nuestro destino desata el caos

𝄞
ALMUZARA

Primera edición *Juvencia* (Círculo Rojo, 2018)
Segunda edición revisada y actualizada *El insólito viaje de Brenda Lauper* (Almuzara: abril de 2022)

Editorial Almuzara • Novela

Director editorial: Antonio E. Cuesta López
Edición: Ángeles López
Maquetación: Joaquín Treviño
www.editorialalmuzara.com
pedidos@almuzaralibros.com - info@almuzaralibros.com

Imprime: Romanyà Valls

ISBN: 978-84-11310-19-2
Depósito Legal: CO-390-2022
Hecho e impreso en España - *Made and printed in Spain*

A mis padres,
por todo y por tanto

Y entonces se divulgó aquella fábula de la fuente que hacía rejuvenecer o volver mancebos a los hombres viejos (…) Y fue esto tan divulgado y certificado por indios de aquellas partes, que anduvieron el capitán Juan Ponce y su gente, en carabelas perdidos y con mucho trabajo más de seis meses. Y por aquellas islas buscaron esa fuente, lo cual fue de gran burla decirlo los indios y mayor desvarío creerlo los cristianos y gastar tiempo en buscar tal fuente.

GONZALO FERNÁNDEZ DE OVIEDO
Historia general y natural de las Indias, islas y tierra firme del mar océano. Editado en 1535. Libro XVI, capítulo XI.

Nota del autor

La presente novela, bajo el título inicial de *Juvencia*, fue galardonada con el Premio Círculo Rojo a la Mejor Novela Histórica (2018) y finalista en el IV Certamen Internacional de Novela Histórica Ciudad de Úbeda (2015), en el I Premio Internacional de Novela Ciudad de Torremolinos (2016) y en el XVIII Premio Internacional de Novela Ciudad de Badajoz (2017).

Mi agradecimiento a todas las personas que, de una u otra forma, han colaborado en la elaboración de esta novela, algunas de las cuales han dado nombre a sus personajes de ficción. Gratitud especial a Juan Eslava Galán, ilustre escritor y amigo, del que valoro sus sabios consejos y cuyas obras históricas fueron continua fuente de inspiración. A Juan Carlos Castillo Armenteros, amigo de la infancia y profesor de Historia Medieval de la Universidad de Jaén. Su magisterio fue crucial en determinados capítulos. A Juan del Arco Moya, director del Archivo Histórico Provincial de Jaén, por su paciencia y sus puntualizaciones precisas. A Francisca Oliver, del Ateneo Español en Zúrich (Suiza), por sus fotografías y su atención a la hora de documentar los capítulos ambientados en la ciudad helvética. A Ingrid Ramírez, de Miami (Florida); a Elena Villafranca Sánchez, del Centro de Instrumentación Científica de la Universidad de Granada; a Francisco Javier Santos Arévalo, del Centro Nacional de Aceleradores de la Universidad de Sevilla, por su asesoramiento técnico sobre datación con carbono 14 y su amabilidad para atender cada una de mis consultas; al piloto Marc Reixach por su instrucción en vuelo de helicóptero y a José Ignacio Medina Bernal que tradujo la obra al inglés.

Preámbulo

La historia del conquistador español Juan Ponce de León y Figueroa (1460-1521) está sumida en grandes sombras. Su figura se asocia a la legendaria fuente de la eterna juventud (juvencia), el mito de unas aguas milagrosas que rejuvenecían a los ancianos y los hacía inmortales. Al conquistador español se le atribuye el descubrimiento de Florida en 1513, pese a que existen mapas que demuestran que los portugueses conocían aquellas tierras al menos quince años antes.

A los pocos meses de la primera expedición de Juan Ponce de León a Florida, el cronista Pedro Mártir de Anglería informó al papa León X sobre los rumores en torno a una fuente de inmortalidad buscada en aquellas tierras. Años más tarde, en 1521, Juan Ponce organizó una segunda expedición a Florida con dos barcos y doscientos hombres. La presente novela está inspirada en los seis meses que duró aquella aventura en busca de las aguas prodigiosas; desde su arribo a las costas del suroeste de la península, hasta el ataque indígena que obligó a los españoles a huir a Cuba.

Por aproximación, el autor sitúa el poblado español en la actual Everglades City, ubicación ficticia pues se desconoce el punto exacto del asentamiento. Imaginarias son las aventuras de los integrantes de esta expedición y el sorprendente descubrimiento que hicieron en el templo Cabeza de Serpiente, sobre el cual gira la trama de esta historia. También es ficción, aunque el procedimiento científico descrito es real, el laboratorio de datación por carbono 14 de la Universidad de Miami, pues en la actualidad no se realizan allí este tipo de mediciones. En cambio, todos los lugares de España, Suiza y Estados Unidos que se citan en la presente novela son reales, incluso la mansión de Gottlieb en Homestead (Florida), a la que el autor denomina Castle Moriá.

1

Universidad de Miami, Florida, EE. UU.
Primavera de 2014

Siempre la recordaría como una tarde gris ceniza. Miró su reloj y reparó que llegaba tarde. La doctora Brenda Lauper entró en el *hall* de la Facultad de Ciencias y Gregor, el vigilante, se deleitó en su paso elástico, en su elegancia patricia. La mujer perfecta de no ser por su temperamento, algo impulsivo para su gusto. Alta, voluptuosa, espalda recta marcada por hombros elegantes y un busto escaso pero sugerente. Su presencia suscitaba codeos entre los alumnos y murmullos displicentes en algunas chicas que veían en Brenda, sin serlo, a una rival. Gregor correspondía al saludo con una sonrisa y un suspiro. Tan hermosa como inalcanzable, pensaba. Se abrió camino en el recibidor sin mirar atrás ni pronunciar palabra. Subió las escaleras dando saltitos y ganó el corredor norte con la urgencia que le permitían los tacones de aguja. Se detuvo unos segundos ante la puerta y tomó aire; después irrumpió con decisión. La becaria Lola Romero le ofreció la bata y una caja de guantes.

—Morrison está aquí —musitó la estudiante.

Asintió con desgana.

En la mesa de exploración, el radiólogo Ben Applewhite colocaba cada hueso en su posición mientras Lola cepillaba con delicadeza las piezas liberándolas de tierra adherida. Junto al ventanal, con los pulgares anclados en los bolsillos del pantalón, Bruno Morrison, ayudante del fiscal del distrito. Un tipo grasiento que miraba a Brenda con lascivia.

—Llega tarde —reconvino el funcionario con su acento sureño.

Brenda lo ignoró.

—Hola chicos ¿Qué tenemos? —hizo sonar los guantes de látex al ajustarlos.

—Restos óseos de origen humano encontrados en Everglades City. El fiscal del distrito solicita informe urgente sobre datación, sexo, edad y causa probable de muerte —respondió Applewhite.

—Aún tenemos informes atrasados.

—Este tiene máxima prioridad —Morrison ojeó el sugerente abismo de su escote.

—¿Por qué tanta urgencia? —se cruzó la bata sobre su ceñida blusa para dificultar las ojeadas de Bruno.

—Órdenes.

Brenda frunció los labios y miró a sus compañeros. El radiólogo le entregó las placas y ella se demoró unos segundos escrutándolas a contraluz. Se dirigió a la mesa, colocó el pelo detrás de las orejas y observó detenidamente los restos. Tomó una tibia y la situó bajo la lente fija. Hizo lo propio con una vértebra tras rasparla con el escarpelo. Levantó la cabeza y lanzó una mirada displicente al ayudante del fiscal, que aguardaba sin desdibujar su sonrisa impúdica. «Si supiera lo que pienso de él no sonreiría tanto». Activó la videograbadora y dictó.

—Informe pericial número 2145. Diecinueve horas y quince minutos del jueves veintinueve de mayo de 2014. Restos óseos humanos remitidos por el FBI por orden de la Fiscalía Federal de Distrito Sur del Estado de Florida. Por el grado de osificación y metáfisis del fémur, el arco pélvico y la mandíbula, se trata de un varón de unos cuarenta años con una altura aproximada de un metro setenta centímetros. El esqueleto está incompleto. Se conserva el cráneo, los huesos principales de las extremidades, algunos de la caja torácica, cadera y once vértebras. Esta circunstancia podría deberse a la recogida precipitada de los restos por personal no especializado, tales como agentes federales y funcionarios de la Fiscalía de Distrito.

A Morrison le cambió el semblante con la última frase. Brenda le dedicó una sonrisa de absoluto desprecio y continuó el dictado.

—El cráneo presenta deformación global provocada por compresión de objetos pesados. En el tórax, lesiones de las estructuras externas de los arcos costales. Seis de las vértebras, identificadas como C4, C5, T1, T5, T12 y L1, muestran roturas y fisuras de similar morfología. En el cuadrante abdominal, fractura limpia de los huesos ilíacos y del isquion. También se observan fracturas en huesos largos de las extremidades como el radio distal, húmero proximal y fémur de la pierna derecha.

Tomó la calavera deformada y un fémur y los aproximó a la luz halógena. Los escrutó alternativamente.

—La cabeza y el tórax evidencian presiones de fuerzas tangenciales al eje de resistencia del hueso, mientras que en las extremidades inferiores lo son perpendiculares a dicho eje. Esto podría indicar que, en el momento de sufrir las lesiones, el sujeto se encontraba en posición sedente, es decir sentado, con el tronco en vertical y las piernas en horizontal, sufriendo impactos de arriba abajo. El politraumatismo y la deformación craneal sugieren una muerte sobrevenida por aplastamiento. Fin del informe previo —desconectó la videograbadora.

—¿Y la datación? —respingó Morrison.

—Necesito dos semanas para la prueba de radiocarbono —se desprendió de los guantes y los arrojó al contenedor.

—¿Dos semanas, dice? —sonó violenta su carcajada—. El informe debe estar en la mesa del fiscal Carpenter en cuarenta y ocho horas. No admitirá demoras —advirtió antes de marcharse, no sin antes ojearla de arriba abajo. La becaria, que reparó en la mirada lúbrica del funcionario, leyó en los ojos de su jefa. Cuídate de tipos como él, parecían decir.

No entendía las prisas del fiscal del distrito, porque aquel esqueleto tenía muchos años, a simple vista más de un centenar. Era prácticamente imposible realizar una datación por radiocarbono en solo dos días. Se preguntaba si lo hacía para fastidiarla o si realmente la Fiscalía lo necesitaba con urgencia por algún motivo desconocido. Buscó en el listado de contactos de su teléfono y llamó a un número.

—Al habla Carpenter.

—¿A qué viene esto, Will? —inquirió indignada.

—Hola Brenda, ¿qué tal estás? —Will Carpenter era fiscal federal del Distrito Sur de Florida.

—Sabes que para las dataciones por radiocarbono se precisa al menos un par de semanas. No puedo tener el informe de los restos de Everglades City en cuarenta y ocho horas. Además, el doctor Tisdale está de vacaciones y no regresa hasta la semana próxima. Es él quien debe hacerlo.

—Tú también puedes. Eres doctora en Antropología Física y Forense, tienes un máster en Instrumentación Científica e hiciste prácticas en radiocarbono, ¿me equivoco?

—Aquellas prácticas fueron en mi época de estudiante. Además, las hacíamos con una técnica más antigua conocida como centelleo líquido. Estudié Medicina y me especialicé en Antropología Física, pero el acelerador de partículas es cosa del doctor Tisdale. ¿Por qué me haces esto, Will?

—No es cosa mía, créeme.

—Sí es cosa tuya. Sigues resentido, ¿verdad?

Brenda le recordó que si meses atrás decidió terminar su relación con él, fue precisamente porque no soportaba sus continuas exigencias, su entrega excesiva a un trabajo que le dejaba sin tiempo libre pero, sobre todo, por su persistente mal humor. Sospechaba, y así se lo hizo saber, que utilizaba su puesto para presionarla por despecho.

—No es eso, Brenda. La cosa viene de arriba. Quieren ese informe para pasado mañana sin dilación. Debemos investigar la causa de la muerte de ese hombre y hacer la prueba del carbono 14 para determinar su antigüedad.

—¡No me hagas reír! Estos huesos tienen al menos un siglo. ¿Por qué no pueden esperar un par de semanas?

—Órdenes.

—No te creo. Para determinar la edad carbónica de las muestras óseas es preciso que sean anteriores a 1950 y estos restos son mucho más antiguos, por eso necesitas la datación. Además, ¿cómo sabes que se trata de un hombre y no de una mujer?

—Varón de unos cuarenta años, un metro setenta centímetros…

—Veo que Morrison te tiene al tanto. Algún día seré yo quien informe de él.

—Brenda, créeme, recibo órdenes. Me presionan. Di mi palabra de que en un par de días estaría el informe. Todo el mundo sabe que el doctor Tisdale consiguió hacer una datación en cuarenta y ocho horas. Tú también puedes hacerlo —adujo, conciliador.

—Aquello fue algo excepcional. El equipo estaba completo, pero estoy sola. En quince minutos no habrá nadie en el edificio. ¿Quién te lo ha ordenado?

—Lo siento, no puedo proporcionarte esa información. Tómalo como un favor personal. Si pasado mañana no entrego el informe me destituirán.

Tras la demoledora frase del fiscal del distrito, se produjo un silencio incómodo.

—Me tienes harta —y colgó.

Tras un instante en el que pareció buscar algún motivo para no provocar ella misma la destitución de su expareja, revisó de nuevo la agenda del teléfono y repasó los contactos que comenzaban con la T hasta que encontró Tisdale, John.

No le cuadraba la urgencia de Will.

2

Plaza de Santa María, Jaén, España
Verano de 1560

Paisanos que acudís al son del laúd, ¡oídme las palabras! Acercaos al
román de este ciego y sabed que, a muchas millas a poniente de Finis
Terre, hay tierras nuevas y mundos sin Dios. Deleitaos con las aventuras del infante español más valeroso de las Indias, un caballero tan audaz como el Cid don Rodrigo. Acercaos lugareños, peones y pajes, ca-
rreteros y hojalateros, monjes y monjas, ancianos y mozos, vasallos e
infantes, criadas y doncellas. Deleitaros en mi trova de mares hondas,
de indios guerreros, de aceros sangrantes, de fieras montaraces, de pi-
ratas castellanos y de las muchas traiciones que lidió nuestro caballero
en las Indias junto a este ciego que os habla. Que no os confundan mis
harapos de mendigo, ni mi faldero pulgoso, ni mi desarrapado lazarillo,
que un día fui nombrado caballero, pero nunca lo ostenté ni divulgué.
¿Preguntáis por qué? Bien lo sabréis al término de mi recitación.

Este viejo que os habla, pelón, gastado y ciego, tiene por nombre
Benito y por sobrenombre Gualas y tuvo en el pasado fama de trota-
mundos intrépido en la conquista del Nuevo Mundo. Y ha visto por
sus ojos que ya no están y escuchado por sus orejas cuando peludas
no eran, maravillas que conoceréis a cambio de una exigua limosna.
Por el socorro mezquino de unas monedas viviréis por mi voz lo que
otros se perderán por ausentes. ¡Alejaos los rácanos! ¡Idos los cofra-
des del puño cerrado que, con la bolsa colmada, no sueltan una len-
teja de tacaños que son!

Queden pues los justos, a los que no escueza el óbolo por merecido. Poneos acá, a sotavento de las obras de la catedral, donde el

polvo no ofenda vuestros ojos, ni los martillos pedreros hurten palabra alguna de mi román. ¿Qué es un miserable maravedí a cambio de ilustrar vuestras mentes palurdas? Os lo diré. Un maravedí es esto: ¡puag! —un escupitajo—, porque los dineros sin erudición no son sino puro estiércol. Eso, reíd, que la risa libera los males de ojo y cría buenos humores. Y ahora, que los varones urgen la roña de sus orejas con el meñique y las damas dispongan su mano en trompetilla para oír por ellas, porque no habrá ocasión segunda para conocer la hazaña.

Me dispongo, sin más preámbulos.

Sabed que fui niño huérfano antes que escudero, antes aún que trovador. Mi madre, decían, murió de sobreparto. Mi padre, eso lo viví, fiel a las costumbres de los truhanes castellanos, me abandonó para fugarse con una tabernera de inmensas ubres y algo barragana. Para los cortos, barragana es forma refinada de no decir puta. Quedé, pues, a cargo de los frailes de la Santa Misericordia de Jaén, en tan tiernos verdores que, dos lustros después, aún no veía cumplidas mis trece primaveras.

Dos eran mis afanes por aquellos años. El uno, prescindir de mi ignominioso nombre. Sabed, como dicho tengo, que al nacer me llamaron Benito, que no casa demasiado digno con mi apellido Camelo. Mofa hacían en el hospicio cada vez que me nombraban a voz en grito: «Ben-i-tó-Camelo». Tal era mi ansia de honra que, cada vez que me preguntaban el nombre, decía llamarme Gualas, como el héroe escocés, aquel que los refinados llaman Willian Wallace. Entenderéis el infierno de los hospicianos con nombres infamantes como Ester Colero, Paca Garse o Arturo Miel de Cilla. La chufla se desataba cuando fray Secundino, muy fino él en humor escolástico, levantaba una pluma de ave y declamaba en el refectorio: «Esta péñola de Miel-de-Cilla hallada en el Ester-Colero no es sino Paca-Garse, si vos la queréis ¡Ben-i-tó-Camelo!». Tras la burla, reían todos salvo los dichos corrigendos, apenas nacidos fracasados.

Mi empeño era encontrar un hidalgo a quien servir como escudero y aprender las cosas de la guerra. Caballeros de noble cuna a lomos de corceles esbeltos entraban en la ciudad, distinguidos y airosos. En los torneos, no había caballos más prodigiosos que aquellos de onduladas crines lanzados al galope. Desde sus monturas se ve el mundo de otra guisa que desde la tierra donde bregamos la chusma. Me deleitaba con las huestes a cabalgada y acudía veloz a los arrabales cuando los ejércitos de Castilla se allegaban a Jaén a por vituallas. Me extasiaba viéndome como uno de aquellos caballeros de espuela dorada que tantos suspiros provocaban en las damas. Jinetes de armaduras bruñidas en caballerías gualdrapadas, estandartes, fanfarrias, tambores y vítores en algarabía a su paso por la puerta de la Barrera y la plaza de Santa María, donde nos encontramos ahora.

Pocas limosnas obtenía como mozo de mulas, cepillando jamelgos o bruñendo yelmos. Anhelaba la ocasión propicia de encontrar caballero que me instruyera en las artes del contender, pero los escuderos solían ser hijos de la nobleza chica en la que un servidor no tenía cabida. Repudiaban mi impronta enfermiza y pobre, mi nariz ganchuda y mis paletas de ratón. Mal agüero para el caballero, decían, tener escudero de tal pelaje. Debí, pues, conformarme con limosnas de aguador y barredor de pesebres.

Cierto día me ofrecí como criado en las caballerizas del palacio del que fuera condestable de Jaén, don Miguel Lucas de Iranzo. Unos hombres de don Miquel Rue, noble del condado de Barcelona, me mandaron servirles y dar masajes en pies callosos. Con las mentes turbias de vino, me hicieron bailar a filo de sable para su divertimento. Hube de brincar con cascabeles en los tobillos, juntar ojos y estirar las orejas poniendo, a lo bufón, caras imposibles. Incluso me obligaron a mascar boñigas de caballo hasta la arcada. Y yo lo hacía por ganar algunas monedas y aliviar mis días como huérfano, pero los muy cornudos se negaron a pagarme cuando, al término, se marchaban hartos de burlas.

Un infante de morrión dorado que pasaba la piedra de amolar sobre su acero, lo presenció todo. El soldado, que frisaba veinte y pocos años y mostraba la indignación en sus ojos, se levantó, se fue hasta don Miquel y púsole la mano en su hombro. «Pagad al muchacho», requirió ceñudo. «¿Quién collons se atreve a darme órdenes?», a lo que el joven respondió: «Alguien capaz de desparramar los sesos de los indignos». Alcanzó el caballero el guardamanos del sable pero, en un suspiro, el acero recién afilado del soldado tocó la nuez del estirado. El catalán examinó a su oponente. Pese a su juventud, lo encontró audaz y fornido, de los que sabían hacerse respetar. Por su decisión y su mirar gallardo, le creyó sicario profesional, de los de a tanto la cuchillada, de los que te estoquean las tripas en un visto y no visto y no da tiempo ni a encomendarse a Dios. «Desconocéis ante quién estáis», presumió bravucón. «O dineros o boñiga», zanjó el soldado, señalando con la barbilla un montón de mierda de caballo. Don Miquel metió mano en su bolsa y lanzó tres monedas sobre el estiércol de la risa. «Ahí tenéis, bufón canijo». Luego clavó los ojos en el muchacho del morrión y le puso el índice en el pecho. «Andaos al cuidado. Sois pretencioso y temerario», remató antes de darle la espalda y marchar con los que reían sus gracias.

Aquel joven tenía por nombre Íñigo de Velasco, jaenés de baja cuna y altos pensamientos. Primogénito del mercader Pedro de Velasco, nació en el barrio de Santa María Magdalena en el año de Nuestro Señor de mil cuatrocientos setenta y nueve. Transcurrió su infancia en las faldas del cerro de Santa Catalina, correteando callejas con espadas de palo y yelmos de latón.

Diez años tiernos tenía Íñigo cuando, para poner sitio al bastión musulmán, los reyes doña Isabel y don Fernando establecieron la Corte en Jaén, en el año de mil cuatrocientos ochenta y nueve. El frenesí de tropas e hidalgos que acudían a la Corte, el brillo de los aceros, el piafar de los corceles, el relucir de lanzas, yelmos y armaduras, los vistosos estandartes tremolados al viento, ganaron en él el ansia por el honor y la gloria. En agosto de aquel año, en tanto se extasiaba con los caballeros y sus lucimientos, el almirante don Cristóbal Colón era recibido en audiencia por doña Isabel de Castilla en el palacio episcopal del obispo don Luis de Osorio. Juran que fue en la ciudad de Jaén donde la reina Isabel prometió al marino costear su expedición a las Indias cuando los musulmanes rindieran el reino nazarí de Granada, lo cual acaeció, como bien sabéis, tres años después. No sabía entonces el pequeño Íñigo que trece años más tarde serían las nuevas Indias descubiertas por Colón, los confines donde encontró colofón su arrojada vida.

¿Desconocíais que en nuestra ciudad acaecieron hechos tan notorios? No me extraña, porque los jaeneses nunca fuimos avispados en defender lo propio, ni despabilados en engrandecer lo nuestro. Sabed que el joven Íñigo fue escudero de un caballero castellano, de quien aprendió a cabalgar y guerrear, pero su señor se fue con

Dios en un torneo. La naturaleza le había dotado de un físico portentoso. Con dicha ventaja y con la esperanza de ser nombrado caballero, se alistó en las milicias del rey en la guerra de Nápoles. Era Íñigo de buen talle, silencioso, observador, aguerrido, con piernas de acero, pecho de Hércules, barbado mentón, nariz recta y unos ojos azules de mirar profundo. Su rostro era el de alguien que cargaba a sus espaldas más vida a su edad que muchos ancianos en las suyas, pues parecía joven hasta que le mirabas a los ojos, en ellos asomaba un alma envejecida por la adversidad. Tenía, creedme, la mirada escrutadora, un punto entre ángel y demonio. No lo digo yo, no vayáis a tomarme por afeminado, sino a decir de cuantas damas se cruzaron en su camino. Siempre pensativo, cabeza gacha, melena colgante en rostro bien trazado, como la talla del Redentor que pende de la cruz en la capilla de la Santa Misericordia. Que la Madre de Cristo me dispense por comparar a Su Hijo con un soldado jaenés, pero os digo que, de haber nacido en el mismo tiempo, María de Nazaret no hubiera distinguido entre Íñigo y su Jesús. Razón me daríais si vieseis tan notable parecido con las imágenes sagradas, de no ser porque, en lugar de corona de espinas, lucía morrión dorado con plumas de garza.

Pese a su juventud, Íñigo de Velasco andaba curtido en mil batallas. Con dieciséis años participó en la guerra de Nápoles contra los franceses, donde conocida fue su bravura de infante. Cuentan los dignos (pero Dios sabe más) que el capitán don Gonzalo Fernández de Córdoba reconoció la bravura guerrera de Íñigo en la toma de Santa Ágata y Seminara, pero todos los honores fueron para don Gonzalo, quedando nuestro Íñigo sin galardón, pues nunca pidió nada. Íñigo de Velasco fue soldado brioso, certero con la ballesta y habilidoso con la toledana, que lo han visto mis ojos cuando los tenía en mis cuencas. Y cuando no hubo morisma ni francos a los que lidiar, habiendo servido al rey y a Dios con mucha decencia, cansado de servir sin premio, solicitó licencia para embarcar a las Indias.

Adelantó su partida tras el incidente con el hidalgo catalán, pues sabía que don Miquel, colmado de plata y de muy malas ideas, no daría por zanjada la pendencia y trataría de resarcir su honor antes de partir. Viéndome pues en el desamparo, corrí tras él y lo alcancé en la puerta de la ciudad.

—¿A dónde partís?

—A las Indias.

—¿Eso es del reino de Jaén o de Castilla?

—Hay que atravesar los mares —negó y apretó el paso.

Oí hablar del mar en el hospicio de la Santa Misericordia. Fray Secundino decía haberlo visto una vez, y lo juraba con la diestra sobre la Biblia y la siniestra en mi bragueta. Cansado de su indecente afición, me vino deseo de confirmar lo jurado por su diestra decente. Y como me alentaba mucho el deseo de ver mundo, y sin más fortuna que los cobres del catalán, me ofrecí a Íñigo como escudero por ver en ello la forma de sustentarme. «No soy hidalgo, ni caballero, ni dispongo de haciendas, no podría pagaros hasta alcanzar fortuna», advirtió. Pero yo insistí, porque estaba convencido que algún día Íñigo de Velasco habría de ser digno caballero a la vieja usanza. Además, yo no sabría administrarme el salario, pues solo sabía contar hasta catorce. Así pues, reconocí: «No preciso pagamiento sino amo fiel y vos un escudero para vuestras pesadas armas». Lo dije sin demasiada convicción cuando reparé que su espada de cinco palmos era más alta y casi más pesada que yo. Era una espada buena, toledana, bien templada en acero, con manzana, guardamanos y una afilada hoja que entraba y salía de su vaina con un siseo largo y espeluznante. Destapó mi bracito y lo oprimió con dos dedos. Hizo mueca desaprobatoria y entornó los ojos, como pensando. En la evidencia de que me hallaba desprovisto de familia y bolsa con rufianes que me la tenían jurada, y movido a lástima, atinó a decir: «Si mantenéis la boca cerrada, el armamento bruñido y las manos lejos de mi bolsa, podréis acompañarme a cambio de sustento cuando lo halla». Juré con solemnidad no robarle a él, pero no extendí la promesa al resto de la humanidad.

De esta suerte me vi bregando por rutas de tránsito áspero, trochas heladas y caminos sin empedrar junto a Íñigo el silencioso. En las noches, ahora al raso, ahora en posadas miserables, me preguntaba qué nos depararía el destino, si habría en el cielo estrellas indulgentes para un escudero sin escudo y un señor sin señorío.

Íñigo se levantaba con las primeras luces y a ratos quedaba con la mirada perdida, no sé bien si recogido en oración o perdido en recuerdos de tiempos idos. Cuando no dormía —nunca supe si alguna vez durmió—, emplumaba virotes de ballesta y repasaba con piedra de asperón el filo de su espada, siempre a punto para un quite. Taciturno su rostro bajo el morrión, no era amigo de palabras, gustaba rumiar silencios y fantasmas. Un servidor le hablaba sin descanso, pero él se limitaba a síes, noes o movimientos de cabeza. Aprendí con el tiempo a leer en sus miradas prolongadas y serenas, a la sazón más elocuentes que sus palabras. En los últimos soles de las tardes, cuando el crepúsculo tiñe el cielo y las sombras se alargan, gustaba rezar plegarias antiguas. Después volvía a sus aceros y se abismaba en recuerdos lejanos. Y yo miraba fascinado el perfil de Íñigo, su barba hirsuta, su mostacho militar, sus cicatrices y marcas de las campañas del rey, sus ojos claros de mirada oscura. Le admiraba en silencio anhelando esgrimir algún día espada tan audaz como la suya. De vez en cuando esbozaba una sonrisa efímera, hasta que un día me propinó un pescozón para marcar las distancias cuando me quedé dormido en su hombro. Maldije por lo bajo con la arrogancia de mi insolente mocedad, pero asumí que no era sino un escudero a su servicio y tomé conciencia de que, por guía y maestro, Íñigo era más preciso en mi vida que yo en la suya.

Superamos muchas leguas, unas a pie, otras en carretas de campesinos piadosos. Así alcanzamos la villa de los ecijanos, después las de Marchena y Lebrija donde pernoctamos en posadas infames hasta alcanzar, al fin, los derrames de Sanlúcar de Barrameda, puerto de mar donde se alistaban para las Indias de las especias. Decían que los navegantes que arribaban a las Indias tornaban enriquecidos en poco tiempo. Así fue como aquel febrero tibio me vi enrolado como grumete en un navío que llaman carabela. Para los cortos diré que la carabela es un navío de tres palos capaz de surcar los mares con la ayuda del viento. Y para los que no sepan qué es el mar, que seréis todos, os digo que es una planicie infinita de agua salada más grande que los campos de Castilla, más extensa que los reinos de Su Majestad, más aún que países y continentes y, de tan crecida hondura, que todavía no saben si posee tope su fondo, o si su límite más profundo es la superficie de otro mar en la otra parte del mundo redondo. Y allá viven feroces criaturas y diablos más fieros que el inquisidor general. Y cuando la mar se enoja, se encrespa, cobra vida y fabrica olas como catedrales, capaces de sumergir en los abismos a las embarcaciones más sólidas.

Como, aún sin veros, os percibo palurdos de tierra adentro, y como lo más parecido al mar y sus pescados que olisteis fueron los chochos de las putas de la calle Cruz Verde, sabed que la mar océana no es lugar para labriegos catetos, sino cuna de audaces e intrépidos. ¡Eso, reíd! Que la risa serena el espíritu y cura el estreñimiento.

Ahora imaginad perdiéndose por la línea del horizonte treinta buques con más de dos mil quinientos hombres al mando de don Antonio Torres. Fue, por entonces, la más grande flota que surcó nunca el mar de las Tinieblas. Entre los expedicionarios, don Nicolás de Ovando, nuevo gobernador de las Islas, don Francisco de Pizarro, marqués que andando los años conquistaría el imperio Inca en el Perú y fray Bartolomé de las Casas, el protector de los indios.

Prescindiré relatar el temporal que nos sorprendió a siete jornadas de levar anclas. Lluvias intensas, vientos contrarios en mar arbolada zarandeaban los navíos día y noche y a duras penas se mantenían a flote. Tampoco os diré cómo *La Rábida*, una de las naves mayores, se fue a pique en las costas de Barbaria y cómo los otros navíos a punto estuvieron de sucumbir, de no ser porque arrojaron por la borda toda la carga. Tampoco daré fe de las ocho semanas de travesía en aquel océano interminable, ni de los vahídos de estómago como mujer preñada por los vaivenes del agua. O las insolaciones cuando quedamos quietos en el mar de los sargazos, con vegetación flotante que impedía todo avance. En las calmas chichas, sin viento, se racionaba el agua dulce, las viandas y las palabras, a punto estuvimos de perder la cordura. O las ligerezas de vientre de este grumete cuando una jauría de peces de aleta al aire, grandes como bueyes y fauces afiladas, despedazaron a un marino que cayó al agua desde el castillo de proa. No debieron hartarse las fieras, tan flaco estaba.

No es para contar las penurias hasta nuestro arribo en isla Isabela, después llamada Santo Domingo, allá por el quince de abril. Bien me empeño en olvidarlo, pero nunca conseguí relegar estos malos recuerdos en la sepultura del olvido y me acompañan donde quiera que vaya como sombra atada a los pies. Y decir digo que no lo diré, aunque dicho queda, porque no es mi historia la que vengo a contaros sino la de un caballero castellano poco hablador y cabal, el más fiel vasallo de Su Majestad allende los mares.

Y ahora, aguzad las orejas, abrid los ojos de la cara, cerrad el del culo y soltad monedas, que el muchacho pasará el plato y está adiestrado en delatar a los tacaños. Contemplad, entre tanto, los meritorios dibujos que el joven lazarillo pinta sobre tablas de olivo y, por un exiguo donativo, os llevareis una obra de mérito en recuerdo de este román.

3

Distrito de Altstadt. Zúrich, Suiza
Mayo de 2014

Zúrich tenía un aspecto prístino bajo la luz glauca de aquella tarde. Tras la sesión vespertina en el Kongresshaus, el profesor Castillo declinó la cena organizada por el rectorado para atender a su compromiso con el Ateneo Español. Al salir del vestíbulo el aire se afiló de pronto. Se abotonó el abrigo, se enfundó los guantes y colgó al hombro su bolso de piel. Alguien que no le perdía ojo, al verlo con intención de salir, realizó una llamada. En las inmediaciones, un Audi Q7 negro se puso en marcha.

«Esoterismo y mitología medieval» era el título de la conferencia que se comprometió a impartir en el Ateneo. Juan Castillo Armenteros debía frisar los cuarenta años y era doctor en Historia Medieval. Corpulento, velludo, de faz oronda y barba negligente, poblada hasta los pómulos. Tenía los ojos pequeños, ligeramente caídos. La sonrisa fácil, siempre dispuesta. Un imperceptible tartamudeo al iniciar cada exposición sugería que, en ocasiones, las palabras, desbordadas por el tsunami de las ideas, se le ametrallaban en la laringe antes de escapar a borbotones. Aunque su especialidad era la arqueología —había dirigido numerosas excavaciones en fortalezas medievales—, en los últimos años abandonó los yacimientos en favor de la investigación mitológica del Medievo indagando en fuentes documentales. Poco sospechaba el profesor que aquel viaje a Suiza marcaría un antes y un después en su vida.

En los días previos al International Congress on Medieval Studies, recibió la invitación del Ateneo Español en Zúrich, asociación cultural constituida por medio millar de residentes de habla hispana, en su mayoría españoles emigrados en la capital suiza.

A orillas del lago, en el número 5 de Gotthardstrasse, se ubicaba el Kongresshaus, un versátil y moderno palacio de congresos que, con cada evento, mudaba su aspecto como una gigantesca crisálida. Una llovizna casi imperceptible se posaba silente sobre las aceras barnizando las superficies al raso y se fijaba a la ropa como cristal en polvo. El profesor, poco amigo de climas húmedos, se ajustó la bufanda hasta la nariz y levantó la mano para hacerse notar. Un Nissan Leaf eléctrico se aproximó silencioso. Se acomodó en el asiento trasero y entregó al taxista el papel con la dirección. El vehículo se puso en marcha seguido a prudente distancia por el Audi negro.

Circularon por la avenida del General Guisan-Quai, junto al lago. Se desviaron hacia Stadthausquai, bordearon la desembocadura del río Limmat y continuaron por su margen derecho evitando la estación central de ferrocarril. Dejaron a un lado el delta verde del Platzspitz hasta enfilar Limmatstrasse. Durante el trayecto, el profesor repasaba sus notas ajeno al vehículo que le seguía. Aturdido por el vaivén, cerró el portafolios y echó un vistazo a las tranquilas aguas del río. Se cernía sobre la superficie una sábana de niebla blanquecina que apenas dejaba entrever los embarcaderos.

—*Voilà* —avisó el taxista.

La sede del Ateneo Español se encontraba en el sótano de un antiguo edificio de cuatro plantas, en el número 35 de Limmatstrasse. En la puerta le esperaba la siempre sonriente Mery Snow, presidenta del Ateneo quien, pese a su apellido, tenía ascendencia española por parte de madre. Snow era elegante y lucía unos hipnóticos ojos verdes. Lideraba con inteligencia la institución y en los últimos años había conseguido importantes logros para la colonia española a base de tesón y esfuerzo. Saludó al profesor con afabilidad en perfecto castellano. A Castillo le agradaba que sus compatriotas se dirigieran a él en español después de tres días de traducciones simultáneas en inglés, alemán, francés y romanche. Personas a las que no había visto jamás se dirigían a él con la proximidad de quienes comparten orígenes y vínculos, como si le conocieran de toda la vida. Le hablaban de la crisis en España, de la corrupción política, de los recortes económicos del Gobierno, del independentismo catalán o de la liga española de fútbol. Para todos hubo sonrisas y ocurrencias improvisadas.

La biblioteca del Ateneo, única en Zúrich con todas sus obras en español, había sido habilitada para la ocasión como salón de actos donde se apretaban de pie más personas que las que consiguieron tomar asiento. Tras las presentaciones de rigor, el profesor abrió una botella de agua mientras la anfitriona ensalzaba la trayectoria académica del ponente.

El Audi negro se detuvo frente al edificio. De él se apearon dos tipos que, tras evitar al tranvía, cruzaron la calle. Entraron en el edificio y bajaron al sótano donde se impartía la conferencia. Permanecieron de pie, entre el público. El profesor Castillo reparó en los recién llegados. Eran altos y fornidos, de cuellos anchos y trajes estrechos.

Castillo inició su exposición ante un centenar de hispanohablantes. Conocía el perfil de los asistentes y adaptó su discurso sin excederse en terminología técnica. Durante una hora realizó un recorrido por la mitología medieval, enumeró el bestiario mitológico, citó a alquimistas, nigromantes, chamanes, druidas y magos. Habló de mitos británicos como el rey Arturo y los vínculos con la mitología celta-irlandesa sobre los viajes al Otro Mundo (*orbis alia*). Refirió las leyendas relacionadas con la panacea universal, el elixir de la vida, el Santo Grial y la piedra filosofal, para terminar centrándose en la fuente de la eterna juventud. Los asistentes hacían fotografías con los teléfonos móviles y algunos grababan con videocámaras. Después del turno de preguntas se dio por concluido el acto, tras el cual, se ofreció un modesto ágape con vino español y entrantes fríos. Castillo declinó que le acompañaran a su hotel en Wiedikon. Había visto una parada de taxis a un par de manzanas y le apetecía caminar para despejarse un poco. Se abotonó el abrigo, se ajustó la bufanda y se despidió.

El Audi negro se puso en marcha.

La noche era ya la dueña de Zúrich. La niebla barría las calles solitarias a esas horas, pero agradeció estirar las piernas y respirar el aire fresco a orilla del Limmat. Marchaba en silencio, con la mirada en la acera sobre la que se derramaba la luz vaporosa de las farolas. Escuchaba el sonido de sus pasos sobre rumor ahogado de la ciudad nocturna cuando, en el cruce con Sihlquai, percibió que un vehículo negro circulaba paralelo a él. Contempló su reflejo en los cristales tintados. El Audi avanzó unos metros y se detuvo. Se abrieron las dos puertas que daban a la acera y se apearon dos fornidos hombres.

Vestían trajes oscuros, uno rubio, rapado a lo militar, el otro mulato, con la cabeza afeitada. Le pareció reconocer a los tipos que se incorporaron con retraso a la conferencia, eran jóvenes pero en la penuria de la noche todas las almas parecían envejecidas. El más alto chapurreó un precario español.

—*Sorry, mister* Castillo.

—¿Nos conocemos? —el profesor no ocultó su sorpresa.

—He asistido a su conferencia. Mi nombre es Darian. Estoy encantado de hablar a usted —dijo con su vozarrón. Le estrechó la mano y se sintió empequeñecido al lado de aquel titán que debía rondar los dos metros de altura. Norteamericano, dedujo el profesor al oír su acento. Su tono era grave, pero con una cadencia intencionalmente afable. —Mi jefe quiere entrevistar con usted y agradece reunirse con él.

—¿Su jefe?

—*Mister* Gottlieb. También experto en Edad Media. No fue posible venir.

—¿Gottlieb? No conozco a ningún Gottlieb —receló.

—Él sí conoce a usted. Me ordenó entregarle carta —le extendió un sobre cerrado que el profesor Castillo abrió sin perder de vista al mastodóntico mensajero. Era una cuartilla de papel timbrado con el logotipo de un hotel de cinco estrellas.

Estimado profesor Castillo:

Un pequeño contratiempo de última hora me ha impedido asistir a su conferencia, como hubiera deseado. He viajado desde EE. UU. con el único propósito de entrevistarme con usted y exponerle un asunto de vital importancia. Le ruego encarecidamente que se reúna conmigo en el hotel Park Hyatt.

Afectuosamente.
Gottlieb.

—Lamento declinar la invitación. Es tarde y mañana a primera hora vuelo a España —Castillo introdujo el papel en el sobre.

Los dos hombres endurecieron el gesto y clavaron sus ojos en el profesor. Se hizo un silencio oneroso tras el cual, el hercúleo Darian recogió el sobre y lo introdujo lentamente en el bolsillo interior de su chaqueta, abriéndola lo suficiente para exhibir un arma enfundada en su pistolera. El gigante le miró inclemente, y el otro «portero de discoteca» se situó a sus espaldas, dispuesto a una señal.

—*Mister* Gottlieb dijo ser asunto de vital importancia. Sea amable de acompañarnos —insistió desafiante.

Castillo, intimidado, dudó. Asintió de mala gana y, al fin, se acomodó en el asiento trasero del Audi.

4

Oído a lo que sigue. Tocábamos a libra y media de bizcocho rancio por tripulante. Carne poca, dos onzas de tocino, puñado de garbanzos y media azumbre de agua al día, por toda ración. A mes y medio de zarpar, el agua escaseó hasta racionar un cuartillo día sí y día no. Era tanta la sed que nos puso en necesidad de beber agua salada, y algunos lo hicieron con tantas veras que en pocos días fenecieron cinco hombres. Estábamos tan flacos y amarillos, que sentíamos lástima de vernos unos a otros. A falta de carne, la marinería cortaba las pieles de vaca de los zurrones y los cueros de buey que, en el palo mayor, protegían del roce de velas y aparejos. Pellejos tiesos por el sol que poníamos en remojo todo un día y cocíamos a la noche, comiéndolos correosos; mejor que el serrín de los carpinteros, que tampoco despreciábamos. Las ratas se vendían a medio ducado la pieza, pero antes nos comimos a los gatos para que no compitieran con nosotros en la caza de los roedores.

Cuando un pez volador de unas cinco libras cayó en cubierta, hombres de pelo en pecho huyeron al ver sus espinosas alas. Mal agüero porque aquel murciélago marino, decían, era mensajero del diablo. Pero a mí, desfallecido de hambre, me pareció un regalo del cielo.

Donde me veis, mondo ahora de cabellos, lucí en el pasado hermosa melena y gallarda hechura gallarda y... bueno... ¿para qué engañaros, si en lo físico nunca merecí un halago? Además, en aquella travesía me quedé como un galgo en huesos. Tan flaco estaba que cuando me ponía de lado parecía desaparecer, de no ser porque me delataban generosas dos protuberancias. Una, la nariz, como pico de águila perdicera, la segunda me la reservo en recato a las damas presentes y a sus encelados maridos. Como pasaba más hambre que un caracol pegado a un espejo, y como la necesidad pierde el miedo, me abalancé sobre el volador, como hacía con los palomos zuritos en mis verdores: zanjar su aleteo con un golpe en la cabeza. Me disponía a destripar el pescado cuando tres rufianes me salieron al paso. «De lo que el mar viene a los marinos sostiene», dijeron. Me negué a entregar mi captura y el peor de ellos, un gigantón con cara de mulo, me levantó con una mano quitándome el pescado con la otra. De nada me sirvió patear el aire. Después deslizó su lengua de vaca por mi rostro. «Vos sí que estáis para comeros», musitó. La mueca horrenda de su boca pretendía ser una sonrisa. Matías se llamaba el indeseable, más conocido por Malasangre. Apropiado el apodo, sin duda. Era su rostro un campo de batalla devastado de viruelas, cicatrices de contiendas que intentaba simular con patillas prominentes y un mostacho feroz que calveaba en un tramo por el labio partido. Cejijunto, chato por nariz quebrada y mandíbula desafiante, como la de un mascarón de proa. Su boca pútrida, excesiva, apestaba como bacín colmado de inmundicia. Luego me llevó a su entrepierna y frotó mi rostro con su protuberancia dura. Andaban en risas cuando, de repente, torció el gesto al notar en su garganta el filo de un acero. «¡Soltad al muchacho!», advirtió Íñigo. Sus dos compinches intentaron abordar a mi señor por la espalda, pero desistieron cuando vieron deslizarse por el metal un hilo de sangre. A sus veinte y tres años Íñigo parecía mayor en apariencia. Su cuerpo hercúleo de soldado estaba marcado por innúmeras batallas y su mirada, un punto despiadada, delataba una vida militar curtida a base de hierro y sangre. Raudo, recuperé el volador cuando me soltó.

El comendador don Nicolás de Ovando lo presenció todo desde el castillo de popa. Malasangre, que tenía menos luces que un burdel, me señaló con el dedo y juró resarcir con prontitud el agravio. En ese instante me bajé el calzón y le mostré la sonrisa vertical de mi trasero. Luego hice bufonadas y bailes con pies zambos y junté los ojos al tiempo que separaba mis orejas poniendo caras de burla, como con los catalanes, pero esta vez de balde. Los ojos de los marinos buscaron a Ovando y por sus labios apretados me pareció adivinar que contenía la risa. Viendo lo acaecido, el comendador, con el temple de quien conoce su oficio, alzó un dedo y, mirando al cielo, habló: «Hoy tenemos viento de popa» y, ante el estupor general, marchó sobre sus pasos zanjando así la pendencia. Respiré aliviado y procuré no perder de vista a mi protector por la cuenta que me traía. Los ojos de Malasangre brillaban de odio, como si aún no hubiera dicho la última palabra. Así, cuidando mi retaguardia, me vi muy despierto en las últimas jornadas de travesía.

Dicho esto, ved como bordado en tapiz a más de dos mil quinientas almas desembarcando en La Española, con más harapos que armas, con más hambres que viandas. Pese a todo, besamos alegres la tierra de Santo Domingo. Indias taínas de orondas nalgas y tetas prietas, caídas hacia arriba, nos dieron la bienvenida. Bien empleados fueron los pesares, dije para mí al verlas.

En Santo Domingo, el primer gobernador de Puerto Rico, don Juan Ponce de León, reclutaba voluntarios para sus expediciones en busca de oro y otras fortunas. Sin pensarlo mucho, en el embarcadero donde el escribano de Su Excelencia anotaba los nombres de los enrolados, estampamos nuestras rúbricas junto a una legión de ociosos buscavidas, desertores del arado y soldados de fortuna. Allá había caballeros de honor junto a mercenarios ruines, matones de taberna, furtivos del cadalso, tahúres, trampistas, hordas de desharrapados que se movían con más soltura entre las piernas de las rameras que entre el ejército y sus disciplinas. Vagabundos, estafadores y bribonzuelos, pícaros de toda clase, escoria de los reinos de España, pero útiles en las Indias por carecer de escrúpulos para hacer cautivos. Os diré que lo del pez volador fue el preludio de una larga y accidentaria serie de desdichas. Lo supe cuando vi al gigante Malasangre y a sus esbirros Chirlo y Bocatuerta, perros de la misma traílla, tan bellacos como él, que aguardaban turno para inscribirse donde nosotros. Supe entonces que aquellos facinerosos habrían de traernos penosos trances. Más le hubiera valido al joven Íñigo haberle soltado el alma a aquel rufián con una buena estocada cuando ocasión tuvo. Pero no lo hizo.

5

John Tisdale, doctor en Física, era el responsable del Centro de Instrumentación Científica de la Universidad de Miami. Excéntrico, divertido y algo fantasioso, poseía una mente privilegiada. Aunque frisaba los cuarenta, su aspecto era el de un adolescente histriónico obsesionado con las ciencias ocultas y los ovnis. Su mayor afición eran los fenómenos paranormales y las civilizaciones perdidas, no en vano presidía el Centro de Estudios Paranormales de Miami y dirigía la revista *Ufology*. Brenda pensaba que estas aficiones le restaban credibilidad en la comunidad científica. Le dolía que colegas de otras universidades pusieran en duda su enorme talento y se refirieran a él como «el hombre que susurraba a los marcianos», pero le respetaba porque era un buen amigo y un excelente compañero, siempre fiel y dispuesto a ayudarla. Se había tomado unos días de permiso, aun así decidió llamarle.

—Se ha puesto en contacto con el gran Tisdale. Hable ahora o calle para siempre. Piiiiii —no era el contestador automático sino su peculiar forma de responder a la llamada de Brenda.

—Hola John. ¿Por dónde andas?

—La maravillosa doctora Lauper, ¡qué sorpresa! Estoy en Nashville, la Atenas del Sur.

—¿En Nashville?

—Acabo de impartir una conferencia sobre el mito de la Atlántida y su relación con los tartesos.

—Vas a terminar en un psiquiátrico. Lo sabes, ¿verdad? —cuando Brenda sonreía sus ojos memorables refulgían y en sus mejillas se formaban graciosos hoyuelos.

—La locura es un placer que solo los locos disfrutamos —replicó divertido.

—John, tengo un problema —abordó el asunto sin más preámbulos—. Will me ha puesto en un aprieto. Necesito la datación urgente de unos restos óseos humanos. Sé que no regresas hasta la semana próxima, pero solo dispongo de cuarenta y ocho horas.

—¡¿Cómo?! Estoy en el aeropuerto internacional de Nashville a punto de coger un vuelo a Baltimore, y...

—Lo siento John, pero voy a trasladar los restos a tu laboratorio —atajó Brenda—. Yo haré la prueba de radiocarbono, me ayudará la becaria. No puedo esperar a tu vuelta.

—¡Ni se te ocurra! No sabes manejar el nuevo acelerador de partículas. ¿Tienes idea de lo que cuesta cada prueba?

—¿Cincuenta dólares?

—¡Seiscientos! Harás cientos de pruebas, o peor aún, echarás a pique un acelerador de dos millones de dólares. Me expulsarán del departamento y hasta del condado. Además, en dos días no puede hacerse.

—Si lo hiciste en una ocasión, yo también puedo. He calculado los tiempos, cinco o seis horas para extraer el colágeno, unas tres horas en purificación, diez o doce en liofilización, cinco o seis en grafitarlo y el resto en la medición mediante espectrometría de masas.

—Acelerar de esa manera el proceso te conducirá a cometer errores, además hay que combinar las muestras desconocidas con muestras patrón, y otras sin carbono 14 que sirvan para corregir la contaminación.

—Pero un lote de muestras se puede medir razonablemente en unas doce horas. Puedo tenerlo en dos días —Brenda escuchaba resoplar a su compañero—. Deja de lamentarte y dime cómo lo hago. Debo empezar ya.

John hizo un prolongado silencio sin saber qué contestar.

—Empezaré con una vértebra —continuó Brenda poniendo a prueba la paciencia de Tisdale—. ¿Qué tal la C5? Veamos, la introduzco en el «microondas» y pulsaré botoncitos. Empezaré por el de color rojo, el que tiene escrito *do not press*.

El doctor sacudió la cabeza y esbozó una sonrisa resignada.

—Siempre te sales con la tuya. De acuerdo. Olvídate de la vértebra, mejor una muestra de hueso largo como fémur o húmero donde existe mayor concentración del isótopo 14. Si el hueso no está quemado y su estado es aceptable, bastará con que tomes un gramo. Ten en cuenta que, al menos, un cero con cinco por ciento de su peso inicial es colágeno y se precisan de tres a cinco miligramos de colágeno. Tienes que someter la muestra a una intensa limpieza para eliminar los restos de material extraño y triturarla. Después hay que aplicar clorhídrico y diluirlo hasta eliminar la apatita ósea, y cuando el colágeno esté disecado...

—Todo eso lo sé —interrumpió—. Conozco el procedimiento, pero no sé manejar el nuevo acelerador.

—Llámame mañana cuando tengas la muestra tratada y te iré diciendo. Pero con una condición: quiero conocer el origen de esos huesos.

—Trato hecho. Gracias John. Estoy en deuda contigo.

—Siempre lo estás —suspiró.

A toda prisa, Brenda y Lola, la becaria, llevaron los huesos al laboratorio del doctor Tisdale. La doctora empujaba la mesa de ruedas con el esqueleto y la estudiante portaba una caja de cartón de la que sobresalía un objeto alargado en forma de cruz, envuelto en un paño.

—¿Qué es eso?

—El equipaje del muerto —respondió la becaria.

6

El hotel Park Hyatt se encontraba próximo al Kongresshaus de Zúrich por lo que, desde el Ateneo, debieron recorrer el camino inverso. El Audi negro ganó la avenida Langstrasse, atravesó el paso subterráneo del ferrocarril y se desvió hacia Stauffacherstrasse. Al fondo, vestida de niebla, la aguja de la iglesia de San Jacobo, con sus ochenta metros de altura. Cruzaron el puente y, tras varias manzanas, el vehículo se detuvo en el número veintiuno de Beethovenstrasse. Un señor con traje y guantes blancos abrió la puerta y saludó en alemán: *Guten Tag Herr, willkommen.*

Park Hyatt era un moderno prisma acristalado en el corazón del distrito financiero de Zúrich. Era el hotel más selecto de la ciudad y en él se alojaban magnates y empresarios que viajaban a Suiza para gestionar fondos de dudosa procedencia. El profesor Castillo observó el amplio vestíbulo de mármol gris, reparó en su decoración neoclásica y en sus contrastes cálidos. Amplios espacios alfombrados, confortables sofás y tapicerías cuidadosamente estudiadas para crear una atmósfera relajante. Se dejó conducir hasta la línea de ascensores y Darian pulsó el botón de llamada. Subieron hasta la última planta en completo silencio, recorrieron la interminable moqueta del pasillo y se detuvieron ante una puerta donde esperaba otro escolta al que Darian hizo una señal con la barbilla. Revisaron su bolso, le vaciaron los bolsillos y pasaron una raqueta detectora de metales por el cuerpo del profesor.

—Son órdenes —se excusó Darian al verle fruncir el ceño.

El escolta dio tres toques a la puerta. Abrió un criado que hizo pasar a Castillo a un confortable recibidor. La enorme suite presidencial tenía una moderna y cuidada decoración, disponía de un saloncito distribuidor con varias puertas y un elegante *scriptorium* anejo donde aguardó por indicación del mayordomo. A los pocos minutos apareció un tipo espigado de rostro afilado, mirada arrogante, patillas canas y pelo negro engominado. Cojeaba.

—Bienvenido, profesor. Es un placer saludarle —el recién llegado le estrechó la mano con afabilidad y le ofreció una sonrisa—. Soy Gottlieb. Disculpe las medidas de seguridad, embarazosas sin duda, pero necesarias. Por favor póngase cómodo —señaló a las sillas de cortesía del despacho. El mayordomo le aproximó una de ellas y el anfitrión ocupó la del lado opuesto. Pidió al sirviente que les dejaran solos y ambos quedaron frente por frente, separados por la mesa del despacho.

Gottlieb frisaba los cincuenta y exhibía un porte erecto con cierto aire aristocrático. Destilaba un aire meditativo que inquietaba. Parecía tocado por una extraña vanidad, como si en el mundo no hubiera obstáculo que impidiera sus propósitos. Sus penetrantes ojos grises ardían en astucia. Intimidaban. Pero la clave estaba en su boca, jalonada por una perilla cuidada. Un gesto sutil tensaba sus labios para desfigurarlos en una línea cóncava que expresaba cierto desprecio por todas las cosas. Enfundado en un traje sastre de corte británico, solía estirar los brazos para permitir que los puños impolutos de la camisa asomaran por las mangas. Relucían entonces unos gemelos grabados con un emblema que Castillo no logró identificar. Se apoyaba sobre un bastón de Java con empuñadura labrada y, en su anular, un sello de oro, a juego con los gemelos.

—Sigo de cerca sus progresos, profesor —tenía una voz timbrada y amable que sabía modular para cada ocasión—. Mi intención era asistir a su conferencia, pero lamentablemente sufrí un esguince de tobillo.

—Dudo que haya viajado desde Estados Unidos para acudir a mi conferencia. ¿Puede decirme cual es el asunto de vital importancia que refiere en su nota? —inquirió Castillo, que escrutaba cada movimiento de aquel enigmático norteamericano.

Gottlieb se levantó de la silla apoyándose en su bastón y se dirigió al mueble bar con mayor solvencia que cuando hizo su entrada en la habitación. El español dedujo que el esguince no fue sino una excusa para justificar su ausencia del acto público.

—¿Bourbon?

—Con hielo, por favor.

—Veo que es poco amigo de preámbulos. Eso está bien. Seré lo más conciso posible.

—Se lo agradezco, no dispongo de mucho tiempo —Castillo tomó el vaso de whisky sin perder de vista a su contertulio.

—Créame que si no fuera un asunto importante no me habría tomado tantas molestias —Gottlieb le abordó en un tono pretendidamente cómplice—. Verá, mi pasión son las antigüedades. Soy mecenas de una fundación americana de estudios históricos, una organización que se financia con fondos privados. En la actualidad trabajamos en un ambicioso proyecto para descubrir la existencia de un mito medieval.

El americano se llevó el vaso a los labios. Bebió muy despacio sin dejar de mirar al español. Hizo un silencio calculado para sembrar la curiosidad en su interlocutor. Sus penetrantes ojos grises escudriñaban cada movimiento de Castillo, que soportó impávido el escrutinio.

—La *iuventia* o juvencia. La fuente de la eterna juventud —espetó sin ambages.

Al profesor se le escapó una sonrisa sarcástica.

—¿Está de broma?

—No, señor Castillo. No bromeo —su tono se volvió gélido.

—La juvencia no es más que un mito, un mero símbolo de la resistencia del ser humano a envejecer —atajó el profesor—. Tan falsa como la piedra filosofal que transforma los metales en oro, o el elixir de la vida o la omnisciencia de los filósofos. Hay multitud de leyendas en torno a la fuente de la juventud, pero es una quimera.

—No me refiero a las leyendas orientales de Alejandro Magno en busca del agua de la vida, ni a la piscina probática de Bethesda de Jerusalén en la que se lavaban las ovejas que se sacrificaban en el templo de Salomón y a la que atribuían poderes curativos. Tampoco a los mitos de Al-Khidr, ni a las referencias coránicas. Hemos investigado todas esas historias. Aludo a una búsqueda más reciente: la de los conquistadores españoles del siglo XVI. Aquellas expediciones a Occidente para alcanzar las costas de lo que creían Japón y China, conocidas entonces como Cipango y Catay.

—El mito americano es idéntico al asiático. No es más que la búsqueda de la inmortalidad ante la levedad de la vida y la incertidumbre del más allá —replicó escéptico—. El hombre lleva miles de años buscando un filtro de vida eterna. En la epopeya de Gilgamesh, considerada la obra literaria más antigua hasta la fecha, el rey de Iruk ya buscaba la inmortalidad hace más de cinco mil años.

Gottlieb movió la cabeza, como alguien que está muy lejos de sentirse satisfecho. Abrió una carpeta y entregó al profesor un facsímil de un viejo manuscrito del siglo xvi.

—Eche un vistazo a este documento. Es parte de una carta remitida por el cronista Pietro Mártir de Anglería al papa León X un año después de la expedición de Juan Ponce de León a Florida. Lea lo subrayado, por favor —requirió Gottlieb.

El profesor Castillo se llevó el papel a los ojos.

—«A una distancia de trescientas veinticinco leguas de La Española —leyó—, dicen existe una isla llamada Boyuca que, según aquellos que exploraron su interior, posee una fuente extraordinaria cuyas aguas rejuvenecen a los viejos. Que Su Santidad no piense que eso esté siendo dicho liviana o irreflexivamente, pues ese hecho es considerado verdadero en la Corte, y de una manera tan formal, que todos, aun aquellos cuya sabiduría o fortuna los distinguen de las personas comunes, lo aceptan como verdad».

—Es una prueba —Gottlieb miró su vaso al trasluz.

—Conozco el documento de Anglería. Este diplomático incluyó su opinión personal en el mismo documento —prosiguió con la lectura en la parte del texto no subrayado—: «Pues si Vuestra Santidad me pregunta mi parecer, responderé que yo no concedo tanto poder a la naturaleza madre de las cosas, y entiendo que Dios se ha reservado esta prerrogativa cual no menos peculiar que es escudriñar los corazones de los hombres o sacar las cosas de la nada, como no vayamos a creer la fábula de Medea acerca del rejuvenecimiento de Esón o la de la Sibila de Eritrea, convertida en hojas».

—No deja de ser una opinión personal emitida desde España por alguien que no pisó jamás América —espetó Gottlieb.

—Anglería mostró su incredulidad ante esa fantástica noticia del Nuevo Mundo. Consideraba que la naturaleza no podía por sí misma obrar tales prodigios, sino que, de existir, sería una manifestación inequívocamente divina. Es cierto que el mito de la eterna juventud entusiasmó a nobles y monarcas, pero no deja de ser una leyenda —añadió el español devolviéndole el documento.

—Gracias a su búsqueda, Juan Ponce de León descubrió la Florida.

El español cabeceó una negativa.

—Ponce de León se atribuyó su descubrimiento, pero no fue el primero en llegar a Florida.

Las cejas de Gottlieb se enarcaron en una muda interrogante:

—Las crónicas dicen que en 1513 Ponce de León...

—Las crónicas, las crónicas... —atajó poniendo los ojos en blanco—. Los españoles tendemos a magnificar nuestras hazañas, pero en aquella época los portugueses nos llevaban años de adelanto explorando el mundo —resolvió Castillo—. Tenían mejores flotas y conocimientos náuticos más avanzados. En la Biblioteca Estense de Módena se custodia el planisferio de Cantino, un mapamundi llevado a Italia en 1502. En esa carta marina ya se dibujó la península de Florida frente a Cuba. Los portugueses exploraron sus costas de forma clandestina entre 1497 y 1498, dieciséis años antes de que Ponce de León pusiera un pie en aquellas tierras.

El americano se encogió de hombros restando relevancia a la precisión histórica del profesor. Dio a entender que le importaba poco qué europeo llegó antes a Florida, sino la obsesión del conquistador español en la búsqueda de la juventud eterna.

—En la actualidad existen dos personas que saben con certeza que aquel fluido mágico existió y que está oculto en algún lugar del estado de Florida —Gottlieb cambió de tercio. Abrió una pitillera y ofreció un cigarro al español, que rehusó.

—¿Dos personas? ¿Quiénes?

—Usted y yo —sentenció el americano.

Medió entre ambos un largo silencio, que Gottlieb aprovechó para encender el cigarrillo. Saboreó la calada, observando cómo las volutas de humo ascendían en espiral tejiendo arabescos en el aire. Después continuó:

—He localizado importantes indicios a lo largo de los últimos años, pero usted tiene en su poder la pieza definitiva. Por eso quiero que se una a mi proyecto.

A Castillo le brotó una sonrisa escéptica.

—Disculpe, creo que está en un error —el profesor se inclinó hacia adelante con ademán conminatorio—. No sé de qué me habla. Insisto en que la fuente de la eterna juventud es una leyenda literaria sin consistencia científica. Además, mi especialidad es la historia medieval, no la Época Moderna, a la que pertenece el siglo XVI.

—Nunca creí en las delimitaciones históricas, sino en un *continuum* evolutivo —matizó Gottlieb—. Ni los academicistas se ponen de acuerdo a la hora de trazar los límites cronológicos de las etapas históricas. Unos sitúan el fin de la Edad Media en la caída de Constantinopla en 1453, otros en 1492 con el final del imperio musulmán en Europa y el descubrimiento de América. ¿Qué más da? Sé que imparte clases de Historia Medieval, pero me consta que lleva años acopiando información sobre esas aguas milagrosas en el siglo XVI, un periodo que los expertos sitúan a comienzos de la Edad Moderna.

—Poco puedo aportar sobre ese mito.

El americano, impaciente, lanzó un chasquido de reprobación con la lengua y tamborileó con los dedos sobre la mesa.

—Por favor, profesor... —esbozó una sonrisa sarcástica, abiertamente conminatoria—. Estoy al tanto de su descubrimiento en el Archivo General de Indias de Sevilla. Hace un par de semanas usted encontró un documento revelador, tan importante, que no dudó en robarlo.

Castillo tragó saliva y pareció encoger varios centímetros. Una película de sudor brilló en su frente. Gottlieb supo que sus palabras habían dado en la diana. Se inclinó en el respaldo del butacón y entrelazó las manos a la espera del efecto de sus palabras.

—No estoy dispuesto a continuar con esta conversación —ofendido, el español se puso en pie. El americano reparó en el demoledor efecto que sus palabras causaron en su contertulio.

Lo encaró taciturno, con expresión dura. Sus ojos, implacables, se clavaron en los del profesor.

—¿Se marcha? ¿Y a dónde va? ¿A su modesto hotel en Wiedikon? ¿O regresa a España? Imagino que sabrá que lo detendrán nada más aterrizar en el aeropuerto de Madrid. Ayer se cursó una orden de búsqueda y captura contra usted por el robo de ese documento. A estas horas la orden estará en poder de la Europol —Gottlieb miró su reloj con una inquietante serenidad—. En este momento deben estar registrando la habitación de su hotel.

—¿La Europol me busca por coger un papelito de un archivo? —exclamó fingiendo incredulidad. Volvió a tomar asiento.

—Me encanta su capacidad de síntesis —el americano sonrió con acritud—. Al menos reconoce la sustracción. Ese papelito, como usted dice, es un valioso documento del siglo XVI hurtado de un archivo público que demuestra que la expedición de Juan Ponce de León encontró la juvencia en 1521. —Tras una pausa le lanzó una mirada severa—. ¿Qué motivos podría tener un reconocido historiador, respetuoso en extremo con las fuentes documentales, para robar un documento de un archivo histórico? Su reputación se irá al traste cuando se divulgue la noticia. Tiene usted un expediente académico intachable, no obstante decidió arriesgarse. ¿Por qué lo hizo? ¿Qué contenía aquel documento? —Su voz timbrada adquirió un tono nasal exasperante.

El profesor bajó la mirada afectado por el brillo acerado en los ojos de Gottlieb. Durante unos interminables segundos permaneció rígido, procesando aquellas palabras. Intentó que no advirtiera su destrozo interno. Después se arrellanó en la silla, aturdido. No sabía qué decir, todo aquello era inopinado, desbordante. De un trago apuró el whisky, pero hizo un gesto negativo con la mano cuando Gottlieb intentó llenarle de nuevo.

—¿Cómo lo ha sabido? —inquirió.

—Un funcionario del archivo de Indias de Sevilla revisó las grabaciones de seguridad, suelen hacerlo cada dos o tres días —continuó—. Vieron cómo usted desprendía de un legajo un viejo manuscrito de papel de paño, lo dobló y lo introdujo disimuladamente en el bolsillo de su chaqueta. Tras identificarlo a través de su ficha de investigador dieron parte a la policía. Sospecho que su viaje al congreso de Zúrich ha sido la tapadera para sacarlo de España. ¿Me equivoco?

Castillo secó el sudor de su frente con el pañuelo de papel. Se preguntaba quién era aquel tipo excéntrico y presuntuoso, y cómo tenía en su poder tanta información. O Gottlieb tuvo acceso a las grabaciones de las cámaras de seguridad del archivo sevillano, o tenía algún contacto en la policía española, o en la Europol. No conocía nada acerca de aquel americano relamido, pero era evidente que sabía lo que quería y poseía los medios para conseguirlo. Siempre se consideró una persona honesta, no recordaba haber cometido un delito en toda su vida pero, cuando se topó con aquel sorprendente manuscrito, sintió un irrefrenable deseo de apartarlo de los ojos del mundo. Lo hizo irreflexivamente, sin saber bien por qué. Tal vez una consecuencia de su viejo instinto de historiador, aquel sexto sentido que activa la alarma del erudito habituado al moho polvoriento de los viejos legajos. Cuando lo leyó sintió que había encontrado al fin la prueba definitiva, notó cómo se le aceleraba el pulso y, sin más elucubraciones, determinó que aquel mensaje en el tiempo debía continuar oculto. ¿Quién iba a reparar en ese documento entre los ochenta millones de manuscritos que se custodian en el Archivo General de Indias? Confiaba en que no lo echarían en falta, pero aquel día, abstraído por el descubrimiento, no reparó en las cámaras de seguridad.

—Me gustaría mostrarle algo. —El americano advirtió el desconcierto de su contertulio y trató de relajar el ambiente.

Gottlieb se levantó olvidándose definitivamente del bastón y se dirigió a la caja fuerte. Sacó de ella un pequeño maletín que depositó en la mesa. Marcó la clave y los pestillos saltaron. De su interior extrajo un objeto plano envuelto en un paño de fieltro. Lo depositó con cuidado en la mesa y lo empujó hacia su interlocutor.

—Por favor, eche un vistazo.

El profesor enarcó las cejas mostrando un leve interés. Desató la cinta y desenvolvió la tela. A su vista apareció una antigua tabla con un tosco dibujo.

—Primeros años de la Edad Moderna —el americano escrutaba cada reacción del profesor.

Era un grabado antiguo sobre tabla de olivo en la que se representaba a un personaje con sombrero y los ojos vendados. Portaba un laúd en las manos y, ante él, un grupo de personas sentadas en el suelo en actitud expectante. Al fondo, una iglesia con andamios y poleas y, en la parte superior, un monte coronado por un castillo.

—Cantares de ciego—atinó a decir el español.

—Buen observador. El artista realizó el grabado mientras un trovador ciego divulgaba hazañas en la ciudad española de Jaén. El edificio en obras es la antigua catedral de esa ciudad, por entonces en construcción y, al fondo, sobre el monte, el castillo de Santa Catalina. Por favor, lea la leyenda de la parte inferior —insistió Gottlieb.

La letra era demasiado pequeña. El profesor sacó de un estuche sus gafas de presbicia y las calzó sobre el caballete de su nariz.

—«Gran Gualas trovador de los hechos del caballero don Íñigo de Velasco, descubridor y salvador de la juvencia en las Indias». —Castillo detuvo un instante la lectura y quedó pensativo. Gottlieb, atento, reparó en ello. Después continuó—: «Ciudad de Jaén a veintiún días del sexto mes del año de gracia de mil quinientos sesenta»—. Durante unos segundos no separó sus ojos de la tabla.

—Es toda una crónica periodística ilustrada —continuó Gottlieb—. En 1560 un ciego llamado o apodado Gualas ensalzó la figura de un tal Íñigo de Velasco al que atribuía el descubrimiento de la juvencia en las Indias, es decir América. Hemos comprobado que en el censo de expedicionarios del segundo viaje de Juan Ponce de León a Florida había un Íñigo de Velasco originario, precisamente, de la ciudad de Jaén. Me hice con esta tabla en una subasta de arte en Madrid. Es auténtica. Pagué mucho dinero por ella y por una curiosa nota manuscrita que acompañaba al lote.

El americano abrió de nuevo el maletín y extrajo una pequeña caja de metacrilato precintada con un trozo de papel de trapo en su interior. Le entregó el objeto y Castillo leyó a través de la protección trasparente:

Querido Gualas:

Solo los necios creen que el corazón que ama, después de muerto, deja de latir. Honra la memoria de nuestro querido Íñigo y no cambies nunca. Siempre te llevaré en mi corazón.

Dolce.

—Sabemos que el papel se fabricó con lino y pasta de cáñamo. Nuestros técnicos han datado su edad carbónica en quinientos años. Se escribió con una pluma de pato, la tinta también tiene una antigüedad de cinco siglos y, según los peritos, se confeccionó con un ácido obtenido de tanino vegetal, hierro y clara de huevo como aglutinante. El resultado es una tinta ocre que se adhiere firmemente al soporte escriptórico y no se borra. Era una técnica muy común en la Edad Media.

Castillo, sorprendido, desorbitó los ojos:

—Pero no está escrito en castellano antiguo, son… —el profesor devolvió al americano una mirada estupefacta— ¡expresiones actuales!

—¿Entiende por qué pagué tanto dinero? Su anterior propietario incluyó tabla y nota en el mismo lote porque ambos documentos hacen referencia a los mismos personajes: Gualas e Íñigo de Velasco; pero el manuscrito, a diferencia del grabado, tiene una redacción inusual para aquel tiempo, cualidad que le convierte en un documento insólito, muy codiciado por los coleccionistas.

El profesor no cesaba de escudriñar el papel protegido por el metacrilato. Tomó la lupa que le ofreció Gottlieb y lo examinó de cerca.

—Adolece de mástiles ornamentados y los típicos caídos enlazados. Han usado vírgula en la eñe y el *ductus* redondo de las letras no se corresponde con la caligrafía de hace cinco siglos —refirió el español sin levantar la vista del manuscrito.

—Cierto. También carece de invocaciones divinas y de expresiones de salutación típicas de la época —sentenció el mecenas—. Ese tono familiar era impensable en el siglo XVI. Es como si hubiera sido escrita por alguien de nuestro tiempo utilizando papel, tinta y pluma del pasado. Pero ¿con qué fin? Este es otro de los enigmas que pretendo resolver. En cualquier caso, no estamos ante una leyenda, sino ante otra evidencia de que la juvencia existió y fue descubierta en 1521, pero por alguna razón nunca trascendió y estoy empeñado en averiguar el motivo. Mi teoría es que sigue oculta en el estado de Florida, pero desconocemos su ubicación. Sospecho que la pieza que falta a nuestra investigación se encuentra en el documento que usted «tomó prestado» en España.

El profesor humilló la mirada avergonzado por aquel «tomó prestado».

—¿Por qué piensa que el manuscrito de Sevilla está relacionado con la juvencia? —Castillo aún estaba sobrecogido.

—El archivo de Indias aún no ha concluido la digitalización de todos sus fondos. No existe copia digital del legajo que usted consultó aquel día, pero sí copia en microfilm. Los responsables del Archivo General de Indias no suelen entregar a los investigadores los documentos originales para su consulta, salvo por alguna razón justificada. Precisamente el microfilm de ese manuscrito se encontraba deteriorado, o alguien lo dañó deliberadamente. Solo eran legibles tres pequeños fragmentos, insuficientes para deducir el resto del contenido, aunque bastantes para concluir que en el original existen referencias geográficas del lugar donde se encontró la juvencia, de ahí su relevancia. Gottlieb levantó el vade del escritorio y tomó una copia impresa que entregó a Castillo.

Era un folio con los tres fragmentos que podían leerse del microfilm dañado:

… saber Vuestra Señoría que la juvencia, la fuente de mocedad eterna buscada por don Juan Ponce de León, fue encontrada en tierras de las mil…

… Quien se adueñe de la juvencia dominará el mundo para desdicha de justos y gozo de ruines…

… A poco de verse mi alma ante Altísimo, suplico a Su Señoría conceda su perdón a este vasallo que sirvió fielmente a nuestro emperador don Carlos…

El americano, sibilino, no separaba los ojos del rostro de Castillo. Se aproximó a él adoptando una actitud interrogativa.

—¿Cómo puede dominar el mundo quien se adueñe de la juvencia? —se inclinó para tratar de dar mayor énfasis a sus palabras—. ¿Acaso poseen las aguas mágicas más poder que el mero rejuvenecimiento? ¿En tierras de las mil qué, profesor?

Castillo no contestó.

Volvió el americano a apoyar la espalda sobre el respaldo de la silla y le esperó con aquel gesto metálico tan inquietante:

—Ante la imposibilidad de consultar el microfilm, usted solicitó por escrito el legajo original. Accedieron a su petición porque le conocen de hace años. No en vano basó en aquel archivo su tesis doctoral. Fue usted quien dañó en secreto los microfilms para que no tuvieran más remedio que entregarle el documento original.

Aquella situación le estaba superando. Cuando Castillo comenzó sus estudios sobre la juvencia nunca imaginó que se toparía con aquel revelador documento, ni que encontrase el valor suficiente para sustraerlo, ni para dañar el microfilm, ni que en Suiza apareciera un excéntrico personaje rodeado de escoltas armados y supiera sobre su vida más que él mismo.

—Pagaré lo que pida por el manuscrito.

—No está en venta —el español negó despacio.

—Déjeme verlo, al menos.

—No —movió la cabeza, receloso—. Está a buen recaudo. Pero lo he memorizado.

—Contiene referencias geográficas, ¿verdad?

Castillo asintió al fin.

—No solo eso —añadió el español despertando mayor interés en su contertulio—. Se trata de una carta que un caballero español al servicio de Ponce de León escribió al virrey Diego Colón en 1521. ¿Adivina quién suscribe la misiva?

—¡Íñigo de Velasco! —una mirada codiciosa prendió en Gottlieb como una bengala.

El profesor asintió y la media sonrisa se dibujó en el rostro afilado de su anfitrión. Se aproximó al español y le puso la mano en el hombro.

—No voy a ofrecerle cantidad alguna por un documento que no es de su propiedad y, aunque lo fuera, me consta que no hay dinero que satisfaga su deseo de participar en esta maravillosa aventura. Somos muy parecidos, unos empecinados soñadores. Le haré una oferta distinta —susurró el americano con aire conciliador. Reparó en el desconcierto del profesor—. En este momento tal vez soy el único que puede ayudarle. Le propongo que se una a mí y colabore en este fascinante proyecto. Con mi mecenazgo y su información podríamos hacer historia. ¿Quiere conocer las condiciones?

Castillo no hizo comentario alguno.

—Pondré a su disposición los medios que precise, pero ha de ayudarme a localizar la juvenca. Le pagaré cinco mil dólares mensuales además de alojamiento y dietas. En el momento que encontremos la juvenca recibirá una transferencia a través del Dresdner Bank de Suiza con una generosa gratificación.

Se advertía vacilación en la mirada de Castillo.

—Tres millones de dólares.

«¡Tres millones de dólares!», repitió mentalmente el profesor.

—Si acepta, podemos suscribir el contrato en este momento. Mi *jet* privado aguarda en el aeropuerto, podemos volar a Florida hoy mismo.

Sopesó todo aquello durante unos instantes. Al cambio actual, pensó, debía rondar los dos millones setecientos mil euros. No podía creerlo.

—Naturalmente el contrato incluirá una cláusula de confidencialidad —continuó Gottlieb al tiempo de encender otro cigarrillo—. No percibirá un céntimo si divulga cualquier detalle sobre el proyecto y se incluirá otra cláusula blindada que le obligaría a indemnizarme con el doble de la cantidad ofrecida si rompe el sigilo contractual. No podrá ponerse en contacto con familiares ni amigos hasta que haya concluido el trabajo y estará sometido a mi supervisión directa.

—El precio del silencio —susurró el español.

Juan Castillo permaneció inmóvil, absorto en sus pensamientos, como si estuviera viviendo un sueño, como si en ese momento no se encontrase en aquella lujosa *suite* presidencial pactando condiciones para una empresa delirante. Él disponía de información privilegiada y aquel mecenas le ofrecía un suculento contrato para un proyecto que le hubiera sido imposible financiar por su cuenta. Desconocía si se trataba de una casualidad o si el destino se confabuló para que las cosas sucedieran conforme a un guion establecido. «¡Tres millones de dólares!». Notaba cómo la bilis acudía a su garganta y el sudor a sus manos. Finalmente habló:

—¿Y si no acepto?

Gottlieb clavó sus ojos en Castillo y esbozó una sonrisa gélida.

—Sería el mayor error de su vida.

7

¡Atended los descreídos a mi román! Hechos os traigo tan ciertos que los vieron mis ojos cuando aún los tenía, y aún los veo con los óculos de la memoria. Guardad las palabras en vuestras bocas, que os retrato al vivo la historia.

El comendador don Nicolás de Ovando organizó la gobernación de La Española nada más pisar tierra. Por entonces solo había en la isla trescientos españoles repartidos en cuatro villas: Santo Domingo, Concepción, Santiago y Bonao. Tras el ciclón que arrasó Santo Domingo, mandó edificar al otro lado del río Ozama. Se construyeron monasterios y casas de mampostería bien labrada y se trazaron calles nuevas. En pocos años se levantaron diez pueblos en diferentes zonas de la isla. La Española se convirtió en el puerto de arribo a las Indias donde los navíos del rey, tras avituallarse, zarpaban a otros lares por explorar.

Allá nos topamos con un mundo hostil poblado de millones de almas que no habían oído hablar de Cristo y, los españoles, con la excusa de evangelizar, hicimos muy grandes tropelías para hacer fortuna. A poco de nuestra llegada, informaron al comendador que la mano de obra escaseaba porque los indios taínos de la provincia de Higüey huyeron a las montañas negándose a trabajar en las minas de oro. Estos nativos, de siempre pacíficos, huían de los castellanos que los explotaban y los trataban peor que a las alimañas. Se decía que los indios carecían de alma y no subían al cielo de Dios, por ello sus vidas valían menos que las balas que se gastaba en matarlos. Tiempo atrás, los hermanos Colón hicieron grandes crímenes con muchas torturas y despedazamientos y ahorcaban a quienes se negaban a trabajar en minas y plantaciones. Las huestes españolas raptaban a niñas indígenas y solo las devolvían, ya desfloradas, a cambio de una bolsa con pepitas de oro. Y a los que huían a los montes les azuzaban a los alanos, que eran perros de presa muy fieros que en España se usaban para rendir toros bravos. Sabed que el alano es buen corredor y tiene fauces fuertes para sujetar ciervos y jabalíes. Iban siempre en vanguardia, ataviados con collares punzantes y cubiertos de gualdrapas para repeler flechas y dardos. Y como los perrillos de los indios eran canijos y no ladraban, cuando vieron a los canes españoles, metieron rabos entre patas y tuvieron mucho espanto. Temían los indios más a un alano de un quintal que a un regimiento de fusileros.

Los dos mil quinientos hombres de Ovando llevaban la idea fija de volver a España enriquecidos, por lo que obligaban a los indios a buscar oro con recias maneras. Y como el polvo de oro que hallaban era escaso, los forzaban a laborar de sol a sol. Lejos de hallar provechos en las expediciones, la falta de comida disparó los precios y muchos españoles volvieron a Santo Domingo más pobres y desencantados que llegaron. Y esto ocurre porque la Providencia reserva pesares a los codiciosos que quieren enriquecerse con prontitud. Por si fuera poco, mandó el Criador epidemias desconocidas para los físicos y, en breve trecho, más de mil españoles fenecieron, pero muchos más indios cayeron por los males europeos y la esclavitud. Sabed que del medio millón de nativos que había en La Española, a diez años de la llegada de los españoles, solo sobrevivieron sesenta mil.

Se corrió la voz de que los indios de la provincia de Jaragua proyectaban una rebelión. Para mí que fue más cizaña que peligro cierto. Años antes, don Bartolomé Colón, hermano del almirante, apresó a Caonabo, cacique de Jaragua, y exigió impuestos sometiendo a los indios a toda clase de atropellos. El comendador, siguiendo las costumbres castellanas del escarnio contra los rebeldes, castigó el pueblo de Anacaona, esposa de Caonabo, la más bella mujer que el mundo viera. Se hizo fingiendo parlamento y enviaron mensajeros para anunciar una visita amistosa. Salieron los españoles de Santo Domingo al frente de trescientos escogidos soldados con caballería, alféreces y estandartes. Mi señor y un servidor fuimos con ellos, porque Ovando requirió a don Juan Ponce milicias para la empresa.

Anacaona, al vernos llegar, lejos de mostrar su enojo por la prisión de su esposo, nos agasajó con bailes, tortas de cazabe, frutas de muchas clases, piezas de pesca, langostas y aves. Era domingo, bien lo recuerdo. Después de comer, bajo pretexto de corresponder al agasajo, el gobernador mandó exhibir torneos y justas a la usanza de Castilla, pero no era más que una trampa. Ovando llamó a Anacaona y a los principales jefes para que presenciaran el espectáculo junto a él, en la cabaña de los caciques. A la hora prevista, el gobernador se llevó la mano a la cruz de Alcántara que pendía en su pecho. Era la señal convenida. En ese momento los españoles se lanzaron sobre los jefes de la tribu, los amarraron a los pilares de madera y prendieron fuego a la choza donde se abrasaron vivos. En tanto se retorcían y aullaban, la caballería cargó contra la población que huía despavorida, decapitando y degollando a cuantos encontraron a su paso, ya fueran ancianos, mujeres o niños. Y a los que conseguían huir los abatían con tiros de ballesta y arcabuces. La bella Anacaona consiguió escapar, pero a los tres meses fue prendida y ahorcada ante su pueblo. Mi señor don Íñigo pensaba que la misión consistía en apresar a jefes y cautivar a indios para las minas pero, una vez iniciada la pendencia, las órdenes del gobernador fueron matar mucho y bien. Aquellas grandes felonías contra los indios dejaron a Íñigo muy afectado.

Que no os espante lo que oís, pues no hice más que empezar. Imaginad el poblado cubierto por la mortaja negra de la muerte. Columnas de fuego y humo ascendían al cielo como tentáculos. En la explanada, ante una montaña de muertos y los restos calcinados de las cabañas, Íñigo quedó quieto y pensante, acaso buscando sus propios fantasmas entre los rescoldos. Tenía la mirada opaca y una tristeza honda se abría paso en su corazón. «Pobre España», le oí musitar.

Tras la matanza, el gigante Matías Malasangre, que a satisfacción había degollado a decenas de indios, acusó a Íñigo de traidor y defensor de rebeldes y denunció ante el gobernador haberle visto socorrer a Anacaona y los suyos, señalando a la caballería rutas equívocas para protegerlos. Mandó el comendador lo primero recuento de soldados, cabalgaduras y cautivos. Después habló con los alféreces, tras lo cual formó a la hueste y llamó a Íñigo acusándole de traición por denuncia de Malasangre. Tales fueron sus palabras dichas:

—¡Es hora de hacer justicia y sumar un muerto más si fuera menester! ¡No quiero traidores ni conjurados en mis filas! —estalló don Nicolás de Ovando.

Ved a Íñigo descargarse con palabras recias:

—Excelencia, sois testigo de cómo el indigno Malasangre abusa de inocentes. Estáis al tanto de cómo arruina a los soldados con juegos prohibidos y su afición al engaño, en eterna porfía con la decencia. Yo le acuso a él de utilizar vuestra autoridad denunciando por despecho lo que solo él dice haber visto.

—¿Qué tenéis que decir? —inquirió el gobernador a Matías.

—Hay dos testigos más, Excelencia —señaló a sus dos compinches.

—¿Es cierto cuanto manifiesta el denunciante? —preguntó a Chirlo y Bocatuerta. Chirlo era flaco, aguileño, tostado de piel, con bigote y barba zaina. Tenía el rostro surcado por una gran cicatriz curva que le daba un aspecto siniestro. Rémora de una pendencia sevillana en la que otro bellaco como él lo señaló para siempre. Bocatuerta, por el contrario, era rechoncho, de cara redonda, barba rizada como la de los turcos y, en la boca, una mella antigua, motivo del apodo. En España, ambos habituaban las tabernas de los puertos donde anidan la chusma y el puterío. Cuando el aguardiente les enturbiaba los ojos, era más saludable evitarlos, tan rufianes eran.

—Lo es, Excelencia —respondieron al unísono.

—¿Cómo sabéis que era Íñigo si vuestras posiciones distaban varios tiros de ballesta de la suya?

—Fulgía a lo lejos su morrión dorado, único en toda la isla. Con el sol brilla como el oro y puede verse a una legua —añadió Bocatuerta.

El gobernador fue hasta Íñigo de Velasco, se situó a un palmo de su rostro y buscó en su mirada azul asomos de falsedad.

—¿Sabéis cómo castiga la Corona a los traidores? —preguntó Ovando un tanto desconcertado, pues conocía su intachable trayectoria como soldado.

—Dice Su Excelencia que es hora de hacer justicia. ¿Es esto justicia? —Íñigo señaló a los cadáveres amontonados sobre los que se cebaban las moscas—. Estos desdichados se resistían a que los que llegamos por el mar con nuestras casas flotantes, violásemos su paz y sus costumbres. Para ellos somos bestias con caparazones brillantes, como los escorpiones. Demonios con armas que escupen fuego y alcanzan la muerte a distancia. Les quitamos sus tierras, sus hijos, sus mujeres y su libertad. No pocos, sumidos en la tristeza, se dejan morir, porque no entienden que se trabaje más de lo justo para vivir, ni que sean obligados a trabajar para otros. No valoran el oro más allá de la curiosidad de su brillo bajo las aguas y desprecian las perlas de las ostras porque no se comen. Y si no se comen, no sirven.

Nunca en mis años al servicio de mi señor le había oído pronunciar tantas palabras seguidas. Y es que a don Íñigo le dolía el exterminio de nativos con tan fútiles pretextos.

—Los indios han de contribuir al bien que les aportamos —añadió Ovando.

—Los maltratamos y los esclavizamos. ¿Qué bien les ofrecemos?

—¡Civilizarlos y evangelizarlos! ¿Acaso hay mayor beneficio para ellos que traerlos a la fe verdadera y a la protección de Cristo? Son salvajes y los indios calusas comen carne humana. No hay mayor pecado ni más ofensa a los ojos del Altísimo que comerse unos a otros como fieras.

—Los calusas matan en sacrificio a sus dioses, o para saciar el hambre, los españoles por el oro. ¿Acaso estamos libres de pecado? —añadió Íñigo—. Trajimos avaricia y muerte. Nunca se escuchó por estos lares el sonido de los aceros. Pese a ello, nos acogieron como a príncipes y nos agasajaron con lo mejor que tenían. Son hijos de Dios y poseen alma como todos nosotros. Si traidores buscamos, para hallarlos solo precisamos un espejo —concluyó indignado el de Jaén.

—Dejemos a los teólogos el discernimiento sobre las almas de los indios, pero los reos de rebelión es cosa de la justicia del rey —concluyó Ovando, enojado—. No permitiré felones en mi retaguardia. ¿Os declaráis culpable de lo que se os acusa?

—¿Concede Su Excelencia la venia a este humilde escudero? —de mi garganta brotó la voz de otro, apenas un hilo apocado y trémulo. Pero al verme con aquel trance iniciado, carraspeé y eché mi cuarto a espadas.

—¿Cómo os llamáis, muchacho?

—Gualas, Excelencia. Bueno, en verdad mi nombre es Benito.

—¿Benito y qué más? Tendrás un apellido ¿o acaso sois de mil padres? —inquirió el gobernador.

Se hizo el silencio de siempre, previo a la algazara de siempre, aquel instante detestable cuando, tras pronunciar mi nombre —lo vi demasiadas veces— primero se miran, después se mofan: «¿Ben-i-tó-Camelo?». Los mediocres fueron siempre previsibles.

—¿Ben-i-tó-Camelo? —repitió Ovando, con sorna.

El silencio de siempre, ya os lo dije. Al cabo, un estallido de carcajadas resonó en la explanada. Las de siempre.

—¿Qué tenéis que decir, escudero? —levantó la mano para silenciar las risas.

—Si Su Excelencia ha de castigar al del morrión dorado, la sentencia debe recaer sobre mí, pues don Íñigo de Velasco está libre de toda culpa. Era yo quien portaba el morrión. Cuando don Íñigo perseguía a los indios lo perdió y yo lo recuperé, me lo ajusté y busqué por las trochas el camino de vuelta al verme perdido. Fueron a mí, y no a él, a quien vieron los testigos —mentí.

Íñigo me miraba perplejo al escuchar mi improvisado embuste. Debíais ver la expresión avinagrada de Malasangre. Don Nicolás de Ovando se mesó las barbas, pensativo. Al fin, dio por buena mi falacia y declaró resuelta la querella, sin más ruido. El gobernador fingió creer la confusión de los testigos, aunque apercibió a don Íñigo para que, en lo sucesivo, no cuestionara su autoridad. Le recordó que él representaba al emperador de España en aquella isla.

—Excelencia, no podéis cerrar el asunto después de verse menoscabado mi honor por quien me acusó de traición —reclamó el jaenés, dolido por la perfidia de Matías, el sevillano—. Solicito licencia para batirme con él si no retira sus palabras.

Tal fue el silencio tras lo dicho, que solo se escuchaba el zumbido de las moscas sobre los muertos. Al fin, el gobernador preguntó a Malasangre y este dijo que antes se dejaría matar que rebajarse a un traidor defensor de infieles. Aceptó pues el duelo y salieron a la explanada con sus armas. Malasangre era un cíclope de dos varas y media bien servidas y trescientas libras de músculos, duros como peñas. Íñigo era diestro en el manejo de armas, pero no le valió ser el primer espadachín del regimiento porque Ovando ordenó batirse a puños, como hombres, no como soldados. Se ensanchó la sonrisa inmunda del gigantón sabiéndose en ventaja sobre su adversario. El gobernador los puso frente por frente, a un palmo. Se vio entonces la diferencia de altura pues, aunque Íñigo tenía buen talle, su cabeza quedó a la altura del pecho del marino. Ovando les dijo que, según las reglas del desafío, les estaba permitido luchar hasta la muerte. No había concluido Su Excelencia de pronunciar las últimas palabras cuando Íñigo encajó una gran metida en la mandíbula cayendo a tierra con un rugido de dolor. El gigantón vio la ocasión de saldar rápido la pendencia y procuró despacharlo para el otro mundo en pocos lances. Así pues, se fue contra mi señor empleando sus puños, que eran como mazas de acero templado. Durante buen rato —llevaba el asunto trazas de eternizarse por la infinitud de golpes—, Malasangre le batanó las costillas y el sufrido Íñigo padeció tal suerte de metidos y golpes ante el griterío de la tropa que, al verlo tan maltrecho y por la tierra revolcado, pensé que había llegado el fin de sus días. Tras la severa tunda, mi señor quedó en el suelo, como muerto. El gobernador señaló con la barbilla y fueron a ver si respiraba, por si hubiera que aplicarle los santos oleos. Cuando creyó el Matías haber cumplido el trámite, mi señor primero tosió, escupió sangre, después se incorporó despacioso y se dobló sobre sí mismo para recuperar el aliento. Se enjugó con el brazo la boca sangrante y polvorienta. Luego se irguió desafiante, apretó puños y dientes y echó en el marino los ojos, como cuchillos afilados. Malasangre, fatigado de zurrar con saña, no entendía cómo su rival soportó la tunda y quiso saldar lo iniciado. Arrancó de nuevo en carrera, pero Íñigo, habilidoso, dribló el envite y el gigante se trastabilló y cayó al suelo de bruces. Se incorporaba cuando encajó una patada en la boca y volvió a caer. Escupió un diente negro. Nuevo intento de ponerse en pie y una estampada le hundió la nariz por la que sangró con veras. La tercera patada en la cabeza hizo que Malasangre quedara con el sentido vahído, como muerto. Velasco levantó su bota para tronzarle el cuello, pero recordó que aquel miserable no hizo sino decir lo que vio pues, amparado por la maleza, Íñigo, vista la matanza de indios, dejó escapar a Anacaona y los suyos y, cuando llegaron los jinetes españoles, les señaló una ruta falsa para proteger la huida de los indios. Viéndolo sangrar y mal respirar, desistió del golpe de gracia y lanzó al marino un escupitajo antes de perderse en la ribera del río, donde limpió sus heridas.

8

Centro de Inteligencia George Bush
Langley, Virginia, EE. UU.

Llovía con fuerza en el condado de Fairfax. El cortejo de vehículos oficiales pasó por los controles de seguridad de la Agencia Central de Inteligencia. Del Chevrolet se apeó Eduard Sheffer, director del Servicio Nacional Clandestino, departamento de la CIA creado en 2004 por el entonces presidente George Bush sobre la antigua Dirección de Operaciones. Del segundo vehículo, un Mercedes negro, Brandon Wellinstone, director de la Oficina de Apoyo, y Marina Randall, responsable de Ciencia y Tecnología de la agencia norteamericana. En el cuartel general les esperaba el general Logan Scocht, director de la CIA y el asesor de Seguridad Nacional, Ethan Tomlin.

Los altos funcionarios, tras recorrer las instalaciones escoltados por el oficial de guardia, entraron en la sala y saludaron al director, al asesor y a Oriana, la ayudante de Logan Scocht. La secretaria, ante una mesa de cristal táctil, activó una de las paredes de plasma. La sala de juntas, próxima a la Oficina Principal de Seguimientos, conservaba una elegante decoración donde las maderas nobles alternaban con sofisticados sistemas informáticos. En el centro, la famosa mesa oval de veinticinco escaños donde se tomaron importantes decisiones en los últimos setenta años.

—El asunto por el que les he convocado tal vez les parezca insólito —inició el director de la CIA, un fornido sesentón de cabeza rapada y mofletes de bulldog. Era general del Estado Mayor y tenía el pecho constelado de medallas y cruces—. Hace tres semanas un profesor español encontró un documento inédito fechado en 1521 que podría aportar información desconocida sobre lo que hasta ahora ha sido solo una leyenda: la juvencia —reparó en que todos los asistentes tenían la mirada fija en sus labios y observaban cada una de las palabras que salían por su boca.

—¿Juvencia? —Wellinstone se mostró contrariado.

—Sí. La fuente de la eterna juventud, o fuente de la vida.

—¿Las aguas milagrosas que devuelven la juventud a los ancianos? —inquirió Randall, perpleja.

—Exacto.

—La esencia que devuelve la vitalidad a los ancianos existe, es de color azul y su nombre no es juvencia, sino Viagra. Doy fe de ello —Sheffer arrancó algunas risas.

—¿Qué tiene que ver la CIA con esos viejos cuentos? —gruñó Wellinstone, poco habituado a tratar asuntos ajenos al comunismo, el crimen organizado o el yihadismo.

—Hace quinientos años fue buscada por un grupo de españoles capitaneados por Juan Ponce de León. A raíz de un manuscrito descubierto en España se han producido algunos episodios que han alertado a nuestros servicios de inteligencia.

Se hizo un silencio breve durante el cual los asistentes no daban crédito a la infantil exposición del director de la CIA. Tuvieron la callada impresión de que se les tomaba el pelo, porque en la agencia existían asuntos mucho más relevantes que el seguimiento a una panda de chiflados obsesionados con antiguas leyendas. El general reparó en los rostros descreídos, hizo una señal y Oriana deslizó sus dedos sobre el tablero acristalado. En la pared de plasma apareció la imagen de un cuarentón fornido de faz oronda, barba entrecana y tupido cabello.

—Están viendo al profesor Juan Castillo Armenteros, arqueólogo español experto en mitología medieval —el general Scocht señaló a la imagen—. Recientemente impartió una conferencia en Suiza sobre la fuente de la eterna juventud que alguien colgó en Internet. Veamos un fragmento del video de su intervención en el Ateneo Español en Zúrich.

Oriana activó la reproducción y la imagen del profesor se proyectó. Avanzó el vídeo y la voz del profesor resonó en la sala:

Diversas leyendas nos hablan de la existencia de una legendaria fuente cuyas aguas poseían la facultad de devolver la juventud a quienes la probaban. Unos hablan de un surtidor mágico del que había que beber, otros de un río milagroso donde había que bañarse, como el Jordán, donde fue bautizado Jesús de Nazaret. La fuente de la juventud, la *iuventia* o juvencia, como también se conoce, se mencionó en el siglo XIV en *El libro de las maravillas del mundo* de Juan de Mandevilla, en diversas obras sobre el enigmático rey Preste Juan en Etiopía y en el *Códice de Sphaera*. Alejandro Magno buscó la piedra conspicua que Adán portaba cuando abandonó el paraíso y que emitía una luz que señalaba al manantial de la inmortalidad. En la Biblia se refiere el milagro de Cristo que sanó a un hombre en el estanque de Betesda, en Jerusalén.

El agua prodigiosa ha sido motivo de numerosas leyendas y mitos representados por objetos maravillosos como el Santo Grial, vinculada en ocasiones a la piedra filosofal alquímica o a la panacea universal. En el Génesis se describe el paraíso terrenal con cuatro ríos que parten del Árbol de la Vida y que manan de una fuente central. Para algunos autores como Armindo de Santos, el jardín del edén nunca existió y se debe a un fallo de traducción de los hagiógrafos, pues *eden* significa «vega o huerta regada». Era, por tanto, un lugar de trabajo y manutención fácil. Pero según la tradición esa fuente central es la Fons Aeternae Juventutis, cuyas aguas pueden asimilarse al néctar de la inmortalidad situado en el centro del paraíso del que bebían Adán y Eva antes de ser expulsados del edén. Pasaron a ser mortales en el momento que dejaron de beber de aquella fuente prodigiosa. De ahí la costumbre ancestral de situar una fuente en el centro de claustros, jardines y patios de casas y palacios, incluso en el punto central del tablero del popular juego de la oca.

En 1546 el pintor alemán Lucas Cranach, el Viejo, pintó la *Fuente de la Eterna Juventud* en la que sus personajes experimentan una mejoría física al contacto con el agua curativa. Otro tanto sucede en la xilografía de Jungbrunnen de 1520, donde viejos y tullidos se acercan esperanzados al surtidor maravilloso. También El Bosco la recogió en *El jardín de las delicias*. Como vemos, la mayoría de las referencias artísticas proceden del siglo XVI.

Existe la creencia de que los indios arahuacos contaron a Juan Ponce de León la historia de unas aguas prodigiosas en las islas Bimini, al norte de las Bahamas. Esos islotes existen, pero cuando llegaron a la actual Florida creyeron que era la mayor isla de las llamadas Bimini. Según los cronistas de la época, fue allí donde el conquistador español buscó la fuente milagrosa. Si Ponce de León encontró la juvencia desde luego nunca llegó hasta nosotros. Al menos todavía no ha llegado a mis manos. A la vista está. [Risas]. La cuestión es: ¿existió realmente algún elixir que combatiera la longevidad y rejuveneciera cuerpo y mente? Su hallazgo supondría el mayor descubrimiento en la historia de la humanidad y, qué duda cabe, transformaría el mundo. Desconocemos si para bien o para mal, pero sin duda lo transformaría. [Aplausos].

La ayudante detuvo el vídeo y la imagen del profesor quedó congelada. El general informó que Castillo llevaba varias semanas en paradero desconocido y su familia barajaba la posibilidad de un secuestro.

—Las autoridades españolas han cursado a la Interpol una orden de detención ante la sospecha de que se encuentre huido —el jefe de la agencia señaló al plasma con su estilográfica—. Se le acusa de un delito contra el patrimonio histórico por el robo de un documento del Archivo de Indias de Sevilla. Veamos quién asistió a aquella conferencia —el general hizo otra señal a la asistente.

Oriana presentó un barrido a cámara lenta del público que aplaudía la intervención del profesor. Detuvo la imagen y aplicó el *zoom* sobre un tipo alto, elegante y fornido, con el pelo cortado a lo militar. La secretaria capturó la imagen y la arrastró a la parte superior de la pantalla, junto a la del profesor Castillo. Continuó el barrido, detuvo de nuevo la reproducción e hizo lo mismo con otro de los asistentes.

—El mulato es Richard Morillo, escolta. El rubio, Darian Wefersson, jefe del servicio de seguridad de Gottlieb.

—¿Gottlieb? ¿El masón? —Sheffer se sorprendió.

Sobre la imagen pausada apareció sobrepuesta una fotografía de archivo de un hombre elegante, delgado, pelo engominado y perilla bien cuidada.

—Jacob Crespi, judío de ascendencia italiana. Es uno de los masones con mayor influencia en los Estados Unidos, conocido por el sobrenombre de Gottlieb. Fue miembro de los Caballeros Kadosh y antiguo integrante del Supremo Consejo de Grado 33. Es un tipo escurridizo que utilizó su influencia masónica para amasar una enorme fortuna en pocos años. Ethan dispone de más información —el general cedió la palabra al asesor de Seguridad Nacional.

Ethan era un tipo flaco, de aspecto severo y mirada sagaz parapetada tras unas gafas que le iban grandes. La montura de concha y su pelo engominado le conferían cierto aire intelectual, como de notario de provincias, pero tras aquella sutileza se escondía un halcón de afiladas garras con una mente privilegiada y una personalidad implacable.

—Como ha referido el general Scocht, tras la conferencia en Zúrich no se supo más del español —retomó Tomlin—. En estos momentos investigamos la relación entre Gottlieb y la desaparición del señor Castillo. Sabemos que ambos se entrevistaron en la *suite* presidencial del hotel Park Hyatt. Sospechamos que en la actualidad ambos se encuentran en Estados Unidos, posiblemente en Florida. Hemos tenido acceso a la grabación del vídeo de seguridad del archivo de Indias de Sevilla en la que se aprecia cómo el profesor Castillo desprende una página de un viejo legajo del siglo XVI. Gracias a nuestro tratamiento digital de imágenes hemos ampliado el fotograma y reconstruido el texto del manuscrito. Se trata de una carta fechada en 1521 y remitida al virrey de las Indias.

Oriana repartió copias de la imagen impresa. Su tenor era el siguiente:

Muy Magnifico Señor don Diego Colón, virrey de las Indias.

En el segundo día de julio del año de Nuestro Señor de mil quinientos veintiuno, por mediación de don Juan Eslava, os hago llegar la presente misiva. Viéndome obligado por los indios calusas y por taimados castellanos que hacen gran desprestigio a la Corona y, llegada la hora de mi final, os anuncio las razones que me llevaron a actuar como lo hice. Sabed que vuestros súbditos se cegaron de codicia y mis ojos han visto tantos horrores y fechorías en la Florida que precisaría el tiempo que no dispongo para deponer con detalle. Ha de saber Vuestra Señoría que la juvencia, la fuente de mocedad eterna buscada por don Juan Ponce de León, fue encontrada en tierras de las mil islas, a una jornada del fuerte español, en el templo conocido como Cabeza de Serpiente. El dicho templo queda bajo tierra, junto a ciénagas de gran floresta, a veintitrés leguas a meridión del mar

de aguas dulces y a seis del poblado conchero calusa. Portamos las veinte vasijas al poblado de los dos ríos y la juvencia fue probada por muchos. Resultó ser pócima que desata desvaríos y desolación. Tales quebrantos aflige que los días se tornan perdición, los leales se vuelven asesinos, los nobles en avaros y cometen crímenes con el vaivén de sus espadas, o a tiros de arcabuces. Así mostró el destino la muerte a quienes la juvencia cataron. Hubo quienes vieron en ella mayor precio que el oro y las gemas, por ser arma mortífera que doblega voluntades y somete ejércitos. Quien se adueñe de la juvencia dominará el mundo para desdicha de justos y gozo de ruines. Pero como el destino solo atañe al supremo Dios, resolví devolver la dicha juvencia a la madre tierra, de donde nunca la debimos tomar. A poco de verse mi alma ante Altísimo, suplico a Su Señoría conceda su perdón a este vasallo que sirvió fielmente a nuestro emperador don Carlos Primero de España y Quinto del Sacro Imperio Romano Germánico. Y si por mala ventura la juvencia fuese hallada en el porvenir, rezo a Dios para que caiga en manos honradas y se preste a destruirla, para que persona ninguna tenga acceso a ella por ser maldición segura y perdición de los hombres.
Sea Dios loado.

Íñigo de Velasco.
Infante y caballero de Su Majestad.

Tras un instante reflexivo el asesor Tomlin intervino:

—De confirmarse la autenticidad del documento estaríamos ante un hecho histórico sin precedentes. Según este manuscrito, Juan Ponce de León descubrió en Florida algo que pudo cambiar la historia de la humanidad. Un arma letal que somete voluntades y doblega ejércitos. No es así como se supone que debe actuar una esencia rejuvenecedora.

—Solo disponemos de una fotografía del manuscrito de mala calidad. Desconocemos si el original es falso o reproduce información inventada —receló Sheffer.

—Nuestros asesores en historia confirman que don Juan de Eslava, citado en la carta como emisario, formó parte de la expedición de Ponce de León a Florida y consiguió regresar a Cuba en 1521. Se sabe que se reunió con el virrey Diego Colón, hijo del famoso descubridor —añadió el general Scocht—. Pero la trascendencia de este documento no está solo en el descubrimiento de la juvencia, sino en la preocupación que transmite Íñigo de Velasco sobre la posibilidad de que algún día pueda ser encontrada. El manuscrito parece auténtico, pero el original está en poder del profesor Castillo. Debemos localizarlo.

—¿Y la masonería? —planteó Wellinstone.

—Tenemos indicios de que relevantes masones andan detrás de este asunto porque consideran la juvencia como uno de los enigmas de la antigüedad, pilar de sabiduría, esencia iniciática de la vida, tal vez procedente del paraíso terrenal mencionado en la Biblia. Hace un año se constituyeron los Caballeros de la Orden Juven de San Agustín de la Florida, una organización esotérica dedicada a la búsqueda de este mito. Han puesto en marcha un ambicioso proyecto que llevan en el más riguroso secreto. Esta orden, constituida por algunos renegados del Supremo Consejo de Grado 33, carece de la filantropía de las organizaciones masónicas tradicionales, no repara en medios para alcanzar sus objetivos y tienen a sueldo a los mejores historiadores y especialistas en arqueología. Aún desconocemos sus identidades, pero tenemos identificado a su gran maestre. ¿Adivinan quién es?

—¡Gottlieb! —se adelantó Marina Randall.

El general Scocht asintió.

—Es inteligente y escurridizo —asintió Tomlin que comenzó a pasear alrededor de la mesa. Jugueteaba con su pluma haciéndola rodar con el pulgar y el índice—. Sospechamos que ha incluido al profesor Castillo en su nómina de asesores y lo ha traído a Estados Unidos con documentación falsa, pues no hemos encontrado registros a su nombre en embarques ni hoteles, tampoco ha usado tarjetas de crédito. Verán que el manuscrito aporta algunas referencias geográficas sobre el lugar donde la encontraron, un templo subterráneo conocido como Cabeza de Serpiente —continuó el asesor.

—No termino de ver el interés de la agencia en este asunto. Compete al FBI —apuntó Sheffer, reticente.

El general hizo una significativa pausa, cogió una de las copias impresas del manuscrito y leyó un par de frases: «Por ser arma mortífera que doblega voluntades y somete ejércitos. Quien se adueñe de la juvencia dominará el mundo para desdicha de justos y gozo de ruines...».

—¿Responde esto a su pregunta? —espetó el director de la CIA.

El general apoyó las manos sobre la mesa y, con semblante grave, miró sin parpadear a cada uno de sus colaboradores.

—Hemos de averiguar si la juvencia existe, qué poder tiene, si es que tiene alguno, y evitar que caiga en manos de los enemigos de nuestro país. Marina, tu oficina supervisará los registros de llamadas de Jacob Crespi y su círculo social. Supervisad la información que circule por Internet en torno a la fuente de la juventud esté o no codificada, incluyendo la desencriptación de metadatos si fuese necesario.

Hizo una pausa para tomar aire y continuó:

—Eduard, dispón una vigilancia discreta en el Templo del Supremo Consejo de Grado 33 en Washington. Etham, quiero saberlo todo sobre los Caballeros de la Orden Juven, desde dónde se reúnen hasta las veces que van al baño. Necesitamos la información de la que disponga el FBI sobre el caso, pero los quiero fuera de la investigación. Ni el FBI, ni la DEA ni la policía de los condados. Y por supuesto, nada de prensa.

El general se desempeñaba con autoridad y cuando hablaba, sus mofletes flácidos temblaban bajo sus mejillas sexagenarias. Sobre ellas, un par de ojos coronados por espesas cejas brillaban febriles.

—Se ha puesto en marcha la Operación Juven —prosiguió tras una pausa y con un tono de inapelable buen juicio—. En este momento ya tenemos actuando a alguien.

—¿Quién? —preguntó Marina intrigada.

—Ferrara.

Los asistentes se miraron contrariados. Tomlin resopló.

—¿Ferrara? ¡Hay que joderse! —Sheffer levantó las cejas, sorprendido.

—Ya sé que tuvo problemas en el pasado, pero es uno de nuestros mejores agentes y debemos actuar con discreción. Lleva tiempo detrás de Gottlieb —justificó el general—. Hay que confirmar la existencia del hallazgo y neutralizar a los grupos de búsqueda. Si la juvencia existe no puede caer en otras manos que no sean las nuestras.

9

Universidad de Miami, Florida

Lola Romero era rubia teñida de flequillo recto. Tenía una mente despierta y una voz cálida que sabía modular con juicio. La becaria, que llevaba dos días ayudando a Brenda en la datación, se mostraba muy interesada por la prueba del radiocarbono y preguntaba sin cesar a la doctora. El día anterior, mientras preparaban la muestra en el laboratorio, Brenda le instruyó sobre el proceso de extracción del colágeno, la purificación, liofilización y grafitización.

—Existen varios procesos para la datación por radiocarbono —le explicaba—, una mediante contador de centelleo líquido, pero la espectrometría de masas es una técnica más moderna y avanzada que permite medir muestras muy pequeñas —la becaria atendía a las explicaciones de la doctora Lauper mientras el acelerador ultimaba el recuento—. Este aparato es el AMS (*accelerator mass spectroscopy*) y cuenta el número de isótopos de carbono 14 para determinar la antigüedad de los materiales que contengan carbono. Todo ser vivo lo tiene. Cuando el organismo muere, deja de incorporar nuevos átomos de C14 y se va desintegrando lentamente. En realidad, lo que hace el acelerador es una espectrometría de masas, es decir, contabiliza cuántos átomos de una muestra son de C14. Las partículas atómicas son aceleradas a gran velocidad y se desvían mediante potentes electroimanes. Los isótopos de radiocarbono siguen una trayectoria distinta porque tienen diferente masa, de esta forma pueden ser contabilizados.

—¿El AMS nos dirá el año exacto de la muerte?

—Eso no es posible —la doctora sonrió al ver la expresión desilusionada de la joven—. Existe un margen de error de treinta y cinco a cuarenta años, tanto por exceso como por defecto. Se traduce en un error en lo que llamamos edad BP (*before present*) o edad de radiocarbono, entendida como el resultado inicial del experimento, pero no es todavía una edad real. Ten en cuenta —continuó— que la edad cronológica final dependerá de la concentración de C14 en la atmósfera en cada periodo histórico. No siempre fue continuo, existen altibajos debido a las fluctuaciones de las radiaciones cósmicas a través de los tiempos. Esto hace que se pierda precisión. No es una cuestión técnica, sino de cómo se ha comportado la naturaleza a lo largo de la historia. Lo que obtendremos será un rango de edad posible, con su probabilidad.

La tarde del segundo día se agotó y Brenda, que no quería abusar de la amabilidad de la joven después de dos jornadas de intenso trabajo, la autorizó a marcharse y le agradeció su ayuda. Tampoco deseaba que personal ajeno al equipo profesional accediera a las conclusiones del informe confidencial solicitado por la Fiscalía de Distrito.

Brenda quedó sola en el laboratorio y llamó de nuevo al doctor Tisdale, que le fue marcando las pautas para interpretar el programa informático que recogía las variables y elaboraba el informe con los resultados del acelerador. John, al teléfono y espoleado por la curiosidad, ansiaba conocer el resultado. Por el auricular escuchó el ruido de la impresora y apremiaba a su compañera repitiendo una y otra vez: «¿Y bien? ¿Y bien?».

—Edad C14: 320 (± 35) años BP —leyó literal.

—El *software* del equipo realiza un proceso matemático para aproximarse a la edad real, pero la ratio de error es amplia. Digamos que el año de la muerte podría oscilar entre 1475 y 1650.

—Me hablas de un rango de error de… ¡ciento setenta y cinco años! Es un margen demasiado grande.

—Lo siento, pero no es posible afinar más para esa época. Por entonces existieron grandes oscilaciones en la curva de calibración y ese periodo es pésimo para cálculos precisos porque cualquier muestra de esos años tiene una edad BP muy parecida. Para afinar más tendrás que apoyarte en otras variables. Confórmate con que tus muestras tienen una antigüedad aproximada de quinientos años.

—¡Cinco siglos! —exclamó Brenda.

—Sí. Los cuerpos enterrados se descomponen de acuerdo a la composición de la tierra, humedad, temperatura y profundidad del nivel freático. Pudiera ser un indio precolombino —especuló el profesor.

John especuló con mil hipótesis en torno a las causas de su muerte por aplastamiento. Habló de terremotos, incluso de los efectos de algún huracán tropical que produjera el derrumbamiento de alguna estructura sólida, o el desplome de una cueva.

—Lo que no entiendo es tanta urgencia —añadió Brenda—. Will no quiso darme explicaciones, aun tratándose de restos tan antiguos.

—Tendremos que averiguarlo —respondió John, entusiasmado—. Estaré allí en dos horas y media.

—¿No volabas a Baltimore?

—He cambiado el vuelo. Salgo para Miami en pocos minutos.

—Insisto, más loco que una cabra —concluyó la antropóloga antes de colgar.

El laboratorio quedó en completo silencio, solo se percibía el eco persistente de las gotas que caían del grifo sobre el fregadero de la isleta. Observó el esqueleto con inquietud, en especial las oscuras cuencas del cráneo que adquirían un aspecto siniestro bajo la fría luz del halógeno. La calavera parecía observarle con fijeza. Un escalofrío recorrió su espalda. Quiso conocer más acerca de aquellos restos, sobre todo por la extraña premura de Will y la promesa hecha a John. Tomó el cráneo y lo observó detenidamente. Le llamó la atención una marca de una lesión en el hueso frontal, junto al arco orbital derecho. Por la trayectoria de la erosión supo que se trataba de una herida anterior a la muerte, un raspado óseo producido por algún objeto proyectado perpendicular al rostro que no llegó a romper el hueso. Tal vez una flecha. O una bala.

Miró su reloj.

Era tarde.

En el monitor de seguridad vio la imagen de la cámara del vestíbulo, solitario a esas horas de la noche. Gregor, el vigilante, leía un periódico sobre el mostrador de la oficina de control. Volvió a los restos óseos. Sentía una extraña turbación, una inefable sensación cada vez que observaba aquel enigmático cráneo. Reparó entonces en la caja que llevó la becaria. «El equipaje del muerto». La desprecintó y sacó de ella un casco metálico abollado. Tenía forma cónica con una cresta superior y un borde abarquillado que terminaba en punta por delante y por detrás. Estaba diseñado para repeler espadas y frenar el golpe con los bordes. Más tarde supo que se conocía por morrión. También sacó una cota de malla en mal estado, unas espuelas, catorce puntas de flecha, una espada con las iniciales IV en la empuñadura, un par de hebillas, diversas piezas metálicas sin identificar y un cofre de hierro semiaplastado. Los años habían descompuesto la mayor parte de las telas, cueros y maderas conservándose solo el metal y los huesos. Limpió cada pieza metálica con delicadeza y las dispuso sobre el esqueleto formado en la mesa. El morrión en el cráneo, la espada en el lugar que debían estar las desaparecidas falanges de la mano derecha, las puntas de flecha formando un haz sobre la clavícula izquierda, como si asomaran tras la espalda portadas en una aljaba. Extendió la cota de malla sobre el tórax y situó las espuelas junto al maléolo lateral, en la parte inferior de las tibias. Observó el conjunto y trató de imaginárselo en vida. Le puso mil caras. Después centró su atención en el cofre. Había en su interior una veintena de pequeñas vasijas. Dudó qué hacer y llamó de nuevo a John, pero esta vez activó la función manos libres del teléfono.

—Al habla el gran Tisdale. Hable ahora o calle para siempre. Piiiiii.

—No es un indio precolombino. Los rasgos pertenecen a la raza caucásica. Si tiene cinco siglos lo más probable es que fuese un colono español o portugués, o un soldado de finales del siglo xv o principios del xvi —opinó Brenda—. Junto a los restos aparecieron varios objetos metálicos, una espada, puntas de flecha, una cota de malla y un cofre con veinte vasijas metálicas. Junto a ellas hay un pequeño recipiente cerámico, parece un tintero. Debería comprobar si el contenido de las vasijas tiene origen orgánico y calcular la datación para incluirlo en el informe.

—¡Ni se te ocurra! —exclamó John—. El tratamiento de los fluidos es radicalmente distinto al de las muestras sólidas. El proceso de combustión para la obtención de grafito es más complicado. En un rato estaré ahí. Termina tu dosier antropológico y después, quietecita. Pero antes hazme un favor, busca en el cofre alguna inscripción o símbolo.

—No hay nada. Es un cofre metálico, desvencijado.

—Busca bien. Podría existir alguna información histórica que nos ayude a precisar la datación.

La doctora sacó las vasijas y el tintero y escudriñó el cofre por todos sus lados. Adherido al interior de la tapa descubrió un pequeño manuscrito. Se lo dijo a su compañero.

—Está en muy mal estado, cruje y se rompe al cogerlo.

—Extráelo con cuidado —solicitó John, nervioso.

Brenda utilizó un escarpelo y con suma delicadeza fue desprendiendo el papel adherido milímetro a milímetro hasta que al fin cayó sobre la palma de su mano.

—Ya está. Tiene algo escrito.

—Léelo —exigió impaciente.

—No entiendo el texto. Solo palabras sueltas. Señor… misericordia… Dolce… Espera, te envío una foto.

La doctora depositó el papel en la encimera y acercó el flexo halógeno. Hizo una fotografía con su iPhone y la remitió a John por WhatsApp.

—¡La tengo! Bendita tecnología —suspiró Tisdale.

El manos libres del teléfono de Brenda reprodujo el texto en la voz de John: «En el nombre de Nuestro Señor Jesucristo, rezo para que la juvencia no sea hallada por ser maldición de Satán. Vida y gloria a la corona de las Españas y a la Dolce mía amadísima. Sea Dios loado. Honesta mors turpi vita potior. IV».

Brenda escribió en un cuaderno las frases que su compañero le transcribió y quedó pensativa.

—Es castellano antiguo. La última frase está en latín —señaló la doctora. —De Cornelio Tácito: mejor una muerte honrosa que una vida sin honor.

—¿Qué son las siglas IV? En la espada también están grabadas esas iniciales —preguntó Brenda.

—Pudiera ser el número cuatro en latín o las iniciales de un nombre.

—La cita latina sugiere que esa nota fue escrita poco antes de morir —añadió la doctora volviendo a mirar el cráneo.

—¿Un suicidio?

—No lo sé. Murió por aplastamiento, pero el texto de la nota me desconcierta. ¿Qué es juvencia?

—Es un nombre de mujer de origen latino, femenino de joven.

Tras aquellas palabras ambos se perdieron en sus pensamientos.

—Brenda, debo estar sobrevolando Macon. Llegaré a Miami en menos de una hora.

Prométeme que me esperarás.

—Aquí estaré.

John colgó el teléfono y la doctora le imaginó revolviéndose en su asiento, ampliando la fotografía que acababa de recibir, consultando referencias en Internet, escribiendo mil notas y, en cuanto tomara tierra, apremiaría al taxista para llegar a toda prisa a la facultad. Así era John Tisdale.

Volvió a leer el manuscrito y se centró en una frase: «Rezo para que la juvencia no sea hallada». Se preguntó si se trataba de un suicidio sentimental por mal de amores, pues maldecía a una mujer de nombre Juvencia y confesaba su amor por otra llamada Dolce.

Se dispuso a examinar aquel extraño fluido. Comprobó que una de las vasijas pesaba menos que las demás y su precinto de cera había sido manipulado. La abrió con cuidado y la acercó a la nariz. Le recordaba el olor del hierro frío. La vasija, decorada con extraños relieves, estaba hecha de un metal muy resistente, era algo achatada en su base y más fina en el cuello. Contenía un líquido denso, viscoso, similar al aceite, de no ser por su coloración azulada y brillante. Con una micropipeta extrajo una pequeña cantidad, depositó una gota en el cristal portaobjetos, ajustó la platina del microscopio, conectó el iluminador, seleccionó la lente y realizó los ajustes métricos para una visión nítida.

—¿Qué diablos es esto? —se preguntó con los ojos clavados en los oculares.

Sonó su teléfono móvil. «Will. Llamada entrante», leyó en la pantalla. Se desprendió de los guantes de látex y descolgó.

—Dime.

—¿Has concluido el informe?

—¿Por qué tanta prisa?

—Dime si lo has concluido —exigió Will Carpenter.

—Aún tengo que redactarlo, pero te adelanto que los restos pertenecen a un varón de unos cuarenta años. La prueba del carbono 14 revela una antigüedad aproximada de cinco siglos. Los objetos metálicos forman parte incompleta de armamento y armadura posmedieval. Es probable que se trate de un conquistador europeo de finales del siglo xv o principios del xvi.

—¿Y el contenido del cofre?

—Veinte vasijas metálicas de época y cultura indeterminada con una capacidad aproximada de unos treinta centilitros cada una.

Contienen un extraño fluido oleaginoso y azulado cuya composición química está pendiente de estudio. Todos los recipientes, excepto uno, están sellados con cera. Una de las vasijas tiene menos cantidad. En el cofre había un tintero, restos parecidos a una pluma de ave y una nota manuscrita.

—¿Una nota?

—Te lo incluiré todo en el informe.

—¡Maldita sea, ¿qué dice la nota?! —estalló.

—¿Qué te pasa, Will? Estás insoportable últimamente.

Tras unos segundos en los que tomó conciencia de haber perdido las formas, el fiscal se disculpó:

—Lo siento, estoy un poco tenso —moduló la voz—. Por favor léeme el manuscrito.

Brenda resopló y cogió el cuaderno donde anotó la transcripción del texto. Lo leyó íntegro.

—¿Estás segura de que incluye la palabra «juvencia»?

—Exactamente: que la juvencia no sea hallada.

Will suspiró y, tras unos segundos, habló:

—Brenda, escucha, sé que hemos tenido diferencias insalvables que dieron al traste con lo nuestro —adujo en tono lúgubre—, pero los años vividos contigo fueron los mejores de mi vida. Por respeto a ese tiempo compartido voy a pedirte un gran favor. Haré lo que me pidas a partir de ahora, pero te ruego, por lo que más quieras, que no entregues ni muestres a nadie el contenido de ese cofre. No cojas llamadas, cierra la puerta con llave y apaga las luces.

—Will me asustas. No entiendo tanto misterio. Morrison me lo trajo y a Morrison se lo daré, tranquilo.

—Prométeme que no le hablarás a nadie de la juvencia y que te quedarás en la facultad hasta que yo llegue.

—¿Este fluido se llama juvencia?

—Confidencialidad, Brenda. Recuérdalo —insistió el fiscal antes de colgar.

No entendía la extraña actitud de Will, ni sus cambios de humor, ni ese énfasis solemne para pedirle que no entregara a nadie las vasijas. Las súplicas sobraban, porque la ley le obligaba a no entregar pruebas policiales ni judiciales a personas ajenas a la autoridad que las entregó para su peritación. Jamás lo hizo y Will lo sabía, por eso le extrañó. «¿Por qué es tan importante para él?», pensó sin separar los ojos del viejo cofre. Intrigada, tomó una muestra del fluido para remitirla al Departamento de Química. Había que determinar su origen orgánico o mineral, la composición de su estructura crasa, la proporción de glicéridos, ácidos grasos, vitaminas, esteroles y sustancias liposolubles. Pero sobre todo el origen de su insólito pigmento azul, muy distinto al verde clorofílico de los aceites o a los dorados y rojos de los carotenoides.

Absorta con las peculiaridades del extraño fluido, tomó la vasija abierta olvidando ponerse los guantes de látex. Vertió una pequeña cantidad en un tubo de precipitado, pero la textura aceitosa del fluido se deslizó entre sus dedos e hizo que el recipiente resbalara y cayera sobre la encimera salpicándole el rostro.

—¡Mierda!

Gotas del misterioso fluido se deslizaron por las mejillas y la nariz hasta alcanzar los labios y algunas gotas penetraron en su boca. Notó un sabor tibio y ácido. Tomó papel secante y se limpió enérgicamente. Temiendo que fuera tóxico, se enjuagó con el agua del grifo y escupió en el fregadero. No tardó en sentir un sopor volcánico y un sudor frío que le mojó la espalda. El temblor debilitó sus piernas, que flaquearon, y todo comenzó a dar vueltas en torno a ella. Miró en derredor buscando el teléfono, quiso alcanzarlo para pedir ayuda al vigilante, pero le fue imposible porque los objetos que la rodeaban, incluso las paredes, se deformaron en ondulaciones delirantes. Las rodillas se negaban a sostenerla y los párpados se le cerraban, incapaces de sostener el peso de las pestañas. No tardaron las tinieblas en adueñarse del mundo.

Brenda yacía sin conocimiento en el suelo del laboratorio.

Su teléfono móvil sonaba sin parar.

10

La calima de agosto nos asfixia, pero daos cuenta cómo los lugareños abandonan sus obligaciones para acudir a mi relato. Mirad a
los alfareros, lecheros y cesteros cómo desamparan sus tabancos y
acuden como moscas atraídos por el suspense de mi crónica. Hasta
las tenderas se acercan subyugadas por las aventuras de don Íñigo y
Gualas, también por la galanura del trovador que os habla que, aunque ciego, bien apuesto que es, justo es decirlo.

    ¿Que cómo si soy ciego sé que se dobló la concurrencia? Porque
a más muchedumbre más huele a humanidad, que a algunos os hie-
de la sobaquina y a otras el mujeril torrezno. Mal nacidos los que no
aplican lavados en las zonas pudendas, que hasta los moros fabri-
can jabones y esencias mientras los cristianos descuidan tan útiles
inventos. Los que reís, dejad de señalar a las damas a las que el ru-
bor acudió a sus mejillas por aludidas y centraos en el román que
os traigo.

    Permitid que desmenuce la historia de don Juan Ponce de León y
Figueroa, caballero de buena cepa nacido en la villa de Santervás de
Campos, reino de Castilla, a quien al nacer Cristo debió concederle
los siete males. Pronto sabréis por qué lo digo. De joven fue paje del
rey don Fernando el Católico. En las Indias participó en la conquista
de La Española, tras lo cual recibió encargo de tomar para la Corona
la isla Boriquén, llamada por él Puerto Rico. Sostuvo grandes pleitos con don Diego Colón, primogénito del famoso almirante, que
era tan ambicioso o más que su padre. Cuando don Cristóbal Colón
se fue con Dios, los reyes negaron a su hijo Diego los privilegios que

gozaba su progenitor y nombraron a don Juan Ponce gobernador de Puerto Rico en mil quinientos diez. Don Diego reclamó ante el tribunal de Madrid y ganó el pleito por sus privilegios heredados. Entonces, Ponce de León, dolido en su orgullo, viajó a España y, para conformarlo, el rey le concedió la misión de explorar las islas del norte de Cuba que los indios llamaban Bimini.

En Puerto Rico, Ponce consiguió que el cacique Agüeybaná se sometiera y colaborase. Allí fundó ciudades, minas de oro y plantaciones de yuca. Pero cuando el cacique murió, los indios se sublevaron contra los españoles y se negaron a trabajar forzados y a convertirse en cristianos. Ponce empleó contra ellos grandes violencias. Nunca, hasta aquellos años aciagos, mis ojos habían visto tanto pellejo abierto en canal, ni tantos pescuezos degollados, ni cuerpos desmembrados. Cabezas, piernas y brazos eran exhibidos en las picotas de las ciudades para escarmiento de indígenas, al uso de Castilla con los ladrones de ganado. Esto provocó un gran espanto en las poblaciones taínas que siempre fueron pacíficas.

Luego ordenaron prender a los indios y hacerlos cautivos. El bravo Íñigo, que había puesto su espada al servicio de Ponce de León, hacía muchos prisioneros sin causarles daños y Ponce mandaba que los predicaran sacándolos con crucifijos para convertirlos al catolicismo. Alegaba mi señor que para cristianar indios no era menester usar aceros ni arcabuces, sino pacificarlos, ganar su confianza y hacernos valedores de respeto. Aunque la Corona abolió la esclavitud, se permitió cautivar a los indios rebeldes y a los caníbales. Bastaba la orden de los gobernadores para prender a cuantos indios se les antojaban con la excusa de rebeldía, y así persistían en sus abusos sin saltarse las órdenes reales.

Tras el incidente con Ovando cuando ayudó a huir a Anacaona, don Juan Ponce puso a prueba la lealtad a mi señor. Había un indio enfurecido que no había forma de sosegarle, y como vieran que los demás indios se iban poniendo del mismo modo, mandó a Íñigo fenecerlo en presencia de los demás. Mi señor, sometido a obediencia, se vio forzado a hundir el acero en el pecho del revoltoso en prueba de fidelidad. Luego silenció su pesadumbre, porque él no había nacido para matar infelices desarmados. Íñigo no veía a los indios como enemigos de la patria sino como desvalidos a los que no se les combatía en buena lid por desigualdad de caballerías y armamento. En sus conversaciones con los caciques, mi señor se perdía en razones cuando intentaba explicarles que para la vieja Europa todo, sin excepción, debía tener un dueño. Y lo hablaba con los indios sin creer en lo que decía, porque que Dios dispuso los bienes del mundo al servicio por igual de todos los hombres y nadie debía tener derechos sobre nadie.

Pero, ¡oh, buenaventura!, que no todo fueron desdichas. Don Juan Ponce conocía el valor de Íñigo, su bizarría de soldado aguerrido, su experiencia en el ejército del rey, su imbatibilidad en los desafíos y sus éxitos en las campañas de Nápoles y en La Española. Sabía de su probada lealtad, de su sentido de justicia y el respeto que le profesaban soldados, colonos e indios. También de su edad razonable porque al joven le pierde el respeto y al viejo la fuerza. Por estas razones, y porque cada día era mayor el descontento de los españoles, quiso Ponce poner a Íñigo de su parte temiendo tenerlo algún día como adversario. Por tal razón decidió nombrarle caballero.

Tras muchos años al servicio del rey, al fin quiso Dios conceder a mi señor la esperanza de todo vasallo, y la de un servidor, porque no es digno un escudero sin caballero. Pese a la feliz noticia, Íñigo se mostró indiferente y acudió a la investidura sin atisbo de alegría tras la matanza indígena. Llegada la víspera del día grande, Íñigo de Velasco ayunó, confesó y comulgó. Después se reunió con sus padrinos que debían ser, como manda la tradición, dos caballeros hidalgos. Lo fueron don Juan de Eslava y don Rafael de Cámara, nobles ambos de sereno juicio al servicio de don Juan Ponce de León. Era Eslava, además de hidalgo, un gran escribidor de historias. Grande en lo físico y en lo espirituoso, calvo, barba cana en rostro plácido y sonrisa fácil. Tenía el verbo fluido, la ironía socarrona de quien contempla la vida con humor y un hábito nocturno de pluma y tintero para escribir códices y memoriales, bien aceptados por los ilustrados. Con los años alcanzó su nombre lo más alto del parnaso español y fue reconocido su magisterio en la república de las letras.

Don Rafael de Cámara era más menudo, procedía de la nobleza chica y se vio obligado a zarpar a las Indias por ver en ello la forma de mejorar su escasa fortuna. Decían las malas lenguas, y por aquellos días casi todas lo eran, que lo perdió todo ayudando en secreto a judíos conversos perseguidos por la Inquisición. Protección de infieles impropia de cristiano con sangre limpia. Había rumores sobre su interés por las juderías y hubo quienes, pese a su cabello rubio y sus ojos turquesa, veían en él a un marrano, como así llaman en España a los judíos camuflados. Pero aquel era asunto que nunca se sacaba.

Almorzaron los caballeros en mesa separada y, llegada la noche, mi señor veló armas como manda la costumbre. A la jornada siguiente entró en la iglesia de Santo Domingo con la espada colgada al cuello. El arzobispo tomó el acero y lo bendijo. «Dirigimos a Ti, Señor, nuestras oraciones y te pedimos que, con tu mano diestra, bendigas esta espada con la que este tu siervo desea ser ceñido para que con ella pueda defender iglesias, viudas, huérfanos y desvalidos, y también a todos tus siervos, del azote pagano; para que con ella siembre el terror entre los malvados y actúe con justicia tanto en el ataque como en la defensa. Amén». Con el hisopo, el arzobispo vertió agua bendita sobre la cabeza de mi señor y en los padrinos. De seguido, ante don Juan Ponce y las Sagradas Escrituras, mi señor se hincó de hinojos y, con las manos juntas en actitud orante, juró defender la religión, la patria, el rey y a los débiles. Al decir «débiles» levantó la cabeza y miró a Ponce de León y ambos se entendieron con el hablar de la mirada. Juró obedecer a los superiores y ser cortés, no servir a reyes ni a príncipes extranjeros, no mentir, ni injuriar, ni calumniar, ni faltar a la palabra empeñada y defender toda causa justa, aún con tributo de su propia vida. Los padrinos le ciñeron la armadura y el morrión, le calzaron las espuelas doradas y le ajustaron la espada en el talabarte. Al fin llegó el espaldarazo, sueño de todo vasallo. Don Juan Ponce, disponiendo de facultad para ello dentro de su gobernación, colocó la parte plana de la espada en el hombro derecho de Íñigo, después en el izquierdo y declamó: «En el nombre de Dios, de San Miguel, San Jorge y Santiago, te hago y nombro caballero. Sé denodado, valeroso y leal».

Viendo a mi señor miembro de la orden de caballería, evoqué los padecimientos del ayer y acudieron a mis ojos lágrimas dichosas. En la plaza de armas don Juan Ponce le entregó una yegua castaña de buena alzada, largas crines negras, veloz zancada y un piafar que ponía los pelos de punta. La llamó Hechicera. También le cedió Ponce veinte peones que desde aquel día quedaron a su servicio. Mi señor rehusó los vasallos porque carecía de hacienda para mantenerlos, pero el capitán se ofreció a costear sus salarios hasta que mudase su suerte. También le informó que los caballeros gozaban de ciertas preeminencias, que no pagaban impuestos, que sus armas y caballerías no podían ser embargadas por deudas, ni podían sufrir prisiones por ser sagrada la palabra de un caballero cuando la empeña en no huir. Así, el gran Íñigo se hizo miembro de la orden de caballería, pero yo andaba escamado por su nombramiento pues la generosidad de Ponce de León me olía a azufre.

Mi amo adiestró a sus veinte peones en las artes de la guerra. Les enseñó a derrocar jinetes, a combatir a dos espadas, a contender con escudo y puñal, a respaldarse en grupo, a moverse cautos por las sombras de la noche, a degollar centinelas, a emboscarse, a fabricar trampas y cepos, a hacer blancos con ballesta y arco, a embestir con picas, a abrir carnes con bardiches afilados y a otras muchas técnicas de la batalla. Aquellos veinte peones, bien ejercitados para el uso de armas y pertrechados de todas ellas, se convirtieron en la infantería más aguerrida del regimiento.

¿Preguntáis qué acaeció después? En el año de Nuestro Señor de mil quinientos trece el capitán don Juan Ponce costeó una expedición con dos carabelas y un bergantín. Zarpamos rumbo a las islas que los indios llaman Bimini y bautizó a la mayor como Florida, por ser descubierta durante la Pascua Florida. Allá fuimos con mar llana y viento alegre, guiados por el piloto Antón de Alaminos. Dejamos a estribor las islas Lucayas a las que llamamos de Bajamar, porque muchas solo son visibles cuando baja la marea. Terminaron llamándole Bahamas.

Cuando el vigía de cofa gritó «¡tierra por la cuarta de babor!», los tres buques enfilaron proas a Bimini, pero una misteriosa fuerza impedía a las naves aproximarse a tierra. Lejos de avanzar, la mar arrastraba lentamente los buques a levante sin entender el motivo. Algunos marinos decían que Satán andaba detrás de aquel asunto, otros decían que habíamos encallado en el lomo del gigante Leviatán, que nos alejaba de tierra firme para conducirnos a los abismos del océano. Un viento providencial del sur y el oficio de Alaminos liberó al fin los bajeles de aquel empuje maldito. El capitán calmó a la tripulación y aseguró que aquel prodigio no era sino un gran río dentro de la mar misma, una corriente de aguas cálidas que, si bien dificultaba la navegación hacia poniente, ayudaría a los buques hacia levante por lo que emplearían menos tiempo en el regreso a España. La llamó corriente del Golfo.

Costeamos por levante de la gran isla de Florida. Exploramos sus tierras hasta que, cansados de bregar sin provecho, desnavegamos la ruta, rumbo de nuevo al sur, volviendo a Puerto Rico más pobres que salimos. Años después, hartos de plantar yucas y levantar minas sin oro, Ponce, movido por los muchos tesoros que en el Yucatán encontró su amigo don Hernán Cortés, se embarcó de nuevo en empeños ambiciosos. Así pues, zarpamos de San Germán a últimos de febrero de mil quinientos veintiuno y volvimos a isla Florida con dos carabelas, doscientos hombres, cincuenta caballerías, veinte alanos y animales de granja. Pusimos proa a las islas de Las Tortugas, en los arrecifes de los Cayos de Florida. Así las llaman porque hay muchas tortugas que salen de noche a desgüevar en la arena y son tan grandes como una adarga y tienen tanta carne como una ternera. Los cayos son de arena y, como no se ven de lejos, se pierden en ellos muchos navíos.

Pusimos proa a una franja de arenas blancas que marcaba la frontera entre el agua y el cielo. La vegetación brotaba bulliciosa y desigual, con ese caos que solo Dios sabe otorgar a sus propias obras. Así alcanzamos una bahía donde la mar se adentra y forma un sinfín de islas separadas con muchos meandros, como en las rías gallegas. A criterio del capitán era un buen refugio de naves, pero evitamos adentrarnos en las rías porque los fondos eran bajos y los pilotos no se atrevían con navíos grandes. ¿Cómo decís? ¿Qué Asturias también es tierra de callos? Ya sé que los asturianos gustan comer callos, pero no son esos los cayos de lo que hablo, so garrulos.

Anclamos en la ensenada y dimos gracias al Señor. El capitán ordenó el desembarco de la armada, pero el demonio dispuso otra suerte. De repente, el cielo se tornó oscuro como noche cerrada, llovió con fuerza y surgió un viento cada vez más intenso que encrespó las olas. La brisa tornó a ventisca y sacudía los buques con ímpetu. Cuando el diluvio azotaba la cubierta, los indios taínos, que de traductores nos acompañaban, gritaron con pavor «¡Hu-ra-kan!, ¡Hu-ra-kan!», que para ellos era el dios del viento y las tormentas. Con las manos en las cabezas, corrían despavoridos por los sollados temiendo la ira de este dios que lo asola todo cuando se ofende. Se levantó entonces un gran torbellino de los que allí acostumbran. El vórtice giraba en espiral como tolvanera colosal y lo hacía con tales bríos, que arrancó de raíz árboles de envergadura elevándolos por los aires como hojarasca de otoño. Vimos con espanto cómo el torbellino levantó de las aguas una de las carabelas haciéndole surcar las nubes negras y la volteó por los aires cayendo la marinería desde las alturas hasta que, tras varios molinetes, la nave se estampó en tierra, deshecha como nuez pisada. Cuando aquel infierno pasó y los vientos se templaron, quedó la orilla sembrada de maderos, toneles, fardos, sogas, sacos y marinos. Dieciocho hombres se perdieron para siempre en los abismos turbios del océano. Dos más expiraron días después por lo que fueron en total veinte los muertos. La mitad de las caballerías se ahogaron y las viandas se fueron a pique.

Al clarear el día, consternados, enterramos a los finados en cristiandad. Fray Pepe de Baena, clérigo franciscano del que más adelante daré cuenta, recitó un sentido responso y con él cantamos una letanía para la intercesión de Nuestra Señora. Recuperamos cuanto pudimos del buque zozobrado y Ponce envió una avanzadilla buscando cobijo que se topó con un poblado de indios tequestas. Allá fuimos en parlamento y nos recibieron a lo primero temerosos, luego agradecidos.

Como era costumbre, el capitán don Juan Ponce se reunió en secreto con el cacique de la tribu de nombre Patako, anciano enjuto de piel curtida como pergamino de abadía. Decían los intérpretes que los indios tequestas también sufrieron muchos muertos, pero no por castigo del dios Hu-ra-kán, pues ellos saben guarecerse en refugios soterrados apenas el día se torna oscuro, sino por otros indios comedores de hombres que llaman calusas, gente bellaca y valiente de flecha que vive sin Dios y sin ley. Supimos que el pueblo de Patako era el último asentamiento tequesta al sudoeste de Bimini. Muchos emigraron a las costas de levante huyendo de aquellos indígenas fieros que no atendían a parlamentos y causaban grades quebrantos entre su pueblo. Por eso andaban temerosos y preferían emigrar tierra adentro.

La noticia sobre los indios caníbales sembró la inquietud entre los marinos y no pocos pidieron regresar en el navío y buscar tierras amables sin tempestades, corrientes maléficas ni caníbales, pero Ponce se negó y, tras parlamentar con el cacique, mandó levantar poblado con casa principal, polvorín y parapeto con la advertencia de que sería implacable con quienes no acataran sus órdenes. Así pues, se aprovecharon los maderos y las cuadernas de la carabela destruida, también sus cañones y los toneles de pólvora para su defensa. Resignados, acatamos por disciplina y consolamos nuestro desencanto en los brazos de indias de ojos azabache, coños hospitalarios, pechos rotundos y pezones como avellanas de Córdoba, sobre los que llorar y mamar si fuera menester. Y con estas ocupaciones placenteras se nos fue pasando el berrinche.

Debéis saber que los españoles yacíamos con las indias con el permiso de padres y esposos. ¿Os choca? Los indios no veían pecado en las intromisiones de monta porque dar y recibir amor es virtud desprendida, trueque gozoso visto con buenos ojos por sus cándidos espíritus y por sus dioses. Y así fue hasta que llegó a oídos del franciscano Baena quien, al ver cómo se echaba a pique la grey cristiana, se llevó las manos a la cabeza y, con grandes aspavientos, nos increpó e insultó, y hasta nos azotó con una vara de avellano a grito de grave ofensa a los ojos de Dios, que si queríamos yacer con indias, primero debíamos contraer matrimonio por la Santa Madre Iglesia. La impureza y la fornicación, decía ofuscado, eran los vicios contra la ley de Dios que más incumplen los castellanos. Pero marinos y soldados hacían oídos sordos y fornicaban con las indias recatados, eso sí, del arcipreste don Pepe. No fue severa la expiación pues la Iglesia de Roma absuelve pecados con penitencias y con la venta de indulgencias, que no hay malos pecados teniendo buena plata.

Ponce llamó a aquella tierra de páramos pantanosos Gran Cañaveral de isla Florida. Allá donde las aguas morían, empezaban los mangles, los cañaverales y los bosques de guayacanes, ceibas y pinos. Los marinos andaluces decían que, por las muchas charcas con aves zancudas, bien podían ser las marismas entre Huelva y Sevilla. Así era en verdad, salvo porque en aquellos humedales habitaban insectos asesinos, muy grandes serpientes y lagartos gigantes de muchos dientes que llaman cocodrilos, tan fieros como el lagarto de la Magdalena de Jaén, del cual dicen que devoró a muchos vecinos junto a la cueva donde se guarecía.

¿Qué decís? ¿Preguntáis por las mujeres españolas en estas expediciones? Las hubo, pero escasas por los rigores de estas empresas. Las que allá fueron tenían más de varón que de mujeril. Había lavanderas, mozas de taberna, berceras desgañitadoras, costureras, meretrices de medio manto y amas de cría. Las que conocí no eran hembras de llevar con riendas y tenían más cojones que muchos marinos de pelo en pecho. Ni los corregidores, ni los caballeros, ni el arzobispado, ni el Santo Oficio veían con buenos ojos que las mujeres anduvieran metidas en asuntos de varonías. Y como las más díscolas fueron siempre las más pobres, viendo la vida mala de las hembras de mala vida y la ignominia de verse marcadas y azotadas por deslenguadas, algunas de ellas embarcaron para las Indias huyendo de la miseria. Tan aplicadas eran en costuras que igual te zurcían los calzones que te deszurcían el pescuezo o te abrían ojales en el lomo. Momento para salir por pies, pues no les temblaba la mano cuando sulfuraban, que hasta el forzudo de Malasangre se achantaba de ellas.

Hubo colonos, no muchos, que se llevaron con ellos a sus esposas siendo estos los más desdichados, pues se les oía renegar por lo bajo cuando sus compañeros yacían con indias jóvenes de nalgas prietas y pechos valentones. Sus mujeres, rechonchas y de malos humores, combatían junto al arcipreste la libertina hospitalidad de las indias. Estas damas bigotudas y de armas tomar amargaron la existencia a más de tres.

11

Bosque de Everglades, Florida

Fuego en el estómago y agujas en la garganta. Los graznidos, a lo lejos, cada vez más nítidos, quebraban el silencio del bosque. El fulgor surgía por una ranura horizontal que se abría y se cerraba hasta que, al fin, la claridad se impuso lentamente en su batalla contra las tinieblas. Cuando los párpados se separaron, la luz se adueñó del mundo en un estallido cegador.

Brenda Lauper observó aturdida la arboleda e intentó recordar por qué se encontraba tumbada junto a aquella laguna. Intentó incorporarse, pero sus manos se hundieron en el fango. Miró a ambos lados: fronda, trinos y el rumor de la lluvia, acompasado, como un zumbido de colmena. A pocos pasos, un promontorio rocoso tapizado de un verde exuberante. Buscó el teléfono móvil en los bolsillos de su bata, pero estaban vacíos. Su mente bullía preguntas sin respuesta: ¿qué lugar es este? ¿Dónde estoy? ¿Cómo he llegado hasta aquí? Quiso poner en orden sus ideas y se sujetó la cabeza con ambas manos, como obligándose a recordar. Los baladros de los pájaros se escuchaban cada vez más cerca. Un crujido en la fronda le hizo girar la cabeza. Dos sombras corrían entre la bruma. Asustada, apoyó su espalda contra un gran árbol. El silbido rasgó el aire y la flecha, que rozó su mejilla, se incrustó en el tronco con un chasquido. Le fue imposible huir porque el virote había hundido en el tronco un mechón de su cabello. Intentó zafarse sin éxito en tanto las siniestras figuras se aproximaban. Eran dos aborígenes desnudos con el rostro pintado. Sus greñas eran negras y brillantes. No eran altos, pero sí membrudos y fuertes. Llevaban taparrabos y lucían collares de colmillos y

brazaletes con plumas. La lluvia desdibujaba sus caras cobrizas gara-
bateadas en colores feroces. Portaban arcos de mayor altura que ellos
y las flechas las tomaban de tubos huecos de caña que colgaban a la
espalda. El del machete se aproximó despacio y la observó con pequeños movimientos de cabeza.

—¡Ni se te ocurra tocarme! —Brenda daba tirones urgentes a su
melena.

El indígena, que musitaba palabras ininteligibles, le apartó con el
acero el cabello pegado al rostro para observarla a su sabor. Deslizó
la hoja por su pecho agitado. Cuando el filo cercenó uno de los botones de su blusa, ella le propinó una patada en la entrepierna y el em-
plumado cayó de rodillas llevándose las manos a los genitales.

—¡Te lo advertí! —y dio un fuerte tirón al cabello. Un mechón rubio quedó adherido a la flecha.

Presa del pánico, huyó a la carrera aprovechando que el otro indígena auxiliaba a su compañero. Se desprendió de los zapatos de ta-
cón y corrió cuanto pudo chapoteando por la tierra fangosa. Las flechas silbaban a pocos centímetros de su cabeza. Su bata, ya parda e
irreconocible, se enganchó en una rama y cayó de bruces. Se desembarazó de ella y continuó la huida lastimándose los pies. Supo que
corría en círculo cuando se topó de nuevo con el promontorio herbado. «¡Maldita sea!».

Tenía el risco pocos metros de altura y parecía un túmulo construido con grandes losas enmohecidas, vigorizadas por el paso de siglos. Pasaba desapercibido por estar cubierto de vegetación casi en
su totalidad. En la parte superior había una cabeza de serpiente con
plumas puntiagudas alrededor del cuello. Intentó sin éxito mover la
pesada piedra circular que bloqueaba la entrada, pero descubrió que
el alfeizar estaba roto, formando un pequeño hueco junto al marco. Se arrastró y gateó por él. Dentro, el aire era espeso, enrarecido.
Cuando los ojos se le acostumbraron a la oscuridad, se hicieron ver
unos extraños relieves en las paredes y unos peldaños que conducían
a una planta inferior. No podía precisar cuánto tiempo se mantuvo sumida en aquel silencio hostil, atenta a cualquier ruido. Cuando
las articulaciones se le entumecieron, decidió salir con precaución.
Gateó hacia la luz y al incorporarse se topó con una sonrisa amari-
lla jalonada de dientes en sierra. El indígena tensó el arco y apuntó
al pecho de la mujer. Un silbido cortó el aire y, de ambos lados del

cuello del nativo, brotaron dos veneros de sangre. Los aterrados ojos del arquero parecían preguntar quién atravesó su pescuezo de parte a parte. Cayó a plomo, convulsionando.

Brenda temblaba. No sabía qué había pasado.

De la arboleda apareció un individuo de facciones duras, barba negligente y greñas mojadas, pegadas al rostro. Vestía una extraña indumentaria con morrión dorado, jubón, correajes y botas de caña alta con espuelas. En la mano derecha empuñaba una ballesta y del cinto pendía una espada envainada. Le acompañaba un hombrecillo narigudo y flaco con cara de ratón ataviado con un sayo, sandalias y una cofia atada a la barbilla. Tras ellos, media docena de indígenas de piel cobriza portaban escudos, flechas, mazas, mosquetes, horquillas, cuerdas y otros utillajes. Uno llevaba a las espaldas cuatro iguanas muertas y otros dos un venado sangrante que se bamboleaba en el madero que portaban sobre los hombros.

Lo que atravesó el cuello del aborigen, dedujo, fue uno de los virotes de punta acerada con los que aquel hombre cargaba su ballesta. El barbudo se aproximó al cadáver y lo observó.

—Calusas —musitó con desdén.

Brenda temió ser atacada y echó a correr por el manglar. El barbudo y sus acompañantes la siguieron. Alcanzó la orilla de una charca con una fronda tan espesa e intrincada que le resultó imposible bordearla, por lo que decidió atravesarla a nado.

—¡No lo hagáis! —se oyó a lo lejos.

Había alcanzado el punto medio cuando reparó que un tronco flotante se aproximaba. Aterrorizada, regresó nadando con todas sus fuerzas. Ganó la orilla a duras penas en el momento en que el cocodrilo emergió del agua persiguiéndola por tierra unos metros hasta que una flecha frenó su carrera. Lo supo porque de uno de los ojos del reptil brotaron las plumas del virote. Cuando el animal cesó de retorcerse, los indios se abalanzaron sobre él para extraerle los colmillos, muy preciados como amuletos protectores. Paralizada por el espanto y sin aliento, miró al ballestero.

—No temáis —espetó el barbudo.

Ella también hablaba español, lengua que conocía por su madre, de ascendencia cubana.

—Eran dos los que me atacaron —Brenda señaló a la espesura.

—El otro también está con Dios.

—¿Quién es usted?

—Su nombre es don Íñigo de Velasco, mílite español y caballero de Su Católica Majestad —atajó el tipo flaco y narigudo— y quien os habla, el gran Gualas, su escudero. Y estos de acá los escuderos del escudero. Pero no temáis, no son indios calusas.

—¿Cómo llegó a estos lares vuestra merced? —inquirió el ballestero, extrañado de la indumentaria de la doctora.

Brenda no salía de su asombro. Observó detenidamente el armamento y el vestuario de aquellas gentes. O eran actores formidables de algún espacio televisivo con cámara oculta, o se hallaba ante un grupo de perturbados con desdoblamiento de personalidad. Después reparó en el indígena muerto. «No pueden ser actores», pensó.

—¿Su Majestad?

—Su Majestad don Carlos Primero de España y quinto del Sacro Imperio Romano Germánico, nuestro muy católico monarca y señor —respondió el hombrecillo de la cofia.

—¿Qué lugar es este? ¿En qué año estamos?

El barbado y su escudero se miraron y se encogieron de hombros.

—En el año de gracia de mil quinientos veintiuno.

—¿Me toman el pelo?

—¿Para qué hemos de tomar su pelo? ¿Se refiere vuestra merced al que quedó clavado en el árbol? ¿Deseáis recuperarlo? —preguntó Íñigo.

Brenda, con los ojos desorbitados, buscó algún indicio que delatara el desequilibrio mental de aquellos hombres. Reparó en sus cabellos y sus rostros flambeados a sol y salitre. Indagó en sus cuerpos marcas de relojes, sortijas o pulseras, pero en su lugar encontró manos encallecidas y brazos colmados de cicatrices, antiguas heridas inciso contusas, evidentes señales de lucha.

Se llevó la mano a la boca.

—¡Esto no puede estar pasando!

12

Abrió los ojos a una mañana de cristal, miró a ambos lados y se incorporó. Caminó un trecho por el soto intentando orientarse hasta que tuvo la sensación de que le seguían. A sus espaldas, un tipo corpulento y barbado, tocado con un yelmo y armado con espada y adarga, corría hacia él.

—¡Deteneos en nombre del rey!

Le sobrecogió su aspecto fiero y su mirada decidida. Sin pensárselo, echó a correr por el soto, pero su perseguidor, joven y ágil, no tardó en darle alcance. Notó que una mano le aferraba por el hombro.

—Despierte profesor —dijo la mujer sacudiendo su hombro con suavidad.

Aturdido por la ensoñación, Juan Castillo se revolvió en el sofá. Un velo denso le empañaba la mente, no podía pensar con claridad. Aún notaba sobre su cerviz el aliento de aquel guerrero: «¡Deteneos en nombre del rey!».

A ambos lados, tragaluces en hilera y en las paredes receptores de plasma orientados en distintas direcciones. Notó bajo sus pies la mullida moqueta del pasillo. Frente al sofá, un minibar y dos sillones giratorios de piel beis separados por una mesa abatible. Tras una cortina, ocho sillones de piel dispuestos por parejas. A través de una ventanilla vio la pista de aterrizaje. Al fondo, matizado en gris calima, unos modestos hangares donde anidaban algunas avionetas y pequeños chárteres. No era aquel el bullicioso aeropuerto internacional de Miami.

—¿Dónde estamos?

—En el aeropuerto de Homestead.

—¿Homestead? —No tardó en recordar que se trataba de una pequeña ciudad del condado de Miami-Dade, a pocos kilómetros al sur de Miami.

Junto a la puerta de salida reconoció al corpulento Darian, que le dedicó un asentimiento de trámite. Por más que lo intentó, no consiguió retener ningún recuerdo tras la reunión con Gottlieb en el hotel Park Hyatt.

—¿Usted es...? —requirió desconcertado a quien lo había despertado.

—Dores Barberán.

—¿Dores? ¿Qué nombre es ese? —el profesor se llevó las manos a las sienes como queriendo desprenderse del zumbido interno.

La atractiva mujer bien podría pasar por una azafata por la sobriedad de su indumentaria. Traje de falda ceñida, chaqueta marengo, camisa blanca y una corbata con aguja dorada. Llevaba los cabellos recogidos en la disciplina de un moño severísimo. En torno a ella, una atmósfera fragante, mezcla de palisandro y mandarina. Perfume caro, sin duda. Carecía de pendientes, pulseras o cualquier abalorio de vanidad femenina, solo el carmín apasionado de sus labios destacaba en su rostro ebúrneo, tan brillantes que parecían mojados. Había sido bendecida con una figura sugerente y proporcionada y una piel tersa y suave que se resistía a dar muestras del paso de los años, pese a su prematuro gesto de cansancio, empecinado en promover unas tímidas patas de gallo.

—Dores es Dolores en gallego. Mis padres son españoles, oriundos de Galicia. Por esa razón el señor Gottlieb me ordenó servirle de intérprete.

—¿Dónde está Gottlieb?

—Se marchó hace un rato. Ordenó que le dejásemos dormir un poco.

—¿Cuántas horas he dormido?

—Diez.

—¿He dormido todo el trayecto de Zúrich a Homestead? —abrió los ojos de par en par.

—Incluyendo una escala técnica en Lisboa para repostar.

El profesor Castillo no daba crédito. Nunca dormía más de seis o siete horas seguidas.

«¿Cómo es que no me desperté con las maniobras de despegue y aterrizaje?», se preguntó.

Dores, que parecía seguir el hilo a sus pensamientos, le sacó de dudas:

—Tuvimos que sedarlo. Se puso algo nervioso antes de embarcar.

El profesor comprendió el origen de su aturdimiento, como de tener niebla dentro de su cabeza.

—Acompáñeme, por favor —desenvuelta, la mujer recogió el abrigo y el paraguas del profesor.

Castillo se asomó a la puerta. Se llevó la mano a la frente para protegerse de la claridad y achicó los ojos. Descendió por las escalerillas seguido de Darian. Cuando pisó tierra volvió la cabeza y observó el *jet* privado en el que habían volado. Gulfstream G550, leyó en el fuselaje. A pie de pista, un espectacular Chevrolet Corvette descapotable de color rojo y un Cadillac negro. Darian abrió la puerta del deportivo y le invitó a acomodarse en el asiento de copiloto.

—Welcome to Florida, profesor —murmuró impertérrito el escolta.

Le extrañó ver a Dores al volante del Corvette. Bajo la ajustada falda, unas piernas estilizadas y apetecibles hacían ángulo sobre los pedales del vehículo.

—No le pega conducir deportivos —el profesor tomó asiento.

—Pertenece a la flota del señor Gottlieb. Solo soy una empleada —añadió desdibujando su sonrisa.

—¿Trescientos caballos? —preguntó al ver el espectacular cuadro de mandos del vehículo.

—Seiscientos cuarenta y siete. De cero a cien en tres segundos —el motor rugió poderoso.

Si hay algo más excitante que una chica atractiva de piernas kilométricas, es que ella misma pilote un Corvette rojo de ciento cincuenta mil dólares. A duras penas resistió la tentación de recrearse por segunda vez en las sugerentes piernas de Dores. Notaba cómo se le aceleraba el pulso. «De cero a cien en tres segundos. No cabe duda». Miró al frente y suspiró.

El gigante Darian y otro escolta les siguieron en el Cadillac. Dores, que reparó en que el profesor seguía deslumbrado por el sol, activó el techo automático que se plegó sobre sus cabezas. La presión taponó sus oídos. La mujer puso un pequeño maletín sobre las piernas del español.

—En su interior encontrará instrucciones, una copia del contrato, un teléfono móvil, mil dólares para gastos iniciales, pasaporte y una tarjeta de identidad con el nombre supuesto de Felipe Serrano López, profesor agregado en la Universidad de Miami. También hemos incluido un carnet de docente.

—¿Felipe Serrano?

—Recuerde que la Interpol le busca. Memorice su nueva identidad. No cometa errores o lo extraditarán.

Castillo abrió el maletín y examinó la documentación. Vio su firma estampada en el contrato en el que se recogían las condiciones que le ofreció Gottlieb. «¡Tres millones de dólares!». Se sentía confuso, no recordaba con nitidez el momento de la firma, aunque reconoció su rúbrica. Sospechó que aquella documentación ya la tenían preparada antes de contactar con él en Zúrich. Gottlieb era un tipo pertinaz, incapaz de aceptar un no por respuesta. En un bolsillo del maletín había una Blackberry. Aquel no era su teléfono móvil. Mostró el dispositivo a la mujer y aguardó una explicación.

—Usará ese terminal hasta que concluyan sus servicios. No podrá utilizar otro. Marcando #1 conectará automáticamente con Gottlieb y #2 conmigo. Cualquier otra llamada será grabada.

El Corvette salió de las instalaciones del aeropuerto y recorrió veloz la avenida 217. Al poco, viró al este por la 264. La carretera se abría paso por una interminable llanura jalonada de fincas cuadrangulares con plantaciones de aguacates, mangos, papayas y quinotos. También se veían invernaderos, barbechos y palmerales.

Castillo contempló el hermoso perfil de Dores, su espléndida sonrisa, su tez sin mácula y el sesgo de sus ojos grandes, en extremo seductores.

—¿Cuánto tiempo lleva trabajando para Gottlieb?

Quedó un momento pensativa, después sonrió con desgana. Era la segunda vez en pocos minutos que ensombrecía el gesto, como recordando. El profesor leyó en su mirada un punto de tristeza que intentaba disimular sin éxito, porque su expresión se amustiaba cuando en la conversación surgía la misma palabra: Gottlieb.

—Un tiempo —respondió sin precisar. Perdió la mirada sobre el infinito de la carretera—. Mi jefe es una persona… —hizo una pausa y buscó el término adecuado para no excederse. Concluyó con un tono lacónico, casi imperceptible— …peculiar.

Ella exhaló un suspiro resignado y él especuló mil razones. Tal vez algún desencuentro reciente, o una herida aún por cicatrizar. Cambió de tema para no parecer entrometido.

—Hace calor. Tendré que comprarme ropa apropiada.

—Sé que dejó su equipaje en Suiza. Tendrá lo que precise en el lugar al que vamos —la luz se renovó en sus ojos.

—¿Qué lugar?

—Castle Moriá, la mansión del señor Gottlieb. Se hospedará en la habitación de invitados. Supongo que está al tanto de lo que se pretende de usted.

—Refrésqueme la memoria, por favor. —Castillo no quiso desvelar nada por temor a proporcionar información comprometida a una empleada. Dores agradeció la prudencia con una sonrisa.

—Debe ayudarnos a encontrar la juvencia y no decir una sola palabra de ello. No hable de este asunto con nadie, ni siquiera con el personal de seguridad, ni con el servicio doméstico, solo con quien le ha contratado y conmigo.

El Corvette aumentó la velocidad por la llanura y se perdió en un dédalo de fincas, ranchos de rodeo y picaderos. Conforme se aproximaban a Homestead, el paraje agrícola se iba transformando en zona residencial con elegantes mansiones cercadas de setos altos tras los que se adivinaban céspedes mullidos, coloridos parterres y vehículos de alta gama.

—¿Usted también cree en la juvencia? —El profesor exhibió una sonrisa escéptica.

—Mi jefe asegura tener pruebas de que se encuentra en Florida.

—Le pregunto si usted cree.

En el rostro de la mujer apareció el destello blanco de una sonrisa. No respondió.

Tras un recorrido en zigzag, el Corvette se detuvo ante una gran reja con filigranas de hierro forjado, en el 26019 de Tennessee Road. Una cámara de seguridad rotó en dirección a los vehículos antes de que la doble verja se abriera. Habían llegado a Castle Moriá. Accedieron a una explanada cuadrangular de unos veinticinco metros de lado. Al fondo, una sobria edificación neomedieval con dos esbeltas torres que escoltaban el recio portón de doble hoja. Le vinieron a la memoria los accesos fortificados de las viejas ciudades castellanas con puertas flanqueadas por torres defensivas pero, a diferencia de aquellas, estas no estaban rematadas a piso llano con almenas, sino cubiertas a cuatro aguas con tejados de pizarra de gran inclinación. La suntuosa estructura solo era el control de acceso. Tras saludar a Dores y Darian, el vigilante de seguridad franqueó el paso. Los motores hidráulicos hicieron girar los goznes. Se sintió minúsculo ante la opresiva magnificencia de aquellas enormes puertas. Los vehículos se adentraron en un camino recto y elegante punteado de cipreses y setos hasta alcanzar una pequeña rotonda en cuyo centro se erguía orgulloso un obelisco. Castillo alzó los ojos para observarlo. «¿Arte egipcio en un entorno medieval?», se extrañó. Atravesaron otro tramo de camino idéntico hasta alcanzar un puente tras el cual surgió a la vista, ahora sí, una soberbia residencia rodeada de agua por todas partes. Sus líneas arquitectónicas estaban claramente inspiradas en los castillos franceses del siglo XVII. El profesor no daba crédito a lo que veía. «Un castillo en medio de un lago, como en las leyendas artúricas». Los vehículos atravesaron la pasarela sobre el agua y se adentraron en una plaza con forma de rombo en cuyo centro había una fuente surtidora. A través del parabrisas, Castillo admiró aquel sortilegio de ángulos, frontispicios y buhardillas que se elevaban majestuosos sobre la superficie del lago. Recordó las fortificaciones palaciegas del valle del Loira: Fontainebleau, Chambord o Azay-le-Rideau, con sus elegantes sillares blancos y sus vistosas cubiertas de pizarra inclinada, inequívocamente francesas.

La mansión de Gottlieb estaba enclavada en un paraje idílico que evocaba un parque temático con superficies arboladas, jardines geométricos bien cuidados, peces exóticos en los estanques, macizos con flores detonantes y aromáticas, surtidores de agua, gárgolas, esfinges aladas y parterres con remates neogóticos. A cada lado del edificio, dos merenderos se adentraban en el lago, a los que se accedía por sendas pasarelas que se abrían paso a través del agua. Vio un helipuerto, un laberinto decorativo y una enorme piscina cuadrada con isleta surtidora de agua. Al otro lado, sobre una pequeña colina, cerraba los confines de la mansión un mirador de diseño, del que se precipitaba una cascada cuyas aguas iban a morir al estanque. El conjunto se situaba dentro de un lago en forma elíptica de unos doscientos metros de diámetro mayor en el que nadaban ocas y cisnes. El agua hacía la función de foso y, en su gran isla central, se elevaba majestuoso aquel moderno castillo. Si el puente fuese levadizo (circunstancia que desconocía) la residencia quedaría completamente aislada dentro de la misma propiedad, un sueño para cualquier aficionado al Medievo sin renunciar a las comodidades de la vanguardia constructiva.

Pero había algo en aquella mansión que le disturbaba. Le resultaba un tanto inhóspita, misteriosa, le inquietaba su encaje neomedieval de pináculos y lujo. Tal vez fueran sus tonos fríos, o su excesiva pulcritud, o la ausencia de imperfecciones en la que todo parecía meticulosamente previsto sin dejar nada al azar, o su obsesiva simetría. Cada lado era idéntico a su opuesto por sus cuatro vertientes, tanto en los cuerpos principales como en las estructuras anejas. O tal vez le solivianaba el despilfarro y la magnificencia de los millonarios, con sus intencionadas plétoras que amedrentan al visitante. Tenía, en cambio, el palacete algo que invocaba a su recuerdo, pero no lograba identificar su procedencia.

—La mansión fue encargada al famoso arquitecto Charles Sieger por once millones de dólares —se adelantó Dores al encandilado profesor—. Seis mil metros cuadrados construidos en el centro de un lago, en una finca de catorce acres.

—Imposible más privacidad.

Llevaron los vehículos hasta uno de los seis garajes y un mayordomo entrado en años, calvo y muy flaco, salió a recibirles. Se presentó como Moses, vestía traje negro y guantes blancos. La sobria imagen de un empleado de funeraria. Dores le informó que el invitado no portaba equipaje y que ella misma le acompañaría a sus dependencias. Mientras Darian daba instrucciones por su intercomunicador, ambos subieron por una de las dos escalinatas que comunicaban la plaza del rombo con la entrada principal. Accedieron a un vestíbulo gigantesco y avanzaron por un corredor con pavimentos de mármol blanco, parcialmente cubierto con alfombras orientales de alto vuelo. Admiró los labrados techos con artesones de los que pendían relucientes arañas de cristal. Accedieron a un amplio claustro de dos alturas que iluminaba generosamente los corredores en los que dominaban los tonos claros. La decoración presentaba una extraña mezcla de armaduras, tapices flamencos y muebles de diseño. La limpieza era absoluta, casi obsesiva. No había en aquel castillo el ambiente despintado de los siglos, sino la atmósfera premeditada de una impostura costosa y excéntrica.

—Se alojará en una dependencia del ala este. Bajo ningún concepto podrá adentrarse en el ala oeste. Esa zona está reservada al propietario y está vetada a los invitados. No lo olvide —advirtió Dores.

Ganaron la escalinata y atravesaron un corredor interminable jalonado de puertas. Dores abrió la última y le hizo pasar. Se vio ante un moderno dormitorio de techos rampantes y tarima de roble barnizado. Sobre el cabecero de la cama, una ventana triangular con un tragaluz redondo en su interior. Había un sofá de piel, un gran televisor digital, un baño con *jacuzzi*, cocina americana con electrodomésticos y un despacho anejo equipado con una soberbia biblioteca de nogal, con cientos de títulos. Sobre la mesa de escritorio, de patas negras e historiadas, una lupa de nácar y mapas del estado de Florida. También había un ordenador portátil, una lámpara estilo inglés y un teléfono fijo. Tras la mesa, un butacón imperial. Delante, dos sillas de cortesía del siglo XVIII tapizadas en Bordeaux. En conjunto, aquella dependencia parecía un estudio de un lujoso apartotel. Dedujo, por la disposición y el uso de libros y mapas, que no era el primer investigador que se alojaba allí.

—¿Cuántos historiadores me han precedido? —preguntó con la lupa en la mano.

Dores, hábil, cambió de tema para evitar la frustración de fracasos anteriores.

—En los roperos encontrará calzado y ropa limpia de todas las tallas y, en la mesita de noche, instrucciones sobre horarios de limpieza y comidas. En el despacho dispone de lo necesario para su trabajo, incluido los informes de los investigadores que le precedieron. Use el ordenador y los teléfonos exclusivamente para su investigación. Están conectados a un equipo central donde se graba el flujo de información. Por favor, céntrese en su cometido. El ordenador y el *smartphone* disponen de una aplicación que gestiona la biblioteca con búsquedas por código, materias, editorial y autores. Si necesita algo puede llamar a Moses marcando el número cero desde el teléfono del despacho.

—¿Y si necesito algo de usted? —esbozó una pícara sonrisa.

—Procure que sea importante —atajó. Reprimió la sonrisa para no sembrar malos entendidos—. Por favor no llame al señor Gottlieb sin comunicarme antes el motivo. Es un hombre muy ocupado.

—Y algo estirado —esta vez sí le arrancó una sonrisa cómplice.

Cuando la ayudante de Gottlieb se marchó, el profesor dejó el maletín sobre la mesa y curioseó los armarios repletos de ropas, tanto de hombre como de mujer. Reparó en el triángulo del cabecero de la cama y echó un vistazo por el tragaluz. Era una vidriera circular con cuatro radios en forma de cruz que confluían en un círculo central de menor tamaño. El sol proyectaba sobre la cama la silueta deformada de la peculiar ventana. Tuvo la misma sensación que cuando contempló la fachada de la vivienda. Aquella forma le recordaba algo que no lograba identificar. A través de la ventana vio el lago y el altozano de la cascada, con su mirador vanguardista. En ese punto había un monolito que semejaba un templo destruido. También allí había otro triángulo con un círculo en su interior. Dedujo que aquel extraño promontorio, ahora verde y esplendoroso, se formó con la tierra extraída en su día tras horadar el enorme cráter del lago. «Se ahorraron los gastos de desescombro».

Se dirigió a la librería del despacho y sus ojos perfilaron los anaqueles colmados de lomos coloridos. Reparó en que las obras estaban signadas como en las bibliotecas públicas. En realidad, eran dos, una principal, que contenía la mayor parte de los títulos, y otra auxiliar de consulta con enciclopedias y diccionarios. De la mayor extrajo dos ejemplares numerados como 173 y 174. *Siete mitos de la conquista española,* de Matthew Restall y *El libro de la inmortalidad,* de Adam Leith Gollner. Espoleado por la curiosidad, dobló la cabeza para leer mejor los títulos. Números 1743 y 1779: *Los buscadores de longevidad (ciencia, negocio y fuente de juventud)* de Ted Anton, *El viejo secreto de la fuente de la juventud,* de P. Kelder y B. Siegel.

«No puede ser que toda la biblioteca esté dedicada a lo mismo», pensó.

Se dirigió al otro extremo de las estanterías y tomó otros dos ejemplares al azar. Números 3123 y 3124: *La DHEA: ¿Fuente de la eterna juventud?,* de Neil Stevens y *El secreto tibetano de la eterna juventud,* de Peter Kelder.

«Este tipo está obsesionado».

Abrió varios volúmenes y comprobó que todos tenían el mismo chip adhesivo en el interior de la contraportada. Pensó que se trataba de un sistema de seguridad para activar la alarma antirrobo en los establecimientos donde fueron adquiridos. «Debió comprar todos los títulos al mismo coleccionista». Atónito, con los brazos en jarras, repasó las estanterías. Estaba ante una biblioteca única, posiblemente la más completa sobre aquel mito medieval. Había ejemplares de variado género y en distintos idiomas: códices antiguos, ensayos históricos, tesis doctorales, investigaciones científicas, compilaciones biográficas de personajes que buscaron la juvencia, incluso novelas y hasta costosos incunables adquiridos por el simple hecho de que en algún pasaje hacía referencia a la eterna juventud. Sabía que muchos de aquellos libros estaban descatalogados y habría sido difícil conseguirlos.

Dores entró en la oficina de seguridad y vio a Gottlieb plantado frente a uno de los monitores.

—Está en su habitación —musitó ella con desgana.

Gottlieb y Darian no separaban los ojos del monitor. Observaban al profesor extraer ejemplares de la biblioteca y leer algunas contraportadas. Le vieron rodear la mesa y sentarse en el butacón del escritorio, cruzar las manos sobre la mesa y trazar una mueca incrédula, como si le costase tomar conciencia de su paradigmática situación.

—No le perdáis ojo —ordenó el propietario de la mansión—. Informadme si trabaja con algún manuscrito o si oculta en algún lugar las notas que va tomando.

—Todo queda grabado, señor —aseguró el gigante.

—No olvidéis remitirme el informe de los textos que consulta y el tiempo que dedica a cada uno de ellos.

Gottlieb se dirigió a su secretaria.

—Dijo que memorizó el manuscrito de Sevilla. Averigua lo que puedas.

Dores, inexpresiva, miró a Darian que fingió estar ajeno. El propietario de Castle Moriá llevó su mano a la cintura de la mujer y salieron de la oficina de seguridad.

—Buen trabajo. Ahora relajémonos —le susurró.

Dores, con expresión severa, humilló la cabeza y ambos se perdieron por los corredores de la residencia.

13

En el calendario de los días con tinta roja habría que marcar aquella jornada, pues cosa fuerte es de oír. Cierto día, tras el fornicio indiano y a instancias del hambre, salimos a ballestear carne. Habíamos cazado un hermoso venado y algunas iguanas. Fue a la vuelta cuando se oyeron los gritos. Acudimos al socorro y vimos, pasmados, cómo dos calusas perseguían a una mujer blanca. Mi señor acabó con ellos a tiros de ballesta. La edad no hay que tratar en dama, pero os juro que nunca vieron mis ojos belleza tan sublime, ni tan rotundas hechuras. Bien hablada, de mucha compostura, talle esbelto, pechos más chicos que grandes pero apetecibles a la vista. Cabello dorado viejo con reflejos de oro joven, como los trigales de Su Majestad a punto de siega. Eran sus dedos largos y finos, de buena crianza, las uñas dejadas crecer y pintadas con bermellón brillante, tibia su tez, boca jugosa, labios bien trazados. Y los dichos labios esbozaban una sonrisa inefable, de las que no caen en olvido. Cuando reía, sus pómulos se acrecentaban, las mejillas formaban unos graciosos pliegues y de su boca restallaban dientes de nácar blanquísimos. Sus ojos, de pestañas tupidas, eran muy vivos y alegres, y a ratos se tornaban pícaros y delataban su condición de mujer bien despabilada por leída. Su extraño atuendo era más propio de varonía que de dama virtuosa por sus calzones ajustados, indecorosos por ceñidos. Bajo ellos se adivinaban unas posaderas potentes, apetitosas a la contemplación. Adheridos a mi recuerdo quedaron aquellos calzones prietos, porque mantuve mis ojos buena pieza en ellos, tan poco habituado como estaba a deleitarme en sugerentes vestiduras, fuera de refajos y largas colas. Vestía camisa fina azul mar con pliegues en las mangas y cerrada en la delantera con bolitas brillantes, como de oro. La tela mojada se pegaba a sus cueros y a un ceñidor negro que sujetaba sus pechos y que mirábamos con deleite.

Ningún suceso provocó tanto gasto de saliva como su providente aparición en el bosque, pues aquellas ciénagas, por temibles, no eran para doncella solitaria. A lo primero pensé que se trataba de un ángel enviado por los cielos para socorrernos; porque la dama, de cuya erudición hablaré más adelante, salvó de enfermedades y padecimientos a muchos colonos e indios. Luego deseché la idea, porque en los Testamentos no está escrito —ni en el nuevo ni en el viejo—, que las mujeres ostentasen nunca el oficio de ángeles, ni en los cielos ni en la tierra mundana.

A la vuelta, por las veredas del manglar, mi señor la miraba de soslayo y ella fingía no darse cuenta. Y por momentos, la forastera se llevaba las manos a la cabeza, como si quisiera sujetarla para que no cayera, y decía no saber si estaba viviendo un sueño o un delirio por fiebres del que tendría que despertar. Desorientada, preguntaba una vez detrás de otra qué hacía en aquel bosque, quiénes éramos y por qué el barbudo de los ojos turquesa la acusó de mentir al decir su nombre.

Intimidada por Íñigo el fornido, que poco antes acabó con dos calusas y un cocodrilo, acató nuestra compañía y caminó con nosotros, pero mascullando palabras por lo bajo. De esta manera bordeamos el manglar adentrándonos en los cañaverales por sendas que los indios abrían a golpes de machete. Atravesamos nubes de mosquitos que se metían por narices, bocas, orejas y ojos, y no entraban por el ojo trasero porque tapado iba con los calzones.

La dama, poco hecha a caminar a pies desnudos, los llevaba doloridos y escaso trecho aguantó. Desfallecida, se acuclilló llevándose la mano a talón. Don Íñigo de Velasco le miró el pie y, resuelto, extrajo la púa que atravesó su carne. De seguido, sin mediar palabras y desoyendo reniegos, se la echó al hombro, como un saco harinero. Por último, cansada de despotricar y patear, y solo servir de mofa a los indios, se resignó a ser portada sobre las fornidas espaldas de mi señor.

Ganamos el poblado tequesta poco antes del ocaso. Algarabía de niños y mujeres de pieles morenas salieron a recibirnos con mucha alegría. Reparó la forastera en la pobreza de aquellos indios que andaban en cueros, si no es por unos pellejos de venado con los que, a modo de bragueros, cubrían sus atributos. Aros humildes y collares de colmillos pendían en cuellos y orejas. Llamaron su interés las coloridas plumas de sus cabezas y los brazaletes de cintas y huesos. Vio en las indias rostros bien trazados, pelo largo liso y pechos al aire, los de las jovenzuelas de buen ver, caídos hacía arriba, los de las maduras chafados como tortas ázimas. Y como dama que era, fijó los ojos en los abalorios femeninos que las indias lucían en pescuezos y muñecas, y en unas pampanillas largas que fabricaban con un musgo seco que nace en unos árboles, que parece estopa o lana parda que llaman planta del aire. Con ellas se cubrían a la redonda de la cintura.

El poblado se emplazó en una tierra estrecha que ciñen dos ríos de aguas mansas y, en las orillas, los indios dejaban sus canoas de madera, talladas con dientes de tiburón. Estos aborígenes recolectaban frutos y raíces, también cazaban y pescaban en aguas dulces y saladas. Eran los tequestas un pueblo pacífico y generoso, y temían a los calusas, que se habían apoderado de los páramos de poniente, por ser guerreros fieros, hábiles flecheros y, lo que es peor, comedores de carne humana. Sacrificaban a sus propios familiares para mantener a sus dioses alegres y creían con ello que gozaban de la divina protección. Por tal razón los tequestas recibieron a los españoles como agua de mayo en la cosecha, a los que agasajaban y respetaban por su armamento, sus grandes caballerías, la precisión de sus ballestas de acero y los pavorosos truenos de las escopetas de chispa, capaces de matar a un venado donde no alcanzan los arqueros. A cambio de protección, nos daban indias, criados, viandas y alababan al Dios blanco por cortesía.

Formaba el poblado tequesta una veintena de chozas cuadradas, elevadas sobre postes para protegerse de alimañas. Cubrían los techos con hojas de palma y las paredes, sin ventanas, no eran sino esteras gruesas para guarecerse de inclemencias. Nos abrimos paso entre la muchedumbre y no pocas manos mesaban el cabello rubio y los ropajes de la forastera.

—No tema vuestra merced —advertí—. Nunca vieron mujer de tez tan blanca, ni cabellos tan dorados, porque las indias tienen la piel rojiza y la melena zaina y las españolas son castañas y renegridas.

Nos salió al paso el colorido penacho del cacique Patako, longevo de pómulos huesudos, cuarteados por los rigores del manglar. También él mesó los cabellos de la mujer con sus manos descarnadas, como garras de rapaz. Íñigo saludó al cacique con palabras de su lengua y mandó entregarle dos de las cuatro iguanas. El anciano, agradecido, rio luciendo sus encías desdentadas.

Abandonamos el poblado y, a poco, asomaron majestuosas las tres torres del fuerte, una defensora por oriente, la otra a poniente y la tercera, la principal, con espadaña y estandarte imperial, era la residencia del capitán. Ya próximos a la empalizada, un olifante anunció nuestra presencia. Sabed que el baluarte formaba perímetro fortificado que circundaba el poblado español y que Ponce mandó levantar entre los dos ríos que van a morir a la ensenada donde fondeaba la carabela.

Abrieron un portillo y accedimos a la explanada. Allá campaban animales de granja entre pestilencias y boñigas de distintas naturalezas. Olía a podrido y a estiércol de caballerías. Correteaban niños de piel cobriza, había indias preñadas e indígenas ataviados con ropajes españoles, que no eran sino criados. En el apestoso patio de armas se alzaba una estructura de madera, que la había abundante en la arboleda, pues no hubo tiempo de buscar piedra de mampostería y, la conseguida, fue para fabricar el polvorín que se hizo bajo tierra. Tenía la casa principal una torre defensiva esbelta, como las de homenaje en las fortalezas castellanas, aunque de menor enjundia por estar hecha de troncos sobrepuestos. En la almena, la brisa tremolaba banderas de los reinos de España y, a mayor altura, la enseña del emperador, don Carlos Primero.

La casa principal tenía dos entradas, una con acceso a la residencia del adelantado, a las dependencias de los nobles y a la capellanía. La otra daba a la despensa y a la cárcel. Las cabañas de la tropa se distribuían por el recinto fortificado. La forastera lo miraba todo sorprendida. Observó la espadaña y su campana, que coronaban la torreta principal, y reparó en las caballerizas donde apesebraban una veintena de corceles y una decena de acémilas. Algo apartado y custodiado por un centinela, el polvorín, al que se accedía por una estrecha escalinata. Era una sentina abovedada bajo tierra con paredes de piedra y puerta de reja de hierro cerrada con candados y cadenas. Allá se custodiaban toneles de pólvora negra, bolaños, bombardas, fusiles y escopetas, pistolas de chispa, municiones y diferentes útiles militares.

La mujer descubrió la choza de los esclavos negros, peor acondicionada que la perrera de los alanos. Los esclavos habían sido comprados a esclavistas portugueses que los capturaban en África. Los negros estaban más cotizados que los indianos por su fortaleza y resistencia, y fueron útiles cuando los reyes de España prohibieron esclavizar a los indios tras las denuncias de fray Bartolomé de las Casas. Los españoles, para no contrariar el decreto de Su Majestad, cambiaron esclavos de piel cobriza por los de piel negra, pues, como reza el dicho, quien hizo la ley hizo la trampa. Costumbres de nuestra España.

La campana avisó de nuestra llegada con un tañido alegre. Hombres blancos de raza y negros de roña fueron saliendo, unos de las cabañas donde yacían con indias, otros del bosque próximo, otros de un bohío convertido en cantina donde los soldados se abandonaban al vino y al tabaco indiano. La dama los encontró flacos, con barbas negligentes, apestosos, comidos por los piojos. Rostros angulosos, pómulos salientes, ojos enfebrecidos y hundidos, flacos de beber sus lágrimas y unas manos que apenas conseguían sostener espadas y escopetas.

Antes de entrar en la vivienda, Íñigo mandó a la mujer detenerse junto a la escalinata. Al poco salió acompañado por fray Pepe de Baena, clérigo franciscano, bajo de estatura, pero con mucho lustre, que invitaba a deducir que no sufría estrecheces en el Adelantamiento. Tenía la barba larga y, por cabellera, un perímetro de pelo pardo que le circundaba la cabeza como una diadema. Iba ataviado con una túnica de paño y de su cuello pendía un crucifijo que, más que pender, parecía dormir la siesta sobre la prominencia de su barrigón. Calzaba sandalias de cuero y, en la mano diestra, un sello entre sus dedos gordezuelos que los fieles besaban con la veneración de un pontífice.

Luego apareció un hidalgo de aspecto sexagenario, flaco, barba clara de soldado viejo, rostro afilado y nariz aguileña. Si en lugar de sombrero de ala ancha portase un solideo, podría pasar por un rey asirio, tal era su aspecto rabínico. Calzaba botas de cuero con espuelas doradas, espada al cinto, una blusa clara y un peto repujado de acero milanés que terminaba de ceñirse en el momento de salir. Vicentín, el niño escudero, iba tras él ajustando correajes. Supo la forastera que el caballero se vistió con prisas para ostentar autoridad y grado.

Íñigo se acercó y le susurró algo, y el hidalgo, con la mano en el pomo de la espada, miraba a la recién llegada con fijeza. Le indicó con la mano que se aproximara. La dama, vacilante, subió la escalinata y se situó a pocos pasos del adelantado. Mi amo habló. Estas fueron sus palabras:

—Su Excelencia don Juan Ponce de León y Figueroa, capitán y caballero de espuela dorada, hidalgo de España, primer gobernador de Puerto Rico y adelantado de Bimini.

El capitán se destocó lo justo para ser político sin menoscabo de gallardía. La mujer, en cambio, titubeó desconociendo los protocolos de la nobleza. Se acercó a don Juan Ponce para darle dos besos, uno por mejilla, como costumbre tenían en su reino, pero don Juan rechazó el acercamiento, pues las damas que besan a desconocidos pierden el recato y son tenidas por busconas. Como manda el pudor, el adelantado hizo una reverencia y besó su mano:

—Es honor para este vasallo de Su Majestad recibir en tan humilde morada a una dama distinguida —dijo el capitán, que reparó en la fina piel de sus manos, tersura nívea privativa de la aristocracia femenil.

—Encantada. Soy Brenda Lauper —respondió.

—Dice llamarse Brenda, pero su nombre es Dolce, que en castellano significa Dulce —añadió mi señor Íñigo.

—Me llamo Brenda.

—Falta a la verdad, Excelencia —insistió.

Íñigo levantó la melena de la forastera, volvió el cuello de su camisa, dio un tirón y entregó el trozo de tela al capitán. Don Juan Ponce miró con atención la tela desprendida.

—Es cierto que os llamáis Dolce. Doña Dolce Gabbana, pero no temáis daros a conocer. ¿A qué reino servís? —preguntó Ponce con la etiqueta en la mano.

La mujer, desconcertada, no sabía si reír o llorar. Al fin se llevó la mano a la boca y prorrumpió en risas; tímidas al principio para no ofender, luego incontenibles. Al escuchar a don Juan decir con solemnidad «doña Dolce Gabbana» brotaron las carcajadas y, al cabo, atinó a decir entre risas:

—Sirvo a sus majestades don Giorgo Armani y doña Carolina Herrera.

Nadie oyó hablar de aquellos nobles ni entendían el motivo de tantas risas, pero ella, desconcertada, rio con tantas veras, que los niños del poblado la imitaron llevando sus manos a la panza. Otros indios mayores, contagiados, no pudieron contener la risa y lucieron dientes amarillos y mellas rosadas. De esta manera estalló el poblado indio en carcajadas ante la atónita mirada de los españoles. Ponce, incómodo, levantó la mano y todos callaron a excepción de Dolce que aún reía. Entonces llamó a su escudero Vicentín, le agachó la cabeza y mostró el bordado en la parte posterior de su camisa. «Vicente Capllonch», pudo leer.

—Sepa vuestra merced que es costumbre bordar las vestiduras con el nombre de su propietario para evitar embrollos y hurtos —gruñó el capitán—. Más le valdría no hacer broma de las costumbres castellanas.

Doña Dolce se recompuso ante la mirada severa de los hombres. Así pasó de la risa a la inquietud y tomó conciencia del aprieto.

—Está bien. Me llamo Dolce —titubeó—. No recuerdo cómo llegué hasta aquí. Desperté en el bosque poco antes de que Íñigo y Gualas me encontraran. Soy antropóloga forense.

—¿Coméis carne humana como los calusas? —preguntó intrigado Su Excelencia.

—Antropóloga, no antropófaga —corrigió—. Soy médico... doctor... facultativo... —respondía mirando uno por uno a los barbudos que la observaban con cara de no entender— sanadora... curadora... cirujano...

—Ah, físico de las llagas —concluyó don Juan.

Recordó que así se conocía a los médicos antiguos que sanaban las llagas o heridas.

También se les conocía como concertadores de huesos.

—Físico, eso es —asintió.

—¿Dónde guarda vuestra merced las medicinas y los aperos de su oficio? —preguntó Ponce al verla sin equipaje.

—No los necesito. Mi ciencia está aquí —se tocó la cabeza con el dedo índice.

Ponce y el arcipreste asintieron con la cabeza.

—Vendrá bien otro médico en el poblado, pues no da abasto el que tenemos y ya hemos perdido a muchos hombres —concluyó el capitán Ponce.

Su Excelencia hizo llamar al licenciado Jesús Tíscar, escribano de calva impoluta y lentes que pasaba el día escribiendo códices. Ceremonioso, dictó: «Yo, don Juan Ponce de León, adelantado de Bimini por Su Majestad don Carlos I, dispongo: que desde hoy nadie ose molestar, insultar ni vejar a doña Dolce Gabbana, que será huésped de Su Majestad hasta que recobre los recuerdos y pueda embarcar a España cuando la ocasión requiera. Dispongo que ningún colono o indio incumpla mi orden bajo pena de su vida. Los incumplidores serán ejecutados, hechos cuartos y exhibidas sus cabezas para general escarmiento. Que dos de las más laboriosas criadas indias sean asignadas a su servicio. Hasta su regreso a España, doña Dolce servirá al poblado español laborando como médico junto al físico Antonio Laguna. Se hospedará en dependencia digna y mando que sea provista de vestiduras apropiadas a su condición y oficio. También dispongo que el pregonero divulgue la presente orden para conocimiento de soldados, vasallos y colonos».

Ponce volvió con Dolce y besó su mano.

—Sea vuestra merced en hora buena bienvenida.

Antes de retirarse, don Juan miró a don Íñigo y ordenó: «Dispón lo necesario». Don Íñigo se dirigió a un servidor y ordenó: «Dispón lo necesario». Y yo me fui a un niño indio y le ordené: «Dispón lo necesario». Pero el chaval, de unos cinco años, se encogió de hombros y se fue brincando detrás de una gallina. Resignado, hube de cumplir el encargo.

Dispuse a doña Dolce en la única dependencia libre, usada como almacén de vidrio por orden de don Juan. La equipé con un arcón, una silla de caña, unas tablas con jergón a modo de cama y un bacín junto a la ventana. No tardó en intuir que el bacín estaba destinado a recoger los sobrantes de su cuerpo cuyo contenido debía volear por la ventana. Una cortina de paño separaba una despensa en cuyos estantes había muchos recipientes de cristal vacíos.

—¿Y estos tarros? —preguntó intrigada.

—Cosas del capitán. Solo él y Dios lo saben. Aquí dormirá vuestra merced —le dije—. Habrá que limpiar un poco, pero no es mal aposento. Quedará a salvo de las alimañas.

—¿Tú dónde duermes?

—Con mi señor Íñigo. En las hamacas, que es el mejor invento indio.

Se hizo un silencio comprometido. Entorné los ojos y reparé en mis palabras.

—¿No creerá vuestra merced que don Íñigo y yo....? —me adelanté, suspicaz.

La forastera sonrió.

—Ha de saber —fruncí el entrecejo— que todo escudero duerme junto a su amo para servirle de inmediato. Si os asaltan dudas sobre nuestra varonía, sepa vuestra merced que Íñigo y el gran Gualas son varones muy machos, sin más preferencia que hembras decentes y creyentes.

—No te ofendas —respondió divertida—. Oye, Gualas, ¿qué es Bimini?

—Bimini es una isla de proporciones colosales en la que nos encontramos.

—¿Estamos en una isla? ¿De qué país?

—De las Indias de la pimienta. Dicen que estamos próximos a las costas de Cipango y de Catay de las que hablaba Marco Polo. También del reino del Preste Juan, que es descendiente de los tres Reyes Magos de Oriente que adoraron a don Jesús nacido.

—Don Jesús... —repitió ella. Le hizo gracia el inusual tratamiento para referirme a Jesucristo—. Nunca oí hablar de esos países.

—Dicen que son los reinos más ricos del mundo —iba yo levantando el polvo del suelo con un escobón—. Tierras vistas por mercaderes europeos, de sedas y preciadas especias, de minas colmadas y riquezas sin parangón. Aseguran que hay tal opulencia que construyen con oro las casas y los palacios, pues no saben qué hacer con tanta riqueza. En la India las especias se recolectan por quintales mientras que en Europa se paga la onza a precio de oro fino.

—¿Buscáis especias para llevar a España? —preguntó extrañada.

—Desde que los europeos descubrieron los condimentos de Oriente, cada comida es un imperio. La pimienta indiana se acepta como pago en los contratos porque tiene más valor que el dinero. Las especias molidas alegran los sabores, camuflan olores putrefactos y alargan la vida de los alimentos en las travesías de ultramar. Pimienta, azafrán, canela, comino, jengibre, clavo, nuez moscada... Brotes y bayas procedentes de las Molucas por las que pagan cuanto se pide. Don Íñigo y su gentil escudero, o sea yo, nos alistamos en una de las naos que zarparon de España en el año de Nuestro Señor de mil quinientos dos. Son pues… —eché cuentas con el ábaco de mis dedos— ¿diez y nueve años? Atravesamos el océano por la ruta de los alisios que Colón y sus colonos siguieron por poniente, en mil cuatrocientos noventa y dos.

—¿Colón? ¿El almirante Cristóbal Colón?

—El mismo. Falleció hace dos años, ahora es virrey su hijo don Diego.

—¿Os alistasteis para buscar especias?

Me llevé el índice a los labios imponiendo silencio. Asomé la cabeza por las jambas de la puerta, por si oían, miré por el ventanuco y, susurrando, como si recitara conjuros, le di cuenta del asunto:

—Cuando los perros otomanos tomaron Constantinopla cerraron la ruta de las especias por Asia y solo trataban con mercaderes de la república de Venecia, que vendían las especias a precios abusivos. Los portugueses buscaron una nueva ruta bordeando el África Negra por el cabo de Buena Esperanza hasta alcanzar los mares del Índico. Pero aquel era un derrotero demasiado largo y desventurado del que pocos navíos regresaban. Entonces, el almirante don Cristóbal Colón fue a ver a los Reyes Católicos don Fernando y doña Isabel, y les habló de los tratados de Ptolomeo y Al-Farghani, y les mostró el mapa conocido como *Imago Mundi,* de Pierre d´Ailly, y les hizo ver que, contrariamente a lo que sostenían los sabios españoles, la tierra no era un disco plano, sino redonda como una naranja. Dijo a Sus Majestades que, como la tierra firme ocupaba seis partes de siete de la superficie del globo, zarpando hacia poniente desde las islas Canarias, alcanzaría los archipiélagos de Cipango en cinco mil millas, un trecho mucho menor que costear el África de los Negros. Pero erró en sus cálculos, porque la distancia era más grande y la mar excesiva, y Cipango no dista menos de doce mil millas. Pero mi señor, que bien conoce a Ponce, dice que la misión del almirante es otra.

—¿Otra misión distinta a las especias?

Asentí con la cabeza. Me aproximé confidente y puntualicé en susurros:

—Colón era un templario taciturno y poco hablador. Mandó bordar en su jubón y en las velas de sus navíos la cruz orbicular templaria. Las cruces de la Orden de Cristo izadas por los mares en demanda de los Santos Lugares. Los reyes de España y algunos nobles financiaron su empresa. Con la bendición del papa de Roma, pretendía, en sucesivos viajes, aliarse con príncipes orientales como el Preste Juan y el Gran Kan. Su empresa secreta no eran las especias, sino encontrar rutas alternativas a Jerusalén y, en pocos años, hallar la forma de librar su conquista y recuperar la Tierra Santa. Dicen que fue esta, y no otra, la verdadera causa por la que zarpó allende los mares, a poniente.

—¿La Tierra Santa?

—Sí. La cueva donde nació Nuestro Señor Jesucristo en Belén, el río Jordán en Galilea donde fue bautizado, el monte de los Olivos donde profetizó la caída de Jerusalén; el Gólgota donde fue crucificado; el Santo Sepulcro donde fue enterrado y resucitó al tercer día. No hay mayor ofensa para un cristiano que los sagrados lugares estén en manos de la secta de Mahoma. Durante los primeros años, Colón acopió oro y riquezas para la Corte con el fin de financiar esta empresa secreta. Estaba empeñado en recuperar los lugares de la cristiandad cayendo sobre la Media Luna por retaguardia, pues los moros solo vigilan la vanguardia hacia Europa, de donde les llegaba el peligro, dejando desguarnecida la retaguardia donde los cristianos tenían pensado acudir.

—¿La conquista de Jerusalén es el secreto que persigue Juan Ponce de León?

Esta vez negué con la cabeza.

—No lo creo. Nos prometió riquezas y oro sin término. ¡Patrañas! Los indios de estas tierras no son amarillos, sino cobrizos. Desde nuestro arribo, solo encontramos miseria, enfermedades, muerte y guerras. Ahora con los salvajes caribes, ahora con castellanos truhanes, primero en La Española, después en Boriquén y más tarde en Bimini. Los reyes de España solo aspiran a colmar de oro los estancos de la Corte y hacer infinitos los confines de Castilla —susurré—. Por esa razón no cesan de traer a las Indias esclavos negros de África. Mandan los nobles prender a los indios y, si se resisten, los azuzan a los fieros alanos, o los liquidan en el nombre de Dios y del rey. Requisan sus bienes y se apropian de sus tierras a cambio de títulos nobiliarios y una parte de las riquezas de la conquista. Los pobres indios no pueden entender que, desde el otro lado del océano, alguien decida que las montañas, los árboles y los ríos, que de siempre fueron de todos los hombres, sean ahora de un rey al que nunca vieron ni verán. Estas tierras son un infierno de codicia donde los malandrines se convierten en virreyes de pequeños imperios, los porquerizos en gobernadores de tierras sin fin y los gañanes en terratenientes de azúcar, tabaco, palo brasil o esclavos, cuando no de oro, perlas o esmeraldas.

—Mucho tiempo en estas tierras…

—Diecinueve años ensanchando Castilla. Primero en isla Boriquén, a la que hicieron llamar Puerto Rico, de la que don Juan Ponce fue su primer gobernador. Allá buscamos oro y plata, hicieron repartimientos de tierras y de indios, pero solo topamos con desolación y muerte. Los españoles somos como Othar, el caballo del rey de los hunos, del que dicen que a su paso la yerba nunca crecía porque su amo, Atila, no dejaba cosa con vida. Solo acudimos a la codicia del despojo. Pasó muy lento aquel tiempo hasta que, en mil quinientos trece, y con licencia real, don Juan Ponce organizó una expedición en la que prometió alcanzar grandes fortunas. Nos unimos a su empresa porque no había más que perder. Por Pascua, navegamos por septentrión y arribamos a esta isla que llaman Bimini y que Ponce reclamó para la Corona de España. Tras mucho costear por levante, regresamos con las manos vacías. Pero Ponce no se amilanó y, años después, volvimos, de esto hace pocos meses, porque está convencido de que lo encontraremos.

—¿Encontrar qué?

Me aproximé y, con la mano en mi boca para evitar que las palabras huyeran, susurré:

—Su Excelencia dice que, por orden del virrey, busca el reino del Preste Juan, pero las malas lenguas aseguran que se dejó maravillar por los indios taínos cuando le dijeron que Sequene, un jefe indio de Cuba, navegó hasta Bimini donde encontró el mayor tesoro jamás hallado por el hombre. Por tal razón pusimos rumbo por segunda vez a esta isla gigante, pero esta vez a poniente. No pregunte vuestra merced qué tesoro es, porque Su Excelencia es una tumba y guarda bien su secreto.

—¿No dice qué busca?

—Él ordena y nosotros obedecemos. A la justicia real no le tiembla la mano con los indiscretos y los revoltosos, que no pocos han fenecido ahorcados. El capitán conforma a la tripulación con sueños de riquezas que nunca llegan. Ponce se reúne en secreto con los jefes de las tribus y circulan rumores sobre sus componendas. Mi señor don Íñigo está convencido de que el capitán busca algo más que oro, porque deja atrás tierras prósperas y minas colmadas sin fijar asentamiento. Vuestra merced llegó en un mal momento —le confesé.

—¿Por qué dices eso?

—Vivimos tiempos de grandes privaciones —suspiré, resignado—. Se perdieron muchos hombres y uno de los dos navíos. La tripulación anda afligida, harta de padecer. Ni oro, ni joyas, ni fortuna. Solo enfermedades, alimañas, mosquitos y aguas pútridas. Calamidades que menoscaban el ánimo cuando no se ven provechos. Las rebeliones siempre comienzan en el estómago de los pobres. Ya circulan hablas de revueltas desde que supimos que en estos páramos habitan indios fuertes llamados calusas, que se comen vivos a sus enemigos. Cuánta miseria y desastres y cuan poco duran los placeres de esta vida trabajada. Que la Santa Virgen nos proteja.

Dolce, sobrecogida por mis palabras, se dirigió a la ventana y, preocupada, miró los árboles del páramo donde podrían ocultarse los caníbales. —¡Diecinueve años! —repitió extrañada—. ¿Esperas encontrar riquezas algún día?

—¿Riquezas? Crea vuestra merced que a estas alturas solo sueño con regresar a España y abandonar esta pesadilla. Me embarqué siendo un niño de trece años y he visto cosas que no creeríais. Dicen que Europa huele a rancio, a sotanas, a luto y a mugre; y las Indias a flores, a especias y a mujeres limpias. Pero yo prefiero la decadencia sabia del Viejo Mundo, bregar por las callejas de la ciudad que me vio nacer cuyo nombre es Jaén, cuna rica en olivos y en... en... bueno, cuna rica en olivos; pero con ramas colmadas de aceitunas para Natividad que dan el mejor aceite en las almazaras. Y aunque se vive entre fatigosas cuestas a la falda del castillo de Santa Catalina, allá se soporta mejor la aventura del vivir, porque en Jaén hay gentes desprendidas, de mejor pelaje que los que acá arribaron para despojar.

—¿Y por qué no regresas a España?

—Me debo fiel a mi señor —asumí con la cabeza gacha.

—Los escuderos que vi en la explanada son chicos jóvenes, en cambio tú debes tener... ¿cuarenta años?

—Treinta y dos —mi aspecto desgreñado le hizo errar en la estimación de mi edad—. Me debo a don Íñigo como él se debe a don Juan Ponce, y Ponce se debe al virrey don Diego Colón, y Colón al emperador don Carlos, y el emperador a Dios Nuestro Señor. Y ahí se acaba. Solo don Juan Ponce puede ordenar nuestro regreso a La Española donde zarpan las armadas del virrey. Pero no lo hará. Aquí estaremos hasta que encuentre lo que vino a buscar, si no fenecemos antes.

Alguien llamó a la puerta. Eran dos criadas indias, sonrientes y de buen porte. Regresé con ellas palpando posaderas, sin despegar mis ojos de los turgentes pechos de aquellas jóvenes risueñas.

—Quedan a su servicio. Prescindiré de nombres indios porque las bautizamos como Aurora y Esther, y conocidas son en el poblado como las Berenjenas, por la piel cobriza de sus apetecibles frutos. Ya me entiende vuestra merced. Hermosas indias, sí, pero no apostaría un maravedí por su virgo pues, desde que los españoles llegamos a las Indias, hallar virtud en una hembra es más difícil que un camello entre por la aguja de la que habla el arcipreste Baena, que andan los españoles muy en celo y precisados de apego en tan lejanas tierras.

14

Castle Moirá, Homestead, Florida

Llevaba tres semanas en la mansión de Gottlieb y empezaba a sentirse como un recluso. El profesor Castillo empleaba nueve horas diarias en investigar, documentarse en la biblioteca, examinar cartografías, escudriñar documentos medievales en diversos archivos digitales de España, Cuba, Puerto Rico y Estados Unidos. También estudió cartas marinas y mapas costeros intentando localizar la ubicación de los asentamientos de Juan Ponce de León en las expediciones de 1513 y 1521. A la caída de la tarde hacía *footing* por la orilla del lago ante el discreto seguimiento de las cámaras de seguridad.

Se sentía recluido en una lujosa cárcel. A veces se preguntaba si no hubiera sido mejor vender el manuscrito a Gottlieb y no haberse complicado la vida, pero la sustracción del documento del Archivo de Indias de Sevilla era algo que pesaba demasiado en su conciencia. El día que descubrió aquel relevante manuscrito, que sorprendentemente había pasado desapercibido, sintió un impulso incontenible. Cuando leyó su contenido, lejos de celebrar el descubrimiento de una información relevante que podría conducirle al éxito, sintió una extraña sensación, como si una voz interior le ordenase sustraerlo de los ojos del mundo. Ello no impedía que sufriera momentos en los que se avergonzaba de sí mismo, pues no había cometido un delito en toda su vida. Se negaba a vender un documento del patrimonio español a un extravagante millonario americano. Y también, ¿por qué no decirlo?, porque una vez iniciada la aventura en Zúrich deseaba llegar hasta el final, sea cual fuera. «Devolveré el manuscrito cuando acabe esta historia y asumiré mi responsabilidad», se repetía una y otra vez tratando de mitigar su hostigamiento. Disponía de un documento relevante, tal vez definitivo, y Gottlieb tenía los medios para sufragar el proyecto. Era una gran oportunidad.

Aquella tarde alguien llamó a la puerta de su habitación. Era Gottlieb, acompañado de Dores.

—Adelante. Está usted en su casa —ironizó el español. Dores sonrió discretamente.

Pasaron al despacho y tomaron asiento. Gottlieb no había visto al profesor desde su encuentro en el hotel Park Hyatt de Zúrich. Le preguntó si estaba cómodo, si encontraba todo a su gusto, si precisaba algo, pero Castillo intuía que su interés era otro.

—Teniendo en cuenta que llevo varias semanas recluido en un castillo ubicado en el centro de un lago, estoy tan bien como se pueda estar en estas circunstancias. Pero hice amistad con las ocas y los peces amarillos. Los rojos son más ariscos. Me temo que su visita no está relacionada con mi estancia en su residencia, sino con los avances de mi investigación, ¿me equivoco?

—Ambas cosas me interesan. No son incompatibles —respondió Gottlieb, incómodo por su abierta sinceridad. —Antes de exponerle mis progresos me gustaría hacerle una pregunta —propuso Castillo.

—Usted dirá.

—¿Con la juvencia espera ser eternamente joven o combatir la impotencia sexual?

Dores se llevó la mano a la boca ocultando la sonrisa. Gottlieb, en cambio, se mordió las mejillas por dentro. El mecenas se miró las uñas y esbozó una sonrisa sardónica. Se esforzaba por controlarse.

—Mi interés va más allá del mito rejuvenecedor —respondió sin atisbo de humor—. Esa fuente mágica tiene un origen esotérico que hay que descubrir para confirmar o descartar su relación con la mitología bíblica. Estoy convencido de que Juan Ponce de León la descubrió en Florida hace quinientos años y quiero saber por qué se ocultó el hallazgo.

Castillo no quedó satisfecho con la primera parte de su explicación, aunque coincidía con Gottlieb en que Ponce de León hizo un relevante descubrimiento que nunca trascendió. Pero presentía que el interés de aquel millonario se centraba en la segunda frase salvada del microfilm: «Quien se adueñe de la juvencia dominará el mundo para desdicha de justos y gozo de ruines». Hizo un silencio reflexivo.

—¿Y si lo que descubrió el conquistador español no fue una fuente, ni un río, ni un estanque de propiedades excepcionales? —dejó la frase en el aire. Gottlieb y Dores, perplejos, cambiaron una mirada incrédula—. He revisado los trabajos de los investigadores que me precedieron en Castle Moriá. Fracasaron porque centraron su búsqueda en las tradiciones indígenas. Indagaron leyendas antiguas y referencias sobre acuíferos con propiedades revitalizantes, ríos de vida o estanques de aguas curativas. Craso error —continuó el profesor poniéndose en pie—. Si existiera un río con esas excelencias hace siglos que se hubiera descubierto. Si el colonizador español encontró alguna esencia prodigiosa fue en pequeña cantidad y debieron custodiarla como una reliquia valiosa. En el manuscrito del archivo de Indias se dice que llevaron al poblado veinte vasijas que fueron halladas en el templo conocido como Cabeza de Serpiente. Pero ¿dónde se encontraba ese templo?

Gottlieb le miraba con fijeza, sus ojos grises refulgían de ambición. Por primera vez el profesor compartía con él información del manuscrito del archivo sevillano, pero la dosificaba a su antojo, con astucia. Castillo temía que si le revelaba el texto completo del manuscrito prescindiría de sus servicios. Mientras el documento estuviera fuera de su alcance seguiría siendo imprescindible para el mecenas.

—Continúe —apremió.

—Como sabe, Ponce de León, en la primera expedición de 1513, bordeó la costa de Florida por levante. En la segunda, en 1521, lo hizo por la de poniente, pero se desconoce la ubicación exacta de su asentamiento —continuó caminando despacio por el despacho. Sus movimientos eran seguidos por las miradas inquietas de sus dos contertulios—. He contrastado la información del manuscrito de Sevilla con una vieja carta marina atribuida al español en su segunda expedición. No está dibujada a escala, pero las posiciones tienen cierto sentido. También he repasado la cartografía del siglo XVI, los viejos atlas de Abraham Ortelius y Willem Blaeu y he comparado sus referencias geográficas con las coordenadas actuales de los mapas de Florida. El manuscrito de Íñigo de Velasco aporta algunas pistas importantes.

—¿Y bien? —El americano hizo un gesto de impaciencia.

—¿Recuerda una de las frases incompletas del microfilm sobre la que usted me preguntó en Zúrich?: «La fuente de mocedad eterna buscada por don Juan Ponce de León, fue encontrada en tierras de las mil...».

Gottlieb asintió con la cabeza.

—De las mil islas —confirmó el profesor.

—El archipiélago Florida Keys está formado por más de mil setecientas pequeñas islas. Debieron pasar por allí necesariamente —sugirió el americano.

—No se refiere a los Cayos de Florida —atajó Castillo—. Sea lo que descubrió Ponce de León lo hizo en su último viaje y lo encontró al sudoeste de la península, una vez atravesada la barrera de los Cayos, en un intento por acceder a la «gran isla». En el manuscrito se hizo constar que la juvencia fue hallada en un templo situado a veintitrés leguas a meridión del mar de aguas dulces. Sin duda se refiere al lago Okeechobee que creyeron mar por su fabulosa extensión con casi veinticinco millas de diámetro de este a oeste. Y añadía: «A seis leguas del poblado conchero calusa». También se dice que es zona de ciénagas y de gran floresta, es decir, de abundante vegetación. No puede ser otro lugar que el parque nacional Everglades. Si tenemos en cuenta los primitivos asentamientos de las tribus indígenas y los testimonios de algunos miembros de la tripulación recogidos por el escribano contador de Cuba al regreso de la expedición de 1521, hemos de situar el templo en esta pequeña zona —hizo círculos con el dedo sobre un mapa.

—Esto reduce el radio de búsqueda —soltó Gottlieb, satisfecho.

—El poblado conchero calusa estuvo en la isla que los españoles llamaron San Marcos.

—Marco Island.

—Exacto. En Marco Island se encontraba el principal asentamiento calusa cientos de años antes —continuó Castillo—. Hay quien sostiene que eran descendientes de los mayas mesoamericanos, su presencia data de varios miles de años, pero no hay pruebas concluyentes. Marco Island es hoy un destino internacional de vacaciones por su clima y sus magníficas playas, pero antes de la llegada del hombre blanco la isla estaba ocupada por una singular tribu extinguida en el siglo XVIII. Estos indios vivían de la pesca y la caza, eran buenos carpinteros y construían canoas con las que se desplazaban por el entramado de islas y manglares de lo que hoy es el parque nacional Everglades. También eran feroces guerreros que hacían sacrificios humanos y practicaban el canibalismo. Estaban dispersos en medio centenar de poblados con una demografía que oscilaba entre veinte mil y cincuenta mil habitantes. Pero las enfermedades llevadas por los españoles redujeron la población de forma que, en 1650, solo quedaban tres mil indígenas. En 1700 estaban prácticamente extinguidos y los últimos supervivientes se unieron a los indios semínolas hasta su total extinción. Los calusas —continuó el profesor moviendo las manos en ademán de reunir objetos para sí— hacían acopio de millones de conchas con las que formaban montículos de hasta cuarenta metros de altura para protegerse de las crecidas marinas y los huracanes. Sobre ellos edificaban templos sagrados y lugares de enterramientos elevándolos por encima del nivel del agua. Todavía se conservan restos de promontorios con capas de cochas amontonadas hace más de mil años. De ahí la referencia al poblado conchero. La importancia de este asentamiento quedó acreditada en las excavaciones arqueológicas de Frank Cushing en el siglo XIX.

El profesor entornó los ojos y dobló ligeramente la cabeza para tratar de identificar el dibujo de los gemelos de Gottlieb. «Parece un rombo con algo dentro».

—¿Y las mil islas? —preguntó el mecenas.

—Pienso que, con las mil islas, Íñigo de Velasco se refería al inmenso laberinto de rías, meandros, manglares, canales e islotes costeros al suroeste de Everglades. La dificultad se encuentra precisamente en la compleja orografía y en la imprecisión de las referencias geográficas. Los españoles medían las distancias en leguas, no en millas ni kilómetros, por lo que estos parámetros solo son orientativos. La legua era una unidad itineraria antigua que correspondía a la distancia que una persona puede caminar durante una hora. Oscila entre cuatro y siete kilómetros, dependiendo del ritmo del paso y la orografía del terreno. La legua castellana correspondía a cinco mil varas, es decir, dos con seis millas romanas, o lo que es lo mismo cuatro con diecinueve kilómetros. Pero en el siglo XVI quedó establecida su equivalencia con veinte mil pies castellanos, esto es, entre cinco con cincuenta y siete y cinco con noventa y un kilómetros. El manuscrito dice que el templo Cabeza de Serpiente se encontraba a seis leguas del poblado calusa. El problema es que no especifica en qué dirección.

—Unas dieciocho millas de Marco Island —calculó Gottlieb.

—No exactamente, porque en esa zona no había caminos y debían zigzaguear evitando ciénagas y lagunas, por lo que la distancia recorrida debió ser mayor a la que hubieran realizado en línea recta. Tal vez debamos buscar en un radio entre doce o quince millas alrededor de Marco Island.

Gottlieb, aunque satisfecho por los espectaculares progresos del español, que consiguió reducir el círculo de búsqueda, se sentía frustrado porque la zona carecía de comunicación terrestre y estaba constituida por una vasta superficie de humedal subtropical inundable que, sin duda, se había visto alterada con las crecidas y los agentes climáticos en los últimos cinco siglos. No había otra forma para desplazarse que aerodeslizadores o motoras de pequeño calado. Castillo continuó:

—Por el manuscrito sé que Ponce de León trasladó las vasijas desde el antiguo templo hasta el poblado español. El asentamiento colono debía estar próximo al mar porque los españoles, cuando se adentraban en nuevas tierras con expediciones pequeñas, no se separaban demasiado de sus navíos. Eran su única garantía de retorno. Por tanto, si descartamos la tierra dentro y el mar, solo nos quedan dos derroteros posibles, ambos en torno a la costa.

Los ojos de Gottlieb dejaban escapar brillos de entusiasmo.

—En el poblado —añadió el profesor— probaron los efectos de la juvencia la cual, según el documento de Sevilla, «resultó ser pócima que desata desvaríos y desolación». Se deduce pues que, parte de la tripulación, posiblemente liderada por Velasco, se opuso a los planes de Ponce y decidieron deshacerse de aquel extraño fluido, no sin resistencia por parte de los que se oponían. Pero en su carta de despedida, Íñigo de Velasco escribe literalmente: «Pero como el destino solo atañe al supremo Dios, resolví devolver la dicha juvencia a la madre tierra, de donde nunca la debimos tomar». Se deduce que las vasijas fueron sepultadas bajo tierra, pero ¿dónde? Opción A: que Velasco las devolviera al templo de donde las cogieron, y opción B: que él mismo las sepultara en algún lugar del poblado o los alrededores.

El americano prestaba atención y reconocía para sí la impotencia de no disponer del contenido íntegro del manuscrito de Sevilla. Sospechaba que el profesor solo revelaba la información que a él le interesaba, y desconocía la que se guardaba para sí. Eso le exasperaba.

—Y bien, ¿cuál es su opción?

—La B —Castillo no dudó—. Pienso que cuando Íñigo de Velasco escribió la carta que entregó a Juan Eslava sabía que iba a morir. Fue una decisión improvisada ante una situación comprometida, pero sincera: «Viéndome precisado por los indios calusas y por taimados castellanos». Alegaba urgencia, no disponía de tiempo. Concluyó la carta con otra evidencia de una muerte inminente: «A poco de verse mi alma ante el Altísimo». A los pocos días Juan Ponce de León murió en Cuba como consecuencia de las heridas de una flecha en el último enfrentamiento con los calusas, justo antes de zarpar. Íñigo pudo pensar que aquellas desgracias fueron una maldición de los dioses indios, o de la magia negra de los chamanes que invocaron espíritus hostiles. Tal vez por esa razón se planteó devolver la juvencia a su lugar de origen —dejó transcurrir unos segundos antes de desechar su propio razonamiento—. Pero no lo creo —sacudió la cabeza despacio—. Le he dado mil vueltas a este asunto y no creo que ante la situación de urgencia que describe, Íñigo abandonase el poblado para trasladar las vasijas al lugar donde fueron encontradas, sabiéndose perseguido. Sería fácil localizarlas por quienes, como él, conocían la ubicación de dicho templo. Su pretensión era hacerlas desaparecer.

—¿Cree que pudo destruirla?

—No, porque en su escrito refleja el temor a que fuese encontrada. Si teme que sea encontrada en un futuro es porque no pudo destruirla o fue incapaz de hacerlo.

Con esta frase Castillo multiplicó la codicia de su jefe, que le miraba con fijeza. Durante unos segundos sopesó si debía otorgar credibilidad a las palabras del español.

—¿Por qué debo creerle? ¿Qué garantías tengo de que se ajusta fielmente a lo que refleja un manuscrito que no he visto? —soltó Gottlieb sembrando dudas sobre las tesis del profesor.

—Tendrá que confiar en mí, como yo lo hago en usted —sentenció.

Dores miró a su jefe temiendo que en cualquier momento perdiera la paciencia, pero el propietario de Castle Moriá se limitó a respirar hondo y a esbozar una mueca que, por sí misma, era una advertencia. El americano se levantó de la silla y miró a través del tragaluz. Quedó unos segundos pensativo.

—Hay algo que no entiendo —dijo Gottlieb con la mirada perdida en las aguas del lago—. ¿Por qué Velasco no embarcó si se encontraba en peligro?

—Tal vez estaba enfermo, o herido.

—¿Un enfermo custodiando un tesoro tan valioso y a punto de ser atacado por caníbales?

—Tal vez su prioridad fue impedir que la juvencia llegara a España por alguna razón. Luego se excusó por escrito para salvar su honra de caballero justificando, de esta manera, el oprobio de desobedecer las órdenes de un superior —improvisó Castillo.

—Si estaba herido o enfermo la juvencia hubiera podido salvarle —levantó los hombros en un gesto escéptico.

El semblante de Gottlieb delataba contrariedad ante las muchas intrigas de aquel misterio. Aunque satisfecho por los progresos del español, no podía simular su desasosiego por la empresa en la que había invertido grandes sumas de dinero.

—Las ciudades suelen crecer sobre primitivos asentamientos humanos de culturas en decadencia —añadió el español—. Es posible que alguno de los actuales núcleos de población en un radio entre doce y quince millas de Marco Island se formaran a partir del antiguo poblado español.

—Entre doce y quince… —repitió el americano. Gottlieb se dirigió a la mesa y aplicó la lupa sobre el mapa—. Esto reduce la búsqueda a Naples Bay, Everglades City, Ochopee y Chokoloskee. Haré algunas llamadas —miró a Dores, que permaneció en silencio en todo momento.

Estiró los puños de su chaqueta, se dirigió a la salida y aguardó a que Dores le abriera la puerta. En el umbral se detuvo y señaló a Castillo con el índice.

—Buen trabajo, profesor. Céntrese en localizar la ubicación del poblado de Ponce de León.

15

Everglades City, Florida

Joe era un empedernido fumador de habanos. Mordió su cigarro y achicó los ojos para evitar que el humo le cegara mientras manipulaba los mandos de su retroexcavadora. Se quitó el casco y secó el sudor del cuello con el pañuelo. Por el cristal de la cabina vio aproximarse a Virginia Piarulli, la directora del museo de Everglades City. Le acompañaban dos hombres con traje y gafas oscuras. La directora le hizo señas para que se aproximara. Detuvo la máquina, se apeó y encendió de nuevo el tabaco.

—Agentes del Servicio Nacional de Inteligencia —uno de ellos mostró una placa—. ¿Es usted Joe?

—Joe McGowan. Vienen por el asunto de los huesos, ¿verdad? —preguntó limpiándose las manos con el pañuelo.

—¿Cómo lo sabe?

—Desde ayer todo el mundo pregunta.

Los hombres se miraron contrariados.

—¿Cómo aparecieron los restos humanos?

—La directora me mandó ahondar en la tierra para meter unas tuberías. La máquina dejó al descubierto una oquedad y aparecieron todas esas piedras —señaló al socavón—. Detuve la máquina cuando vi los huesos. Di aviso y al poco vinieron unos policías a llevárselos.

—¿De la oficina del *sheriff*? —requirió el agente que parecía el jefe.

—Del FBI. Lo vi en las placas de sus bolsillos.

—¿A dónde se los llevaron?

—Lo desconozco. Hicieron fotografías y metieron los restos y los hierros en cajas de cartón.

—¿Qué hierros?

—Piezas metálicas oxidadas —continuó el maquinista limpiándose los dedos con el pañuelo pardo—. Acordonaron la zona y nadie pudo pasar, pero a mí me pidieron que ahondara un poco más con la máquina y pude verlo. Había una espada, una camiseta como de alambre llena de huesos, de costillas, ya saben. La calavera tenía un casco puesto que rodó por el suelo cuando lo movimos. También había un cofre.

—Háblenos del cofre.

—Era viejo y metálico, como de este tamaño —separó las manos situándolas a unos cincuenta centímetros una de otra—. Estaba abollado y sucio —volvió a encender el cigarro.

—¿Qué contenía?

—No lo sé. ¿Será un tesoro? Tengo entendido que quien lo encuentra tiene derecho a una parte. No me vendría mal porque tengo seis hijos y muchas deudas —espetó con media sonrisa.

—Gracias por su información —concluyó el agente dándole la espalda y dirigiéndose al coche.

—¿De qué cuerpo de policía dice que son? —preguntó alzando la voz en la distancia. Ninguno contestó. Se introdujeron en el vehículo y desaparecieron a toda velocidad.

16

En los primeros días la bella Dolce anduvo algo triste y silente. Salía cuando declinaba el sol y caminaba como un alma en pena, con la voluntad apagada y los ojos henchidos de llanto reciente. Deseaba volver a Miami y repetía una y otra vez que todo era un sueño. Con el paso de los días fue recuperando el color y el ánimo y se incorporó a sus menesteres de médico a instancias del capitán.

Si sorpresa fue encontrarla en el bosque, mayor prodigio fue su gran erudición médica, pues versaba en muchas sanaciones y prevención de males. Quiera Dios que algún día tengamos en Jaén sanadores como Dolce y no los físicos de medio pelo de esta villa, que igual te arrancan la quijada al sacarte una muela, que te llenan el culo de sanguijuelas para los retortijones de barriga. El médico Antonio de Laguna, calvo, barbado, con lentes de alambre, informó a Dolce que, a nuestro arribo, y tras el desaguisado del gran remolino que los indios llaman Hu-ra-kan, vinieron nuevas calamidades y muchos empezaron a sufrir calenturas y males de vientre. De esta guisa murieron como medio centenar de castellanos y los indios también morían en número infinito, y andaban quejosos porque no habían padecido aquellos males antes de la llegada de los hispanos. No pocos españoles se fueron con Dios por yacer con indias, lo que fue tenido por castigo divino, por fornicadores. De estos y otros males se fueron con Dios innúmeras almas quedando por los alrededores muchos muertos cuyos despojos las alimañas desterraban, habiendo en el aire un hedor grande y pestífero.

Doña Dolce dijo al Laguna que las razas se contagiaban unas a otras con enfermedades llevadas de otros continentes. Los esclavos negros trajeron del África la viruela, los españoles aportamos la difteria, el sarampión y tifus. Los cochinos la gripe. Y los indios, en devolución a tan generosos presentes, nos contagiaban la sífilis, que es plaga transmitida en la jodienda, la cual produce llagas en los apéndices varoniles, en los que afloran manchas verdes como el cardenillo del cobre.

Mucho se quejaba Dolce de las inmundicias del poblado, del muladar próximo, de la mezcolanza de enfermos y sanos, de los alimentos sin lavar y de la convivencia con los animales de granja, causas ellas de los males que entonces nos afligían. Vio insuficiente el rancho y escasa la verdura en los calderos mugrosos. No tardó en proveerse de productos frescos de la tierra y del mar. Bajo sus indicaciones, don Juan Ponce mandó construir un canal de agua que, atravesando el poblado, servía para vaciar los bacines, que desde aquel día dejaron de arrojarse por las ventanas. Por su consejo se vallaron los establos y las granjas, y se hicieron turnos con indios limpiadores para adecentar las cabañas. Dolce fabricó jabones mezclando sales cáusticas con aceites y lo removía hasta cuajar la pasta y luego la cuarteaba para dar una porción a cada colono. Habló de lo necesario de eliminar nuestra roña, sobre todo en las partes bajeras que hedían como los perros muertos. De esta manera quedó el poblado acicalado y lustroso, y hasta a los cerdos les cambió el aliento. Mandó aparejar una choza a la que llamó enfermería por asistir a enfermos, y en ella dispuso un jergón sobre tablas altas para examinar a los padecientes y practicar curas. La equipó de cocinilla con olla para hervir escarpelos y otros utensilios de su industria. También dispuso arcas, redomas y botes de cristal soplado con medicinas, linimentos, jarabes, muchas plantas curativas y polvillos obtenidos con pócimas naturales.

Pidió al físico Laguna conocer sus remedios para cada padecimiento, y él le mostraba emplastos, tisanas, yerbaluisa, poleo, mejorana, árnica, ajenjo, caléndula, abrótano o cantueso. Le enseñó los ungüentos y brebajes que, según él, sanaban y también los ensalmos que recitaba cuando fallaban las medicinas. Dolce no era amiga de sangrías ni purgantes, menos aún de ensalmos, a su entender inútiles. Por el contrario, ofreció soluciones eficaces para la sarna y los sabañones, para el dolor de huesos y el mal de orina, también para el escorbuto, obligándoles a comer guayabas, aguacates, mameys y otros frutos frescos. Hizo brebajes para estreñir el vientre suelto, y para los estreñidos fabricó un artilugio al que llamó lavativa porque, bien metido por el ojo trasero, lava las tripas por dentro en base a la teoría probada de que todo lo que entra ha de salir. También ofreció remedios para las mujeres y sus dolores menstruales. Con hervidos de eucalipto sanaron los de nariz tapada y respiración sibilante. Un día hizo un fluido blanco que llamó vitriolo y que fabricó con ácido de azufre y alcohol. Con él dormía a los enfermos para abrirles las carnes sin dolor, o cuando cercenaba miembros gangrenados. Era el vitriolo menos dañino que las raíces de mandrágoras del físico Laguna, que producía delirios y muertes. Doña Dolce le puso al día de soluciones muchas para padecimientos, le instruyó en cirugías y conocimientos sobre el cuerpo, los huesos y las vísceras. Quedaba el físico encandilado de cómo la dama descollaba en saberes tales que el célebre médico Galeno Pérgamo, con toda su ciencia griega, no supo la mitad que ella. Laguna quedaba boquiabierto cuando la escuchaba decir que la sangre no está quieta, que circula sin pausa por canalillos que llaman venas y arterias, que es impulsada por el corazón, que actúa cual bomba de achique que no cesa de latir hasta el mismo día de la muerte, que es cuando la sangre ya queda quieta en sus caños, tornándose espesa a lo primero y seca a lo segundo.

Alivio encontró don Juan, quejoso de sus huesos, y muchos colonos e indios hallaron soluciones a picaduras, calenturas, llagas y huesos tronzados. Dolce utilizó algunas medicinas de Tremike, el curandero de los indios, e hizo otras nuevas cuando conoció las bayas y las raíces de las plantas del bosque. Cada tarde, antes de la puesta, Antonio Laguna, Tremike y Dolce salían a colectar plantas pasando largos ratos conversando, en el lenguaje verde de los alquimistas, sobre el uso y propiedades de las melecinas de su industria. Obligado y agradecido, el cacique Patako mostró su satisfacción cuando la forastera salvó a su hijo tras la mordedura de una serpiente crótalo, de las que portan en la cola un sonajero.

En aquellos días, atento como las rapaces a todo acontecer, reparé que la bella Dolce miraba a don Íñigo con ojillos tiernos, pero ella lo disimulaba. Mucho me preguntaba por él, a quien tenía por poco hablador y muy de afilar y bruñir armas. Ella escuchaba de buen agrado cuanto relataba sobre sus gestas contra los francos en Nápoles y con los indios de La Española y, a más contar, más brillaban sus ojos que refulgían como luciérnagas a la luz en la noche. Don Íñigo no mostraba interés aparente. Decía que no son de fiar las damas que mienten al dar su nombre, pues si faltan a la verdad una vez, lo harán un ciento. Pero yo sabía que Íñigo no le quitaba ojo.

¡Ay, cuan hermoso es el amor! No sé si os he contado que tuve una novia española en Santo Domingo, cuyo recuerdo encendió muchas noches de mi juventud. Aún me parece verla, valerosa hembra de cabello rizado, ojos rebeldes y genio impulsivo, como fiera sin domeñar. Se hacía llamar Clotilde Mendoza. No era una Venus, pero en su mocedad tenía buen ver. Tampoco yo era un portento, pero aún retenía la apostura que la naturaleza concede a los mozos con veinte primaveras. Clotilde y otras hembras se unieron a la expedición de Ovando temiendo su encierro en la cárcel de mujeres por carecer de dueña o amo. Nuestro idilio duró lo que tarda una beata en rezar un rosario, pues hube de poner pies en polvorosa cuando descubrió que la mengua de sus dineros era fruto de mi mano desvergonzada.

Desde entonces no cataba hembra blanca. Cierto día, ¡oh, mocedad concupiscente!, me interné en el bosque hasta alcanzar un remanso del río donde doña Dolce se bañaba junto a sus criadas indias, y hacíanlo en sus cueros, como Dios las trajo al mundo. Gustaba de tumbarse al sol y quedar quieta como lagartija sobre roca ardiente, no como otras damas nobles, que huyen del sol porque la piel blanca es nota de buena crianza. Dolce se lavaba con jabones y untaba su piel con esencias de aloe vera que ella misma elaboraba en su botica, y les daba a untar a sus criadas diciéndoles que la piel también sufre la sed y es menester hidratarla con aceites y bálsamos.

Agazapado en el soto, a la sombra furtiva de la maleza, me deleité en sus curvas bien formadas, en sus pechos menudos coronados por apetecibles avellanas, erectas por el frescor de las aguas. Con la vista alegre, encendido como un ascua al rojo, allá me topé con el pecado, como sin duda habréis imaginado. El corazón se encabritaba cuando pegaba mis ojos a su cintura de avispa, a sus muslos prietos, al monte hirsuto, sagrado custodio de su secreto. Intenté memorizar los vaivenes de sus manos untadoras de aceites por sus relieves femeniles para regurgitarlos después en los íntimos alivios de la noche. Pero, como la impaciencia se desboca cuando la juventud te brinca por las venas —bienaventurada la resurrección de la carne—, más pronto que tarde me entregué al onanismo y calmé mi encendimiento de la manera que a los hombres nos enseñó la madre naturaleza. Destreza en el vicio de Onán que bien aprendemos de pubertos por sí mismos, sin magisterio ninguno. Y en un decir amén, precozmente satisfecho, regresé gateando por la espesura hasta toparme de bruces con Miguel Quiles, un ballestero de perilla y panza. El dicho Quiles, que en España había sido transportista, se acuclillaba en la maleza con los calzones bajados. «¿Qué hacéis aquí?», pregunté. «Buscaba lugar discreto para proveer el vientre», salió del paso, abrumado por haberlo sorprendido. En mi reptar, y a poco trecho, también me topé con el herrero Diego Martos, pariente del Quiles, a quien dije: «¿También vos?». Ambos dos y otros muchos, dispersados por el soto, ponían achaques de vientre y acusaban al ranchero de no seguir los esmeros de higiene de la bella Dolce. No eran sino excusas porque aquella dama, además de admiración, levantaba intemperancias de bragueta. Esto, traído a colación, puede sonar soez, pero, ¡maldito sea!, éramos soldados, no monjitas de Santa Clara.

Y hasta aquí por hoy, que llegó la hora del merecido descanso. Cada mochuelo a su olivo, que a la puesta se desangra el sol por el horizonte y el manto negro de la noche ya asoma por la sierra de Jabalcuz. De buena mañana continuará este ciego con el román de don Íñigo de Velasco por tierras de Indias. Como sé que os domina la intriga y en el catre andaréis especulando sobre el desenlace de la historia, yaced con vuestra esposa como corresponde a los desposados o, en su ausencia, aliviaros como bien sabéis, que eruditos sois en estos menesteres. Pero no olvidéis lavaros con agua y jabón para que el olfato de este trovador no padezca mañana el suplicio que con resignación soportó en la jornada de hoy.

Id en paz, que mañana si Dios quiere retomaré mi román en el punto mismo que hoy lo dejo.

Amén, Jesús.

17

Will estaba tenso y no separaba los ojos de su iPhone. Caminaba de un lado a otro de su despacho, como un tigre enjaulado.

—¡Cógelo! —escuchaba la señal, pero nadie atendía a su llamada.

Desalentado, lanzó el teléfono sobre la mesa. Se llevó las manos a la cintura y resopló.

Fijó la mirada en un punto infinito, como indagando soluciones en el mundo invisible.

Sonó el móvil y se lanzó a cogerlo.

—Oye Brenda…

—No soy Brenda, soy Bruno. ¿No aparece mi nombre en la pantalla de tu teléfono? —dijo su ayudante con su inconfundible acento sureño.

—Disculpa, estoy algo tenso. ¿Qué te pasa en la voz? —reparó en su afonía.

—Demasiado polvo y polen en Everglades.

—¿Desde cuándo eres alérgico al polen?

—Desde hoy.

—¿Terminaste el trabajo? —preguntó el fiscal.

—Hecho está.

—Bien, ahora regresa a Coral Gables. Brenda está en la universidad. Si no ha terminado el informe te esperas a que lo concluya. No te marches sin él. Recoge el cofre con las vasijas y el informe y reúnete conmigo.

—¿En qué departamento está Brenda?

—En la primera planta, en el laboratorio del doctor John Tisdale. Pregunta al guardia de seguridad, él te indicará. Llévate a un par hombres.

—De la Universidad de Miami, ¿no?

—Claro, idiota. ¿Dónde si no? Vete y no pierdas tiempo —replicó el fiscal irritado.

Cuando colgó el teléfono, Will repasó mentalmente la conversación. Quedó pensativo.

Algo no cuadraba.

¿Por qué Bruno preguntó si se trataba de la Universidad de Miami cuando horas antes había estado allí con Brenda? Una pregunta ingenua, ¿o no tan ingenua? Una voz extraña. Una afonía sospechosa. ¿Alergia? ¿Qué alergia? El corazón le latió con inusitada violencia. Aquella llamada no la hizo su ayudante Bruno Morrison. Le habían tendido una trampa para sonsacarle y había picado como un estúpido. Empezó a sudar y maldecir. Se preguntaba con quién había mantenido tan comprometida conversación. Marcó el número de su ayudante, pero nadie atendió.

—¡Maldito sea! —La papelera voló por los aires y se estrelló contra la librería. Se llevó las manos a la cara y sacudió la cabeza intentando librarse de sus demonios. Respiró hondo y, tras una pausa, ordenó a Sonia, la secretaria, que le pusiera con la oficina del *sheriff* en Naples.

—Al habla el *sheriff* del condado de Collier.

Tras identificarse como fiscal federal del Distrito Sur del estado de Florida, Will le mostró su preocupación por su ayudante Bruno Morrison. Le informó que debía estar cerca de Ochopee y que conducía un Lincoln Town Car negro matrícula de Florida. El *sheriff* de Naples envió un helicóptero para una inspección aérea.

Will llamó de nuevo a Brenda mientras caminaba inquieto por la moqueta de su despacho.

—¡Coge el puto teléfono!

La situación le estaba sobrepasando. Se aflojó el nudo de la corbata, abrió el minibar y se sirvió un Four Roses. A su mente acudieron episodios del pasado: las escapadas a Alaska, las vacaciones en Europa, los pícnics sobre el césped de Doug Barnes Park bajo cielos de cristal, veladas en las que les sorprendía el ocaso, como si perdieran la facultad de controlar los límites que impone el tiempo. Días del ayer en los que se refugiaba con frecuencia en un intento de mitigar la presión de un trabajo que le absorbía hasta la extenuación. Ambicioso, apuesto y deportista. Vestía trajes Bottega Veneta de mil dólares. Un buen partido de no ser por su carácter prepotente de niño malcriado en el alto Manhattan. Will Carpenter fue desde niño un estudiante modelo. Se doctoró en Derecho *cum laude* en la Universidad de Pennsylvania. Después de tres años de pasante en la prestigiosa firma de abogados Olsen & Arm, su padre, un reputado joyero de Manhattan y mecenas del Partido Demócrata, le facilitó una carrera meteórica. Primero como subjefe del Estado Mayor y asesor del fiscal general y, más tarde, como ayudante del fiscal federal hasta su nombramiento como fiscal del Distrito Sur del estado de Florida por el presidente Barack Obama. Estaba reconocido como uno de los fiscales más brillantes del estado, incluso fue condecorado con la Medalla del Fiscal General por su labor al frente de la Fiscalía. Pero a Will le perdía su excesiva ambición. La máxima «todo se consigue, todo se compra» la asimiló en el seno de su familia. Su padre, solvente judío de Times Square, selló muchas bocas y pagó no pocos silencios a lo largo de su vida. Will era un chico despierto y aprendió pronto los ardides de su progenitor. Con los años fue dejando atrás su prístina inocencia para convertirse en un tiburón político obsesionado con el sueño americano sin reparar en medios para conseguir sus objetivos.

«Te negaste a tener hijos porque sabías que lo nuestro acabaría», se dijo para sí mirando la foto de Brenda que, sin saber por qué, aún presidía la mesa de su despacho. No buscaba enriquecerse, sabía que eso iba implícito en el éxito, sino extender sus parcelas de poder. Tenía a sus órdenes doscientos treinta y tres fiscales federales adjuntos, doscientos veintisiete empleados de apoyo y miles de policías en más de quince mil millas cuadradas desde Key West hasta Sebring. Todo bajo su jurisdicción. Ser el máximo responsable de los agentes del orden público en el distrito, con sus seis divisiones operantes en nueve condados, fue sembrando en él una sensación de poder tan adictiva que modeló su carácter convirtiéndose en un ejecutivo inclemente. Fue lo que terminó exasperando a Brenda.

El zumbido del teléfono fijo le devolvió a la realidad.

—Dime, Sonia.

—Le llaman por la línea tres.

—Por favor, no me pases llamadas en este momento.

—Lo siento, pero es el congresista Noël Farris.

Will trató de mantener la calma. Se ajustó la corbata como si pudieran verle, apuró el whisky y respiró hondo antes de pulsar el botón número tres del teléfono.

—Noël, qué sorpresa. ¿Qué tal estás? ¿Y los niños?

—Déjate de zalamerías, Will. ¿Tienes el informe?

El fiscal tragó saliva e hizo una pausa tornando de nuevo al infierno.

—Esta noche estará. He enviado a mi ayudante a recogerlo —respondió con escasa convicción.

—Supongo que sabrás que los restos humanos recogidos en el condado de Collier pertenecen al Distrito Medio en el que no tienes competencia como fiscal federal del Distrito Sur —advirtió la voz del teléfono.

—Lo sé. Responderé ante el fiscal general en su momento. Tendrás que echarme una mano.

—Imagino que eres consciente de la relevancia del caso —advirtió la voz del teléfono.

—Lo sé.

—Recuerda que nos jugamos mucho y, si caigo, no dudes que me acompañarás. Nos vemos donde siempre —concluyó antes de colgar.

Will se preguntó por qué no siguió el consejo de Brenda de abrir un bufete de abogados y abandonar la política. Seguramente las cosas le hubieran ido mejor.

De nuevo sonó el teléfono.

—¿Brenda?

—Soy el *sheriff* de Collier —sonó una voz grave.

—Ah, diga *sheriff*.

—Hemos localizado el coche de su ayudante.

—¿Y Bruno?

—Muerto.

—¡¿Cómo dice?! —un escalofrío recorrió su espalda.

—No estaba en Ochopee sino a trece kilómetros al sur, en la pequeña ciudad de Everglades City. Se encontraba en el interior del vehículo, en Storter Avenue. Alguien le disparó en la cabeza. No fue un suicidio porque el arma ha desaparecido. Hemos acordonado la zona y se ha dado aviso al juez.

—*Sheriff*, es posible que el asesino lleve su teléfono. Hay que rastrear su posicionamiento —respondió el fiscal sin mencionar la llamada que minutos antes recibió de alguien que se hizo pasar por Bruno.

—El teléfono estaba en uno de los bolsillos de la víctima. Según el registro de llamadas le llamó a usted hace treinta minutos. Llegamos tarde. Lo siento. Se ha puesto en marcha el operativo de búsqueda.

Will no daba crédito. Por vez primera como fiscal sintió miedo. ¿Quién podía estar interesado en acabar con su ayudante? El asesino debió interceptar su vehículo, acabar con él, buscar en la agenda del teléfono el número del fiscal Carpenter, llamarle y sonsacarle información haciéndose pasar por Bruno. Si imitó su acento sureño debió ser porque le conocía o porque conversó con él antes de matarlo. De lo que no cabía duda era de que el asesino estaba interesado en averiguar el paradero de los restos recogidos por Morrison. Sin duda alguien muy peligroso que a esas horas se dirigía a la Universidad de Miami. Tanto Brenda como el hallazgo se encontraban en peligro. Quiso zanjar la conversación con el *sheriff* para ir a buscarla a la universidad, pero el jefe de policía de Collier le puso en un aprieto.

—¿Por qué no me dice qué está pasando?

—Pasa que se ha cometido un crimen que no quedará impune —respondió Will habilidoso.

—Señor Carpenter, circulan rumores de que usted ordenó hace unos días la exhumación de unos restos humanos en unas obras del museo de Everglades City que se encuentra fuera de su jurisdicción y no informó a las autoridades de este condado.

—¿Cree todo lo que se cuenta? —salió del paso el fiscal del Distrito—. Y si así fuera es un asunto federal fuera de su competencia.

Se hizo un silencio previo a una despedida fría.

18

Jaén, 1560

¡Acudid al son del laúd! Hermoso y soleado día nos regala el Señor. Como venís dormidos, aseados, almorzados y cagados, acercaos para conocer lo que este ciego os revelará sobre la tragedia de un día infausto.

Debía ser cerca de media noche cuando mi amo caminaba desasosegado, mirándolo todo mucho. Al ocaso vio bandada de cornejas que, cosa sabéis, traen mal agüero si se os cruzan. Noche templada y silente, rota a intervalos por grillos noctámbulos y algún relincho en las caballerizas. Antes de retirarse revisó los parapetos y las luminarias. Reparó en el claror de la luna, velado por un aura lechosa de presagios funestos. Su luz arrojaba a sus pies una sombra imprecisa, que a duras penas trataba de seguirle en su ronda. Me soliviantó la inquietud de Íñigo porque, cuando el silencio se adueña del bosque, es seguro que los malos augurios tornan crecidos, pues es el sosiego antesala de lo lamentable. No falla.

«Abrid los ojos, barrunto desventuras», advirtió a Gerardo, el centinela. Gerardo Coba y Gamito, peón de lanza y adarga, el de la eterna sonrisa, oteaba en la atalaya de poniente. Exhalaba humo y observaba satisfecho la brasa del tabaco que trocaba con los indios. Imaginaba las caras estupefactas de sus paisanos cuando, tras su vuelta a España, le vieran humar como los dragones de las fábulas. Entre bocanadas de humo escudriñaba la negrura, y fue bien entrada la noche cuando atisbó en ella un claror bermejo, como fuego en las tinieblas. Entornó los ojos y aguzó el oído. Oyó un rumor creciente, como de crepitar de ramas, como si una riada las fuera quebrando.

—¡A las armas en poniente! —gritó.

Al fin asomaron por la fronda tres indios con los rostros quemados. Aullaban y hacían aspavientos con sus brazos. A poco se echó sobre ellos una turbamulta de madres con niños y ancianos que gritaba desaforadamente. Un clamor de incontenibles gargantas bramaba desde la empalizada y suplicaba auxilio. El vigía de la torre asió el badajo de la campana y tocó a rebato. De las chozas salieron soldados sin saber qué pasaba. Íñigo, a medio vestir, corrió hasta el valladar y vio llorar a los indios tequestas.

—¿Qué sucede? —preguntó Juan Ponce, que se vestía apresurado en la escalinata.

—¡Los calusas atacaron su poblado! —voceó mi señor para hacerse oír en el griterío.

—¡Abrid la empalizada! ¡A las armas! —ordenó Ponce de León, dejándose aparejar su repujada coraza por Vicente, el escudero.

Abrieron el portón y a la plaza de armas acudieron en tropel los indios aterrorizados, muchos de ellos sangraban. Dolce y Antonio Laguna atendieron a los heridos en la enfermería. Mi amo, iracundo, movía la cabeza. Había vivido las razias de los moros y las escaramuzas de los francos en Nápoles. Apretó los dientes y, tras escupir una maldición, no aguardó a calzarse armadura. Ataviado con una camisa de estameña, calzón y botas, se terció la ballesta a la espalda junto al carcaj con las flechas y se ciñó la espada al cinto. Después embrazó un escudo y, de un salto, sin alzarse en estribera, montó a lomos de Hechicera, picó espuelas y soltó bridas. Espumoso el hocico del animal, que también barruntaba estragos.

Quince de sus vasallos batieron lanzas y marcharon tras él a la carrera. Y a ellos me sumé arreando una mula mansa, porque un escudero no es digno de caballo. Momentos antes, emulando el salto de mi señor sin estribera, fuime a dar trompazo contra el costillar del animal por lo que, al final, un tanto aturdido, me alcé sobre el estribo como reza la prudencia.

Luego soltaron a los alanos, que estaban adiestrados para atacar a los indios de tez bermeja. Sus ladridos se perdieron en el bosque. Rezagadas por tener que ajustarse las armaduras, salieron las escuadras de Ponce y Eslava, quedando en el poblado una guarnición al mando de don Rafael Cámara.

Horror, fuego y muerte. Tales fueron los horrores que presenciaron nuestros ojos en el claror de las llamas. Ardían las chozas y las techumbres se desplomaban levantando torbellinos de llamaradas y cenizas que ascendían en espiral. En el suelo, los cuerpos eran destripados y comidos por unos seres que cayeron sobre sus presas como monstruos carniceros. Los caníbales eran membrudos, fuertes y más altos que los tequestas. Seres intermedios entre hombres y bestias con mandíbulas prominentes y fauces lobunas ensangrentadas por la ingesta de carne cruda. A don Íñigo le dio un vuelco el estómago al ver cómo dos de ellos destripaban a una india cuando aún chillaba. Furibundo, espoleó a Hechicera y asestó su acero con tantas veras que la cabeza de uno de ellos rodó por la tierra. Al segundo lo alcanzó en la huida y también lo despachó con carta para el diablo. Los hombres de Ponce y Eslava se emplearon con los calusas, que se defendieron bravos con lanzas y hachas, ineficaces frente a las armaduras. Castellanos e indios, en estrepitosa madeja de espadazos, machetazos, culatazos y mordiscos, resoplaban y gemían. También los alanos atacaron decididos, pero los caníbales descranearon a tres de ellos a golpes de mazas. Otros canes, enfebrecidos, no distinguieron entre tequestas y calusas y mordían con saña a los tequestas creyéndolos enemigos, causando más padecimientos a las pobres víctimas.

Cruel batalla se riñó en la explanada por la muchedumbre de caníbales —no menos de docena por español— y por la fiereza que acostumbraban. Indios bravos y bellacos salieron del bosque y dieron sobre nosotros con mucha furia. Desde los árboles, los flecheros tensaban sus arcos de dos varas y lanzaban saetas con puntas mojadas en veneno. Varios salvajes de piel tostada como ladrillos, cayeron de las alturas y derrocaron a mi señor, que cayó a tierra. Debió pelear por su vida, esquivó los tajos y se zafó del grupo a patadas. Un tercero elevó un peñasco por encima de su cabeza, pero mi amo le traspasó la garganta con la celeridad del relámpago y el acero asomó un palmo por su cerviz. Cayó la roca, sin daño. Tres emplumados se le pusieron bravos con lanzas y machetes. Les hizo retroceder con tres mandobles y un juramento. De seguido fue a donde los gritos de los soldados que, entre maldiciones y el clinc clanc de los aceros, pedían auxilio e intentaban hacerse oír en medio del griterío. Una nube de indios vociferantes se les vino encima a cuatro de sus hombres, que a duras penas resistían entre el ir y venir de estocadas. Pisó el estribo de la ballesta, tensó la cuerda hasta engancharla, cargó una flecha en el canal, se lo llevó a la cara y apretó la llave. El virote silbó y atravesó a dos indios, que cayeron. Luego desenvainó la espada y se abrió paso tajando cueros y cercenando brazos con brazaletes plumados. Pero fue tardío el socorro, porque a sus soldados les habían vaciado el alma, lanceados y desangrados. Otros tres más, valerosos infantes, cayeron abatidos por flechas lanzadas desde la arboleda. Sonaban los aceros en la noche, voces lastimeras, ayes en la negrura y súplicas de confesión para morir en la gracia del Señor. Solo cuando los fusileros estallaron sus escopetas, los calusas recularon espantados, creyendo ver en los fucilazos nuevas iras del dios Hu-ra-kan. Quedó la tierra bien sembrada de muertos, cabezas, brazos, charcos de sangre y carne desgajada. El último salvaje, en su huida, tomó a una niña que lloraba junto a sus padres muertos. Pensó don Íñigo que la usarían para engrosar su despensa y corrió tras el raptor perdiéndose en la noche. Tras un trecho que fue un siglo, sin más luz que el fulgor del fuego y la media luna destilada por la arboleda, mi señor, al fin se hizo ver con la niña en los brazos y la espada en la mano, mojada de penetrar en carne enemiga. Avanzaba vaciloso, sangrante.

A los del fuerte la espera se les hizo eterna y aguardaban acontecimientos con el alma en vilo. La guarnición, al frente de don Rafael Cámara, se aprestó a repeler un posible ataque. En las torres, hombres prevenidos con calderos de brea ardiente, dispuestos a lanzarla desde las alturas a una orden. Junto a la empalizada, una línea de escopeteros con las mechas encendidas y las balas en los cañones. Tras ellos, una línea de lanceros y peones con espadas y puñales.

Al fin aparecieron por la negrura del soto los soldados españoles. Iban clavando estacas colgando en ellas cabezas de calusas para sembrar escarnio, como costumbre se tiene en los reinos de España con los salteadores de caminos. Don Juan encabezaba la comitiva de rostros afligidos. Oscuras las cabezas de humo y pólvora, la noche los había envejecido. Menos Ponce, que montaba su corcel albo, la tropa, con las cabezas gachas y las almas encogidas, tornaba a pie con las caballerías en reata, convencidos de que Dios no se había dejado ver por aquellos lares. Avanzaban empolvados, con las ropas hechas jirones y abolladuras en morriones y corazas. Sobre las caballerías los siete muertos para sepultar en tierra sagrada. Tiraba don Íñigo de las bridas de Hechicera, manchada de sangre india hasta los ijares. Se percibía la tribulación en su mirar vacilante, propio de quien desconoce si venció o perdió la batalla, como el rey Pirro de Epiro, que logró una fugaz victoria sobre los romanos a costa de miles de sus hombres. A lomos de la yegua iba la niña india, con la cara churretosa del llanto y humo. Los llagados cojeaban y manqueaban, y se apoyaban unos en otros hasta alcanzar el fuerte donde fueron atendidos por Dolce y Antonio Laguna. «¡Dios bendito!», exclamó el arcipreste. Se santiguó al verlos tan diezmados y se ocupó de los oficios por las almas de los difuntos.

Agradecimos el agua fresca que bebimos en calabazas. Llevé los animales a las caballerizas, donde abrevaron y les di palmadas de calma. Dolce, en un sinvivir, buscó a don Íñigo y respiró al verlo asomar con una niña de la mano. Lo vio herido y quiso atenderle, pero el jaenés rehusó alegando que había peores maltrechos a los que atender. Se desciñó la espada, la ballesta y el carcaj, se desprendió de la camisa y se sentó en la puerta de la enfermería calmando a la pequeña india, que lloraba desconsolada. Doña Dolce vertió un jarro de agua sobre el fornido torso de mi señor. Tenía una mordedura en una mano y una sajadura en el vientre.

—Volverán —musitó mi señor con los ojos perdidos—. No podremos contener a tantos.

Dolce aplicó un paño limpio sobre la herida sangrante y le mandó apretar. Después le miró con fijeza, sin decir palabras, y él vio en sus ojos colmados de estrellas que su preocupación iba más allá de los meros cuidados médicos. La mujer besó a la niña en la cabeza y regresó a la enfermería donde pasó la noche atajando hemorragias, concertando huesos, enjugando heridas y extrayendo hierros y astillas. Mostró al físico Laguna el arte de cerrar las carnes con agujas curvas e hilo, que muchas veces no era menester quemar con hierros al rojo, lo que causaba grandes padecimientos. También le enseñó a identificar a los heridos más graves de los que lo eran menos cuando ambos yacen sin conocimiento.

Cinco veranos debía tener la pequeña india. Velasco la miró enternecido. La sentó en sus piernas y ella se echó en su pecho. Mi señor le ofreció una peladilla, pero no quiso. Languidecida, acomodó su desgreñada cabeza en el hombro de su salvador y se durmió. Después, mi amo habló con el cacique Patako y con el arcipreste solicitando su apadrinamiento por ser huérfana, y ambos dieron conformidad. Como el nombre de la niña —Jontefankonoa— era impronunciable, propuse llamarle Merendola, por haberse librado de ser la merienda de los caníbales, pero el arcipreste se enojó por ser nombre pagano y propuso Inés de Montepulciano, como correspondía al santoral de la Iglesia. Íñigo negó, tomó a la pequeña en sus brazos, la elevó por los aires y le dijo sonriente: «Te llamarás Julia». Después entregó la niña al cura para que fuese bautizada con ese nombre. Fray Pepe atinó a decir que Santa Julia fue una cristiana cautiva por los vándalos, que le dieron muerte por negarse a adorar a sus dioses paganos. Vio pues el nombre con satisfacción.

Ponce ordenó doblar la guardia y permitió, aún con estrechuras, que los tequestas sobrevivientes pernoctaran en el fuerte en tanto se sosegaran y los heridos fuesen atendidos. Hicieron consejo los tequestas y, a las claras del día, el cacique Patako anunció que su pueblo emigraba a las costas de levante para unirse a otros clanes que huyeron tiempo atrás por igual motivo. Pero el capitán les convenció para que no partiesen, propuso reconstruir su poblado ofreciendo para su custodia retén de hombres armados y alanos de presa. Deudos con Ponce, aceptaron de mala gana, salvo en los perros alanos a los que temían más que a los calusas. Algunos españoles —entre ellos el malvado Malasangre— se preguntaban qué interés tenía Ponce de León para insistir a los nativos que se quedaran, cuando poco les importaba la vida de los indios. Lo vimos cuando cargó contra ellos en La Española y en Puerto Rico.

A media noche mi señor me dijo al oído que debía acudir a la enfermería y pedir remedios para mis apretones de vientre, siempre inoportunos al iniciar la batalla, impropios de un soldado valeroso. Lo decía por haberme visto en plena contienda acuclillado entre la arboleda con los calzones bajados, vaciando tripas, sin arrestos para luchar. Dicen los valientes que tal cosa escatima la audacia y señal es de apocamiento, pero yo digo que nadie es cobarde por vocación, ni es el temor la razón de ser de la cobardía, sino la sabia prudencia del comedido que mide riesgos y consecuencias. Que no siempre España parió leones ni nadie muere por excederse en prudencia, ni desluce la mesura. Muy al contrario, porque colmados están los cementerios de valientes de cabezas erguidas que buscaban gloria sin temer al mañana. Si la historia necesita de valientes que guerrean, también precisa cronistas cagadores que la troven, y para ello menester es seguir vivo.

Así es la vida.

19

Los mejores momentos llegaban a media tarde, cuando Dores le visitaba para tomar el té. Una hora antes, el profesor Castillo se acicalaba y se perfumaba y, cuando ella aparecía por la puerta, él fingía indiferencia y adoptaba con torpeza hábitos refinados. Pero Dores sabía cómo era en realidad, podía verlo cada día con la espontaneidad de quien desconoce que está siendo espiado por cámaras ocultas. Reía divertida cuando, en la intimidad, le veía hurgarse la nariz o cuando cantaba en la ducha temas de Joaquín Sabina y Fito Cabrales; o cuando, en calzoncillos, sobre la cama, punteaba una guitarra invisible al son roquero de Supernova Radio Miami. En aquellos momentos asomaba el niño alegre que se escondía tras la sobriedad de una madurez prematura. A Dores le gustaba observarlo en el monitor, se sentía cautivada por su nobleza, por aquella impulsividad ingenua que contrastaba con una rebeldía innata hacia lo impuesto. Le seducía su inteligencia, su perspicacia, su fina ironía, su sonrisa pícara, incluso su rudo atractivo de académico irreverente. Sobre todo le cautivaba aquella mirada de quien promete un paraíso, porque sus ojos refulgían cuando ella aparecía, y su falta de pericia delataba su desazón y parecía un chiquillo sorprendido en falta. Dores le observaba con ternura. Valoraba su sencillez y, en ocasiones, sentía un calor libidinoso ante el descaro con que se dirigía a Gottlieb, sin temor alguno. En Castle Moirá nadie se atrevía a hacerlo. No podía evitar sentirse culpable de invadir su intimidad por orden de Gottlieb, más aún cuando aquellas tertulias vespertinas no tenían otro fin que sonsacarle información acerca de sus progresos y del manuscrito sevillano.

Aquella tarde Dores le llamó por teléfono mientras lo observaba por el plasma. Él, frente al espejo, ensayaba poses seductoras. La Blackberry sonó cuando se ajustaba el nudo de la corbata.

—¿Si?

—Buenas tardes profesor. Hoy no podré acompañarle a tomar el té. Tengo mucho trabajo. Lo siento.

Tras unos segundos en los que sintió precipitarse al abismo de la decepción, el profesor reaccionó.

—Ya… bueno… no importa. Yo también tengo mil cosas que hacer —mintió—. Otra vez será.

Le vio arrojar el teléfono sobre la cama y dejarse caer en el sofá, derrotado. A Dores le invadió una gran tristeza. El profesor quedó largo rato con la mirada perdida en un punto infinito del techo. Dejó escapar un suspiro de resignación.

La luz de la tarde languidecía lentamente. No tardó la noche en cubrirlo todo con su manto negro. Se incorporó rápidamente cuando escuchó un helicóptero sobrevolar la mansión. Por la ventana lo vio tomar tierra en el helipuerto. De la aeronave se apearon cinco hombres con traje oscuro. Castillo temió que fueran agentes de la Interpol por lo que, solivantado, asomó la cabeza por la puerta y escuchó movimiento en la planta baja de la residencia. La curiosidad le hostigaba. Procurando no ser visto ni oído, atravesó el corredor del ala este hasta alcanzar las ventanas de la fachada. Por una de ellas descubrió seis coches de alta gama aparcados en la plaza del rombo. Por las cristaleras del patio interior vio a varios hombres maduros entrar en una sala junto al vestíbulo. Todos ataviados con traje negro. «Reunión de negocios», pensó. El murmullo de los asistentes cesó de repente y se hizo el silencio. Por unos instantes la residencia parecía deshabitada. El viejo Moses se colocó un mandil ribeteado decorado con dos pequeñas columnas con dos letras bordadas en el fuste: M.B. Debían ser, pensó, las iniciales de su nombre para no confundirlos con los de otros criados. «En esta casa hasta los mandiles son extravagantes». El viejo Moses entró en la sala donde se celebraba la reunión y cerró la puerta, momento que aprovechó Castillo para descender de puntillas por las escaleras. Ganó el patio interior y pegó la oreja a la doble puerta. Percibió lejana la voz de Gottlieb, pero no pudo identificar sus palabras.

En ese momento, una elegante limusina negra hizo entrada en la explanada del rombo. Tuvo que ocultarse detrás de una de las anchas columnas cuadradas del patio interior para no ser visto. Darian, el jefe de seguridad, impertérrito como siempre, se dirigió al corredor del ala oeste, zona en la que Castillo tenía vetado el acceso. Resonaban firmes sus pasos sobre el pavimento de mármol. Entró en una dependencia situada en la mitad del pasillo, junto a la cocina. Al cabo de unos minutos salió portando una pistola con silenciador que introdujo en una funda bajo su chaqueta. Pasó a pocos centímetros del profesor, que se agazapó como pudo.

Castillo se dirigió a la puerta por la que salió el jefe de seguridad y giró despacio el picaporte. Tras un pequeño rellano, descubrió unas escaleras que se adentraban en un nivel inferior. Al cerrar tras de sí quedó en la más absoluta oscuridad. Desconocía dónde se encontraba el interruptor de la luz, pero no lo buscó. Los peldaños se adentraban en un sótano húmedo bajo el nivel del agua del lago. Alumbrándose con el precario fulgor de la pantalla de su Blackberry, descendió por las entrañas de Castle Moriá. Las escaleras terminaban a una amplia sala con lavadoras industriales, secadoras y tablas de plancha. Le sobresaltó un golpe seco a sus espaldas. Quedó unos segundos inmóvil en la oscuridad, pensó que no estaba solo. Volvió a encender la Blackberry y se aproximó al lugar donde procedía el ruido. Un conducto vertical de aluminio facilitaba la recogida de sábanas, mantelerías y toallas que caían desde las alturas a un contenedor de ropa sucia por ese rudimentario pero eficaz sistema. Al fondo de la estancia, un nuevo tramo de escaleras se adentraba aún más en las profundidades. Le condujo hasta un vestíbulo amplio. Tras unos pilares descubrió una puerta de acero con sistema de apertura táctil. «¡Una cámara acorazada!», pensó. Se accionaba mediante una tarjeta magnética y una sucesión numérica que había que teclear. No se atrevió a tocarlo para no hacer saltar la alarma ante una secuencia incorrecta.

Cerca del dispositivo había un interruptor. Lo activó y un haz de luz iluminó sus zapatos bajo la puerta. El portón blindado presentaba una holgura de unos dos centímetros con respecto al suelo, insuficiente para observar por ella. Reparó en el teléfono que le servía de linterna y sonrió. «Estos chismes sirven para todo». Activó la función «Vídeo» y situó la diminuta cámara que la Blackberry tenía en el borde superior, de forma que la pequeña lente coincidiera con el espacio por donde la luz salía, lo que le permitió filmar bajo la puerta. Detuvo la grabación a los veinte segundos. Al fin reprodujo el vídeo. No daba crédito a lo que vio. Sobre las paredes, dispuestos sobre armeros, fusiles de asalto, pistolas ametralladoras, otras automáticas y algunas de electrochoque Táser. También revólveres, miras telescópicas, silenciadores, cargadores, fundas, cananas y paquetes con munición. Incluso maletines y cajas de madera precintadas con rótulos inquietantes: *Danger. Explosive.* Impresionado, tragó saliva.

La luz bajo la puerta se apagó sin tocar el interruptor. Le extrañó. El teléfono móvil lanzó un pitido corto avisando que la batería se agotaba. «¡Joder, ahora no!». Recordó que en Zúrich compró un encendedor como suvenir de Suiza. Vació sus bolsillos mientras se alumbraba con el último fulgor de la pantalla. Un llavero con varias llaves, cuatro monedas de veinticinco centavos y tres billetes arrugados de cincuenta, diez y un dólar. La luz del teléfono murió definitivamente. Al fin encontró el encendedor, se iluminó con él y recogió los efectos, pero algo llamó su atención. Acercó el billete de un dólar a la burbuja de luz y quedó pensativo. Lo aproximó aún más para asegurarse, luego perdió la vista en un punto invisible. Un *flash* iluminó su mente como un fogonazo. «No puede ser».

En ese instante la puerta de la lavandería se abrió con virulencia. Apagó el encendedor y permaneció inmóvil. Alguien descendía con prisas por las escaleras. Atenazado por la humedad y miedo, temiendo que Darian o el mismo Gottlieb le sorprendieran en aquel lugar, pegó su espalda a la pared y contuvo la respiración. Como una siniestra espada, la luz polvorienta de una linterna se abría paso en las tinieblas y se dirigía hacia donde él se encontraba. Se apretó aún más contra la pared y sintió en el pecho los golpes de su corazón. Cuando la luz cegó sus ojos, de forma instintiva, se protegió el rostro con el brazo temiendo una embestida. Una mano le aferró con firmeza las solapas de su chaqueta.

—¿Qué estás haciendo aquí? —la voz de Dores resonó en la sala.

El miedo le impidió responder. La mujer, nerviosa, tiró de él y ambos subieron las escaleras a toda velocidad.

—Si Gottlieb te descubre en este lugar, te matará. —Su rostro desencajado exhibía una angustia evidente—. Te vi entrar en el sótano desde el control de seguridad. He provocado un apagón para evitar que las cámaras nos graben. Dispones de unos segundos para alcanzar tu habitación sin ser visto.

Salieron al corredor de la planta baja cuando Moses encendía un candelabro de plata. Algunos asistentes a la reunión salieron de la sala y preguntaban qué había pasado. Dores apagó la linterna y guio a Castillo por el claustro. Subieron las escaleras del ala este a toda velocidad, atravesaron el corredor hasta que, al fin, alcanzaron la habitación del profesor. Antes de cerrar la puerta, Castillo se volvió.

—Dores…

Ella le miró. Tenía la expresión lívida.

—Gracias.

—Gottlieb está en una reunión, pero se marcha de viaje en un rato. Debo regresar al control de seguridad y manipular los registros de grabación. Culparé a un fallo en la tensión eléctrica. No vuelvas a salir sin avisarme. Hay cámaras por todas partes —advirtió marchándose a toda prisa.

Era la primera vez que Dores le tuteaba. Eso le agradó.

Al poco regresó la luz y el profesor, sentado en su escritorio, perdió la mirada en el vacío tratando de aplicar algún sentido a lo que presenció aquella noche.

20

Tras la batalla de los páramos, el desasosiego vino para quedarse. Corrían rumores de nuevas emboscadas de los caníbales, muy superiores en número, y esto llevó a las gargantas la destilación seca del miedo. En aquellos tiempos la fidelidad tenía fecha de caducidad. Y ocurrió que, con el sol de la mañana en lo alto, una veintena de españoles, liderados por Matías Malasangre, fueron a ver a Ponce con malas formas. Acudió el capitán luciendo jubón y un sombrero de ala ancha con plumas de garza. Se sorprendió al verlos sublevados y pertrechados junto a la escalinata. Esto fue cuanto dijeron:

—¡Volvemos a España! —estalló Malasangre.

—Nadie zarpará sin mi licencia. Vuelvan a la obediencia del rey o todos seréis ahorcados por rebelión —advirtió Ponce.

—Soportamos más de lo que merecemos. Preferimos regresar a España antes de que los salvajes nos coman como a venados. No podremos contenerlos.

—¡Un caballero español nunca huye ante la adversidad!

—Dicen que las almas de los que son comidos sin extremaunción nunca alcanzarán el reino de Dios —añadió Bocatuerta.

—¿Qué sabéis vos de lo divino? ¿No nos comemos nosotros a Dios en el pan consagrado? ¿No nos bebemos su sangre? ¿Acaso no nos comen los gusanos en la fosa? ¿Qué diferencia hay?

—La guarnición de la carabela está con nosotros. Quede Su Excelencia buscando su tesoro —añadió Malasangre. Después se dirigió a la hueste—: ¡Todo aquel que desee abandonar este infierno a tiempo está de embarcar!

Ponce desenvainó, también lo hicieron Íñigo, Eslava y Cámara, pero los hombres de Malasangre se llevaron las ballestas a la cara y apuntaron al corazón de los caballeros desposeídos de armaduras.

—¿Nueve años buscando su tesoro no son suficientes? —increpó el gigante que encontró apoyo en los conjurados—. Harta está la hueste de promesas incumplidas y de un oro que nunca llega. Preferimos que nos ahorquen en España a ser comidos por los salvajes de estas ciénagas. No es muerte honrosa para un cristiano. La corriente del Golfo nos llevará a Europa aún sin viento favorable.

Ponce de León no dijo nada. Sabía que la mayor parte de los soldados llevaban meses sin recibir sus peculios. Envainó la espada e inspiró.

—Doblaré salarios y compensaré atrasos —ofertó.

—No es pagamiento lo exigido —añadió Bocatuerta—. Desde que arribamos a isla Florida, desde los Cayos al río Miami, solo quimeras y padecimientos. De los doscientos hombres que zarpamos en San Germán quedan menos de la mitad. El resto yacen en esta tierra maldita. No merece vuestro sueño semejante sacrificio en almas.

La bella Dolce salió de entre los indios y habló:

—Un momento, caballeros. ¿He oído Florida? ¿No estamos en Bimini? —preguntó sorprendida.

—Pusimos el nombre de Florida a esta gran isla allá por mil quinientos trece, pero los indios la llaman Bimini —dijo don Juan Ponce.

—¿Estamos en Florida y hay un río llamado Miami?

—Tan cierto como que estos ojos se los han de llevar la tierra. Nace en el lago Okeechobee y muere en una bahía de coral, por levante —asintió el caballero Eslava.

—¡Estamos en el estado de Florida! Ahora entiendo de dónde viene el nombre de la ciudad de Tequesta, en el condado de Palm Beach. Bimini no es una isla, es una península de los Estados Unidos. Al norte la tierra continúa y se une al continente.

—Dicen que el almirante Colón, buscando ruta hacia Cipango por el oeste, se topó con tierras desconocidas. El cartógrafo alemán Waldseemüller lo pintó en uno de sus mapas, pero los Colón insisten en que estamos en las costas orientales de las Indias —añadió don Juan de Eslava.

Sabed que, en aquel tiempo, en los viajes a las Indias no se hablaba de estas menudencias, sino de oro y riquezas, único propósito de monarcas y colonos. Pasaron muchas lunas hasta que se supo que todo un continente había permanecido oculto a los ojos del mundo en mitad del océano.

—Aquí no encontraréis Cipango, ni Catay, ni la India —insistió Dolce. Es una tierra nueva a la que llamarán América en honor a un tal Américo.

—¿Os referís a Amerigo Vespucci? —preguntó el capitán.

—¿Le conoce?

—Es un cosmógrafo de Florencia. Coincidí con él en la Casa de Contratación de Sevilla. Vivía en casa del almirante Colón y se casó con la que dicen hija bastarda del capitán don Gonzalo Fernández de Córdoba. ¿Le conocéis? —preguntó Ponce.

—¡Basta! —atajó Malasangre—. ¡Desarmadlos!

Don Iñigo y los demás caballeros se aprestaron a defender a Ponce, pero el adelantado levantó la mano y detuvo a sus hombres. Se situó frente por frente a Matías Malasangre.

—Queda la carabela a disposición de quienes deseen zarpar, pero aquellos que embarquen vivirán sus días lamentando haber perdido la ocasión de ser eternamente jóvenes. Porque ese es el tesoro en cuya búsqueda he empeñado todos estos años. La milagrosa fuente de la juventud eterna, conocida por juvencia, el secreto que purifica de la muerte a los hombres. Aguas salutíferas que rejuvenecen y desposeen de todo mal a quien las toma. Dicen proceder del río Jordán de Galilea donde fue bautizado el Hijo de Dios. ¿Acaso no vale un imperio este prodigio? ¿Quién prefiere marchitarse y morir? ¿Preferís oro y decrepitud a juventud y salud? ¿Queréis morir ricos? ¿Dónde portaréis vuestra fortuna cuando el Todopoderoso os reclame? Juraron los indios arahuacos que la juvencia se halla aquí, en Bimini, y que el cacique Sequene gozó de sus milagros. Los chamanes de todas las tribus oyeron hablar de sus prodigios. Los caciques cuentan crónicas de sus ancestros que la refieren oculta en un lugar sagrado de estas ciénagas. Jamás estuvimos tan próximos a encontrarla. Ya sabéis a qué dediqué mi capital y mi empeño en los últimos años. Ahora, decidid. El que desee naufragar en mares hondas que zarpe. Los que deseen juventud y vigor eterno, quédense. Tiempo habrá de volver a España lozanos para perseguir nuevas empresas con la longevidad de Matusalén.

Dejó transcurrir un silencio, luego esparció la mirada sobre los levantiscos y concluyó al fin.

—¿Sabéis lo que pagarán en Europa por una sola gota de esta agua prodigiosa?

Reinó un prolongado silencio apenas interrumpido por los ayes del hospitalicio que acrecentaban el discurso de Ponce sobre la frugalidad de la vida y la ligereza del existir.

—La juventud es efímera. Solo la muerte es eterna —receló Bocatuerta.

—En Orense, Leana, Archena o Arnedillo existen fuentes de aguas calientes que curan males de huesos y de la piel. ¿Acaso no puede haber otra que lo cure todo? —añadió el capitán Ponce.

—Hable Vuestra Paternidad —requirió Malasangre a fray Pepe de Baena, suponiéndolo conocedor de la voluntad divina.

El arcipreste, hombre práctico que sabía inclinarse en la dirección del viento, temía indisponerse con alguna de las partes:

—San Marcos dejó escrito que, estando Jesús a Galilea, fue bautizado por San Juan en el río Jordán. Hecho esto, los cielos se abrieron, el Espíritu Santo descendió sobre Él y se oyó una voz: Tú eres mi Hijo amado, en ti me he complacido. Santas son las aguas del Jordán. Pero no preguntéis por qué, solo el Padre Eterno es juez de estas cosas, y no son para los mortales entendellas —pontificó prudente como una malva, con aquella cara de pan que le había dado Dios.

—¡Patrañas! —voceó el gigante apuntando con la ballesta al pecho de Ponce—. Embarquemos.

La físico Gabbana, que lo presenció todo, dio unos pasos y habló:

—Esa fuente mágica existe.

—¡Nadie os dio cirios para este entierro! —el gigante de los dientes negros la apuntó con la ballesta.

Dolce les hizo ver que recordaba cómo llegó hasta allí y que conocía la existencia de las aguas prodigiosas.

—¿Por qué lo sabéis? —inquirió Bocatuerta.

—Porque las probé. ¿Qué edad pensáis que tengo? ¿Treinta años? ¿Tal vez treinta y cinco? Llegué siendo una anciana, probé las aguas milagrosas y cumplidos tengo ciento cincuenta y tres años. Un largo silencio de bocas abiertas se desplomó sobre la plaza de armas. Doña Dolce gozaba del respeto de los colonos y los indios por sus conocimientos. No pocos creyeron encontrar la respuesta a su mucha sapiencia, impropia de dama joven, si no se han vivido innúmeras primaveras. Uno de los sublevados, andaluz cojitranco de encías deshuesadas que escupía, tosía y se quejaba del mal de gota, arrojó la ballesta a los pies de Ponce. Humilló la mirada y mostró sus manos descarnadas y sus dedos deformados por el mal de los huesos. Así habló:

—¡Plugo a Dios que así sea y digo amén! Gastado y enfermo ¿qué vida me queda? ¿Seis meses? ¿Un año? Prefiero vivir y ser joven. —Se hincó de hinojos ante Ponce—. Si lo que dice Su Excelencia es tan verdad como que hay Dios, depongo mi arma y me apresto a humillarme ante vos. Suplico clemencia para mí y para estos marinos cegados por el mucho padecer. Me uno a la búsqueda de la juvencia.

Uno tras otro, los levantiscos depusieron las armas a los pies del capitán. Primero los de mayor edad, después los más jóvenes, animados por lo dicho sobre el dineral que podrían reportarles las aguas milagrosas. Malasangre, mohíno por el vuelco de los acontecimientos, se resistía a entregar la ballesta, pero Íñigo se la arrebató de las manos. Después le hizo caminar hasta la mazmorra aguijoneándole la espalda, en tanto el adelantado decidiera la pena. En la cárcel fue aherrojado con el cepo de la justicia.

Don Juan Ponce mandó sustituir a los cinco marinos de la carabela con porquerones de su escolta y custodió bajo llave las armas incautadas para evitar nuevas rebeliones. Cuando los revoltosos se dispersaron, Ponce llamó a consultas a Dolce y a los caballeros Velasco, Eslava y Cámara, y allá fue también este servidor, sombra perpetua de mi señor don Íñigo. Entramos en el despacho de Ponce. El escudero Vicente sacó un zaque de hipocrás y lo sirvió en unos barros.

—¿En verdad vuestra merced cumplió ciento cincuenta y tres años? —preguntó intrigado el capitán a Dolce.

—Lo dije para sacaros del atolladero.

—Por un momento pensé que vuestra merced era la señal definitiva. Admiro vuestra audacia, pero de poco servirá cuando se descubra el embuste.

—Lo de la fuente de la juventud es una quimera. Y Florida no es una isla —aseveró la física.

—¿Cómo es que no guardáis memoria de vuestro viaje? —Ponce se amoscaba.

—Solo recuerdo que me encontraba en un laboratorio y me desperté en el bosque.

—¿Laboratorio?

—Una sala donde se trabaja con productos químicos. Alquimia, eso es.

—¿Por qué las mujeres de su país llevan virotes cortos en los zapatos? —preguntó don Juan de Eslava.

—¿Virotes?

El caballero depositó sobre la mesa los zapatos de color rosicler que extravió Dolce en la huida cuando fue atacada por los indios.

—¡Mis zapatos! No son virotes, se llaman tacones. Sirven para vestir con elegancia —alcanzó a decir observando nuestras faces perplejas; luego suspiró—. En realidad, no sirven para nada, solo para parecer más alta y que te duelan los pies —corrigió soltándolos sobre la mesa con desgaire.

—¿Recordáis algo más? —porfiaba Ponce.

—El laboratorio, mi bata blanca y... huesos.

Quedó en ese trance pensativa. Hurgaba en las sentinas de la memoria y entre brumas alcanzó a ver una mesa con un esqueleto y un cofre.

—No recuerdo bien. Sé que abrí un viejo cofre.

—¿Como este? —Ponce señaló el arcón donde su escudero guardó las armas de los conjurados.

—No, más pequeño. En su interior había unas vasijas.

Dolce perdió la mirada en el espacio invisible, como repasando tiempos del ayer.

—Saqué los objetos de la caja... —Tenía el gesto ausente, como engolfada en sus dilemas—. Coloqué las armas sobre el esqueleto... —Nos miraba, pero no nos veía—. Abrí el cofre... extraje una vasija... —Movía los brazos y caminaba en imitación de los movimientos de aquella jornada—. Puse una gota en el microscopio y... ¡se me resbaló! —Se llevó la mano a los labios—. ¡Dios mío! ¡Me salpicó en la cara y me entró en la boca!

Ponce, reticente, le inquirió:

—¿Algo que debamos saber?

No contestó. Durante buena pieza quedó ensimismada en sus misterios.

—Vine de muy lejos —prorrumpió finalmente sin separar los ojos del punto infinito donde rescataba sus recuerdos.

—¿Más allá del océano?

—Más allá de los tiempos —contestó con un hilo de voz.

Echaron verbos los caballeros sobre la conveniencia de continuar la búsqueda o regresar a Puerto Rico, y la imposibilidad de alojar en el fortín a todos los indios. Ponce propuso talar árboles, despejar arrabales y levantar atalayas. Los velas harían señales luminosas caso de peligro y el vigía de la torre espadaña daría aviso al poblado. También departieron sobre la necesidad de vigilar a los rebeldes y ejecutar al felón de Malasangre para escarnio de la hueste. Eslava y Cámara eran partidarios de ahorcarlo sin demora y exhibir sus restos en la picota de la plaza de armas.

—Malasangre es pugnaz y pendenciero, pero le compensa su bizarría en la batalla —alegó Íñigo de Velasco—. Le vimos acabar con más enemigos que cualquiera de nosotros porque posee el vigor de varios hombres. La hueste anda diezmada, más valdría escarmentarlo con azotes que menguar la defensa con su pérdida.

Mi señor pensaba que no había cosa más vil y más fea a los ojos de Cristo que la venganza, porque el vengativo usurpa el oficio del Criador. «Son las venganzas vida sin sosiego, unas llaman a otras, y todas a la muerte», decía.

—¿Y si emplea su fuerza contra nosotros? —Ponce desconfiaba.

Dolce, con la cabeza muy lejos, se asomó a la ventana tan embebecida que, aún a su lado, no me veía. Sumida quedó en recordaciones susurrando para sí repetidas veces: «¡Quinientos años!».

—No podemos abandonar la búsqueda de la juvencia, estamos muy cerca de ella, pero podríamos perder el barco en nuestra ausencia —advertía Ponce—. Hay descontento en la hueste.

—Si los calusas atacan el fuerte, la guarnición no aguantará el envite y perderemos el navío —añadió don Juan de Eslava, inquieto.

—Podemos instruir a los tequestas en las artes de la guerra, pero eso requiere tiempo —propuso Ponce—. Calusa significa «pueblo feroz». Volverán pronto. Son empecinados, nunca se rinden.

—A nuestra marcha, si la guarnición del fuerte barrunta peligro, bien podrían zarpar, pero los que marchen en busca de la juvencia quedarán a merced de los comedores de hombres —advirtió don Íñigo.

Ponce desenrolló una carta marina trazada sobre papel vitela y la extendió sobre la mesa. En ella se veía la figura alargada de la isla

Bimini con sus litorales a levante, a meridión y a poniente. Sobre el mapa, el adelantado iba pintando costas, derrotas, cabotajes y los asentamientos nativos, pero carecía de confines a septentrión por no haberse explorado. Ni hasta hoy se conocen sus límites al norte.

—Estamos aquí y debemos llegar acá —puso el dedo en un punto del mapa y lo deslizó hasta el dibujo de una fuente surtidora de agua—. Queda por explorar la zona de las ciénagas. Los caciques más viejos hablan de un antiguo templo.

—Vayamos pues —propuso Cámara.

—Es tierra de calusas. Allí se encuentra la tribu más poblada, hallaremos serio compromiso para nuestras vidas —informó el capitán.

—¿De cuántas almas hablamos?

—Como de un millar, quizá más.

—¿¡Un millar!? Nosotros somos un ciento contando enfermos y tullidos. Además, hay que descontar la guarnición que debe quedar en el fuerte y el retén del navío. Es un desatino —se lamentó don Íñigo.

21

Castle Moirá, Homestead

Cuando Dores se perdió por las tinieblas del corredor, el profesor se desembarazó de la americana y aguardó a que la luz tornase. La corriente eléctrica se restableció a los pocos minutos, en ese momento conectó al enchufe el cable de alimentación de la Blackberry y se dispuso a ver de nuevo el vídeo del depósito de armas. Tres veces lo reprodujo. Con gesto precipitado, llevó su mano al bolsillo del pantalón y sacó de un puñado todo el contenido. Buscó el arrugado billete de dólar con la imagen de George Washington. Lo estiró y observó el reverso centrándose en su lado izquierdo. Aplicó la lupa en el espacio circular, en cuyo interior podía verse una pirámide egipcia cuyo vértice, el piramidión de los obeliscos, el punto de unión del cielo y de la tierra para los antiguos egipcios, levitaba en el aire separado de la pirámide. En su interior había un ojo. Se dirigió al dormitorio y comparó aquel símbolo con la forma de la ventana. Un triángulo equilátero con el circumpunto en su interior, un tragaluz acristalado con cuatro radios en forma de cruz y un círculo menor que bien pudiera ser el iris. Coincidía: la ventana era un ojo dentro de un triángulo. Esa forma se repetía por toda la residencia. Recordó haberlo visto también en el monolito de la colina. En su cabeza bullían imágenes y su mente escupía fragmentos a toda velocidad, como chispas de un cable suelto.

Los circumpuntos.
Los triángulos.
El mandil de Moses.
Castle Moirá.

El monolito de la colina.

El obelisco.

Sabía que en el antiguo Egipto el circumpunto era el símbolo del dios del sol y, para la cultura oriental, el tercer ojo. La *prisca sapienta* de los pitagóricos. No era la única referencia egipcia en Castle Moriá. El obelisco erigido en el camino de acceso era una evidencia. El arquitecto que diseñó aquella mansión siguió unos patrones esotéricos establecidos y una simbología definida. Su obsesión por la simetría, las piedras pulidas y los abundantes prismas en el diseño, así como los triángulos y circumpuntos, no eran ni mucho menos casuales. Como tampoco lo era el mandil de Moses ni los símbolos bordados en él. Abrió el ordenador portátil, consultó la base de datos de los fondos de la biblioteca auxiliar y anotó el código de un libro. Lo buscó entre los anaqueles y lo hojeó con impaciencia. Detuvo su dedo índice en una página y, tras leerla, sonrió. El mandil del mayordomo era en realidad un peto masónico. Las siglas bordadas MB no eran abreviaturas de un nombre, sino de las dos palabras sagradas para los maestros masones: *Mhah Bennah*, «la carne se desprende de los huesos». Las dos columnas bordadas eran *Jaquim* y *Boaz*, nombre de los dos pilares que presidían la entrada del templo de Salomón citado en la Biblia. Incluso el nombre de la mansión, Castle Moriá, escondía una referencia judaica, pues Moriah era la montaña donde, según el Génesis, Isaac debía ser sacrificado por su padre Abraham. Paraje elegido por el rey David para levantar el famoso templo que albergó, según la tradición, el Arca de la Alianza, el candelabro de siete brazos o *menorah* y la famosa mesa de Salomón. La construcción fue concluida por el rey Salomón, siendo el monte del Templo de Jerusalén, o Moriá, el lugar más sagrado del judaísmo. Dedujo que las ruinas vanguardistas de la colina hacían referencia a la destrucción del templo por Nabucodonosor II en el siglo VI a. C. Aquel pequeño altozano en la otra orilla del lago era en realidad una alegoría del monte Moriah que daba nombre a la singular residencia. Los triángulos y circumpuntos repetidos por toda la mansión simbolizaban el poder universal de Dios, el ojo que todo lo ve, el GADU o Gran Arquitecto del Universo para la masonería. Nada en aquella quinta estaba puesto al azar, todo encerraba un significado, un mensaje, un camino.

Ya no tenía dudas. Gottlieb era un masón de alto grado y Castle Moriá un templo masónico. Sabía que para la orden secreta la discreción era una cualidad irrenunciable. ¿Acaso había un lugar más alejado de ojos indiscretos que aquel castillo en el centro de un lago? Lo que creyó ser una reunión de negocios era en realidad una tenida masónica y aquella gran sala, siempre cerrada, el templo de alguna logia. De ahí los trajes negros y los guantes blancos de los asistentes.

No sabía mucho de masonería, pero tenía entendido que esta organización gozaba de cierta aceptación en los Estados Unidos, sobre todo entre intelectuales, librepensadores y hombres de negocios que buscaban en ella un camino hacia la perfección del espíritu. Si bien buena parte de la sociedad no entendía su hermetismo, el secreto de sus tenidas, sus excéntricos ritos y el hecho de no aceptar a mujeres en sus filas. El profesor Castillo no lograba entender qué relación guardaba la condición de masón de Gottlieb con la presencia del arsenal que se almacenaba en los sótanos de Castle Moriá.

—Envía al jefe el informe —ordenó Darian.

En pleno acto solemne Gottlieb notó la vibración en el bolsillo del pantalón. Hizo una pausa y consultó el teléfono móvil. Era un mensaje remitido por la oficina de seguridad de Castle Moriá con el informe de las consultas bibliográficas y los últimos registros de Internet activados por el profesor Castillo.

Tras leerlo, frunció los labios.

«Se está metiendo donde no le llaman».

22

Jaén, 1560

Doblada está hoy la concurrencia, señal de que se propaga el interés de la crónica, la grandeza de la epopeya y el donaire sin igual del cronista que os habla.

Días anodinos transcurrieron hasta que una mañana el escudero Vicentín subió de la mazmorra a voz en grito. Llevaba el rancho al reo Malasangre, cuando se topó con la reja de la cárcel abierta y al carcelero con el pescuezo rebaneado. El gigante se había fugado por la noche temiendo ser ejecutado por orden del capitán. Pero hay más. Con él huyeron los sevillanos Bocatuerta y Chirlo, rufianes tan viles o más que Malasangre. Presto fuimos a ver si se habían hecho con la carabela, pero a Dios gracias el buque seguía fondeado y vigilado por los hombres de Ponce, que reforzó la guardia del navío, temeroso de sabotaje.

Esther, la hermosa india de cabello ensortijado, no solía desdibujar su bella sonrisa de dientes blanquísimos con una graciosa separación entre sus paletas, pero aquel día tiraba de mis mangas con el rostro espantado repitiendo una y otra vez «Duche, Duche», que es como los indios llamaban a Dolce. Me llevó hasta la enfermería sin dejar de parlotear en la lengua de los indios. Luego me condujo hasta el aposento de la mujer y, junto a la criada Aurora, hicieron aspavientos y lloraban. Sentí entonces una punzada de angustia. Buscamos a la doctora Gabbana por el poblado sin hallarla y barruntamos, como así fue, que Malasangre y sus esbirros la habían raptado.

Hicieron los caballeros junta y consejo. Don Íñigo, parco en palabras por lo común, permaneció mudo en todo momento. Una nube oscura le ensombreció el rostro. Apretó mandíbula y puños y se perdió en sus pensamientos. Sus ojos, azules como el mar de las barracudas, se tornaron color sangre, como cuchillos encendidos. Iracundo, bufó y resopló y hubiera apostado una barrica de ron que en sus adentros se arrepintió de no haber atravesado el corazón al infame Malasangre, por no pecar de vengativo.

Don Juan Ponce decía que Malasangre y su atadijo de falsarios creyeron cierto que Dolce tenía ciento cincuenta y tres años y que conocía el lugar donde se encontraba la juvencia. Fracasado el motín y desechada la ocasión de zarpar, creyéndose ahorcado por rebelde, Malasangre escapó para salvar su vida y, de paso, adelantarse a la juvencia sirviéndose de la información que pudiera proporcionarle la mujer. Sus dos esbirros, pendencieros y lenguaraces, encontraron la situación aparejada para unirse al gigante. Por la noche, Bocatuerta se hizo con las armas de sus compañeros de cabaña y con las del carcelero. Tres espadas, dos ballestas y una escopeta. También tres buenos corceles y un mulo con las viandas. Los centinelas de las torres no dieron la voz de alarma porque perdieron el sentido con el vitriolo que la Dolce usaba para dormir a los enfermos que iba a sajar. Los malandrines subieron a las atalayas con la engañifa de ofrecer a los vigías tabacos para humar y, cuando ganaron su confianza, pusieron en sus narices un paño con vitriolo y los sumieron en un profundo sueño. Después, abrieron la empalizada y se marcharon.

Don Íñigo de Velasco, con la indignación esculpida en el rostro, mordiendo sus palabras dijo al capitán: «Solicito licencia para salir en cabalgada y dar justicia sobre los traidores». El capitán, temiendo dejar el fuerte y el navío desasistidos, y ante la imposibilidad de levantar el poblado con los muchos lisiados y enfermos, decidió dejar poblado y buque a cargo de los caballeros Eslava y Cámara y partir con Íñigo y cuatro escogidos infantes para no diezmar la custodia del fuerte.

Temía el capitán que Dolce, guiada por su memoria recuperada, condujese a los raptores hasta la juvencia. Sospechaba que su misteriosa aparición en el bosque y su sapiencia extraordinaria guardasen relación con los poderes insondables de la juventud eterna. Hasta Ponce dudaba si en verdad tendría ciento cincuenta y tres años, o si era inmortal, pues no es propio que una dama desvalida sobreviva en manglares salvajes donde tantas fieras habitan. El capitán confiaba en hallar la fuente sagrada y aniquilar a los desertores aprovechando la superioridad en número y el adiestramiento de sus hombres. Así pues, mandó a la escudería armar a los caballeros y disponer las caballerías de monta. Decidió dejar a los alanos para la defensa del fuerte y evitar que los ladridos delataran a la avanzadilla.

Con pesar, por si nunca más tornábamos con vida, Ponce e Íñigo se despidieron de don Juan Eslava y don Rafael Cámara. Hizo mi amo nutridas recomendaciones a los caballeros tenientes sobre la defensa del fuerte ante una celada de caníbales, haciendo uso, si fuera menester, de la fusilería y los cañones que se recuperaron de la carabela zozobrada. Los estallidos de pólvora era lo que más les espantaba. Ponce advirtió que, si no regresábamos al término de una semana, con sus siete lunas, podrían libremente hacerse a la mar rumbo a Cuba, en la certeza de que nuestras almas ya estarían con Dios. También nos despedimos del cacique Patako, del chamán Tremike, del físico Laguna, del arcipreste Baena y, uno por uno, de todos los lacayos y peones, y hasta de las criadas indias de Dolce, que mucho sintieron la ausencia de su ama.

Ved cómo la expedición partió del poblado encabezada por Nery el indio, el mejor rastreador de Bimini. Nery buscaba huellas y rastros señalando la dirección que tomaron las caballerías de Malasangre, ante la atenta mirada de Íñigo el silencioso. Inequívocas era las marcas de herradura, porque en Florida no había más caballerías que la que Ponce llevó a la isla. La impaciencia hostigaba a mi señor y en algunos trechos espoleaba a Hechicera avanzando en cabalgada, lo que irritaba al indio rastreador que, soliviantado, se quejaba a Ponce porque don Íñigo dejaba sus huellas sobrepuestas. La urgencia del corazón hacía temerario a mi señor. Ponce reprendía la impaciencia de don Íñigo a lo que este alegaba que el rastreo era lento y acrecentaba la ventaja de los huidos, que ya gozaban de una jornada. Don Juan, más interesado en la juvencia que en Dolce, resaltó la importancia de no perder el rastro, por lo que nadie adelantaría al guía indio.

Doce hombres formaban la expedición: ocho cristianos, el indio pistero y tres porteadores negros. A saber: don Juan Ponce y su escudero Vicente, don Íñigo y un servidor a su servicio, los ballesteros José de Higueras y Pedro Sánchez, y los escopeteros Miguel Karames y Juan Cayuela. Soldados, todos ellos, seleccionados por don Íñigo como los más diestros con espada, ballesta y fusilería. Los esclavos, negros como el ónice, iban amarrados por los pies con grilletes y cadenas con largura bastante para hacer camino. Sobre sus cabezas portaban los fardos con los botes de cristal soplado en los que Ponce quería envasar las aguas del prodigio.

Nos adentramos por sotos de pasos amplios y manglares mosquiteros. En los arenales, el sol caía sobre nuestras espaldas como una vieja venganza. Y en todos aquellos parajes el indio pistero identificó pisadas de los prófugos. En los cañaverales, los levantiscos dejaron rastros de abrirse paso a machete formando vereda ancha, como de media lanza jineta. Con buen ánimo pasó la primera jornada pensando que no tardaríamos en alcanzar a los raptores. En penosas marchas, escoltados por tábanos cojoneros y mosquitos de trompeta, sudados y polvorosos, hacíamos descansos en los que comíamos tasajos de tocino y salazones. Frugal era el rancho, pero poníamos ansias en devorarlo. A falta de los vinos blandos de La Mancha, o los olorosos de Sanlúcar, bebíamos pulque, que es licor dulce que los indios obtienen fermentando la planta que llaman maguey.

En aquellos descansos, Vicente, escudero de trece primaveras a quien tomé gran afecto, me preguntaba cómo es que era paje de armas a mis treinta y dos años y no laureado caballero. Yo le daba achaques y decía que mi amo se negaba a prescindir de mis servicios, por no haber mejor escudero en el mundo. Presumía con énfasis de mis gestas meritorias, de no ser porque eran más falsas que el virgo de las putas, que se vende sin tenerlo. Era Vicente un muchacho ingenuo con la cabeza llena de pájaros, de los que creen que en todo hombre habita la buena conciencia. Hasta ese extremo era poco despabilado. Tuve, por tanto, que instruirle en astucias y reticencias, que todo escudero ha de saber un punto más que el diablo. En nuestras conversaciones compartíamos las meriendas y, algo ebrios por el pulque, pugnábamos sobre quién tenía más músculo en el brazo, o quién lazaba más lejos el escupitajo, o quién imitaba mejor el deambular de los jorobados, o quién ventoseaba con más estrépito. En esto último siempre me alcé con la victoria, no sin reprimendas de mi señor, que dudaba de que mis aflautadas ventosidades le fueran provechosas al muchacho en su porvenir. También competíamos en número de cicatrices, marcas en la piel como trofeos de servicios al rey. Cada una de ellas era achaque para una historia. Vicentín, a tan corta edad, ya tenía sus carnes remendadas de innúmeras marcas. Viendo que yo había de perder, el muchacho renegaba cuando a mi cuenta de marcas y cicatrices añadía rozaduras, lunares, sabañones, verrugas y almorranas.

También nos entreteníamos con «no es lo mismo», que es juego de palabras iguales con desigual uso. Inicié la tanda en susurros para evitar que el capitán escuchara: «No es lo mismo la barbacana del poblado, que la barba cana de adelantado». Vicentín, riente, me regaló un guiño y sumó a lo dicho: «No es lo mismo un tubérculo, que ver tu culo», a lo que yo respondí: «No es lo mismo la verdura fresca, que verla dura y fresca». Gorgoriteaba la risa en la garganta del zagalón, y añadió: «No es lo mismo una pelota negra, que una negra en pelota». Tercié entonces: «No es lo mismo sacar dulce de membrillo, que al dulce miembro sacarle brillo». Don Íñigo, que no perdía detalle, reprendió: «Gualas, no picardees al muchacho». El escudero, crecido, no se amilanaba: «No es lo mismo un pájaro de alto vuelo, que el pájaro de tu abuelo». Y como aquí tocó a la familia, sabiendo que Vicentín tenía una hermana puta entre las casquivanas que embarcaron, solté: «No es lo mismo tu hermana y mi cómoda, que tu hermana me acomoda». No rio, le salió de la boca un ruido raro, como una gárgara. Ofendido, se puso en pie y frunció el entrecejo. Quedó pensante y a poco declamó: «No es lo mismo un negro amanecer y oscuro, que amanecer con un negro en tu culo». Engolfado con su hermana, lo enojé otro punto: «No es lo mismo tu hermana en el jardín del Edén, que a tu hermana en el jardín le den». Viéndolo amostazado, me puse en prevención. Hecho una furia, asió un garrote y salió tras mía a voz en grito: «¡No es lo mismo un metro de encaje negro, que un negro te encaje un metro, ¡hideputa!». Con estas cosas y otras, de tantas risas no nos podíamos valer. Cierto día gruñó cuando le propuse ser mi escudero, tomando la guasa como afrenta, y aunque le dediqué una mirada de monaguillo, quiso retarme a lo caballero porque escudero de escudero, decía, era mierda de estercolero. Yo lo calmaba poniendo faces grotescas, ojos en bizcos y orejas de soplillo.

En tanto se desparramaba en risas, yo contaba las pecas salpicadas en su rostro, como estrellas en el firmamento. La inocencia todavía le redondeaba los ojos. Aún no se le había concentrado la mirada, aquella que se te forma con los envites de la vida y los despechos de los años.

En aquel chaval me veía reflejado como un espejo cuando, con sus mismos años, marché de mi tierra con destino a las Indias, por lo que le tuve gran estima siendo, como éramos, colegas de gremio. Cierta noche, después de mucho platicar sobre historias y recuerdos de España, se quedó dormido sobre mi hombro y yo, evocando el día que recosté mi cabeza en el hombro de don Íñigo, le propiné un sonoro sopapo para marcar distancias, tal y como hizo mi señor conmigo. Pero se me fue la mano por falta de cálculo y pericia y el muchacho se despertó sobresaltado escupiendo maldiciones sobre mis muertos y toda mi parentela.

23

Castle Moirá
Homestead, Florida

Desde que se instaló en Castle Moriá el profesor Castillo trabajaba con la televisión encendida. En la moderna *smart TV* seleccionaba cadenas de habla hispana y dejaba de fondo programas de debates para que las voces mataran los silencios. Era una forma de sentirse acompañado. El presentador del noticiario hablaba sin parar mientras él, abstraído, consultaba el ordenador. Tenía abierto el Portal de Archivos Españoles (PARES) y revisaba manuscritos de la Escribanía de Cámara del Consejo de Indias y algunos mapas y planos de la época. Le costaba concentrarse. Se hacía mil preguntas sobre el templo masónico de Castle Moriá, el depósito de armas del sótano y la verdadera identidad de Gottlieb.

—Nos llega un reporte de última hora —la voz del presentador de Telemundo 51 sonó en la televisión—. La policía investiga el asesinato de un funcionario público en Everglades City. Nuestra enviada especial se encuentra en el lugar de los hechos.

Castillo miró la pantalla de plasma por encima de sus gafas de presbicia. Detrás de la reportera había un vehículo de policía junto a una zona restringida y en su interior, un Lincoln Town de color negro.

—Muy buenas tardes desde Everglades City. Los vecinos de esta pequeña ciudad han desayunado hoy con una triste noticia que ya adelantaba el *Miami Herald* en su primera edición. A primeras horas de la mañana ha aparecido el cadáver de un hombre de cuarenta y dos años que presentaba un impacto de bala en la cabeza. Un helicóptero de la policía de Naples halló el vehículo que ven a nuestras espaldas. El vocero del Departamento de Policía del Condado de Collier ha confirmado que la víctima ha sido identificada como Bruno Morrison, ayudante del fiscal federal del Distrito Sur de Florida. El trágico suceso ha supuesto la lógica sorpresa en los círculos judiciales y policiales y la consternación entre los pacíficos habitantes de Everglades City. Según parece el señor Morrison estaba delegado por la Fiscalía del Distrito Sur para la recogida de unos restos humanos hallados en una reciente excavación.

Castillo enarcó una ceja. Se aproximó al televisor y aumentó el volumen con el mando a distancia.

—Tenemos con nosotros a Joe McGowan, el operario que encontró los huesos —continuó la reportera—. Señor McGowan, parece ser que fue usted quien descubrió los restos, ¿qué puede decirnos al respecto?

—Cuando ahondaba con la máquina —el operario se quitó el habano de la boca—, salieron huesos, algunos objetos, un casco metálico, como los de las películas de moros y cristianos. También había una espada y un cofre. Dimos aviso y se presentó el señor Morrison con varios agentes y se llevaron los restos y el cofre. Se ve que luego regresó y alguien le ha disparado.

—Muchas gracias —retomó la periodista dirigiéndose de nuevo a la cámara—. Como ven la escena del crimen se encuentra acordonada por la policía. Estaremos atentos a las novedades en torno a este atentado que ha quebrado la paz de este pequeño y pacífico municipio. En sucesivos avances intentaremos ampliar la información. Devolvemos la conexión desde el parque nacional de Everglades. Muy buenas tardes.

Al profesor Castillo se le aceleró el pulso. Tomó uno de los mapas topográficos que descansaban sobre la mesa, aplicó la lupa y deslizó el escalímetro sobre los aledaños de Marco Island. «A una jornada del fuerte… el poblado de los dos ríos…», hablaba para él. Hizo una pausa, asintió lentamente y sonrió. Buscó la Blackberry y pulsó #2. No tardó en contestar Dores.

—¿Hola?

—¿Estás en Castle Moriá?

—Sí, ¿por qué?

—Necesito que me lleves a Everglades City. Ahora.

—¿Para qué?

—Han encontrado unos restos humanos, posiblemente medievales, junto a un cofre y han asesinado al ayudante del fiscal encargado de aquel trabajo.

—¿Y?

—Sospecho que se trata del lugar donde Íñigo de Velasco escondió la juvencia. —Dores reparó en la voz agitada del profesor—. ¿Cuánto tardaríamos en el Corvette?

Se hizo un silencio reflexivo tras el cual la mujer habló:

—No hay más ruta que la Tamiami Trail. Unas ochenta millas. Hora y media si no hay mucho tráfico, pero nosotros tardaremos veinticinco minutos.

Cuando escuchó «veinticinco minutos» Castillo se estremeció. Era imposible hacer ciento treinta kilómetros en veinticinco minutos. Lo último que necesitaba era un accidente por velocidad excesiva o una persecución policial. Era un inmigrante ilegal con documentación falsa.

—Te espero en el helipuerto, salimos ya —añadió Dores.

«El helicóptero de Gottlieb. Eso es».

Respiró aliviado.

24

No sé si os dije que los confines de la Florida son casi inalcanzables. Aquella no es tierra de montañas, sino plana como la meseta castellana, de grandes bosques y margales pantanosos. Regiones ásperas donde la tierra es madre de aves zancudas y panteras pardas comedoras de venados y otros gatos grandes que llaman jaguares, imposible de domeñar. También hay serpientes venenosas, tortugas de vientre naranja y lagartos gigantes de fauces lobunas que llaman a unos cocodrilos, a otros aligátores. Estos lagartos tienen la piel acorazada y van pesados en tierra, pero en las aguas son veloces como peces y pueden partir en dos a un hombre de un solo bocado. Allá se ven pájaros coloridos, algunos hablantes, como el ruiseñor de los césares, que imita hasta las blasfemias de los cristianos. También hay ríos de aguas dulces e infinitas anguilas muy ricas, unas gordas como el muslo y también menores, y truchas grandísimas casi del tamaño de un hombre. Y en los manglares, nubes de mosquitos chupadores que hacen más sangrías que las sanguijuelas del físico Laguna. También moscas de verde bruñido, grandes como colibrís, y tábanos que ponen huevos bajo la piel y, al cabo de los días, acude gran picazón y el mucho rascar de costras, bajo las cuales se retuercen gusanillos que producen calenturas. Con tales peligros dormíamos alrededor de la candela, porque el fuego es lo único que ahuyenta a las alimañas comedoras de carne.

Don Íñigo, al ver los muchos estanques de aguas dulces y salobres, dijo a Ponce que en aquellos manglares debía haber más de tres mil lagunas. «Excelencia, ¿cómo vamos a conocer entre tantas aguas la eterna juventud?», preguntó mi señor. A lo que el capitán respondió que habríamos de saberlo en el momento de verla. Pero Íñigo insistía: «Si entre miles de fuentes y lagunas hay solo una es prodigiosa, no creo que se haga ver. Será discreta, porque lo preciado jamás estuvo a la vista». Su Excelencia se encrespaba con el mucho preguntar de Íñigo. Con el índice señalaba a las alturas y decía que Nuestro Señor Jesucristo socorre a los elegidos, que la juvencia es la fuente que el Creador dispuso en el paraíso y, por su origen santo, Él dispondría señales reconocibles por los humildes de corazón y los creyentes en la fe verdadera. Decía que si Dios tuvo a bien camuflar la fuente maravillosa entre miles, sin duda fue para poner a prueba nuestra fe. Ponce creía que el surtidor santo solo podía ser reconocible por ojos de verdaderos devotos cristianos, de esta manera habría de revelársenos como creyentes fieles. Iba yo pensando para mí cómo fue que el cacique Sequene la encontró si era indio infiel y no estaba cristianado. Cavilé también sobre lo dicho por Su Excelencia: que solo los humildes de corazón serían los elegidos para descubrirla. Me preguntaba si lo decía por él mismo: «¡Que Dios nos asista y proteja de este cabrón!», suspiré. Mi inesperado lamento sorprendió a don Íñigo que enarcó la ceja derecha, como un puñal turco en alto. «¿Lo he dicho en voz alta?», pregunté. Mi señor asintió y salí del trance como pude: «Cabrones, sí, nos hacen falta cabrones. Digo yo que en el bosque habrá cabrones y cabritos para calmar el hambre, ¿verdad?». Su Excelencia me lanzó una mirada feroz, de las que aflojan los intestinos.

Y así, nos fuimos bañando en muchos ríos y lagunas, probando aguas de muchas pozas por si las señales que refería el capitán no se dejaban ver. O por si el Altísimo estaba ocupado convirtiendo infieles en la otra parte del mundo y olvidó hacernos las señas para nuestro conocimiento. Y en cada zambullida nos mirábamos en los espejos del agua por si nuestra piel rejuvenecía y se hacía jovial nuestro aspecto. Pero lo único que obtuvimos del mucho probar aguas fueron dolores de vientre y carreras al matorral para evacuatorios pestíferos.

Cierto día, uno de los esclavos negros golpeó el fardo que portaba en su cabeza con la rama de un árbol y cayó al suelo. Sonaron vidrios rotos. Ponce montó en cólera y mandó abrirlo para contabilizar el desaguisado. Una docena de botes quebrados a diez cintarazos por cada uno, sumaron ciento veinte azotes con vara de avellano. Don Íñigo silenció su indignación apretando los dientes, pues el pobre negro no lo hizo de mal propósito.

25

Aún no había terminado de vestirse cuando escuchó el silbido de la turbina y el movimiento progresivo del rotor. Dores debió ordenar al piloto calentar motores. Castillo salió de su habitación, avanzó con prisa por el corredor del ala este, bajó las escaleras, cruzó el patio interior y la buscó en el vestíbulo. Se tropezó con Moses, que le observaba como una estatua de sal. Hierático, le indicó que le aguardaban en el helipuerto. Descendió por la escalinata de mármol, atravesó la plaza del rombo, cruzó el puente del foso y corrió por el mullido césped. Conforme avanzaba por la explanada observó la moderna línea de la aeronave. De nuevo reparó en la capacidad económica de Gottlieb para permitirse, entre otros caprichos, aquel sofisticado Agusta Westland AW109 de ocho plazas, similar al que usaban los guardacostas de los Estados Unidos.

En la cabina descubrió a Dores con los auriculares puestos manipulando con soltura el cuadro de mandos. Ella le miró a través de sus gafas de aviador y le hizo señas para que se acomodara.

—Pasa y cierra la puerta. Ajústate el cinturón y ponte los cascos —apenas pudo oírla entre el ensordecedor ruido del rotor.

—¿Hay algo que no sepas hacer? —voceó impresionado.

—El pastel de zanahoria. Siempre se me resistió —sonrió.

Tras revisar el *checklist* y el protocolo de seguridad, Dores manipuló la palanca de control colectivo y el tren de aterrizaje se separó del suelo con suavidad. La aeronave se mantuvo un instante suspendida en vuelo estacionario, como una gigantesca libélula. Después pisó un pedal y el helicóptero viró sobre sí mismo noventa grados, situando la cabina rumbo suroeste. Con sutileza, deslizó la palanca de control cíclico y el helicóptero cabeceó y adquirió velocidad de forma progresiva. A sus pies desfilaban tejados y arboledas y, conforme ascendían, vieron acres de fincas cuadrangulares que se sucedían con una variedad cromática entre el verde exuberante de las plantaciones tropicales al pardo terroso de los barbechos. Sobrevolaron la arboleda del Camp Owaissa Bauer, diversos ranchos e invernaderos y las pistas del aeropuerto general de Homestead, donde semanas atrás aterrizaron procedentes de Zúrich. En pocos minutos se alejaron de la zona residencial para adentrarse en el espacio de un extenso cañaveral. Entraban en el gran Parque Nacional Everglades.

—Me temo que se nos han adelantado —voceó Castillo para hacerse entender entre el ruido de los motores. Su voz sonó estridente en los auriculares de Dores.

—No grites. El *intercom* se activa cuando hablas.

—Perdón —sonrió.

El profesor contó a Dores sus sospechas sobre la ubicación del último asentamiento de Juan Ponce de León. Las referencias geográficas de Íñigo de Velasco podrían coincidir con la ubicación de Everglades City, una pequeña ciudad de unos quinientos habitantes que daba nombre a la mayor reserva subtropical de Florida.

—Han asesinado a un agente de la Fiscalía tras la exhumación de unos restos que parecen medievales.

—Bruno Morrison —se adelantó Dores.

—¿Lo conoces?

Ella asintió.

—Trabajaba a las órdenes de Will Carpenter, fiscal federal del Distrito Sur de Florida, uno de los presuntuosos amigos de Gottlieb.

—Parece ser que una excavadora desenterró un esqueleto humano y un cofre, entre otros objetos. Morrison fue el encargado de incautar el hallazgo para las autoridades. Debemos averiguar qué contiene el cofre.

—¿Crees que…?

Castillo se encogió de hombros y trazó una mueca cómica.

—Un documento del siglo XVI asegura que la juvencia fue llevada al poblado de Ponce de León y fue ocultada por Íñigo de Velasco. Aparece un cofre sepultado junto a unos restos medievales precisamente donde Ponce fijó su último asentamiento, y a las pocas horas del hallazgo asesinan al funcionario encargado de recogerlo. ¿Tú qué pensarías?

El rotor del Agusta Westland rugió poderoso al virar hacia el noroeste. Volaban paralelos a la costa, a unas seis millas del mar. El verde fluctuaba en mil matices tornándose más intenso hacia los manglares. A setecientos pies veían cómo la tierra se fragmentaba en mil piezas separadas por espacios de agua. Parecía un gigantesco puzle por completar donde las uniones de las fichas eran los ríos que serpenteaban entre ellas y, las piezas ausentes, lagunas y ciénagas de todos los tamaños. Algunos de estos lagos tenían dimensiones colosales y recibían nombres como Whitewater, Oyster, Rodgers, Big Lastmans o Alligator. Imposible desplazarse por aquel intrincado laberinto sin helicópteros, lanchas o aerodeslizadores. «Tierras inhóspitas para los conquistadores españoles», pensó Castillo.

Por un momento el profesor se imaginó aislado en aquel manglar tenebroso y recordó el sueño en el que se vio perseguido por un guerrero barbudo. Miró hacia abajo y pensó en la posibilidad de un aterrizaje de emergencia en aquellos remotos humedales colmados de cocodrilos y jaguares.

—¿Es seguro este cacharro? —tragó saliva.

Palideció. Una gota de sudor se deslizó por su frente hasta perderse en una de sus cejas. Dores no le perdía ojo. El español era tan expresivo que no le resultó difícil adivinar sus emociones.

—Más que el Corvette —le serenó. Entendió que era un buen momento para cambiar de tema.

—¿Sabías que en los años setenta Everglades fue una importante entrada de marihuana en Estados Unidos?

El profesor levantó las cejas y ella continuó.

—Las avionetas soltaban los fardos en estos manglares y los traficantes los recogían en tierra. El presidente Ronald Reagan acabó con el negocio a mediados de los ochenta.

El profesor había estudiado la historia de las ciudades del sur de Florida, todas ellas con una antigüedad colonizadora relativamente reciente. Sabía que Everglades City estuvo habitada hacía miles de años por nativos de la cultura glades, que finalmente fueron absorbidos por los calusas antes de la llegada de los españoles. Florida permaneció bajo la soberanía española hasta 1821 que fue anexionada a Estados Unidos. La mayor parte de la población española emigró a Cuba dejando en Florida algunas iglesias y fortalezas. La pequeña Everglades City fue colonizada a finales del XIX convirtiéndose, con el paso de los años, en un punto turístico de caza y pesca por su magnífico entorno natural. El millonario Barron Collier compró enormes extensiones de tierra y allí montó su pequeño imperio. Contribuyó a la construcción de la carretera conocida como Tamiami Trail que atraviesa el parque natural desde Tampa a Miami (hoy carretera Estatal 90), pero el estado se quedó sin fondos para continuar las obras y Collier se ofreció a construir la carretera estatal 29 que une Everglades City con Immokalee, única vía de comunicación por tierra firme. Pidió a cambio que se creara un condado con su nombre, y así se hizo. Poco más sabía.

A una velocidad de crucero de 153 nudos no tardaron en divisar la pequeña ciudad que se abría bajo sus pies como una estrecha península, unida al norte por la avenida Collier. Al sur, la carretera dedicada al jefe de correos Ted Smallwood, la comunicaba con la pequeña isla Chokoloskee. Dores descendió a doscientos pies. A esa altura se percibían los tejados de las casas, dorados por el sol oblicuo de la tarde. Decenas de embarcaderos con motoras y aerodeslizadores otorgaban al perímetro costero el aspecto de un gigantesco ciempiés. Las calles se abrían a ambos lados de la avenida Coperland, arteria principal de la ciudad.

El helicóptero realizó un vuelo lento de sur a norte. Desde el aire vieron los dos cordones policiales, uno junto a una excavadora, próximo al museo, el otro a un par de manzanas al sur, en torno al coche donde fue encontrado el cadáver de Bruno Morrison.

Tras identificarse a los guardacostas por radio, aterrizaron en una explanada junto al Museum of the Everglades, entre las avenidas Coperland y Storter. Dores paró los motores y se apeó.

—Dame tu documentación y espera aquí.

No quería exponer en exceso al profesor Castillo, porque estaba en Estados Unidos de forma irregular. Un policía se aproximó y Dores le mostró algunos documentos. Tras su verificación, el agente señaló al museo y se alejó.

—Vía libre —dijo de vuelta—. El operario que encontró los restos es empleado del museo y en este momento se encuentra en el despacho de la directora. Le entrevistaremos.

Juan Castillo no apartaba los ojos del perímetro acotado.

—Ve tú. Yo daré una vuelta —al profesor se le veía abstraído. Lo miraba todo con persistente curiosidad.

Sin necesidad de palabras, Castillo captó el mensaje en la mirada de Dores: «Pasa desapercibido», parecían decir sus ojos.

—Tranquila, solo daré un paseo.

Dores asintió condescendiente y se dirigió al museo de Everglades, en el 105 de Broadway Avenue, coqueta construcción de estilo colonial construida en madera pintada en salmón, tejado de pizarra y ventanas de palillería blanca. El edificio, una antigua lavandería construida en 1927, se había adaptado como sala de exposiciones y audiovisuales culturales sobre los dos mil años de cultura indígena y sus fases de colonización.

El profesor se aproximó al perímetro de la excavadora y observó cada detalle. Había tres socavones distanciados varios metros uno de otro. En el más próximo a la máquina, bajo una gruesa capa de sedimentos arenosos, identificó restos de una antigua construcción del Medievo tardío con sillares de mampostería unidos con argamasa de cal y canto. También vio unos peldaños en piedra que descendían a un nivel inferior, ahora sepultado. A pocos pasos, la pala mecánica señalaba otro hueco semicubierto con mampuestos y sillares poco labrados. Dedujo que fue allí donde encontraron los restos humanos y el cofre. Aprovechó que el policía que custodiaba el perímetro conversaba con unos vecinos para deslizarse bajo el cordón policial y, de un salto, dejarse caer en el socavón que abrió la máquina. Entre las piedras había numerosas esferas del tamaño de canicas. Cogió una de ellas y la raspó con la uña. Después apartó varios sillares y encontró más esferas de buen tamaño, esta vez de hierro. Tomó del suelo pequeños objetos que observó con detenimiento y los devolvió a su lugar. Con precaución para no ser visto, salió de la zona acotada. En ese instante sonó su Blackberry: «Dores. Llamada entrante». Miró al museo y la vio tras una ventana con el teléfono en la oreja y la otra mano apoyada en la cadera. Sabía que le reñiría por fisgonear. Él sonrió y se encogió de hombros, pero ella le señaló el teléfono insistiendo en que cogiera la llamada. Finalmente descolgó.

—¿Qué diablos estás haciendo? ¿Quieres que nos detengan?

—Solo echaba un vistazo —se justificó—. Estamos sin duda ante los restos de un asentamiento español. Es un polvorín de comienzos del pos Medievo, finales del siglo XV o principios del XVI. Hay abundante munición de plomo para escopetas de mecha, también bolaños de artillería, puntas de flecha y piezas de ballesta. Los sillares tienen una pátina de carboncillo solidificado en una de sus caras. Este polvorín ardió o estalló en su tiempo.

—Señora Barberán, ya puede pasar —escuchó a través del auricular.

—Tengo que dejarte —susurró Dores.

El profesor caminó por la avenida Broadway guiado por los graznidos de las gaviotas que revoloteaban sobre los embarcaderos. Algunas rozaban los mástiles con sus vuelos rasantes. Llegaba hasta él una brisa marina entreverada de olores a puerto y aromas de tierras verdes, eternamente húmedas. Comprobó que Everglades City se encontraba rodeada por dos vías fluviales, una de ellas se ensanchaba formando lo que los lugareños conocían por Lago Plácido.

Recordó entonces el manuscrito sevillano: «Portamos las veinte vasijas al poblado de los dos ríos». Todo encajaba. Regresó a Storter Avenue y se aproximó, como un curioso más, al lugar donde asesinaron a Morrison. El Lincoln negro estaba aparcado junto a la inmobiliaria Glades Realty, a escasos doscientos metros en línea recta del museo. Dos policías evitaban que reporteros y curiosos, llegados de varios condados, rebasaran el perímetro de seguridad en torno a la escena del crimen. En ese momento un coche grúa se situó delante del vehículo. Dos operarios lo cargaron y, en pocos minutos, se lo llevaron al depósito judicial. Los agentes levantaron el perímetro y dispersaron a los concurrentes.

El profesor, con las manos en los bolsillos de la chaqueta, no perdía detalle. Vio una mancha de sangre en el suelo. Lo mataron fuera del vehículo y lo metieron en el coche después de muerto, pensó. Entre la hierba, en el lugar que había ocupado el Lincoln, vio brillar algo que pasó desapercibido a la policía del condado en su inspección ocular. Aguardó paciente hasta que los periodistas se marcharan, después se aproximó, lo cogió del suelo, lo observó unos segundos y, con disimulo, lo introdujo en el bolsillo de su chaqueta.

Su móvil sonó.

Era Dores.

Debía regresar.

26

¡Chis! Silencio exijo, porque llegó el tiempo del duelo. Aquellos fueron días de penar por los muchos padecimientos en pos de los raptores de la bella Dolce. En las jornadas de marcha, como dicho tengo, hacíamos altos para probar las aguas de las innúmeras lagunas y charcas por si, a falta de señal divina o de pericia para interpretarla, alguna de ellas fuera de la eterna juventud. De pronto las nubes se apretaron y, a media tarde, el cielo se tornó más negro que los cojones de un grillo y comenzó a lloviznar y relampaguear. Fue como a tiro de piedra cuando vimos, al fin, la señal divina en mitad del bosque: un haz de luz en polvo descendía de las nubes negras, atravesaba la arboleda y se proyectaba sobre una charca pequeña que espejeaba a maravilla. Aquella charca resplandecía entre otras muchas por la luz dorada que recibía del cielo en medio de un bosque mortecino y gris. En torno a la charca crecían orquídeas, cinias y otras flores alegres. Motas de polen brillantes flotaban suspendidas como puntos etéreos de luz, danzaban a su capricho en el claror mágico. Vimos cómo se trazó en el cielo un arco gigante multicolor que procuró la belleza en las nubes y la emoción en los rostros boquiabiertos.

—¿Veis por vuestros ojos lo que ven los míos? —don Juan Ponce habló con la voz fascinada.

—Es la señal —apuntó el ballestero Pedro Sánchez.

—¡La juvencia! —exclamó Juan Cayuela poniendo los ojos como platos.

Cautivados por la fantástica visión, los soldados corrieron a la charca.

—¡Esperad! —voceó don Íñigo.

Sánchez desoyó y bebió hasta saciarse y vertió mucha agua en su cabeza y en su cuerpo. Salpicaba y chapoteaba, alegre. Empapado, se volvió hacia Ponce con agua en la poceta de sus manos.

—¡Es la fuente de la mocedad! Son las señales de las que habló Su Excelencia.

Los caballeros desconfiaron.

—Hemos de asegurarnos —titubeó Ponce.

De pronto, las nubes se cerraron, el rayo de luz se perdió y el arco de color desapareció como por ensalmo. El bosque tornó a su gris acero, del todo uniforme. No tardó el ballestero en padecer retortijones de vientre. Al sentirse desfallecer, Sánchez, que de siempre fue tozudo como una mula, habló: «Este mal solo lo alivia la juvencia por sanar a los enfermos», y volvió a beber con avidez. Metió la mano en saciarse con tantas ganas que no tardó en retorcerse por el suelo con temblores de cuerpo. Al fin desfalleció y parecía difunto. Nery el pistero miró y olió, y dijo que eran aguas malas donde se criaban larvas malignas y yedras venenosas.

Creímos en una señal del Padre Celestial, pero resultó de Satanás el cornudo, aunque llegué a pensar que la trampa pudo ser obra del mismo Criador como penitencia por nuestra codicia. Durante las horas de agonía del infortunado Sánchez, el capitán Ponce se inquietaba porque se veía incapaz de identificar las señales divinas y porque imaginaba a los tres facinerosos huidos encontrando la juvencia antes que él. Los creía acaparando las aguas milagrosas y echando a pique las sobrantes para que nadie tras ellos las aprovechara. Estos pensamientos le crispaban por haber invertido su fortuna y nueve largos años de su vida en la búsqueda.

Cuando Sánchez expiró, Ponce respiró. Le dimos sepultura en el camino y don Íñigo clavó sobre la tumba una cruz de palo. El capitán, con prisas, leyó del misal y entonamos una breve letanía. Proseguimos el camino con pena barruntando que no resultaría fácil nuestra empresa. Lo supimos cuando, al poco, se escuchó un estrépito entre la maleza, en el mismo lugar donde el indio pistero rastreaba. Fuimos hasta él prevenidos y vimos a un jaguar de tres quintales en huida portando en sus fauces el cuerpo del pequeño indio. La fiera le aguardó agazapada entre las matas hasta que se puso a tiro de salto. No pudimos darle caza porque el gato gigante se internó veloz en el manglar. En el lugar quedó una pierna cercenada, prueba de la mordiente de aquel monstruo, capaz de atravesar a dentelladas el caparazón de una tortuga. Nos asaltó la duda de si para enterrar la pierna era suficiente medio sepelio, pero lo hicimos entero para interceder en favor del desdichado, que nunca está de más el exceso en la plegaria.

Desconcertados y decaídos, retomamos el camino guiados esta vez por Íñigo el silencioso. Fue hasta que un aguacero, de los muchos que allí se desatan, borró todo rastro de caballerías. Cuando el cielo despejó, sin pistas ni pistero, guiados solo por el instinto de mi señor y silentes por el mucho padecer, reanudamos la marcha a poniente dejando a la diestra el ojo brillante de la polar. No encuentro palabras para describir los quebrantos por aquellos confines inhóspitos. Allá anduvimos extraviados por bosques intrincados, errando itinerarios por las innúmeras lagunas, muchas de ellas iguales a todas. No pocas veces nos vimos caminando en redondo, perdidos en el desconcierto.

¿Pensáis que nuestro infortunio quedó en esto? Erráis, porque a la cuarta jornada vimos una columna de humo y mi señor propuso hacer un alto y adelantarse en avanzadilla junto al ballestero Higueras. Así se hizo, pero a poco de la marcha de mi señor, una voz conocida nos increpó, lo que fue de mucho sobresalto.

—El barlovento delata el olor a inmundicia —bramó el Chirlo, que apareció súbitamente por retaguardia, echándose a la cara la ballesta para disparar a Ponce.

Entonces, el escudero Vicente, en un gesto que ensalzaría su gloria, se interpuso para cubrir a su señor y el virote se encajó en su pecho. Cayó a plomo atravesado de parte a parte. Los soldados Karames y Cayuela hicieron frente al villano y con él cruzaron hierros, en tanto el capitán se esforzaba en tensar la cuerda de una ballesta. Se oyó al fin el sonido suave del acero penetrando en la carne. La afilada hoja de un sable atravesó la espalda del Chirlo. Sangre oscura manaba del pecho por donde asomaba la punta grana. Sus ojos, desorbitados, parecían preguntar quién le había estoqueado por atrás. Sin saber cómo, me vi empuñando la hoja que dio muerte al facineroso siendo la vez primera, sin más otra, que daba muerte a persona alguna. Poco honor atesora quien ataca por la espalda, que es donde asestan los cobardes, pero el capitán me dijo que no tuviera pesar, que no había deshonra porque el Altísimo castiga al villano que ataca por la zaga y por la suya fenece porque, según san Mateo, Dios dispuso que a quien a hierro mata, a hierro debe morir.

Pasada la pendencia, vi cómo al joven escudero se le iba el alma sonriéndole a los ángeles, satisfecho de su destino y su hazaña. Pero a mí la pena me despedazó por dentro. Abracé a Vicentín como si fuera mi propio hijo y rompí en llantos sobre su cuerpo vahído. Hicieron falta tres hombres para separar nuestro abrazo postrero. Desconsolado, maldije las Indias, la Florida, la juvencia y a las madres que engendraron a todos los que buscan oro y gloria y permiten que la sangre de inocentes se derrame en tierras paganas. El capitán no tuvo en cuenta mis palabras paridas de la rabia y palmeó mi espalda. Ganas me dieron de arrancarle la mano de un mordisco y escupirla en la fosa donde enterramos la pierna del indio Nery.

A poco apareció don Íñigo con Higueras y, viendo el estropicio, lo pusimos al tanto de lo que sucedió. Nos dijo que el humo provenía del campamento de los fugitivos y que, lamentando el dolor por las almas perdidas, debíamos reponernos como caballeros cristianos temerosos solo de Dios y no de los hombres, porque el Todopoderoso enaltece a los que combaten el mal y amparan a los desvalidos. Era el momento adecuado para abordar por sorpresa a los fugados, que preparaban fuego para hacer un guiso. Les oyeron decir que aguardaban al Chirlo, que salió a cazar con la ballesta. También vieron a Dolce, maniatada y amordazada.

De esta suerte, sin más demora, antes de que los prófugos echaran en falta a Chirlo, cuya alma ya estaba con el diablo, dejamos las caballerías amarradas junto a los porteadores negros y, agazapados en la maleza, nos arrimamos silentes al campamento, amparados por la maleza y sin pronunciar palabras. Malasangre atizaba la lumbre sobre la que, en palos cruzados, colgaba un caldero con escasos avíos. El gigante, sagaz, aguzó el oído. Ocultos en el acechadero, don Juan Ponce miró al escopetero Karames y le hizo una señal con la barbilla.

Karames tenía fama de buen tirador. Grande en lo físico, barbado, de cabello largo, muy negro. En el poblado, en los ratos de solaz, gustaba Karames montar un tinglado con teatricos y guiñoles junto a Jesús de Tíscar, el escribiente enlutado, lo cual era de mucho pasatiempo para los colonos. El escopetero se movió despacio, vertió la pólvora justa, introdujo el taco, metió la baqueta, escupió en el cañón una de las bolas de plomo que guardaba en la boca y volvió a baquetear, compactándolo todo. Después cebó la cazoleta con polvorín, apoyó la escopeta en la horquilla, echó hacia atrás el martillo y apuntó desde la fronda. Receloso, Malasangre mandó callar a Bocatuerta. Ahuecó los ollares de su chata nariz y miró en derredor, como barruntando. Karames sopló la mecha de cáñamo para avivarla y la llevó a la llave. Se aprestó el arma y se pegó al hombro la culata.

—A este lo arrumbo —musitó con media boca.

Al gigante le llegó el olor de la mecha quemada.

—¡Nos acechan! —vociferó Malasangre.

Karames apretó el gatillo y el arma tronó espantando a los pájaros de la arboleda que levantaron el vuelo. La bala desgarró el brazo de Malasangre que rugió como león herido. Tras el tiro, y a la voz de carga de Ponce, los raptores, que pensaban que les acometía un ejército, se aprestaron a huir. Matías Malasangre se echó al hombro a Dolce como un fardo harinero y la subió a la grupa del caballo. Don Íñigo ordenó a los ballesteros no disparar por temor a herirla mientras corría veloz para darles alcance. Don Íñigo atajó las bridas al tiempo que el raptor espoleaba a la caballería. El animal, con órdenes contrarias, giró sobre sí mismo hasta que, enervado, levantó las manos alzándose sobre sus cuartos traseros. Los jinetes cayeron a tierra. Malasangre se levantó y propinó un fuerte puñetazo a don Íñigo, pero al ver que se avecinaban los otros, volvió a montar y, junto a su compinche, renunciaron a la mujer y huyeron a galope. Sonó lejano un juramento. Fuera ya de nuestro alcance, el bosque devolvió el eco de su conjuro de hacérnoslo pagar muy caro.

Don Íñigo quitó la mordaza a Dolce y cortó sus ataderos. La mujer, desmejorada y ojerosa, se arrojó a sus brazos. Contó que fue raptada mientras dormía, que taparon su boca con un paño mojado en el vitriolo que usaba para adormecer a los enfermos. Cuando despertó, se vio atravesada en la grupa de una caballería, maniatada y amordazada. Luego la amenazaron de muerte y la obligaron a informar sobre el lugar donde se ocultaba la juvencia, que ella misma confesó haber probado. Pero Dolce se defendió con repelones de melena y con táctica en la que era diestra: patada en la entrepierna, ardid que, según dijo, usó con Malasangre. El gigante quedó sin aliento y a punto estuvo de degollarla cuando se le pasaron los rayos del golpe, pero la necesitaba para encontrar la juvencia.

Cuando regresamos a los caballos, vimos que los tres porteadores negros habían huido llevándose algunas viandas, lo que produjo mucho desconsuelo. ¿Quién portaría en lo sucesivo los fardos con los botes? Abominaciones escaparon por mi boca pues, sin esclavos y con Vicente en la Gloria, toda labor correspondía al único escudero de nombre Gualas, que no era otro que este servidor que os habla. Maldije a los negros de cabello rizoso, a los que solo envidiaba por sus cuerpos hercúleos y sus miembros cumplidos, como morcillas de Burgos. Don Íñigo me serenó y, en voz baja, dijo que la obligación de todo esclavo es buscar su libertad, porque ningún hombre ha de ser sometido ni azotado por su igual, que a los ojos del Altísimo no hay distinción entre cobrizos, negros, blancos o los amarillos de Catay o Cipango. Si los negros huyeron fue porque sus grilletes no eran seguros, no siendo culpa de ellos, sino de quien no los aseguró con diligencia. Dicho esto, deduje que fue don Íñigo quien, antes de partir, abrió los hierros de los esclavos para facilitarles la huida. Vi que los negros no se llevaron nuestras viandas, solo las suyas precisas para subsistir. También respetaron las caballerías con las que podíamos haberlos dado alcance. La fuga fue concertada, pero guardé prudente silencio. Don Íñigo convino con don Juan que los cuatro soldados sobrevivientes y yo mismo hiciésemos turnos para portear lo que en las grupas de las caballerías no pudiera acarrearse.

Dimos sepultura al escudero Vicente, rezamos el responso y emprendimos la marcha por ser paraje hostil, volviendo a desandar lo andado por levante hasta que los pies encallecidos pidieron tregua. El camino de vuelta estuvo regado por la lluvia y el silencio. Luego montamos el campamento, satisfechos del rescate de la Dolce, pero afectados por la pérdida de tres de los nuestros y no haber capturado a los facinerosos.

Con el corazón y los ojos atrozmente secos, saqué un rosario largo y, arrodillado, me hice cruces y recé por el alma de Vicente, a quien escudero ninguno igualó en virtud ni merecimientos. Sobre la arboleda, las estrellas se encendían una a una, y yo las miraba y suspiraba en congojas. Luego, tumbado en mi yacija, con la cabeza sobre el brazo, húmedo de melancolía, pasé la noche en vela perdido en pensamientos y suspiros, hasta que el llanto inundó mis ojos. Tomé conciencia de cuánto puede cambiar la vida en un instante, y me culpaba de no haberme adelantado en acabar con aquel villano y evitar que la muerte cercenara la vida de un joven cuando aún no había empezado a vivirla. Una vida y una patria, porque la patria de un hombre es la niñez y la juventud, y a aquel joven escudero se la arrebataron antes de tiempo.

Le echaba en falta, le hablaba como si estuviera a mi lado y le decía que era él, y no yo, el mejor escudero del mundo porque sacrificó la vida por su señor, que no hay mayor gloria para un vasallo. Honor que no igualaré pues, si por escudero leal me tenía, también fui bribón y pícaro corta bolsas que, casi sin pretenderlo, he pecado contra los diez mandamientos y no me queda más gloria que difundir las gestas de los dignos auténticos. Me parecía ver sus ojos redondos e ingenuos, le oía reír mis burlas, hacer pedos con los sobacos, lanzar guijarros a las ranas, renegar mis piques, incluso retarme a lo caballero para honrar agravios de juguete y pueriles afrentas. Honor sobrado sin edad de merecer. Y en todo ello pensando, acudió a mi corazón una angustia amarga como la hiel y afilada como una daga de dos filos. Entre el llanto y la pena, lamenté los sinsabores de un mundo gobernado por hombres sin raciocinio sobrados de codicia. Reparé entonces cuánto se añora lo perdido en tierra extraña y cuánto se aprecia lo dejado atrás. Cerré los ojos para huir de aquel lugar maldito, como si, abstrayéndome de la contemplación del cielo, fueran más llevaderas mis añoranzas. Me vi paseando por las calles de mi Jaén olivarera, por el perfil serrado de sus tejados y miradores, por sus azoteas con ropas tendidas a todos los aires, por sus palomares, espadañas y nidos de cigüeñas. Por los vuelos vertiginosos de las golondrinas, por sus fachadas blanquísimas recién lavadas, sus balcones de geranios, malvas chinas y claveles, por los torreones y almenas, sus arcos trabados en arabescos, en sus patios con parras crecidas donde reverdecen los pámpanos. Por su vino tabernero, sus yuntas andariegas, sus huertos de tierra fértil donde verdean orgullosas las siembras, sus amaneceres escarlatas, sus calles empinadas en la ladera del cerro. Villa vieja y madre, olor a aceite, a sotana, a espliego, a sementera y barbechos, a pan de tahona, a granadas, a piñas de maíz, a calabazas por san Antón y a cerezas por san Félix. Calor de brasero en ascuas cuando los fríos desnudan a los árboles en gris invierno.

Acudía a mi memoria aquel castillo de altaneras torres que el bravo de don Fernando Tercero conquistó a los moros, sus murallones bermejos con los primeros soles. Al fondo, las sierras del sur, los Zumeles, Jabalcuz y el cerro Almodóvar, proverbiales defensas naturales que abrazan la villa blanca. Echaba en falta a mis paisanos, humildes y conformados, pero de buen trato y desprendidos. Aquel Jaén castizo me parecía ahora el mejor lugar del mundo. Cerraba con más fuerza los ojos por si pudiera, con la ayuda del deseo y las fuerzas de los arcángeles, crecerme alas y surcar los cielos del océano y volar hasta mi tierra madre, siempre hospitalaria. Prefería la muerte si, tras ella, resucitaba en Jaén, porque en las Indias me sentí más huérfano que cuando mi padre me abandonó en hospital de la Santa Misericordia con un panecillo negro y una nota para los frailes. A fin de cuentas, salvo los tocamientos de fray Secundino, que a tales alturas ya estaba rindiendo cuentas de su lascivia ante el tribunal de Dios, los frailes me acogieron y se ocuparon de mí hasta que emprendí viaje a las Indias. Maldita la hora.

En estos pensamientos me ahogaba sin ver salida, como un abismo a los ojos y lobos a la espalda. Encogido en el camastro como un niño, me abandoné al llanto hasta que alguien se acurrucó a mi espalda consolando mi lamento con un tierno abrazo. Por un momento pensé que el espectro de Vicente se había levantado de su fosa para darme consuelo. Mi sorpresa fue más grata cuando vi que era la bella Dolce la que reparó en mi pena y regalaba mis oídos con muy sosegadas palabras. Pero como su mano tibia enjugó mis lágrimas y acarició mis mejillas y sus pechos turgentes se clavaron en mi espalda, más pronto que tarde se me fue la congoja y como también poseía otras carencias de la vida licenciosa, me volví a ella y la abracé mucho arreciando mi pena con fingidos lamentos para prolongar su abrazo. Pegado a ella como una lapa a la roca, agrandé mis sollozos quejándome en alaridos, como un perro atrapado en una puerta. Pero cuando la bella Dolce reparó en el prodigio de la resurrección de mi carne, dio un respingo y abandonó mi lecho farfullando.

«¡No tienes remedio!», gruñó.

27

—Estabas en lo cierto. Los restos que encontraron parecen ser de un colono español —comentó Dores conforme se aproximaba al helicóptero—. He hablado con el maquinista y con la directora Piarulli. Además de los huesos, el FBI recuperó una espada, un casco, una cota de malla, un par de espuelas, varias puntas de flecha y un cofre. Hay que averiguar a dónde se lo llevaron. Debo informar a Gottlieb.

El profesor, con los pulgares anclados en los bolsillos de sus vaqueros, la esperaba en silencio, con cara de tener algo que decir. Dores reparó en su semblante severo.

—¿Va todo bien? —se disponía a marcar en su iPhone.

Castillo sacó del bolsillo el objeto que encontró en el suelo y lo puso en la mano de Dores. Las cejas de la mujer se enarcaron en un gesto de sorpresa. No daba crédito.

—Si vas a llamar a Gottlieb pregúntale qué hacía uno de sus gemelos en la escena del crimen.

Dores se ruborizó. Alzó la vista buscando en los ojos del profesor alguna respuesta.

—Estaba bajo el coche de Morrison.

Cuando Castillo recogió el gemelo enseguida recordó verlo en los puños de Gottlieb. El relieve que tantas veces quiso identificar no era un rombo, sino un compás y una escuadra superpuestos y, en su interior, la letra G de GADU, Gran Arquitecto del Universo, emblema universal de la masonería. En la parte posterior tenía grabadas las iniciales J.C.

—¿Piensas que Gottlieb…? —preguntó preocupada.

Castillo asintió.

—Me temo que tu jefe ya sabe dónde está el cofre. Debieron sonsacar la información a Morrison. Luego le asesinaron para evitar que hablara.

Dores quedó contrariada, sin saber qué decir. El espanto se reflejaba en sus ojos.

—¿Para qué quiere Gottlieb el arsenal de Castle Moriá?

—¿Qué arsenal?

—No puedo creer que desconozcas su existencia. Tú misma me recogiste ante la cámara acorazada, a dos niveles bajo el lago.

—¿Allí hay un arsenal? Fui a recogerte porque vi por las cámaras de seguridad cómo te adentrabas en el ala oeste y quise evitarte problemas si Gottlieb te sorprendía. No conozco ningún arsenal. Gottlieb no me lo cuenta todo.

Castillo sacó su Blackberry y le mostró el vídeo que grabó bajo la puerta. Dores quedó perpleja y pareció rendirse. Dejó caer sus hombros, apartó la mirada del profesor y perdió sus ojos en el infinito. Tras unos desconcertantes segundos, musitó: «Está loco». Con la expresión a medio camino entre la decepción y la indignación, tomó el iPhone y marcó el número de Gottlieb. Activó el manos libres para que Castillo escuchara la conversación al tiempo que se llevó el índice a los labios instándole a guardar silencio. El profesor asintió y agradeció la confianza.

—Hola gatita —entonó su jefe. Castillo, incómodo, frunció los labios.

—Estoy en Everglades City.

—Lo sé. El helicóptero dispone de un localizador de posicionamiento —adujo Gottlieb encendiendo un cigarro.

—El profesor Castillo confirma que Everglades City fue donde Ponce de León levantó el poblado y de donde zarpó en 1521. He entrevistado a la directora del museo y al operario que hizo el hallazgo. El FBI se llevó los huesos y los objetos que aparecieron.

—Mi gatita, no me aportas nada nuevo. Al fin apareció la juvencia y pronto estará en mi poder —reclinó la cabeza sobre el respaldo del asiento trasero de la limusina. Observó al trasluz su copa burbujeante de Moët & Chandon Imperial—. El cofre con las vasijas se encuentra en la Universidad de Miami, en el departamento de la antropóloga Brenda Lauper. La Fiscalía del Distrito solicitó un informe técnico de los restos para confirmar su antigüedad. Los estúpidos desconocen el valor del contenido del cofre. Vamos para allá en este momento.

—¿Vasijas?

—Según el profesor Castillo, en el manuscrito de Sevilla se dice que la juvencia fue llevada al poblado en veinte vasijas. Ese cofre contiene justamente veinte vasijas con un extraño y viscoso fluido. En el FBI piensan que se trata de algún tipo de aceite o bálsamo, pero es la juvencia, querida, la que Íñigo de Velasco intentó destruir hace quinientos años. Ya no hay duda.

—¿Cómo lo supiste? —quiso saber Dores.

—Me lo ha dicho un pajarito —saboreó una calada cuyas volutas de humo reptaban entre sus dedos y ascendían en espiral ante sus ojos codiciosos.

Dores hizo una pausa, como dudando si abrir la caja de los truenos.

—Jacob, ¿qué gemelos llevas puestos?

Gottlieb miró los puños de su camisa y reparó que le faltaba uno. Se removió incómodo en su asiento.

—¿Por qué lo preguntas? —espetó nervioso.

—Te falta uno, ¿verdad?

El magnate torció el gesto.

—Lo ha encontrado Castillo junto al coche donde asesinaron a Morrison.

—¿Cómo sabes que es mío?

—Porque lleva el emblema de la orden y tus iniciales grabadas.

Se hizo un silencio comprometido. Gottlieb recordó el momento en que abordaron a Bruno Morrison. Debió perderlo, pensó, cuando forcejearon al arrebatarle el teléfono, en el momento que la víctima se disponía a pedir auxilio. O en el instante que ayudó a Darian a introducir el cadáver en el interior del coche.

—¿Tienes el gemelo? —Gottlieb comenzó a sudar.

—Dime que no tienes nada que ver con el asunto, por favor.

—¡¿Tienes el puto gemelo?!

—Lo tiene el profesor —mintió.

—Hazte con él inmediatamente. Ese estúpido es capaz de entregarlo a la policía.

Castillo asistía atónito a la conversación. Su palidez delataba su inquietud.

—¿Dónde está Castillo?

—En el museo —volvió a mentir.

—Bien, escucha con atención. Voy en la limusina con Darian y Morillo y estoy a punto de entrar en Miami. Me dirigía a la universidad, pero antes debo recuperar el gemelo. ¿Conoces el hotel casino Miccosukee, junto a la Tamiami Trail?

—Sí.

—Te espero allí. Podrás aterrizar en el *parking* sin problemas.

Castillo hizo señas a Dores para que no colgara aún. Movía los labios articulando palabras sin sonido, mostró el gemelo, negó con los dedos y señaló el coche patrulla aparcado junto al museo. Dores captó el mensaje.

—¿Y si se niega a darme el gemelo?

—Si se niega tendrá el mismo final que Morrison. Ya no le necesitamos.

Dores se llevó la mano a la boca y Castillo tragó saliva. Las piernas le flaqueaban y tuvo que apoyarse en la cabina del helicóptero. En ese momento el español tomó conciencia de que Gottlieb incumpliría el contrato suscrito con él, pero no era eso lo que más le preocupaba.

—Voy a llamar al profesor. Nos vemos en unos minutos —concluyó Dores.

El español se llevó las manos a la cabeza consciente de lo que se avecinaba. Cuando Dores colgó, él resopló angustiado y le preguntó por qué trabajaba para un asesino. Le hizo ver que Gottlieb era un psicópata que no reparaba en medios para conseguir sus propósitos, que con aquellos procedimientos no le extrañaba que hubiera creado un imperio en pocos años. Dores se derrumbó, se sentía vacía, exhausta. La situación la estaba desbordando. Sentía un pellizco en el estómago y no le llegaban las palabras a los labios.

—Le has llamado Jacob —espetó Castillo.

—Su nombre es Jacob Crespi. Gottlieb es un nombre simbólico. —Se le quebraba la voz. Entornó lánguidamente sus ojos de rímel vencido—. Así se le conoce en la organización… —balbuceó.

Se alejó unos pasos y ahogó sus lágrimas en las manos. El profesor resopló. Se aproximó, la tomó por los hombros y ella escondió la cara. Las lágrimas le bailaban en los ojos. Él le cogió la barbilla para obligarla a mirarle, la atrajo hacia sí y ella apretó el rostro contra su pecho. Se ahogaba en sollozos por el miedo a Gottlieb. Castillo enjugó sus lágrimas y le acarició la mejilla. Se miraron durante unos desconsolados segundos. Dores clavó la mirada en el infinito de sus ojos y él en aquellos labios brillantes que no había conseguido vencer. Obviando toda resistencia, se dejaron arrastrar por una pujanza insalvable. Y fue así, sin mediar más palabras, cuando se aproximaron despacio, hasta notar el aliento de sus bocas. Se besaron al fin, primero tímidamente, después con fruición. Un mechón rebelde escapó de su moño severo y él se lo recogió detrás de la oreja. Tras el encendido beso juntaron sus rostros y le susurró al oído:

—Dores, tienes que ayudarme —su tono era lúgubre—. Cuando la juvencia caiga en sus manos me matará, si es que no lo hace antes.

Le miró con ojos de no saber qué hacer. Castillo le explicó que los restos humanos que ahora se encontraban en la Universidad de Miami pertenecían a Íñigo de Velasco, un soldado español que entregó su vida para evitar al mundo los peligrosos efectos de la juvencia. Le confesó que Gottlieb nunca le inspiró confianza y por tal razón jamás le mostró el manuscrito del archivo de Indias, el cual memorizó antes de ocultarlo en Suiza. Recitó a Dores algunas palabras de Íñigo: «Pócima que desata desvaríos y desolación. Tales quebrantos aflige, que sus días se tornan perdición, los leales se vuelven asesinos, los nobles avaros y cometen crímenes con el vaivén de sus espadas, o a tiros de arcabuces. Así mostró el destino la muerte a quienes la juvencia cataron». Le informó que el interés de Gottlieb procedía de una de las frases que se salvaron del microfilm dañado de Sevilla: «Quien se adueñe de la juvencia dominará el mundo para desdicha de justos y gozo de ruines». Le hizo ver que aquel infante español, en los umbrales de la muerte, suplicaba a quien encontrara la juvencia en el futuro, que se apresurase a destruirla por ser «maldición segura y perdición de los hombres».

—Estamos ante un acontecimiento de una magnitud histórica sin precedentes —continuó. Sus ojos delataban su desasosiego—. Aún desconocemos el poder real de la juvencia, pero si los efectos que produce son los que describió Íñigo de Velasco hace cinco siglos, debemos impedir a toda costa que caiga en manos de alguien como Gottlieb.

Ella le acarició el rostro barbado.

—Sube al helicóptero —musitó, tras una honda inspiración.

28

Chismosos de lengua y entendidos de todo, decidme: ¿qué valiente probaría más aguas tras la muerte del ballestero Sánchez? ¿Qué mejor juvencia que vivir los días que Dios conceda y no morir por querer vivir más? Grande paradoja de esta vida.

Quejoso estaba el capitán por la fuga de los esclavos negros, pues los quería para probar en ellos las aguas ante el temor de los españoles a seguir probando. Dolce decía que, antes de beber aguas dudosas, había que hervirlas y puestas a enfriar, pero Ponce temía que al pasarla por el fuego perdiera sus propiedades milagrosas. Esto irritaba a la mujer que ponía los ojos en blanco y resoplaba. Don Juan, en su obcecación por la fuente de la juventud, no quiso dejar atrás laguna o poza sin tomar de ellas muestras en botes, los cuales numeraba con cifras que coincidían con las que marcábamos en troncos y piedras a orillas de cada laguna. Como los números seguían un orden, también servirían para encontrar el camino de vuelta. El capitán no lo dijo, pero sabíamos que su pretensión era hacer probar las aguas a los indios tequestas más viejos y comprobar en ellos sus efectos.

Así llenamos botes de muchas lagunas por orden de Su Excelencia. A cada jornada, el peso de la carga crecía y debimos emplear las caballerías de monta con los fardos de la mucha agua envasada, lo que retrasó la marcha. Nuestro itinerario, visto en el mapa que Ponce trazaba, era una línea quebrada en dientes de sierra, ahora a meridión, ahora a septentrión, buscando aguas estancas y ríos para llenar botes.

Salvo la picadura de un tábano en el cogote del escopetero Karames, y que Dolce mitigó como mejor supo, junto a lo desandado por las urracas agoreras, poco más de reseñar en aquella jornada. La mujer renegaba y ponía ojos en blanco cada vez que veíamos una urraca. Toparse con alguno de estos pajarracos es, como bien sabéis, señal de mal agüero. Ella no creía en estas cosas, pero yo le decía que la urraca es un ave maldita por no acudir de luto riguroso a la crucifixión de Cristo, como los cuervos, tordos o estorninos. Dicen que Dios la castigó poniéndole una gota de sangre del diablo debajo de la lengua. Desde entonces, la urraca habla y chilla como los reos ante el cadalso. Es costumbre en los reinos de España que, cuando el caminante se topa con una urraca, para invertir el mal agüero, ha de dar media vuelta, desandar un trecho lo caminado y volver cuando la urraca ya no esté. Después debe santiguarse, recitar un ensalmo y clavar dos ramitas en forma de cruz en el lugar donde apareció aquel pájaro del mal presagio. Dolce se avenía de mala gana a los rituales de superstición, para no ser tenida también ella por agorera.

Cortos en ánimos y provisiones, mandó Ponce parada y descanso. Los soldados Higueras y Cayuela fueron a ballestear alguna pieza a la que echarnos a la boca, en tanto Dolce, Íñigo y un servidor nos internamos en el bosque a recolectar frutos. Mi señor no le perdía ojo, tanto que, desde su rescate, encontraba excusas para hablar con ella fuera de la vista del grupo y le hacía preguntas irrelevantes sobre yerbas salutíferas que a buen seguro la traían al pairo. El rapto y el temor a perderla dieron con su desasosiego y el mirar de sus ojos ya no era de soslayo como en las primeras jornadas, sino directa y abierta, como hacen los que nada esconden. La bella Dolce hablaba sobre los frutos de buen comer y los que no lo eran, en tanto mi señor la miraba con fijeza sin pestañear, con la mente donde solo Dios sabe. Viendo cómo se aparejaba la situación, busqué un achaque para alejarme por el soto ofreciendo intimidad a los que, sin pedirla, la requerían.

Don Íñigo se aproximó a ella despacio, sin apartar su mirada turbadoramente azul de la boca hablante de la mujer; y ella, azorada, se ensortijaba un mechón en el dedo. Algo parlaba sobre frutería y hierbas, pero con pausas, porque se le arrebataba el aliento ante la proximidad de mi señor. Las bocas calladas, los ojos parleros, que no consienten las almas verlos cuando se desatan los sentires. Quedaron frente por frente, sosteniéndose la mirada sin medrar palabras, con los corazones traspasados, henchidos de amor, como si el tiempo fuese eternamente quedo y no hubiera más espacio, ni más vida, ni más tiempo que el que abarcaban sus almas en aquel instante. Íñigo llevó sus dedos tímidos al rostro de Dolce y apartó el mechón dorado de su rostro. Se le elevó el pecho en un suspiro. Luego, con la delicadeza que precisa lo frágil, le acarició la mejilla, tacto que apenas sintió en sus yemas ásperas y callosas. El pecho de ella se movía con el respirar agitado. No hubo palabras, solo miradas tiernas con las que todo parecía estar dicho. Ambos, regalados de gozo y los corazones de amor colmados, suspiraron profundo. ¿Juvencia? ¿Acaso existe mayor juventud que el milagro del latir recio, de la piel erizada, de las pupilas crecidas, de las mariposas en las entrañas, del palpitar unísono de dos almas? ¿Qué mejor fuente de juventud que los corazones de los amantes atrapados en el imperio del amor sentido?

Intentó decir algo, pero ella le detuvo con el índice en sus labios. Dolce le acarició la cara y esbozó una sonrisa cálida. Tras una pausa, suspiró, y lo hizo repetido, como los niños tras la pena. Mi señor, valeroso y aguerrido en las batallas, novicio era, cuan puberto, en las lides del querer. Temblaba como tiemblan los que temen y, sin saber proceder, hincó la rodilla en tierra y le besó la mano con respeto. Una lágrima silenciosa se perdió en el bosque de su barba. Dolce, ante la vacilación de aquel bizarro irresoluto, le hizo levantar, enjugó su rostro mojado y besó sus ojos delicadamente. Y al besar él los suyos notó que también ploraban lágrimas dichosas. Cuando los labios se encontraron, cerraron los ojos buscando la luz de sus adentros, con terneza. La delicia del primer beso, con su aliento cálido, aquel sentir primero, queda esculpido para siempre en las sentinas de la memoria. Volvieron a hablar con el lenguaje de los ojos y se confesaron el intenso amor que se profesaban desde el día en que mi señor la halló perdida en el bosque, a punto de ser capturada por los caníbales. Íñigo la enlazó por el talle y la volvió a besar ahincadamente con los labios entreabiertos, esta vez con encendimiento, instante en que a Dolce se le desmallaron los brazos y rodó por tierra la cesta con los frutos. Susurraban los amadores palabras de seda y muy tiernas razones. Tras los besos y el deslizar de manos sobre las espaldas, vinieron más besos con muchas veras y grandes sofocos que aliviaron desembarazándose con urgencia de las vestiduras. Entonces mi señor, arrebatado en pasiones, mamó de sus pechos con sed antigua arrancando de ella apagados gemidos. Y ambos, con la primavera en la sangre, se abandonaron en la piel y en la carne, y desaparecieron en la maleza entregados en gozosa coyunda hasta alcanzar, agitados, la dulce culminación.

Hasta aquí cuanto vi por el rabillo del ojo. Lo que en aquel bosque acaeció, bellaquería sería divulgarlo, que detallar pormenores de lo íntimo solo interesa a pajilleros y alcahuetas. Sí os diré, a fuer de exactos, que ambos dos, sudados tras los encendidos lances, con los cabellos embrozados, se reunieron conmigo al fin, como si nada hubiera ocurrido. Evitaron mirarme por pudor y hablaban con disimulación sobre los ricos frutos del bosque. Y yo pensé: «Dichosos los frutos que comisteis a satisfacción entre pelambres». Pero no dije ni un cuarto de palabra, salvo para hacer saber a mi señor que se había puesto del revés los calzones y debió internarse de nuevo en el bosque para recuperar la autoridad que como caballero ostenta.

29

El Agusta Westland tronó poderoso a 600 pies sobre la Tamiami Trail. A la altura de Ochopee alcanzó los 168 nudos (311 km/hora). Dores sabía que no podía exceder la velocidad máxima del helicóptero para no producir un par de vuelco por las diferencias de sustentación entre las hélices anteriores y posteriores. Debía evitar las peligrosas acumulaciones de energía en las puntas de las palas.

—Llegaremos en quince minutos. No puedo ir más rápido —informó por el intercomunicador.

—¿Siempre fue Castle Moriá un templo masónico? —preguntó Castillo.

Ella le miró y trazó en sus labios una mueca que quiso ser, sin conseguirlo, una sonrisa. Conocía la capacidad de observación del profesor Castillo, por lo que no le extrañó que reparase en la discreta simbología masónica de la residencia.

—Gottlieb posee el grado trigésimo tercero, máximo nivel en masonería dentro del rito escocés. Hasta el año pasado fue miembro del Supremo Consejo de Grado 33, el *lobby* más poderoso de la Orden Secreta en los Estados Unidos. Pero se obcecó con la fuente de la eterna juventud desde que adquirió en España un grabado que incorpora un mensaje fechado en 1560.

—Lo conozco. Un trovador ciego cuenta la historia de Íñigo de Velasco como descubridor y salvador de la juvencia. Gottlieb me mostró ese grabado en Zúrich.

—Desde entonces ha gastado una fortuna tras los pasos de ese mito, tal y como hizo Ponce de León hace quinientos años.

Castillo la miró a los ojos y asintió lentamente.

—La historia se repite. Es como un círculo en el que nada es que no haya sido ya —opinó el español.

—Gottlieb pretendía ser nombrado gran comendador del Supremo Consejo uniendo las dos jurisdicciones de los Estados Unidos, a cambio de sufragar las dos terceras partes del proyecto secreto. Pero fue irradiado.

—¿Irradiado?

—Así llaman en masonería a los que son expulsados de la orden —aclaró Dores—. Le echaron por su obsesión y sus malas artes que contradecían el espíritu democrático y filantrópico de la organización. Juró vengarse. Después creo la Orden de Caballeros Juven de San Agustín de Florida, una logia que lleva el nombre de la ciudad de Saint Augustine. Se erigió en gran maestre y actúa al margen de toda obediencia masónica.

—Se ve que nació para dar órdenes, no para recibirlas —añadió resignado.

—San Agustín es una pequeña ciudad del condado de San Juan, al sur de Jacksonville. Se dice que los españoles también buscaron allí la fuente de la juventud.

—Conozco su historia, fue uno de los puntos más septentrionales que los españoles alcanzaron en la expedición de 1513, aunque la ciudad no sería fundada hasta 1565 por Pedro Menéndez de Avilés.

Dores asintió.

—Fue donde Gottlieb comenzó a buscar la juvencia antes de saber lo del microfilm que destruiste en Sevilla.

Castillo bajó la mirada. No estaba orgulloso de aquella hazaña.

—¿Cómo supo lo del microfilm?

—Tiene contactos en el Archivo de Indias de Sevilla. Los historiadores a su servicio lo consultaban con frecuencia. Hacía generosos regalos al personal del archivo para granjearse simpatías y allanar el camino a sus investigadores. El director le informó que te habían denunciado por la sustracción de un documento tras revisar las grabaciones de las cámaras de seguridad. Gottlieb supo que viajabas a Zúrich y fue a tu encuentro antes de que te detuviera la Europol. Quería el manuscrito.

—¡Menudo personaje!

—Ha conseguido captar para su organización a un selecto grupo de hombres de negocios, entre ellos antiguos miembros del Supremo Consejo.

—Los vi ayer en Castle Moriá. Todos ricos y maduros. La juventud es lo único que no pueden comprar con dinero, y Gottlieb lo sabe.

—No se les puede reprochar —Dores se encogió de hombros—. El ser humano es el único animal que posee conciencia del final de su vida cuando envejece.

Castillo negó con la cabeza y perdió la mirada en un punto infinito del cielo.

—Declararle la guerra al paso de los años es una batalla perdida —añadió resignado—. La juventud es fugaz y la perdemos a cada instante, con cada respiración, por más que nos empeñemos en levantar nuestra autoestima con operaciones de estética, botox, liposucciones o viagras.

Dores asintió, pero consideraba lícito aquel anhelo. Era, en definitiva, una rebelión ingenua contra la brevedad de nuestro tránsito por el mundo, la lucha por la supervivencia frente al fin de la existencia, porque nos aterra pensar que no encontremos nada al cruzar la puerta de la muerte y caigamos en el abismo del silencio.

—Decía Buda —añadió el profesor— que los hombres pierden la salud por juntar dinero y luego pierden el dinero para recuperar la salud. Piensan en el futuro olvidando el presente, de modo que acaban por no vivir ni el presente ni el futuro. Viven como si nunca fueran a morir, y mueren como si nunca hubiesen vivido.

Para Castillo, la búsqueda de la juventud eterna ha sido una obsesión humana constante ligada a la caducidad de los procesos vitales y a los intentos de prolongar la vida ante la negativa de aceptar su caducidad. El simio erecto, se lamentó, nunca se resignó a ser efímero. Se alcanza la vejez en el instante de un relámpago en el que, antes de que su fulgor se apague, ya hemos dejado de existir y se ha borrado la memoria de nuestro paso por el mundo. La vejez es el anuncio de que el final está próximo y esa angustia ha propiciado a lo largo de la historia la búsqueda desesperada de alguna sustancia capaz de retrasar, incluso revertir, el envejecimiento. Han sido muchos los que han buscado la fuente de la juventud, desde el rey sumerio Gilgamesh, hace cuatro mil años, al emperador chino Qin Shi Huang, aquel que fue enterrado junto a ocho mil soldados de terracota y que murió buscando las legendarias islas de los inmortales y el secreto de la vida eterna. De este afán milenario surgieron leyendas sobre longevidades extraordinarias.

—Según la Biblia, Matusalén vivió 969 años, su hijo Lamec murió a la edad de 777 años.

—No es así, Dores —interpeló Castillo, como si corrigiera a una de sus alumnas—. La esperanza de vida en los tiempos anteriores al diluvio era inferior a la actual. Son invenciones o simples errores de traducción de los textos bíblicos. Los judíos autores del Antiguo Testamento utilizaban un calendario lunar, no solar, lo que implica que las edades reales sean trece veces y media menores. Por tanto, Matusalén vivió hasta los setenta y dos años. Según el Génesis, Dios estableció la longevidad máxima del ser humano en ciento veinte años. «Y dijo Jehová: no contenderá mi espíritu con el hombre para siempre, porque ciertamente él es carne; mas serán sus días ciento veinte años», capítulo 6 versículo 3. La francesa Jeanne Calment fue la única que logró vivir hasta los ciento veintidós años. No necesitó la esencia de la juventud. Según dijo, su secreto era el aceite de oliva, el vino de Oporto, el chocolate y mucho sexo —bromeó Castillo en un intento de animarla.

Dores sonrió por cortesía. No se le iba de la cabeza la implicación de Gottlieb en el asesinato de Bruno Morrison, el arsenal de Castle Moriá y lo que su jefe sería capaz de hacer cegado por la codicia. Tampoco entendía cuál era la verdadera causa por la que el ser humano se empecinaba en vivir eternamente. Castillo le sacó de dudas:

—La vida, por larga que sea, no nos redime del dolor de ausentarnos de ella sin conocer la eterna cuestión: el sentido de nuestra propia existencia. A más edad, alcanzamos la verdadera sabiduría: percatarse de que nada sabemos, que feneceremos en breve sin saber el porqué de todo. Tras un significativo silencio, Castillo irrumpió con una pregunta comprometida:

—¿Qué viste en ese tipo, Dores?

Se tomó un segundo para pensar. Un rictus de tristeza le afiló el rostro.

—No fue lo que vi, sino lo que fui incapaz de ver —suspiró.

Cavilosa y disminuida, herida como una loba frente al despeñadero, le hubiera gustado lanzar a las estrellas lastimeros aullidos, pero solo se atrevió a ceder el paso al silencio.

30

Aquella noche —lo recuerdo como ayer mismo— prendimos lumbre para ahuyentar alimañas. Al calor de la candela, pocas hablas hubo por la mengua de ánimo. Dolce pensaba y se abrazaba las rodillas con la mirada perdida en el crepitar del fuego. Indagaba algún sentido a lo que estaba viviendo. Su atracción por Íñigo y la intimidad compartida con él en el bosque, la llevó a un caos interno que le desconcertaba la razón. No sabía si reír o llorar, si sentirse feliz o la mujer más desdichada del mundo.

Los soldados miraban al cielo confirmando que eran cinco, y no cuatro, las lunas que por él pasaron desde que salimos del fuerte. Faltaban dos para que los colonos y la guarnición del poblado quedasen libres del compromiso de espera, embarcaran y pusieran rumbo a Cuba. En tales pensamientos nos asaltaban las intrigas: ¿atacaron los caníbales el fuerte? ¿Habrían resistido los españoles o se echaron a la mar antes del plazo? Se barajaba con angustia la posibilidad de quedar aislados en Bimini. De persistir Ponce en la búsqueda de la fuente prodigiosa, no llegaríamos a tiempo para zarpar y feneceríamos en aquellas tierras inhóspitas, porque no era posible alcanzar Cuba con las canoas indias. ¿De qué serviría entonces la juvencia?

Nadie consiguió dormir. Don Íñigo reparó en la inquietud de los hombres. Los brillos de los ojos abiertos restallaban en la noche como luciérnagas, como monedas en el fondo de un estanque.

—¿Qué contasteis a Malasangre? —la voz del capitán rompió el silencio.

—Lo que sabía —respondió Dolce sin apartar sus ojos del fuego.

—¿Y qué sabéis?

—Que me encontraba en un laboratorio analizando el fluido de la vasija del cofre, que el líquido me salpicó en la boca y que me desperté en la ciénaga donde me encontró Íñigo.

—¿Creéis que se trata de una profecía? ¿Tal vez un sueño? —insistió Ponce.

—Ya no sé qué pensar. Puede que esté soñando y todo acabe cuando despierte. Pero siento dolor, frío, calor, puedo sufrir, sentir... —al decir la última palabra lanzó una tímida mirada a don Íñigo—. En los sueños no se puede percibir todo esto de forma permanente.

—Desde que perdisteis el conocimiento hasta que despertasteis en el bosque debieron transcurrir muchas jornadas —apuntó Íñigo—. Alguna embarcación os dejó en Bimini, pues no hay villas españolas, ni portuguesas, tampoco armadas imperiales de Cipango o Catay, salvo nuestro fuerte y los poblados indios. La isla más próxima es Cuba.

—Esto es una locura —se acodó en sus muslos y se llevó las manos a la cabeza, como para sujetarla—. Solo veo el laboratorio y el bosque, no hay recordatorios intermedios. Llevo semanas intentando ordenar mis recuerdos, pero siempre acuden las mismas imágenes: el cofre y las vasijas. No vine de ningún país, yo vivo aquí, en la ciudad de Miami. Esto es el estado de Florida, por eso sé que Bimini no es una isla. Estas lagunas deben pertenecer al Parque Nacional Everglades o al del Gran Ciprés. Una vez hice una excursión con Will por estos parques. Alquilamos un aerodeslizador y recorrimos los marjales para fotografiar animales. En el laboratorio estábamos en el año dos mil catorce.

—¿Dice vuestra merced que viajó del futuro? —preguntó Ponce, extrañado.

La mujer levantó la cabeza y nos vio acercarnos, entusiasmados, preguntándonos si estábamos ante una enviada del cielo o una bruja de la que habría que dar cuenta al Santo Oficio. Dolce se asustó al vernos en pie con los rostros estupefactos.

—¡No soy un bicho raro! Solo una simple médica que quiere que esta pesadilla acabe de una vez —dijo a voces altas.

—Temple su ánimo —intervino Ponce instando a sus hombres a tomar asiento.

Dolce, desbordada, rompió a llorar e Íñigo la consoló ofreciéndole un pellejo con hidromiel. Dio un trago y habló con estas palabras:

210

—Me di cuenta de que hubo un salto en el tiempo cuando os vi en el poblado con vuestras ropas y armaduras —miró a Íñigo—. Pensé que me volvía loca, que todo era un sueño. Esperé y esperé, pero no despertaba. Ahora sé que aparecí aquí tras probar por accidente ese maldito líquido. Recordé la película *Regreso al futuro* en la que Marty McFly y su amigo Doc consiguen retroceder en el tiempo hasta la juventud de sus padres a bordo del DeLorean. Pero aquello era ficción. Dicen que en los viajes al pasado no se debe alterar nada, porque el futuro podría modificarse y los sucesos no ocurrirán tal y como el destino determinó que debían ocurrir. Aseguran que el simple aleteo de una mariposa puede desatar un desastre en la otra parte del mundo. Por eso no quise decir más de lo que dije, ni me atreví a hacer algo que cambiase el orden de las cosas. Pero es inútil. Marty McFly consiguió modificar el pasado permitiendo que sus padres se conocieran. De no conseguirlo él no hubiera nacido. Se conoce esto como la paradoja del abuelo.

—¿Qué es una película? —preguntó el ballestero Higueras.

—Háblenos de McFly —añadió Cayuela.

—Cuente lo de la mariposa y el abuelo —sugirió el arcabucero Karames, que se acomodó para escuchar.

Dolce vio a siete rudos hombres embelesados, como niños ante un guiñol. Allá estaba ella, junto a una ciénaga remota, hablando de noche sobre extrañas situaciones que no lográbamos entender.

—Dios mío, ¿qué estoy haciendo? —se cogió otra vez la cabeza.

Ponce hizo señal a don Íñigo para ofrecerle más hidromiel, pero ella negó.

—Háblenos del líquido que cayó en su boca.

—Saqué del cofre una de las vasijas para analizar su contenido, se me resbaló, cayó a la mesa, el líquido me salpicó en la cara y entró en mi boca. Era viscoso y azulado. Encontraron el cofre enterrado junto a unos huesos. Tenían una antigüedad de quinientos años. Lo comprobé.

—¿Dice que el líquido del cofre estuvo enterrado en estas tierras durante quinientos años? —preguntó el adelantado.

—Eso es.

Ponce se puso en pie y caminó de un lado para otro, como cavilando.

—Si estuvo enterrado en estas tierras y apareció... —Su Excelencia dejó la frase inacabada.

El capitán, sorprendido por lo que acababa de decir, guardó silencio un instante. Se rascó su poblada barba, como si necesitara pararse a pensar. Al fin, estalló.

—¡Por las llagas de Cristo, que ahora entiendo! —los ojos de Ponce relampaguearon de emoción—. ¡Vos trajisteis la luz del futuro!

Desenvainó la espada y se ensañó con los fardos que contenían los frascos de cristal. Los soldados se miraban recordando los cintarazos que sufrió el esclavo por romper algunos de esos botes. Los cristales saltaban en pedazos bajo los sacos de lienzo, derramándose el contenido.

—¡Sabe Dios que esto no son más que aguas putrefactas!

Cuando cesó de embestir se hizo el silencio y creímos que Su Excelencia había perdido el entendimiento.

—La juvencia no es manantial, ni fuente, ni laguna, ni ciénaga. No es agua, sino ese brebaje prodigioso que os hizo viajar desde el porvenir a este mundo. Encontraron la juvencia enterrada quinientos años después, ¡luego existe! —arguyó don Juan.

—Sí —Dolce alabó la razón de Ponce y asintió otorgando sentido a las palabras del capitán—. Ese líquido produjo un salto en el tiempo, pero no un cambio geográfico. Eso quiere decir...

Dejó las palabras en el aire y Ponce, avispado, las cazó al vuelo.

—Eso quiere decir que el fluido devolvió a vuestra merced al origen, al lugar donde la juvencia se oculta —atajó entusiasmado—. Ese líquido es la juvencia misma. Hemos de dirigirnos al lugar exacto donde despertasteis. ¿Dónde apareció doña Dolce? —preguntó el capitán a don Íñigo.

—En la ciénaga Cabeza de Serpiente. Como a una jornada del fuerte.

—Recuerdo que había una cabeza de serpiente tallada en la piedra —recordó ella—. El indio que me perseguía no se atrevió a entrar en aquel templo. Tal vez le infundía temor por superstición o por ser un lugar prohibido por sus ancestros.

Quedó Ponce abismado en pensamientos, con los ojos más esperanzados que nunca.

Después miró a la física con semblante agradecido.

—Levantamos el campamento —ordenó.

—Excelencia, aún falta un tiempo para las primeras luces. No es conveniente caminar de noche. Descansemos y prosigamos al alba —solicitó la mujer ante las prisas de don Juan.

Nadie la tomó en consideración porque, tras lo dicho, todos nos dispusimos a partir con renovados bríos aprovechando el claror de la luna, ya sin el peso de los botes de agua. Quedaba escaso margen para que el barco zarpara.

Íñigo ayudó a montar a Dolce a lomos de Hechicera. Lo hizo con semblante grave, recordando lo dicho sobre las excursiones para ver los animales del parque. La miró con sus ojos turquesa.

—¿Quién es Will? —preguntó contrariado.

31

Hotel Miccosukee, Miami, Florida

En el solitario *parking* del hotel Miccosukee, Gottlieb aguardaba impaciente en la limusina. Movía compulsivamente su pierna derecha y miraba su Rolex una y otra vez. Darian, que oteaba el horizonte con los prismáticos, hizo una señal. El cristal tintado de separación interior se deslizó con un zumbido suave, la cabeza rapada de Morillo asomó tras él. «Señor, ya llegan». El jefe de seguridad entró en la limusina. Ambos sacaron sus pistolas automáticas, revisaron la munición de sus cargadores y enroscaron los silenciadores.

—Me iré con Dores en el helicóptero. Encargaros del profesor. Ya sabéis lo que tenéis que hacer. Después reuniros conmigo en la Universidad de Miami —ordenó Gottlieb. Su rostro había adquirido una tonalidad marmórea. Contener la cólera le hacía rechinar los dientes.

Enfundaron las armas bajo sus chaquetas y salieron a recibirlos a la explanada del *parking*. El Agusta Westland redujo su velocidad conforme se aproximaba al hotel, pero no inició la maniobra de aterrizaje. Quedó unos segundos suspendido en vuelo estacionario, a unos sesenta pies. Gottlieb hacía señas con la mano para que descendiera.

«¿Por qué no aterriza?».

El helicóptero viró sobre sí mismo y empezó a elevarse.

—¡Se va! ¡Maldita zorra! —rezongó Gottlieb antes de desenfundar su arma y disparar varias veces contra el helicóptero.

Dos proyectiles se incrustaron en el fuselaje, pero el tercero penetró por la cabina e hirió a Dores. Se llevó la mano al hombro sangrante y la aeronave viró descontrolada. Tras unos segundos de confusión, consiguió hacerse con el control y estabilizó el helicóptero. Se alejó a toda potencia hacia el este.

Los dos escoltas miraron a su jefe aguardando órdenes.

—¡Al coche, rápido!

32

Oído, que luego he de repetir lo dicho cuando os perdéis por darle a la sinhueso. Atended, que mis palabras aladas os llevarán hasta las hazañas de don Íñigo, el valeroso.

Aquel día, festividad de san Paulino de Nola, amaneció encapotado y a poco el día se fue poniendo oscuro como la noche. Se levantó un gran viento que zarandeó la arboleda y la mañana se cerró en agua. A los recios goterones siguió una cortina de lluvia tal, que apenas podía verse a tres pasos. Fue tanto el tronar y centellear del cielo que parecía que la naturaleza se había confabulado para llevarnos el fin del mundo. Como había grandes relámpagos, doña Dolce recomendó desprendernos de armaduras, espadas y lanzas porque, en campo abierto, los rayos se sienten atraídos por el metal. Así lo hicimos todos menos don Juan, que alegaba que el caballero que oculta sus armas también lo hace con su bizarría y, por cobarde, la honra desmerece. De esta suerte, altivo, llevando encima más hierro que Toledo, encabezó la comitiva pasada por agua. En aquellas estábamos cuando un gran estallido hizo temblar la tierra con tal fogonazo que nos dejó ciegos por unos instantes. Un rayo partió en dos, desde la copa a la raíz, una ceiba de sesenta pies. Don Juan quedó muy quieto, incapaz de dar un paso. Viéndolo aún armado, nos distanciamos de él por los muchos fucilazos que en el cielo restallaban. Entonces el capitán, conformado y con mal semblante, se despojó al fin de su armadura. No reímos por consideración, pero fuera de la vista del capitán, puse caras de burla, ahora de caballero de alta cuna que se mesa el mostacho con altanería, ahora chamuscado por un rayo, con pelos de punta, ojos bizcos y lengua tiznada en negro. Dolce se tapaba la boca para no hacerse oír en risas.

A la tarde, el cielo despejó las nubes, lució un sol espléndido y quedó una brisa húmeda y serena. Los campos estaban embarrados por las escorrentías del aguacero.

Tres morillas me enamoran en Jaén:
Axa y Fátima y Marién.
Tres morillas tan garridas
iban a coger olivas
y hallábanlas cogidas en Jaén
Axa y Fátima y Marién.

Iba yo por el camino tarareando tonadas de mi tierra, cuando la Dolce, al verme rezagado, se acercó para indagar del verdadero interés de Juan Ponce de León por la juvencia, el porqué de su insistencia de nueve años y la gran fortuna invertida. Le dije lo que suponía: que don Juan Ponce anhelaba juventud para su entrepierna alicaída, lo que menoscababa su hombría de caballero español. Ella reía mis ocurrencias y se inclinaba por la venta del brebaje por gotas a los hombres más ricos del mundo. Pero yo insistía que a don Juan los sesenta ya le quedaban lejos, que su barba era cana como hocico de perro viejo, que su cabello raleaba por la coronilla y la frente y, llegado a este punto, a todo hombre le llega el decaimiento. También lo supe por las caras de las indias jóvenes con las que yacía, que entraban rientes en su aposento y salían como de velatorio, desengañadas de la varonía del imperio. Ponce, verraco semental en otro tiempo con varios hijos bastardos, en los últimos años veía que su fogosidad no era la de antes y ponía sus esperanzas en la fuente de la mocedad eterna que, si no le otorgaba vigor eterno, al menos el justo para salvaguardar su hombría. Aproveché para ensalzar a mi señor pues don Iñigo era el caso contrario al de Ponce, que más lozanía fálica que la suya no podría la juvencia aportar, porque, cuando desenvaina lo suyo, bien podría usarlo como maza para clavar estacas. A Dolce le sobrevino tal ataque de risas tras mi ocurrencia, que sus mejillas se arrebolaron y dijo que debía divulgar mis chascarrillos ante nutrida audiencia.

Con estos pasatiempos y otras chanzas, dichas a espaldas del capitán, se fueron pasando los ratos hasta que un grito rompió el silencio. Dolce se llevó la mano a la boca al ver la cabeza de un hombre clavada en el camino. Cuervos y moscas se repartían el banquete. Mi señor los espantó y lo identificó como uno de los soldados de don Juan de Eslava. Los comedores de hombres debieron asaltarlo cuando se internó en el bosque para ballestear carne y expusieron su cabeza, tal como nosotros exhibíamos las suyas. Por los signos de putrefacción supo Dolce que feneció como a dos jornadas. En esas estábamos cuando mi señor mandó callar.

—¡Silencio!

Quedamos quietos, como santos en catedral. El bosque enmudeció y quedó la mañana parada, silenciosa, instalándose en el manglar la calma de los cementerios, la quietud sobrecogida de las cosas muertas. Es en el silencio donde se intuyen las adversidades, porque un campo mudo es mal agüero y barrunta contingencias. Sonó a lo lejos una caracola. Era una llamada lenta, como un lamento que recorría los bosques y se alzaba sobre las copas de los árboles penetrando en el corazón de los manglares. Volvimos a oírla repetidas veces. Don Íñigo propuso ir a ver con discreción, y eso hicimos.

En el desemboque, donde el río se unía al mar mezclando aguas dulces con salobres, agazapados como liebres tras unas rocas, vimos la mayor concurrencia de indios jamás vista. Acudían al sonido de las caracolas, pero no había mujeres, tampoco niños ni viejos, solo guerreros membrudos y fieros. Creed que no había menos de dos millares de calusas, y todos ellos se aprestaban para la guerra. Repasaban pinturas, hacían conjuros, afilaban hachas y lanzas, emponzoñaban flechas, emplumaban brazaletes y disponían antorchas junto al gran fuego. También hacían bailes, mascaban plantas y golpeaban tambores de tripa de bisonte. Los coloridos penachos delataban a los caciques, acomodados en sitiales de cañas. Supimos, pues, que varias tribus se habían unido para atacar el fuerte y contrarrestar las armas españolas.

Don Íñigo señaló a la orilla, allá se disponían más de un centenar de canoas de madera con las que los indios se desplazaban por los manglares. Hicimos junta para decidir si dirigirnos al fuerte, dar aviso y sumarnos a su defensa, si es que la guarnición no se había hecho antes a la mar; o marchar a la ciénaga Cabeza de Serpiente por temor a que Malasangre se adelantara. Hubo mucho debate, porque los indios tenían trazas de atacar pronto. Sabíamos que el fuerte no resistiría el envite de los caníbales, tan crecidos en número.

—¿Por qué carajo se encelan con nosotros? —preguntó el ballestero Higueras.

Don Íñigo dijo que los españoles que arribaron tiempo atrás con don Diego Caballero y don Juan Ortiz Matienzo, capturaron a muchos calusas haciéndolos esclavos.

—Pagaremos con su furia su resentimiento —se lamentó Cayuela.

Decían que los calusas eran un pueblo guerrero emparentado con los indios caribes por sus costumbres parecidas, porque también comían carne humana. Estaban agrupados en poblados dispersos, al sur de Bimini.

Propuso don Íñigo un plan para ganar tiempo. Intentaría retrasar el ataque calusa en tanto que don Juan Ponce mandaría un emisario para avisar al fuerte. Su Excelencia vio sensata la propuesta.

¿Cómo Íñigo de Velasco frenó el empeño a dos millares de caníbales?

Mi señor tenía visto que el campamento indio se asentaba en una explanada de arenas blancas, alejada como dos tiros de ballesta de la pequeña ensenada donde se varaban las canoas, que estaban custodiadas por seis indios. Aguardamos a que la luna progresara por la bóveda de la noche y, cuando los caníbales dormían, mi señor, junto a Higueras y Karames, silenciosos como gatos por techumbres, se deslizaron por la escollera hasta alcanzar las arenas. Allá, con cautela, se hablaron por señas. Don Íñigo señaló el primer trío de indígenas y se deslizó el pulgar por delante del cuello. Captado el mensaje, se echaron sobre ellos, les taparon las bocas y los degollaron. Después, reptando como lagartos, fueron hasta el otro grupo de tres, pero estos, al verlos, trataron de defenderse, pero los soldados ensartaron a dos con sus aceros y el último, bravo y fornido, puso resistencia, y como vio que eran tres los oponentes, huyó a la carrera hacia el poblado para dar la voz de alarma. Don Íñigo lo echó a tierra de un certero ballestazo. Luego se fueron a las canoas y, una tras otra, fueron echándolas al agua. Las corrientes de la desembocadura las empujó mar adentro y, a poco, se perdieron a la vista. Así fue como quedaron los indios incapaces para costear, como por costumbre tenían. Ponce, satisfecho por la valerosa empresa de don Íñigo, ordenó la marcha sabiendo que, sin embarcaciones, los caníbales habrían de hacer otras. Pero antes harían batidas para encontrar a los culpables. Llegadas las primeras luces del día, a muchas leguas se oían los lamentos y el arañar de rostros de los caníbales al descubrir que habían desaparecido sus canoas.

El capitán mandó a Cayuela dirigirse al poblado español, que estaba a una jornada de marcha. Llevaba el encargo de alertar de la inminente embestida calusa y aguardar nuestra llegada, con el fin de que no zarparan sin nosotros. Sin más dilación, los seis supervivientes emprendimos el camino hasta la ciénaga conocida como Cabeza de Serpiente. Y cuando creímos estar próximos, nos dispersamos por el manglar buscando el promontorio que Dolce describió. No fue fácil, pues aquellas tierras se inundaban con frecuencia y cambiaban de aspecto a cada poco. Tras mucho escudriñar, al fin apareció en la espesura el montículo verde. Identificamos el antiguo promontorio donde plantas y liquen se alzaban victoriosos en su pugna con la piedra. Columnas ceñidas de yedra asomaban tímidas, recatándose de ojos indiscretos. A simple vista parecía otero natural, pero era de fábrica humana con losas de piedra labrada de muchos quintales cada una. Sobre el dintel, apenas sobresalía entre lo verde una cabeza de serpiente con picos en el cuello a modo de collar de plumas. Doña Dolce sugirió que podría tener varios siglos. Separó la maleza y deslizó el dedo por la piedra enmohecida admirando la perfecta unión entre los sillares pese a su gran tamaño, lo cual requería mejor industria que las tribus indígenas de Bimini, que no levantaban más que chozas de madera y palma.

Poco interés mostró el capitán por las explicaciones de la mujer. Impaciente, buscaba la forma de entrar. La puerta estaba sellada por una gran losa redonda, como de un estadal de altura. La losa descansaba sobre una guía interior por la que antaño rodaba, pero estaba partida en lo bajo, formando un pequeño hueco por donde Dolce se coló con dificultad. También pude entrar yo por ser redrojo, pero no pudieron los demás. Entonces desbrozamos los alrededores y, con palancas y maromas tiradas por las caballerías, pudimos mover la losa como un palmo y abrir lo justo para entrar a gatas, como hurones en madriguera. Don Íñigo y Karames prendieron dos teas y mi señor mandó al ballestero Higueras custodiar la puerta y las caballerías, con encargo de dar la voz de alarma ante cualquier contingencia.

Prevenidos, accedimos a un mundo oscuro. Estaba el aire viciado por hedores viejos. En las alturas, mantos de arañas colgaban de los capiteles, grandes como cortinas de tul. Raíces y lianas se abrían paso entre los sillares y pendían siniestras, como dogales de ahorcado. Las yedras tapizaban las paredes y ocultaban los relieves, que los había y de gran mérito. Descendimos por las escaleras que daban a una planta soterrada donde dimos con otra losa redonda apoyada en guía de piedra; como la de la planta superior, pero esta permanecía a medio abrir. Silentes para no profanar el silencio, entramos en una sala amplia y redonda, como un mausoleo abandonado. El suelo fangoso y pestilente. Tapamos nuestras narices para eludir el intenso hedor que envenenaba el aire que, de mucho tiempo cerrado, escaseaba y costaba respirar. El tiempo parecía haberse detenido en aquel templo abandonado en siglos. Cuando don Íñigo elevó la tea vimos con espanto cómo el techo latía. Cientos de pájaros orejudos de buen peso, inquietos por nuestra presencia, pendían cabeza abajo con las alas plegadas y nos miraban con ojos pasmados. Ponce mandó callar para evitar estampida. Supe entonces que el fango bajo nuestros pies no era sino el guano fétido de aquellos seres colgantes.

Tallada en la pared, una cabeza grande de serpiente y figuras de hombres y símbolos extraños. En el muro opuesto, un hombre alado con cabeza de serpiente portaba una pequeña vasija. Ante él, otro arrodillado que, sumiso, ofrecía al cielo el cuenco de sus manos. Eran relieves paganos cuyo arte Dolce valoraba pues, según dijo, fueron hechos por antiguas culturas. Había en el centro de la sala una losa de piedra grande, que bien pudo ser un altar para adoraciones o sacrificios. A lo redondo, bancadas de piedra y, en las paredes altas, doce alhacenas oscuras como nichos, cuyo uso desconocíamos. Estos huecos estaban marcados con símbolos que no supimos interpretar.

Doña Dolce palpaba paredes y relieves, e Íñigo la imitaba por si en ellas se topaba con mecanismos secretos, pero, por más que manosearon las mugrosas piedras, nada encontraron. Dolce, tras mirar los relieves de lado a lado, dijo: «Es aquí, sin duda». Llamearon los ojos de Su Excelencia. Con la atención más patrocinada por la codicia que por la curiosidad, exclamó con impaciencia: «¡¿Dónde te escondes?!». Su ansia por la juvencia le nublaba los sentidos y la paciencia. El adelantado porfiaba y trasteaba acá y allá e interpretaba los relieves a su modo, ahora pidiendo a Karames que lo elevara para tirar de la boca de la serpiente, ahora empujando cada filigrana, ahora pateando cada losa del suelo. Sus golpes despertaron a algunos pájaros colgantes que revolotearon por la sala con alboroto de alas. Eran hermosos como conejos. Cuando, fatigado, cesó en su empeño, puso la mirada en la gran serpiente plumada, ídolo central del templo. Como vio que en su pecho había un círculo bordeado de ojos, pensó que invitaba a fijar la vista en él. Empujó pues con fuerza y la piedra se hundió como un palmo al tiempo que Dolce gritó: «¡No!». Debíais ver cómo la tierra tembló y cómo los pájaros orejudos se desquiciaron y volaban por la sala chocando con las paredes. La rueda de piedra de la entrada empezó a rodar lentamente. Otro tanto hizo la de la planta superior. Quedó Higueras fuera del templo por salir muy a tiempo, pues la losa a un tris estuvo de aplastarlo por intentar detenerla.

Bajo las bancadas manaron grandes surtidores de agua que inundaron la sala cuyo nivel subía veloz sembrándonos el pánico. Quedaron ambas puertas selladas, sin más luz que la tea que sostenía don Íñigo, pues al arcabucero se le cayó al agua cuando la tierra tembló y los pájaros loquearon. Me santigüé y me encomendé al cielo. En el estrépito del agua, Dolce informó al capitán que aquel círculo en el pecho de la serpiente circundado en ojos era una trampa prevista para ladrones ingenuos. Los pájaros peludos chillaban y cómo golpeaban nuestros cuerpos con gran dolor. Mi señor intentó mover la piedra de entrada, pero no pudo y, a poco, nos vimos con el agua al pecho. Don Íñigo señaló uno de los nichos altos y nos ayudó a trepar hasta él. Allá nos guarecimos para evitar que los pájaros dientudos nos lastimaran, en la esperanza de que la inundación no progresara. Desde la altura veíamos a los animales chocar contra las paredes y caer al agua, chillando como niños recién paridos.

Acuclillados en el nicho, las telarañas cubrieron nuestras cabezas como mantillas de novias. Apretados los cinco en torno a la antorcha de mi señor, con el corazón en la boca, aguardamos órdenes del capitán. Pero Su Excelencia se hallaba sobrecogido con el aletear de los pájaros sobre el agua. «Mal lugar para irse con Dios», dijo exhalando un vaho blanco junto a la luz titilante de la tea. Don Íñigo miró a Dolce, como aguardando una solución mientras el nivel del agua ascendía raudo. Ella trataba de memorizar los relieves, como buscando en ellos algún sentido. Llegados a este punto, resolví que lo mejor sería encomendarse a Dios, y me dispuse a rezar.

Doña Dolce pidió la antorcha a Íñigo, lo asomó a la bóveda y miró en derredor. En uno de los doce nichos, dijo, debía haber una salida, pues el agua se aliviaría por alguno de ellos, pero no lograba identificar las marcas que los presidían. Don Íñigo quiso lanzarse al agua y buscar en cada uno, pero Dolce se lo impidió por temor, pues no podía verse cosa ninguna en lo oscuro. Apreté el escapulario de la Virgen de la Capilla, me hice cruces y seguí con mis rezos: «Creo en Dios, Padre todopoderoso, Creador del cielo y de la tierra...». Dios debía andar ocupado en las campañas europeas del emperador don Carlos, pues nunca acudió a socorrernos pese a las invocaciones. O tal vez, por pecadores, era Él quien apretaba la sagrada soga en nuestros pescuezos. Llegados a este punto, había que disponerse a fenecer. Cuando el agua empezó a entrar en el nicho arrecié la voz para hacerme oír por el Hacedor: «¡Creo en Jesucristo, su único Hijo, Nuestro Señor, que fue concebido por obra y gracia del Espíritu Santo...!». Por si no me escuchaba, juré a la Virgen de la Capilla, a San Ildefonso y a cualquier mediador celestial que anduviera cerca, que si intercedía por nosotros, doblaría mis atenciones con la Santa Iglesia y adecentaría mi vida pecadora. Y dicho esto, o pensado, pues todo transcurrió en el tiempo de un suspiro, me santigüé repetidas veces para no fenecer impenitente. Cuando las aguas cubrieron nuestros rostros y la tea se apagó, todo se tornó negro, y ya sí me vi en la sepultura. Entonces me acudió tal pánico que, según dijeron después, me torné como poseído, voceando bajo el agua, implorando perdón al Altísimo: «Fue crucificado, glu, glu, glu... muerto y sepultado, glu, glu, glu... descendió a los infiernos, al tercer día resucitó de entre los muertos... glu, glu, glu...». Con la razón arrebatada, pateé las paredes del nicho bajo las aguas negras de tal suerte que mi bota acertó con un sillar medio suelto y otros más que se desprendieron. De esta forma se aliviaron las aguas por el hueco abierto y todos fuimos arrastrados por la corriente por una rampa oscura hasta ser vomitados desde las alturas a un estanque subterráneo cuyas aguas amortiguaron nuestra caída. Solo cuando me aseguré de que mi paquete testicular seguía donde corresponde, me atreví a preguntar si habíamos llegado al paraíso ya y san Pedro acudiría a tomarnos la filiación. Salimos del agua y, al vernos vivos, celebré ser el descubridor de la salida: «No sé qué haríais sin el gran Gualas». Cuando acabó de toser, a un pique de ahogarnos, doña Dolce me abrazó y besó mi frente. Implado de satisfacción como un pavo real, reconocí que la gallardía y la templanza para hallar salidas en los aprietos eran cosa habitual en mi persona. Don Íñigo enarcó una ceja a la fanfarronería.

Pese a haber descendido varios niveles bajo tierra, llegaba a la sala del estanque una luz tenue cuya procedencia pronto conoceríamos. El soldado Miguel Karames no respondió a las llamadas. Dolce señaló al estanque y allá le vimos flotar. Don Íñigo se apresuró a cogerlo, pero el escopetero había enturbiado de sangre las aguas. Tuvo la desdicha de clavarse su propia daga al caer. Mi señor cargó con el pesado cuerpo del arcabucero hasta recostarlo en las losas de arenisca. Con un hilo de voz, Karames suplicó a mi señor que lo rematara para no demorar la vuelta al poblado. Dolce meneó la cabeza cuando vio asomar por el vientre la manzana de la empuñadura.

Lamentó no disponer de material y medios para asistirlo. Entonces Ponce, que ardía de impaciencia y no hacía más que mirar el origen de la luz, suspiró simulando compasión y, asiendo su puñal, habló: «Es honor para un soldado fenecer con dignidad y está en nuestro deber evitar padecimientos a tan fiel vasallo». Don Íñigo, harto de la codicia de Su Excelencia, llevó su mano al pomo de su espada y le lanzó una mirada feroz. Ponce captó el mensaje, envainó y suspiró, resignado. Viendo al bueno de Karames tan alicaído y próximo a expirar, puse mi mano en su pecho y dije: «Aguantad bravo Karames, que habréis de ver con vuestros ojos las riquezas que nos prodigará la juvenca». Dicho esto, don Íñigo exclamó: «¡Eso es! ¡La juvenca puede salvarlo!». Todos miramos a la luz del fondo. Y yo, sin falsa modestia, de nuevo hice ver que las grandes ideas siempre procedían del gran Gualas. Don Íñigo volvió a levantar la ceja.

Quedó la mujer al cuidado del moribundo y marcharon los caballeros. Y yo con ellos. La sala del estanque era de generosas proporciones, con techos altos como en catedral. Sugería una vasta basílica abandonada cuyos límites soterrados aún desconocíamos. La humedad mojaba el suelo y las paredes, en las que se repetían relieves majestuosos con escenas humanas y símbolos paganos, sin una sola cruz. Al fondo de la gran sala del estanque había un muro con hueco sin puerta del que surgía una claridad azulada, un soplo de luz que se destilaba tímida hasta nosotros. Allá fuimos y, cuanto más nos acercábamos, más intensa era la luz.

Junto al umbral vimos esqueletos humanos vestidos a jirones. Se oía entre ellos el rebullir de ratas y grandes insectos de muchas patas. Dijo don Íñigo que eran antiguos custodios del templo, por las armas que junto a ellos había.

Se abrió ante nosotros una gran sala redonda iluminada con una claridad que, siendo mortecina, se adhería a las sombras como polvo brillante y otorgaba a la estancia tal hermosura que resulta difícil describirla. Era una sala majestuosa con cúpula de piedra labrada a maravilla. Su forma era la de un hemisferio perfecto con relieves y filigranas de muy bella factura con representaciones de hombres y grandes cabezas de serpientes plumadas. En el centro del piso se erguía un pedestal cilíndrico de granito y, sobre él, un arca de piedra tallada, como el sarcófago de un niño. Ponce quiso ir, pero Íñigo le aferró el brazo. «Aguarde, Excelencia». Desde la puerta, mi señor buscó el origen de la luz pues, pese a estar bajo tierra sin candiles ni pebeteros, podíamos ver. No supimos entonces las razones del prodigio luminoso. Don Íñigo se quitó el chambergo mojado y lo lanzó sobre el arca. Quedó atravesado por decenas de flechas y púas lanzadas desde orificios disimulados en las paredes. Tragamos saliva en garganta seca. Luego Ponce lanzó su jubón y no hubo más flechazos, por lo que entramos con pasos suspicaces, sin separarnos, temiendo nuevas trampas. De esta manera, sin perder ojo a todo cuanto acontecía, nos fuimos aproximando al arca pasito a pasito, pisando los tres en la misma losa cuando, a mitad del trecho, espalda con espalda, un hedor nauseabundo inundó la sala hasta el punto de que Su Excelencia dio arcadas. Don Íñigo reconoció como familiar la fetidez y exclamó: «¡Gualas, hijo de mala madre!», a lo que yo me excusé con humildad: «Dispensad, son los temores».

Situados frente al arca estuvimos un tiempo observándola, temiendo que al abrirla pudiéramos sucumbir por cualquier razón. En la tapa y costados tenía filigranas labradas con símbolos extraños y muy apretados rebuscamientos. Destacaba entre ellos la figura de un hombre sentado junto a otros muchos, como predicando. Ponce, impaciente, tocó la tapa con el índice. Dejó en el polvo la marca del dedo. Temerosos y prevenidos, miramos en derredor, pero nada sucedió. Después posó las palmas de sus manos sobre ella.

Nada acaeció. Luego solicitó ayuda a Íñigo para elevar la pesada cubierta. Apenas la levantaron la luz se apagó y quedamos en las tinieblas, por lo que volvieron a dejarla en su lugar, y la luz volvió. Y cada vez que destapaban el arca la luz moría y la negrura se apoderaba de la estancia. Decidieron entonces deslizar la tapa sobre el arca dejando un resquicio por una esquina. Había en su interior una veintena de vasijas de metal labrado a maravilla, encajadas en huecos y selladas con tapones de cera.

—¡La juvencia! —murmuró Ponce, con los ojos muy abiertos.

Eran los recipientes de metal con panza ancha y cuello estrecho, como de medio palmo cada vasija. Tenían la misma forma que los representados en los relieves de las paredes en manos del hombre alado con cabeza de serpiente. Cuando Ponce tomó una, volvió a apagarse la luz y quedamos en tinieblas. «Dejadla en su lugar», pidió Íñigo, y cuando lo hubo hecho la luz se hizo, como en el día de la creación.

Alguien o algo se aproximaba a la entrada y arrastraba los pasos como las almas en pena. Íñigo desenfundó y quedó prevenido. A poco apareció Karames apoyado sobre Dolce, que le ayudaba a caminar renqueante. «Deseaba ver este momento», musitó el escopetero poco antes de desvanecerse en brazos de la mujer. Íñigo informó a Dolce lo que contenía el arca y cómo la estancia quedaba a oscuras cuando sacaban de ella una de las vasijas. Entonces pidió a la mujer que sujetara la cabeza de Karames y, cuando la luz se apagase, a tientas, vertería en su boca parte del líquido de una de las vasijas. Así lo hizo. Ponce se ofreció a llevar la juvencia a oscuras, sin que pudiésemos movernos del sitio preciso donde nos hallábamos, temiendo nuevas acechanzas. Con la ayuda de Dolce, sin más orientación que el sonido, desprecintaron el tapón de cera de una vasija y vertieron un trago en la boca del soldado, al tiempo que Dolce extrajo con cuidado la daga de su vientre y presionó el boquete por el que se le escapaba el alma. Don Juan, a tientas, devolvió la vasija al arca, pero la luz ya no volvió.

Decía Dolce que si la luz se apagaba cuando se alteraba el peso del arca, no era un milagro, como sugería don Juan, sino un ingenio mecánico que dejaba de funcionar si el peso no era exacto al que debía tener. Era un sistema para impedir el robo. Dijo que debíamos incorporar al arca un peso igual al líquido gastado. Pero como estábamos sumidos en las tinieblas y nada veíamos, no era fácil encontrar algo para compensar. Dolce se arrastró hasta los esqueletos, tomó un hueso y, a tientas, lo golpeó contra el suelo. Íñigo, guiado por el sonido, asió el hueso y siguió las indicaciones de la mujer, que era machacarlo y depositar en el arca pequeñas esquirlas cuyo peso sustituyera al líquido empleado en Karames. Había de hacerse con industria, pues si se excedía en el peso, la luz tampoco volvería y habría que empezar de nuevo. Mi señor, a tientas, fue introduciendo pizcas de hueso, una tras otra, hasta que el peso se equilibró y la luz se hizo. Todos respiramos aliviados.

Tras el tiempo transcurrido desde la ingesta, di en pensar que Karames habría rejuvenecido y su herida sanado, pero seguía desfallecido e inconsciente. Ponce preguntó a la mujer si estaba vivo. «Aún lo está, pero se muere», respondió. Aguardamos a que el efecto prodigioso de la juvencia reparase sus daños, pero su vida se consumía como la llama de una palmatoria. Al fin, tras un ronco estertor, el bueno de Miguel Karames expiró dedicándonos una sonrisa agradecida antes de sumirse en la oscuridad eterna. Que Dios lo tenga en su gloria. Desalentados, nos preguntamos cuales eran los poderes de la juvencia. Si la milagrosa fuente de mocedad no rejuvenecía ni sanaba a un enfermo ¿qué valor tenía? ¿Para qué entonces tanta ocultación y secreto?

Don Íñigo cerró los párpados al fiel soldado y situó el cuerpo junto a los esqueletos de los guerreros custodios. Tomó las manos del finado y rodeó con ellas la empuñadura de la espada que dispuso sobre su pecho, como yacen los hidalgos. Lamentó no disponer de sarcófago ni tierra santa para darle cristiana sepultura.

—Debemos salir de aquí —dijo don Íñigo, tras la plegaria.

—¿De dónde surge la luz? —Dolce miró hacia la cúpula.

—Lo desconozco, pero no conseguiremos salir de aquí a ciegas —don Íñigo también lo miraba todo.

Ponce dijo que había que rendirse a la evidencia porque aquel templo pagano se hizo para custodiar el contenido del arca, y tanta grandeza y ocultación no podía ser por otro motivo que no fuera custodiar aquellas vasijas, cuyo contenido debía ser la juvencia.

Doña Dolce propuso averiguar el origen de la luz. En tanto acordaban lo conveniente, quedé con el difunto aliviando sus pertenencias. Diréis que no es decente robar a un muerto, pero ¿acaso necesitaba los dineros allá donde marchaba? La sorpresa fue que al empujar su pesada espalda vi sobre su cerviz un tatuaje que nunca antes viera:

En seguida di aviso a los demás. Dolce aseguró que no estaba en su cuello cuando curó la picadura del tábano. Aquello causó mucha extrañeza y sospechamos que lo escrito salió tras probar la juvencia.

—Son siglas y una cifra en números romanos —dijo la física.

Se hizo un silencio solo turbado por el rumor de la cascada incesante del estanque, al fondo.

—¡Se está borrando! —exclamó don Juan.

Y así fue. La misteriosa marca desapareció del cadáver ante nuestros ojos. Estremecidos por el prodigio, nos miramos unos a otros.

—Señal divina y santa de Jesucristo —añadió maravillado Ponce.

Rezamos un padre nuestro por el alma del escopetero y por la nuestra propia, temiendo ser los próximos en acudir a la llamada del que te todo lo ve.

33

Sobrevolando el parque Rubén Darío
Miami, Florida

—No fue buena idea comprobar si esperaban en el hotel o iban camino de la universidad —se lamentó el profesor Castillo.

—Solo es un rasguño —Dores Barberán, con el rostro desencajado, se aferraba a los controles del helicóptero. Un dolor atroz le mordía los músculos. La sangre empapó la manga izquierda y goteaba por el puño. Castillo, nervioso, no sabía qué hacer.

—Vayamos a un hospital —sugirió.

—No queda tiempo. Hay dieciséis millas en coche desde el... hotel Miccosukee... a la Universidad de... Miami en Coral Gables. —Dores hablaba con palabras entrecortadas por el intenso dolor—. Llegaremos en pocos minutos. La ruta... más corta que Gottlieb puede seguir es... por Palmetto Expressway. Dispones de veinte minutos.

—¿Veinte minutos para qué?

—Para localizar a la doctora Lauper antes... de que Gottlieb llegue a la universidad. No dejes que la juvencia caiga en sus manos. Utiliza tu identificación como profesor español. No olvides que te... llamas Felipe Serrano. ¿Llevas dinero?

Castillo asintió.

—En este país todo tiene un precio.

Dores introdujo el brazo sano bajo su asiento y sacó un revólver y una caja de munición que entregó al profesor. El español lo rehusó.

—No sabría usarlo. Si Gottlieb te encuentra te hará más falta a ti que a mí.

El Agusta Westland sobrevoló el campus universitario de Miami mientras Castillo, inquieto, no dejaba de mirar a Dores ni un solo instante. Tenía la cara desfigurada por el dolor y estaba cada vez más pálida.

—Dame tu teléfono —solicitó Dores.

—Seis, ocho, ocho, tres, dos...

—Me refiero al aparato, ¡bobo! —esbozó un gesto ambiguo que pretendía ser una sonrisa, pero sin terminar de serlo.

Entendió que no conseguiría animarla.

Sobrevolaban el lago Osceola cuando abrió la ventanilla y lanzó al aire su terminal y el de Castillo. Terminaron en el fondo del estanque. El profesor sabía que los teléfonos de Castle Moriá estaban controlados por Gottlieb y dedujo que podían ser localizados. Desactivó también el sistema de posicionamiento de la aeronave.

—No podré ponerme en contacto contigo —dijo angustiado.

—Yo te encontraré —Dores esbozó una sonrisa lacónica.

El helicóptero descendió suavemente y tocó tierra junto al lago, en una gran explanada de césped conocida como Yaron Field. Castillo miró el hombro sangrante de Dores e improvisó un torniquete con las vendas del maletín de primeros auxilios.

—Se hace de noche. No puedo esperarte. Lo entiendes, ¿verdad? —señaló su propio hombro. Él asintió—. Suerte profesor —su voz volvió a desfallecer.

El español la miró enternecido y le acarició la mejilla. Dores, acostumbrada a captar la expresividad del profesor y el lenguaje de sus ojos, sonrió.

—Yo también te quiero —se adelantó ella en un susurro. Una lágrima se deslizó por su rostro exánime.

La besó en los labios, salió del helicóptero y corrió en dirección al Stanford Residential College, ya dentro del campus. Se detuvo unos segundos y giró la cabeza. Vio al helicóptero desaparecer por el cielo de Miami. Hacia el oeste.

34

Quedamos impactados cuando vimos desaparecer la extraña marca sobre la nunca de Karames, sin saber si aquel prodigio era obra de Satanás o del Redentor. Dolce, que intuía nuevos peligros, insistió en salir de allí cuanto antes, y lo primero fue averiguar la procedencia de la luz. Propuso mirar en el interior de las cuencas vacías de los ojos de las grandes serpientes emplumadas, en la base de la bóveda. Pero como estaban a buena altura, no menos de dos lanzas, don Íñigo se situó cara a la pared con las manos extendidas ofreciendo su espalda para que Ponce subiera por él. Estando el capitán sobre los hombros de mi señor, me mandó subir a los suyos, y ascendí por ellos aferrándome a los relieves haciendo torre humana de tres. Y fue en este orden debido a la corpulencia de cada cual, tocándome a mí, por ser menudo, la mejor parte, pero la peor en la caída si fallaba la base temblorosa que me sustentaba.

Simulé no escuchar las maldiciones del capitán al verse en aquella tesitura humillado por un vulgar escudero. Fue muy gozoso pisar la cabeza de Su Excelencia pretextando no alcanzar, lo hice por si no me viera en otra coyuntura. Ponce pensaba que la torre humana habría de ser como la vida misma, los nobles arriba y los lacayos y pecheros pisados en lo bajo.

Alcancé el nicho redondo y vi que tenía como dos codos de anchura y, a unos tres palmos dentro, había un espejo fijado a un eje. Dolce dijo que en él se reflejaba la luz del sol, que saltaba de un espejo a otro en cada nicho, siendo el último el que guiaba la luz hacia la bóveda, y allí se esparcía en claridad, sin más artificios. De esta manera parecía cosa milagrosa, sin serlo. También dijo que bajo el arca debía haber un mecanismo de precisión que se ponía en marcha cuando menguaba el peso de su contenido, momento en que el primero de los tragaluces privaba de luz a los demás espejos quedando todo en tinieblas. Debíamos, pues, localizar el nicho que recogía la luz del día, en él no habría espejo, sino alguna tapa giratoria que ocultase la claridad cuando se ponía en marcha el mecanismo del arca. En este empeño hicimos nuevas torres humanas en cada uno de los nichos, y nuevas ocasiones tuve de pisotear a don Juan Ponce, que no entendía mis excusas para no descalzarme, ni mis achaques por los continuos resbalones por su cabeza en la que untaba el guano pestilente adherido a mis suelas.

Al tercer intento descubrí el caño de luz por donde se filtraba el día. Cierto era, como predijo Dolce, que a medio tramo de la rampa había una tapa de madera que, al girar un cuarto de vuelta, bloqueaba el paso de la luz. Gateé por el túnel rampante cegado por la claridad del cielo, al fondo. Fue duro el ascenso porque las paredes eran lisas y curvas, y no encontraba dónde asirme. Apoyé la espalda en un lateral y, con las piernas flexionadas en el lado opuesto, fui avanzando palmo a palmo hasta aferrarme el eje de la tapa y bloquear su giro metiendo un cuchillo en la ranura. Así lo hice y pudimos ver. Asomé mi cabeza y les di aviso.

Dolce se desprendió de su camisa y con ella fabricó una talega e introdujo las vasijas de juvencia. Silentes, contemplamos su torso semidesnudo. Vimos cómo sus pechos rotundos latían bajo la prenda negra que los sujetaba que, por escasa, permitían adivinar sus dos turgentes senos. Cuando Íñigo me vio alargar el pescuezo y eclipsarme en el canalillo intermamario, frunció el entrecejo, se desprendió de su camisa para entalegar la juvencia y devolvió la prenda a la dama para cubrirse. Ella la aceptó sonriente, viendo en mi amo asomos de enojo. Tardío fue el recurso, pues ya desnudé sus pechos con los ojos de mi mente.

Con la ayuda de don Íñigo desde lo bajo y de mi mano desde lo alto, Dolce alcanzó el nicho y ambos gateamos con mucha estrechura por la rampa lisa. Ascendimos con dificultad hasta aferrarnos al eje de la tapa, a medio camino, pero la madera estaba podrida, no soportó el peso y se quebraron los palos. La mujer no encontró dónde agarrarse y cayó por la rampa justo a tiempo de aferrarse a mi pie. Quedó suspendida y en peligro de precipitarse por la bóveda. Desgarrado por el dolor —pues a partir de entonces pensé que me quedaría una pierna más larga que la otra— le aproximé el trozo de madera que sujetaba la tapa y voceé: «¡Por vuestra madre, agarraos al palo que me descoyuntáis la ingle!». Así lo hizo y pude elevarla hasta los mechinales donde la madera se fijaba al eje, y allá anclamos los pies para alivio de nuestra forzada postura. Veíamos el cielo a menos de medio tiro de piedra sobre nuestras cabezas, casi podíamos tocarlo. Cedí el paso a la señora y me situé en su retaguardia. Fijé mis ojos en sus orondas posaderas y allá ponía mis manos para empujar cuando resbalaba en el piso musgoso, a fin de ayudarle en el ascenso. Ella renegaba: «No pierdes oportunidad, ¿eh?». Confieso que sopesar el trasero de la bella dama fue lo más deleitante de aquella áspera empresa.

Salió, al fin, por la abertura que daba al bosque y fue a llamar al Higueras, que custodiaba las caballerías. Mucho se alegró el ballestero de sabernos vivos. Pronto largó una soga por el túnel y, aunque la maroma no ganó todo el recorrido, bastante hubo para que los caballeros pudieran asirla a saltos y ascender por turnos. Aferrados a ella, ganamos el túnel y salimos al bosque poniendo nuestras manos en los ojos, cegados por el claror. Con la juvencia en poder de Ponce, pisando la tierra, nos dimos a la brisa y al sol y fue un gozo inspirar aire limpio. Cambió su alegría el Higueras cuando supo que el alma de su amigo Karames ya no era de este mundo. Entonces nos santiguamos en el nombre dulcísimo de Jesús y rezamos por nuestra salvación y por el alma del difunto, que dejó vida y cuerpo en aquel templo maldito.

Mugrosos, magullados y hambrientos, con las ropas hechas girones y hediendo a mierda de pájaros dientudos. Tal era nuestra apariencia. No habría persona en el mundo capaz de distinguir a caballeros de honra de porquerizos metidos en faena. A Ponce se le veía alegre aferrado a su hato, del que no se separaba ni en los momentos en los que el cuerpo le solicitaba alivios menores y mayores.

Dolce pidió al capitán ver una de las vasijas y Su Excelencia, receloso, preguntó el motivo. Ella alegó que deseaba observarla a la luz de día. Reticente, sacó una de las vasijas y la entregó a Dolce que la contempló admirada. Dijo ser como la que tuvo en sus manos en el laboratorio, antes de perder el sentido. Intentó abrirla para ver el contenido, pero Ponce se la arrebató: «Tiempo habrá de comprobaciones. Ya malgastamos suficiente con Karames». Ella torció el gesto, pero guardó silencio por prudencia.

Dimos un rodeo al promontorio reparando lo impensable de que aquel pequeño túmulo, inadvertido entre la maleza, guardara en sus entrañas un templo majestuoso tan lleno de peligros. Pero aún nos aguardaba una inesperada sorpresa.

35

Universidad de Miami, Florida

El profesor Castillo caminaba de prisa, sin saber bien a dónde dirigirse. En un edificio leyó: Clarke Recital Hall. De él salió un joven a quien preguntó por el Departamento de Antropología Forense, pero no entendió la explicación porque citó nombres de varios edificios que él desconocía. El campus de Coral Gables era enorme, albergaba dos universidades y numerosas facultades a lo largo de doscientas treinta hectáreas. No disponía de tiempo. Recordó la frase de Dores: «En este país todo tiene un precio». No se lo pensó. Sacó de la cartera un billete de cincuenta dólares y, con un gesto perentorio, lo mostró al joven, que en seguida se dispuso a acompañarle. Recorrieron un buen trecho por las instalaciones, atravesaron jardines, senderos con parterres floreados y calles por las que Castillo apremiaba al alumno instándole a caminar más rápido. Finalmente, el joven se detuvo y señaló un edificio. «Es aquí», dijo en inglés. Castillo le entregó el billete, le estrechó la mano y le dio las gracias.

Miró a través del cristal de la puerta deslizante. En la entrada, un vigilante leía la prensa tras un mostrador. Angustiado, miró la hora. Gottlieb llegaría en diez minutos. Inmóvil, aguardó hasta que su corazón estabilizara sus latidos. Estaba a siete mil kilómetros de su casa, en un país al que entró de forma clandestina con documentación falsa, con un jefe excéntrico que quería matarle, en una universidad que no conocía, buscando a una profesora a la que no había visto jamás. Sintió náuseas. Ni siquiera sabía si la doctora Lauper se encontraba en el campus en ese momento. Intentó mantener la calma y miró a su alrededor. Cortó una rosa del jardín y, tras una honda inspiración, entró en el vestíbulo, sonriente. El vigilante le miró de arriba a abajo. No le conocía.

—Buenas tardes. ¿Qué tal? —saludó jovial en inglés.

El vigilante, un hispano fornido de tez tostada, primero le escrutó, después sonrió levemente.

—¿Español, verdad?

Castillo, aliviado al comprobar que hablaba su idioma, trazó una mueca cómplice y asintió sin desdibujar su fingida sonrisa.

—¿Tanto se nota?

El vigilante hizo un gesto afirmativo.

—Tal vez pueda ayudarme. Llevo poco tiempo en la facultad y aún no conozco el campus. Estoy buscando a mi compañera, la doctora Brenda Lauper.

—¿Quién le busca?

—Soy el profesor Serrano —mostró su acreditación docente. El empleado tomó nota del nombre en el cuadrante de visitas.

El vigilante miró la rosa que llevaba en la mano y pensó que se trataba de un pretendiente de Brenda. Otro más. «Cada vez se los busca más mayores», pensó. Marcó en el teléfono el número del Departamento de Antropología Física y Forense, pero nadie contestó.

—Debe haber salido.

—Pensé que estaba en su departamento —el profesor fingió incredulidad dando por hecho algo que desconocía.

—Estaba en su despacho hace un momento. No la he visto salir. Tendrá que esperar aquí. Castillo asintió de mala gana y miró de nuevo su reloj. Se le acababa el tiempo. Gottlieb estaba a punto de entrar en el campus. Vio que el vigilante leía la sección de deportes del Miami Herald.

—¿Le gusta el fútbol?

—¿Se refiere al *soccer*? Lo practico en mis ratos libres —asintió sonriendo el fornido vigilante —aunque aquí somos más de béisbol y fútbol americano.

—Se mantiene usted en forma, no hay más que verlo —halagó el profesor—. En mi país hay auténtica pasión por el fútbol, quiero decir por el *soccer*. Se mueve mucho dinero.

—En Europa se han vuelto locos con los fichajes. En la Major League Soccer americana no se permite pagar esas fortunas por un jugador —negó el vigilante meneando la cabeza—. Una vez llevé a mi sobrina a un partido de Los Ángeles Galaxy cuando fichó a David Beckham procedente del Real Madrid. Volvía locas a las adolescentes —sonrió.

Castillo miraba continuamente el reloj y reparó en la cámara de seguridad que, en un ángulo del techo, grababa el vestíbulo. No quería cometer el mismo error que en el archivo de Indias.

—¿Cómo dijo que se llamaba? —preguntó el profesor.

—No lo dije, pero me llamo Gregor.

—Me cae bien, Gregor —dijo estrechándole la mano—. Nos veremos a menudo a partir de ahora. Me gustaría pedirle un favor.

—Usted dirá.

Castillo cogió uno de los trípticos informativos para alumnos que había sobre el mostrador, se puso de espaldas a la cámara e introdujo en el panfleto un billete de cien dólares. Después deslizó el folleto hacia el vigilante.

—Quisiera darle una sorpresa a la doctora Brenda, ya me entiende… —le mostró la rosa—. Si me dice cuál es su despacho la esperaré allí.

El vigilante puso el tríptico bajo el mostrador.

—Primera planta, ala norte, tercera puerta a la derecha del ascensor —le entregó una acreditación plastificada con una cinta de color azul. En la tarjeta podía leerse: «University of Miami. Security Check».

—Gracias Gregor —se colgó al cuello la identificación de seguridad—. Creo que vamos a ser buenos amigos.

Se precipitó escaleras arriba y, conforme ascendía, notaba cómo le flaqueaban las piernas. Caminó por el corredor del ala norte, poco concurrido a esas horas. «Tercera puerta a la derecha del ascensor». Al fin se detuvo y leyó el rótulo: «Dr. B. Lauper. Physical and Forensic Anthropology». Se anunció con los nudillos, pero nadie contestó. Giró el picaporte y asomó la cabeza. Las luces del despacho estaban apagadas. Avanzó por el pasillo abriendo puertas hasta que en una sala se topó con dos hombres con batas blancas. «Dr. B. Applewhite. Radiology», leyó en el bolsillo del tipo que sujetaba una radiografía. Preguntó por la doctora Lauper. Ambos miraron la rosa que llevaba en la mano y sonrieron discretamente. Le indicaron que se encontraba en el laboratorio del doctor John Tisdale, última puerta al final del corredor. Miró el reloj y recorrió inquieto el pasillo. Vio luz a través de los ojos de buey de la doble puerta. Junto a ella, otro rótulo: «Radiocarbon Dating». Notaba el pálpito de su corazón en las sienes. Empujó la puerta y accedió. Se alarmó al descubrir a una chica en el suelo, sin conocimiento. En el bolsillo de su bata leyó: «Dr. B. Lauper». Intentó reanimarla con palmaditas en las mejillas y llamándola por su nombre, pero no consiguió hacerle reaccionar, aunque, por el pulso de su cuello, supo que estaba viva.

El tiempo le atosigaba. Echó un vistazo al laboratorio. En la mesa de exploración había un esqueleto sobre el que habían dispuesto algunos objetos metálicos oxidados: un morrión, una cota de malla, unas espuelas y una espada. «Así que fue esto lo que descubrieron en Everglades City». En la isleta había un viejo y desvencijado cofre de hierro. Estaba abierto. Junto a él, en la encimera, un pequeño manuscrito cuya caligrafía reconoció de inmediato: «En el nombre de Nuestro Señor Jesucristo, que es cumplido y cumplidor de su misericordia, por su merced rezo para que la juvenca no sea hallada. Malhacer de Satán. Vida y gloria a la corona de las Españas y a la Dolce mía amadísima. Sea Dios loado. Honesta mors turpi vita potior. IV».

—¡Ahora lo entiendo! —confirmó sus sospechas tras leer la cita en latín.

En el interior del cofre había diecinueve vasijas metálicas selladas, un tintero y, adherido al fondo, lo que parecía el cañón de una pluma de ave. Dedujo que escribió la nota inmediatamente antes de ocultar la juvenca hasta que, quinientos años después, fue encontrada. «Eran veinte vasijas. Falta una», pensó. Miró en todas direcciones. Descubrió la que faltaba junto a la mesa del microscopio.

Recordó sus propias palabras en la conferencia de Zúrich: «Si Ponce de León encontró la juvenca desde luego nunca llegó hasta nosotros. Al menos todavía no ha llegado a mis manos…». Sintió un pellizco en el estómago. Sudaba y temblaba de emoción. El líquido, viscoso y azulado, se hallaba esparcido sobre la mesa. Encendió el flexo y aproximó la luz. Mojó la punta del dedo índice y lo frotó con el pulgar. Sintió su crasitud oleosa. Lo olió, después se llevó el dedo a la boca y lo paladeó. Era ferruginoso y ácido. Miró de nuevo el reloj. Gottlieb debería haber llegado. Conociendo sus procedimientos no sabía si el retraso era una buena noticia.

«Tengo que salir de aquí».

Se disponía a coger el cofre con las vasijas, pero las paredes del laboratorio empezaron a deformarse, comenzó a perder el control sobre las distancias. Se sintió aturdido y la visión se le nublaba por momentos. «¿Qué me está pasando?». Los párpados, pesados como el plomo, se le cerraban. Tambaleándose, dio unos pasos torpes. Se agarró a la encimera de la isleta poco antes de desaparecer tras ella.

36

Jaén, 1560

El ballestero Higueras nos guio hasta las caballerías, recién paridos de la tierra. Cuando se cerró la losa, a punto estuvo de marchar al fuerte con los caballos y el prisionero para pedir ayuda, pero tuvo paciencia y esperó. Y al decir «prisionero» no entendimos, entonces señaló a un hombre amordazado que dejó maniatado entre las matas. «Lo retuve hasta que Su Excelencia acordase lo conveniente», dijo a Ponce. Cuando don Íñigo preguntó por qué la mordaza, el ballestero alegó diciendo que no tuvo más remedio pues, aunque hablaba español, lo hacía como las cotorras, contando una chifladura detrás de otra, hasta el hartazgo. Dijo que apareció husmeando por los alrededores, le dio el alto en nombre del rey y prefirió retenerlo antes de que nos delatara al enemigo.

Dolce desorbitó los ojos al ver la indumentaria del preso. Carecía de armadura, armamento, espuelas, o botas para ajustarlas, sino zapatos con ataderos. El cuello de su blusa era un dobladillo con dos picos cerrados con botón y en su interior, a lo redondo, llevaba un cordón de tela a rayas que anudaba a su gaznate, similar, aunque sin tantos giros, a la soga de los ahorcados. Esa tira de tela, que después supe que llaman corbata, tenía forma de espadín y tapaba la hilera de botones del pecho. Sobre la camisa blanca vestía una prenda recia como de paño, abierta por delante con dos parches en los codos, como de piel vuelta. Rodeaba su cuello una cinta que sujetaba un escapulario grande en la que podía leerse palabras en sajón: «University of Miami. Security Check». Tenía el hombre buen talle, cara redonda, ojos adormilados y barba canosa, entreverada.

243

Dolce le quitó su mordaza. «¡Ese bestia casi me mata!», gruñó con voz trémula. Ponce, de natural desconfiado con los forasteros, lo era aún más teniendo en su poder la juvenca.

—¿De dónde venís? —preguntó el adelantado.

—Salí de España, fui a Suiza, después a Portugal y…

—Suficiente —atajó Ponce, receloso—. Si viene de Portugal es un espía del rey don Manuel el Afortunado. ¡Ahorcadle! —ordenó sin más trámites.

Sabed que la corona portuguesa era entonces una potencia en eterna competencia con España por el control de las colonias de ultramar, habiendo entre ambos reinos grandes recelos y espionajes. Al caballero de la tela anudada al cuello le cambió el gesto y temió por su vida.

—No puede sentenciar sin proceso, aún menos sin atender a sus razones —Dolce se mostró enojada.

Don Íñigo se sumó a sus palabras y, con mirada inquisidora, añadió:

—No son los indicios por sí mismos valedores de castigo. La orden de caballería nos obliga a defender, aún con tributo de nuestra vida, toda causa justa, y por justicia se entiende lo que con justicia se juzga. Su Excelencia no sabe nada del forastero para emitir sentencia. Por no saber, desconoce hasta su nombre.

El capitán recordó la ojeada de Íñigo cuando quiso descabellar a Karames y moderó su actitud. Preguntó al forastero nombre y oficio, en tanto mi señor desataba las cuerdas que amarraban sus manos. Dijo llamarse Juan Castillo Armenteros, ejerciente como profesor en la universidad, a cuyos discípulos instruye sobre épocas antiguas.

Ponce, suspicaz, habló:

—No es instante aparejado para dilucidar proceso ni emitir sentencia, pero tampoco lo es para poner en duda mi autoridad como adelantado de Su Majestad. Llevemos al prisionero al poblado donde será vista su causa con mayor diligencia.

Ponce fue hasta las caballerías, no sin antes ordenar: «Íñigo de Velasco, encargaos de la custodia del prisionero». Entonces el profesor Castillo miró a mi señor con los ojos muy abiertos y caminó hacia él con la boca abierta.

—¿Ha dicho Íñigo de Velasco? Usted es…

—Don Íñigo de Velasco, caballero infante de Su Majestad —me adelanté solemne para ilustrar al boquiabierto.

Tras lo dicho, maese Castillo dio a don Íñigo un abrazo de oso. Dijo que se alegraba de verlo vivo y le dedicó palabras muy galantes de admiración. Mi señor enarcó una ceja y dio un paso atrás tomándolo por sodomita, de los que anhelan traseros del mismo sexo. Doña Dolce sonrió, tiró del brazo del prisionero y lo llamó a un aparte, fuera de escuchas. Don Íñigo me hizo un gesto para escuchar de tapadillo. Y como tengo oído fino y gran destreza en remolonear, las palabras entre la mujer y el forastero alcanzaron íntegras mis orejas, las cuales fueron las siguientes:

—¡Es increíble, doctora Lauper! Posiblemente seamos las únicas personas del mundo que hayan viajado en el tiempo —ponía el hombre gran elocuencia en sus palabras.

La mujer, inquieta, se llevó el índice a los labios imponiendo secreto y, tras mirar a los caballeros, le pidió llamarla Dolce, y no Brenda Lauper.

El profesor, que parecía indagar en sus recuerdos con los óculos entornados, como quien rebusca aceituna en el olivar, repetía como papagayo: «Dolce... Dolce». Al cabo, riente, entendió el porqué de cierto manuscrito que apareció en su tiempo en el que Dolce se despedía de un tal Gualas, o sea, de mí, y en el que mencionaba a los necios y al corazón que ama, que no cesa de latir después de muerto. Dicho documento, dijo maravillado, no era una falsificación, realmente fue escrito por ella en el presente de su pasado futuro, que son tres estados en uno, lo cual era de mucho cavilar y abrir ojos fascinados.

Dolce, desorientada, preguntó quién era y de qué la conocía, a lo que el hombre respondió que su nombre era como dicho tiene, que daba clases de Historia Medieval en España y que buscaba el agua de la vida eterna. Quedó Dolce muy impactada y le aconsejó no decir nada de ello pues, si llega a oídos de Su Excelencia su interés por la juvencia, el mismo Ponce de León lo ejecutaría.

—¿Ponce de León? ¿El que quería ahorcarme es Juan Ponce de León, gobernador de Puerto Rico y adelantado de Florida? —miró al capitán, al que Higueras vertía agua de su calabaza en las manos para acicalarse un algo. Lo vio desgreñado y pestilente.

Ella asintió y el forastero quedó desengañado por su impronta avejentada. Cuando Dolce le preguntó cómo llegó hasta allí, el profesor desató una compleja perorata y entendí las razones de Higueras para amordazar a la cotorra. Dijo que fue contratado por una organización que, con el mayor sigilo, financiaba un proyecto para buscar la juvencia, empresa en la que su mecenas invirtió mucho dinero. Durante siglos se creyó que la fuente de la juventud procedía de invenciones o leyendas, pero recientes documentos demostraban que fue hallada al sur de Florida. Le dijo que la policía llevó al laboratorio de Dolce unos huesos y otros objetos hallados en un parque nacional, que debió sobornar al guardián de la puerta para que le permitiera acceder a donde Dolce estaba y allá la encontró en el suelo sin conocimiento.

Castillo hablaba en susurros para no ser oído y tuve que aproximarme para poner oreja. Como al notar mi presencia hablaban aún más discretos, me acerqué más aún hasta que, por aguzar el oído, me topé con la espalda de maese Castillo. «¿Qué hace usted aquí?», preguntó.

Silbé y hacía como que barría el campo ante las risas de ella. Y como pensaron que no había de enterarme de cuanto decían, siguieron a lo suyo. Dijo el profesor que en el laboratorio vio la vasija derramada con el líquido azul, que lo tocó con el dedo para olerlo y lo llevó a la boca para probarlo. No recordaba más hasta que despertó en el bosque, donde deambuló desorientado hasta que Higueras le dio alto en nombre del rey. Y añadió que su apresamiento por el ballestero lo vivió en un sueño que tuvo justo al llegar a Florida.

Dolce le pidió que señalara el lugar exacto donde despertó, y el forastero la llevó hasta un árbol milenario que los indios llaman ahuehuete, en cuyo gran tronco aún estaba la flecha con el mechón rubio del cabello de ella cuando el ataque de los calusas, lo que fue de gran fascinación. Supo así que fue el mismo lugar en el que ambos aparecieron. Miró al derredor, calculó distancias y dedujo que el punto coincidía con la vertical donde se encontraba el arca con la juvencia, cuyo templo actuó como una brújula. Maravillados ambos de cuanto decía el otro, preguntó Dolce cuánto tiempo hacía que la vio en el suelo del laboratorio.

—Hoy mismo, hace un instante.

Sorprendida, me llamó y acudí en una zancada, tan próximo me encontraba.

—Gualas, ¿qué día es hoy?

A lo que respondí que habíamos hecho los veintiséis días de junio de mil quinientos veintiuno. Me preguntó el tiempo que ella llevaba en Bimini y, tras echar las cuentas con los dedos, repuse: «Llegó el veinticinco de marzo, día de San Hermelando son, por tanto, tres meses cabales». Entonces el hombre del nudo al cuello dibujó en su cara el asombro. Coincidieron en que, por alguna razón, el tiempo no avanzaba a la misma velocidad en ambas situaciones, pues al intervalo de un breve instante en su presente correspondía varios meses, o tal vez años, en el tiempo pasado. Habló Dolce de un desfase temporal, de dos vidas a un tiempo vividas; a lo que el profesor negó, porque el tiempo era relativo, pues no eran dos vidas sino una sola, porque se hallaban dormidos en el año de dos mil catorce y se habían desdoblado apareciendo en mil quinientos veintiuno. Dijo también que la juvencia tenía otros poderes distintos a los que la leyenda le atribuye.

Para Dolce, aquel presente no era sino una proyección, una imagen duplicada, como las experiencias místicas de san Francisco de Asís o san Antonio de Padua. Castillo discrepaba, porque aquellos casos de bilocación fueron un salto geográfico en el mismo tiempo y no, como era el caso, con quinientos años de diferencia. Añadió el profesor que no eran tiempos distintos, porque el pasado y el presente podrían estar desarrollándose al mismo tiempo en dimensiones diferentes. Dijo algo sobre que el pasado modifica el futuro, pero que el futuro también podría alterar el pasado, y que la física cuántica demostraba que la materia podía estar presente en más de un lugar al mismo tiempo. A medio discurso ya me perdí, y aunque me tenía por talentoso, juro que no entendí cosa de cuanto dijeron, ni chica ni grande.

El profesor se asomó a la negrura del túnel por donde salimos. Es preciso, dijo, conocer el origen del templo, del pueblo que lo levantó y descifrar los relieves que la Dolce describió. Quiso bajar a dibujarlos con pluma y papel, pero ella se lo impidió por ser peligroso y no hallarse en situación de exigir a Ponce más licencia que su propia vida. Insistió que lo más importante era encontrar la forma de volver a su mundo cuanto antes. Castillo se conformó de mala gana, si bien le confesó su temor porque la juvencia fuera encontrada en el laboratorio por un villano de nombre Gottlieb, que era un tipo poderoso interesado en apoderarse de ella. La juvencia, dijo Dolce, produce un salto en el tiempo y el espacio. Si al probarla en el futuro habían viajado al lugar del pasado donde la juvencia se encontraba, tal vez probándola en el pasado regresarían al futuro, donde también se encontraba pues, visto está, posee poder transmutatorio, como un navío que surca los tiempos.

Miraba don Íñigo receloso a los hablantes cuando el capitán dio orden de partida, por lo que regresamos al grupo y emprendimos el camino al poblado. La bella Dolce se me acercó riente, mostró su satisfacción por lo limpio que quedó el bosque y mi gran aplicación en mis barridos, de no ser porque carecía de escobón y barría con el palo de una lanza.

37

Famélicos, regresamos al poblado más hambrientos que vivos. Ved la algarabía del fuerte cuando el centinela de la campana anunció nuestra llegada. Lágrimas de júbilo, abrazos y preguntas atropelladas sin tiempo de ser atendidas cuando otras nuevas se hacían. Colonos e indios daban vítores al ver a la raptada sana y salva, muy querida por sus manos sanadoras. Miraban los pobladores a Castillo a quien, por desconocido, ojeaban recelosos por su extraña indumentaria y su corbata, como espadín forrado en tela. Alegres, acudieron el físico Laguna y el arcipreste Baena, que traía de la mano a la pequeña Julia, mejorada y bautizada en cristiandad. Mi señor la tomó en sus brazos y le dio un achuchón y, como le hacía cosquillas con sus barbas, la niña reía mostrando el hueco del diente que había perdido.

Los caballeros don Juan de Eslava y don Rafael de Cámara rindieron pleitesía al demacrado Ponce y ordenaron a los sargentos formar a la tropa. Pero el capitán, fatigado, prescindió de honras y alardes, si bien, para calmar inquietudes, subió a la escalinata y levantó la mano:

—He de anunciaros buenas nuevas y otras que no lo son. Como habéis visto, rescatamos a doña Dolce de Gabbana que estaba en poder de los conjurados. Dimos muerte al Chirlo, pero el infame, antes de fenecer, mató a mi escudero Vicente, que con valor sacrificó su vida en el defendimiento. Malasangre y Bocatuerta huyeron. Perdimos a Sánchez, Karames y al pistero Nery. Los porteadores negros escaparon. Os anuncio que una gran hueste calusa se prepara para atacar el fuerte. Levantaron el campamento como a dos jornadas.

Los caballeros intercambiaron miradas de pesadumbre.

—Que los marinos aparejen la carabela, zarpamos sin demora —concluyó.

No hubo júbilo por lo dicho, sino caras graves y un silencio inquietante. Fue don Juan Eslava quien informó al capitán de que no podíamos zarpar porque, en nuestra ausencia, se desató un gran temporal con grandes lluvias, centellas y fuertes vientos que rompieron los cabos de la carabela que quedó a la deriva y fue a topar contra las escolleras donde se dañó la quilla y la roda formándose vías de agua. Fue la jornada del rayo que partió en dos el gran árbol y amedrentó al bravucón de Ponce. Eslava relató cómo consiguieron achicar aguas y arrastrar el buque con ayuda del pueblo tequesta, pero los carpinteros de ribera y los maestros calafates aún tenían faena como para un mes. Ello si la Providencia no enviaba un nuevo temporal, en tal caso el barco podría darse por perdido.

Don Juan negó con la cabeza y habló:

—No queda otra que aprestarse a defender el fuerte en tanto se repara el buque. A los caníbales les hicimos perder sus canoas, pero no tardarán en hacer otras. Pongo a don Íñigo de Velasco al mando de la defensa. Quedáis a sus órdenes.

El capitán, que hablaba algo ausente, dispuso la guardia y, con la talega de la juvencia bajo el brazo, entró en su aposento y aseguró cerrojos. Los caballeros Eslava y Cámara miraron a don Íñigo, como requiriendo explicación. Mi señor se encogió de hombros y, junto a Dolce y este que os habla a la zaga, fuimos a ver al capitán, que ya había dispuesto a dos soldados armados en la entrada. Eslava, obviando a los centinelas, aporreó la puerta. Ponce asomó la cabeza con gesto cardenalicio.

—Olvidó Su Excelencia informar sobre la juvencia —inquirió Eslava.

—Ah, sí. —A Ponce se le veía incómodo.

Nos hizo pasar, mandó llamar a Higueras y ordenó impedir que más nadie entrara. Aguardó un tanto hasta que, reunidos todos, desató la talega sobre la mesa dejando a la vista las vasijas selladas. Luego tomó un cofre sólido y, con esmero, depositó en él cada una de las vasijas.

Después miró a Eslava y a Cámara.

—Os hago saber que hallamos la juvencia oculta en un templo pagano bajo tierra. No era fuente ni manantial, sino un fluido escaso conservado en estos veinte cantarillos, sin más otros. Hemos de ser discretos con la tropa y la marinería.

Don Rafael Cámara habló para decir que la discreción no sería posible porque la soldadesca aguardaba la juvenca como agua de mayo para rejuvenecer y curar dolencias, que no eran pocas. Ponce negó y adujo que partieron con la única misión de rescatar a doña Dolce y con ella regresaron, que los pobladores no debían saber que la juvenca fue hallada.

—No hay nadie, además de los siete de esta sala, que conozcan el hallazgo. No se codicia, por tanto, lo que se desconoce. Exijo juramento de fidelidad y secreto —pidió don Juan.

Dolce carraspeó y yo, sabedor del motivo, le di de codo. Ponce, despabilado, se percató y se acercó con ojos de águila. «¿Qué debo saber?», clavó la mirada en la física. Azorada, confesó que también el profesor Castillo conocía la existencia de la juvenca por habérselo confesado ella misma, a lo que el capitán levantó los brazos en un gesto de hastío y maldijo a las mujeres, que no atan su lengua ni debajo del agua.

Ponce informó a Cámara y a Eslava sobre la aparición sospechosa del profesor Juan Castillo, que llegó a Florida procedente de los cantones suizos y Portugal. Sospechaba que podía ser un espía del rey don Manuel el Afortunado. La mujer negó que fuera un espía, siendo, como ellos, español de naturaleza. Propuso ser llamado para unirse al grupo de los que conocían el secreto, porque podía ser útil a la Corona.

Resignado, Ponce mandó llamarle y con él fuimos ocho los cabales. Cuando el forastero entró, los caballeros le clavaron los ojos y él los clavó en la juvenca: «¡Es el cofre del laboratorio!», dijo nada más verlo. Dolce asintió en silencio. El capitán lo abrió y sacó una vasija.

—Estos cantarillos atesoran un brebaje prodigioso cuyo poder aún desconocemos y sobre el que se ciernen algunas intrigas. Tan solo los aquí presentes conocen su existencia, queda pues bajo mi custodia para la Corona de España. Ahorcado será quien ose acceder a la juvenca sin licencia. Ahora juremos por Dios y por su majestad el emperador, no delatar a persona otra su existencia —concluyó Ponce en susurros.

Quedaron los caballeros extrañados.

—¿A qué intrigas os referís? —preguntó Eslava.

Ponce contó que la dieron a probar al soldado Karames cuando se encontraba herido, por ver si rejuvenecía y sanaban sus llagas, pero la juvencia no lo salvó, sino que falleció y solo vieron surgir sobre su cerviz una marca escrita que desapareció a poco de irse con Dios.

—¿Cómo era la marca? —preguntó Castillo.

Su Excelencia tomó un papel, mojó la pluma en el tintero y escribió. Después esparció polvos sobre lo escrito, sopló y lo mostró al grupo.

VI Kal.Quin. MMCCLXXIV AVC

—Contiene el número en latín dos mil doscientos setenta y cuatro —añadió Eslava.

—¿Y lo demás?

El profesor Castillo tomó el manuscrito y lo escrutó con atención. Repitió: «Kal… quin…». Alzó las cejas y quedó quieto, como discurriendo.

—Es una fecha de la era romana —resolvió—. AVC son las siglas latinas de *ab urbe condita*, la fundación de Roma en el año setecientos cincuenta y tres antes de Cristo. *Kal* es calendas, primer día del mes, y *Quin* es *Quintilis*, quinto mes del año romano. El primer mes era marzo. *Quintilis* es julio o *Iulius,* llamado así en honor al emperador Julio César.

Dolce, que discurría con la mirada clavada en el papel, preguntó por la fecha en que Karames murió. Presto di con la respuesta, por ser las fechas lo mío:

—Veintiséis de junio, san Antelmo de Belley.

El profesor miró a Dolce y exclamó: «¡Virgen Santa!». Quedamos aguardando razones. Dijo el forastero que, si del numeral romano que apareció sobre la cerviz de Karames descontamos los setecientos cincuenta y tres años de AVC, quedan mil quinientos veintiuno, que era nuestro año. La fecha marcaba seis días antes de las calendas de julio, es decir, el veintiséis de junio, que coincidía con la fecha en la que murió el escopetero.

La juvencia no sanaba las heridas ni rejuvenecía los cuerpos. Su poder consistía en revelar la fecha de la muerte de quienes la probaban. Turbados quedamos los asistentes ante tamaño descubrimiento y lo que supondría para la humanidad. El profesor susurró a Dolce que ahora entendía la frase del manuscrito que halló en su tiempo: «Mostró el destino la muerte a quienes la juvencia cataron». Se debía comprobar, dijo, si la revelación de la fecha surgía solo el día de la muerte o en el momento de probarla.

Don Juan Ponce, viéndonos sobrecogidos por la sorpresa, salió al paso para decir que la juvencia revelaba el misterio del destino que el Altísimo nos reserva, pero guardó para sí los motivos de su certeza. Luego abrió el cofre y sacó la vasija desprecintada utilizada con Karames, la destapó y la ofreció a los concurrentes.

—Oportunidad tenéis de conocer cuándo Dios os llamará para rendir cuentas.

Tras un silencio en el que se dudó de lo que se debía hacer, el soldado José Higueras se aproximó y Ponce, administrando el preciado fluido, vertió una gota en un vaso con agua y la dio a probar al ballestero. Higueras, guerrero bizarro de brazos pétreos, temblaba como un junco cuando tomó en sus manos el recipiente. La marejadilla del agua delataba los temores de un soldado aguerrido en batallas y medroso en lo que a su destino concierne. Nos miró a cada uno preguntándonos con la mirada si debía hacerlo, pero nadie habló. Después llenó su boca y, tras un momento con los mofletes henchidos, como última oportunidad al arrepentimiento, tragó el agua y esperamos el efecto. Al fin, liberó su cuello y, en la cerviz apareció una nueva fecha ante nuestros ojos atónitos:

Non.Ian MMCCLXXXV AVC

Miramos al profesor aguardando explicación.

—*Nonas, Ianuarius*, dos mil doscientos ochenta y cinco. Cinco de enero de mil quinientos treinta y dos. Si la predicción es cierta le quedan once años de vida.

El ballestero quedó pensativo, sin saber si la noticia era buena o mala.

—Once años —Higueras pensaba—. Once años no son muchos, pero si Dios así lo quiere, no seré yo quien refute sus santas razones. Trataré de vivirlos en paz, disfrutando de cada instante y haciendo lo justo para quedar a bien con el Altísimo el día de mi partida —concluyó el ballestero.

A lo dicho, don Rafael de Cámara llenó el vaso de agua y lo entregó a Ponce solicitando auspicio. Tras ingerir de un trago la juvencia goteada, se desprendió del jubón y nos dio la espalda para interpretar el oráculo de su cerviz. Castillo quedó en silencio. Miró a Dolce y palideció.

—¿Qué fecha es? —requirió Cámara.

—Aún está a tiempo de considerar su decisión —advirtió el profesor.

—¡Maldición, decidme cuándo acaba mi vida o yo acabaré con la vuestra! —voceó impaciente don Rafael.

Castillo miró otra vez a Dolce. Ella asintió. La inscripción era:

ad V Non.Quin MMCCLXXIV AVC

Don Juan Ponce dijo que el numeral romano coincidía con el de Karames. El forastero dijo que *ad* era *ante diem* y que la traducción del latín sería cinco días antes de las nonas de julio de mil quinientos veintiuno.

—¿Qué día es ese? —preguntó don Rafael, desencajado.

Castillo expuso que en el calendario que implantó el emperador Julio César en el siglo i antes del nacimiento de Cristo, había tres días grandes: *Calendas, Nonas* e *Idus*, que correspondían a los días uno, cinco y trece de cada mes; por lo que la fecha coincidía con el dos de julio próximo, festividad de Santa Marcia. Debíais ver la faz de don Rafael cuando supo que le quedaba una semana de vida. Una nube sombría le encapotó el entusiasmo. Primero perdió el color y se puso pálido, después se tornó rojo de ira, que aquello, clamó, no era sino brujería. Consternado, dijo que Dios dispone de la vida de los hombres y solo Él determina, a su santo criterio, cuándo es menester poner fin a la vida y no con extrañas pócimas. Luego volvió su semblante a perder el color, porque de ser cierto el vaticinio jamás regresaría a España, ni volvería a abrazar a los suyos, ni alcanzaría fortuna ni salud y moriría en tierra de infieles, allende los mares. Quedó lacio, con la barbilla en el pecho y los brazos desmayados a lo largo del cuerpo.

Don Íñigo, compadecido, puso la mano en su hombro. El capitán le recomendó ir a la capilla y ponerse a bien con Dios, pero sin confesar al arcipreste el motivo verdadero. A don Rafael le vino tal congoja que, obviando su condición de caballero cristiano, cayó en el desconsuelo desoyendo palabras de alivio. Llegando su mayor descaecimiento, resolvió: «No aguardaré siete días de infierno». Dicho esto, y desoyendo los sagrados preceptos, desenfundó su espada, la tomó por la hoja, apoyó el pomo en las duelas del piso y se dejó caer sobre ella.

«¡No lo hagáis!», clamó don Íñigo. Pero fue en vano. El acero le atravesó las entrañas y asomaron por la espalda dos palmos sangrantes. Cayó de lado entre estertores, arrojando por la boca cohombros de sangre. Mi señor extrajo la espada y Dolce mandó llevarlo a toda prisa a la enfermería.

Con la ayuda del físico Laguna, asistió a don Rafael de Cámara desplegando en él toda su sapiencia. Puso la Dolce su afán en contener la hemorragia y los dolores del desdichado. Se lamentaba de no disponer de medios, escupió maldiciones impropias de una dama y farfulló imprecaciones contra la juvencia y la codicia de los hombres. Algo dijo a Laguna sobre alcances internos, transfusiones y donantes compatibles que no alcancé a discernir. Al cabo, consiguió privar a Cámara de sus sentidos con adormidera para ahorrarle el padecer, manteniendo reducida la pérdida de sangre, contando a cada poco los ecos de su corazón en las muñecas.

—Está escrito. Fenecerá en siete días —susurró Ponce.

Debimos aguardar una semana para comprobar si don Rafael pasaba a mejor vida. De revelarse, se confirmaría el poder de la juvencia. Se acordó custodiar el cofre, mantener el secreto y aguardar para ver si la predicción se cumplía. En tanto, Su Excelencia ordenó apremiar los trabajos en la carabela y aprestarse prevenidos para un ataque inminente de los indios calusas. Mas no pudo evitar que la estocada del caballero Cámara en las dependencias del adelantado diera pie a muchas hablas sobre pendencia o desafío entre caballeros.

Muda queda la concurrencia de esta plaza de Santa María. Ojos espantados y bocas abiertas donde las moscas se asoman a lo oscuro. Pasmados quedasteis con las nuevas de este ciego que pregona lo que sus ojos vieron, cuando los tuvo. ¿Que cómo sigue la historia? ¿Anheláis conocer el final del caballero Cámara? ¿Atacaron los caníbales el fuerte? Habréis de contener vuestra paciencia hasta la tarde, pues toca yantar y, una vez comidos, abandonarse a la siesta reparadora, que es sana costumbre, legado sabio de nuestros ancestros que ya conocían sus beneficios. A la fresca, divulgaré los aconteceres del gran Íñigo de Velasco y los misterios de la juvencia. Pero antes de marcharos, no hagáis los distraídos hábito remolón y aflojad los cobres en el plato, que este ciego trovador y su lazarillo también precisan hincar el diente, que no vivimos de los cuentos. O tal vez sí.

38

—Te repito que no puedo pasarte con él.

Tomlin aproximó su tarjeta de seguridad al lector de acceso restringido y se activó la trampilla del sistema de reconocimiento facial. Se desprendió de las gafas y apoyó la barbilla frente al dispositivo. La puerta se deslizó obediente con un leve zumbido hidráulico. El asesor de Seguridad Nacional caminaba con prisas por los pasillos del cuartel general de la CIA. Hablaba por el teléfono móvil esquivando al personal que se desplazaba de unas dependencias a otras.

—Y yo te repito a ti que si no hablo con él colgaré el puto teléfono y os quedáis sin informe —la voz sonó rotunda a través del auricular.

—No entiendo cómo te arriesgas tanto —entró en el ascensor y pulsó el número cuatro—. Estás a un paso de que te arresten y te expulsen del cuerpo definitivamente.

—Mientras en la CIA haya gilipollas como tú, sé que eso es lo que me espera. Pero me arriesgaré —reprochó la voz.

—Deberías hacer terapia —ironizó Tomlin, indolente—. Se te está enquistando el resentimiento.

—Te lo diré solo una vez más —amenazó la voz—. Si no me pasas con el jefe el único informe que elevaré sobre la Operación Juven será para describir cómo obstruiste una información relevante impidiendo alertar sobre un asunto que puso en peligro la seguridad nacional. Me sancionarán por saltarme la jerarquía de mando, pero sobre ti caerán todas las consecuencias.

Ethan no respondió. Se le achicaron los ojos detrás de sus gafas de concha. Apoyó el dedo índice en el lector digital y la puerta obedeció dócil al reconocimiento de su huella. Recorrió el pasillo y levantó la mano para saludar a los agentes de la entrada.

—Algún día… —musitó entre dientes.

—¡¿Algún día qué?!

Ethan entró en la oficina y, con un movimiento de cabeza, saludó a Oriana. «Está ocupado», se adelantó la secretaria. Llamó con los nudillos en la puerta y asomó la cabeza.

—Disculpe general, tengo al agente Ferrara al teléfono por línea segura. No ha querido hablar conmigo. Dice que es urgente.

El director de la CIA dejó en la mesa el plano que revisaba y le dedicó una ojeada escéptica por encima de sus gafas. Al escuchar la palabra «Ferrara» en boca de Tomlin ahogó una sonrisa en sus mofletes de bulldog. Al asesor de Seguridad Nacional le irritaba la condescendencia del director de la CIA con Ferrara pues, pese a su efectividad demostrada, muchos agentes le tenían como ejemplo de insubordinación e indisciplina ante órdenes que no eran de su agrado.

—Deriva la llamada.

El general colocó sobre su oreja un receptor inalámbrico.

—Al habla el general Scocht —respondió caminando por la moqueta de su amplio despacho—. Entiendo… ¿Cuándo?… Bien…. Hablaré con él… ¿Está verificado?… Ajá… ¿Cuánto hace de eso?… ¿Y el FBI?… Espera, tomo nota —se dirigió a su mesa y escribió algo en una cuartilla timbrada con un logotipo azul en el que podía leerse Central Intelligence Agency— Repite… Bien, no te muevas de donde estás. Nosotros nos encargamos. Buen trabajo Ferrara.

Scocht volvió a Tomlin.

—No pongas esa cara. Tú propiciaste su expediente sancionador, es normal que te evite —dijo el jefe de la CIA con aplomada gravedad—. Ha identificado a casi todos los caballeros de la Orden Juven, localizó el templo donde se reunían, el punto donde opera Gottlieb y lo más importante, el lugar donde se encuentra la juvencia en estos momentos. ¿Qué más se le puede pedir?

—Que acate las órdenes —respondió, ceñudo.

—Le he dicho que hablaría contigo para que retires los cargos. Aquello ya pasó. Pero ahora no hay tiempo para esto.

El general, algo tenso, salió del despacho y Etham Tomlin le siguió presuroso.

—Oriana, llama a Sheffer, Wellinston y Randall. Que se reúnan conmigo inmediatamente.

El general Scocht entró de nuevo a su despacho y cogió de su mesa la cuartilla en la que había escrito.

—Hay que interceptar una limusina Chrysler C300 de color negro que en estos momentos se dirige a la Universidad de Miami, en Coral Gables. En ella va Gottlieb con algunos de sus hombres. Van armados y son peligrosos. Envía una unidad de intervención a la Universidad de Miami y otra a la mansión de Gottlieb en Homestead. Aquí tienes las coordenadas —le entregó la nota manuscrita.

—¿Y la juvencia?

—El FBI ha incautado restos humanos y un cofre, al parecer del siglo XVI. Aparecieron ayer en unas obras en Everglades City, al sur de Florida. El cofre contiene veinte antiguos recipientes con un fluido desconocido. El fiscal del Distrito los entregó a la Universidad de Miami para incorporar a las diligencias un informe técnico pericial. Están en poder de la doctora Brenda Lauper. El ayudante del fiscal que trasladó los restos ha sido asesinado. Se sospecha de Gottlieb. La ubicación geográfica en Everglades City coincide con lo descrito en el manuscrito de 1521 robado por el profesor Juan Castillo. No sé qué diablos contienen esas vasijas, pero las quiero encima de mi mesa esta misma noche. ¡Mueve el culo! —apremió.

Tomlin salió con urgencia del despacho y, por el pequeño intercomunicador que pendía de su oreja, llamó a la oficina de operaciones.

—Soy Tomlin, necesito el teléfono de Brenda Lauper, profesora de Antropología en la Universidad de Miami. Prioridad absoluta.

El director de la CIA apoyó las manos en la mesa de su despacho y quedó pensativo.

«Algo no cuadra».

39

Henos aquí, puntuales, para retomar el román de don Íñigo Velasco. Y acá venimos con el estómago consolado, el ánimo sesteado y la voluntad apacible. Henos de nuevo, como digo, ante las obras de la catedral de Jaén. Obras que duran siglos, que se dejan y se retoman al albur de los mandamases de la Iglesia y del Concejo. Se construye, se descansa, se labora, se anulan proyectos, se hacen otros, se demuele lo hecho y vuelta a empezar; como tan de costumbre en nuestra ciudad. A veces pienso que la pasión por las obras inconclusas la llevan los jaeneses en la sangre como linaje de cuna. Suspendidas fueron las obras góticas de la catedral en los tiempos del obispo don Alonso Suárez. Lustros llevan los alumbrados proyectando reformas inspiradas en el renacer florentino. Algún día, si Dios lo prevé, los jaeneses verán culminada alguna obra, incluso este templo majestuoso que ahora se levanta. Y habrá de ser, según dicen, la más grandiosa catedral del reino, sin igual en otros y orgullo de la humanidad, si Dios y los mandamases del reino lo permiten. Pero eso, de verlo, serán los nietos de nuestros nietos, que ya sabéis que las cosas de palacio van despacio. Del palacio episcopal, digo. Hasta entonces, habrá que soportar el picar de los pedreros, las carruchas chirriantes, el apuntalar de andamios y el polvo entre los dientes.

Pero no distraigáis mi román con las obras de la catedral, que olvido a lo que hemos venido. Retomo, pues, la historia.

Barruntando próximo el ataque calusa, cada cual se aplicó a lo suyo para el defendimiento del fuerte. Don Íñigo se mostró tal cual, avezado y curtido en las cosas de la guerra. Con tal desproporción en número entre caníbales y la diezmada guarnición del poblado, planeó la forma de compensar algo la inferioridad en los efectivos. Si la muerte nos requería, habíamos de presentarnos a ella como servidores de Su Majestad, sin dar concesión alguna a los comedores de hombres. Y si, al fin, no pudiéramos contenerlos, acordamos quitarnos la vida nosotros mismos, aun siendo la muerte propia ofensa a los ojos de la Iglesia. Penitencia que gustosos redimiríamos en el Purgatorio, antes de soportar que los salvajes nos destripen vivos, sin descabellar.

Mucho bregó don Íñigo mandando vasallos e indios de acá para allá. En cambio, Ponce no salía de su aposento para no abandonar la juvencia, tal era su temor a perderla. Pasaba las jornadas leyendo códices, escribiendo en bitácoras, recreándose en las vasijas del cofre, perdiéndose en cavilaciones sobre los misterios insondables de tan grande maravilla.

Mi señor dispuso centinelas en las atalayas, en las copas de los árboles más altos y también en las riberas, para acechar las aguas. Mandó despejar de maleza la trayectoria que por aire comunicaba los apostaderos, a objeto de que los centinelas echaran luces y avisaran del peligro. La luz de las luminarias viajaba de un punto a otro en el tiempo de un suspiro, y así quedaba prevenida la torre principal del fuerte. Con diligencia, Íñigo mandó talar y desbrozar los derredores, y cavaron un foso defensivo de seis varas de ancho y tres de fondo, y en su interior dispuso estacas puntiagudas con la madera de la tala. Fue el foso tapado con el velamen de la carabela zozobrada y cubierto todo con tierra y hojarasca, del tal manera que parecía invisible. En señalados puntos se ocultaron cargas de pólvora negra con mecha larga, con talegas de ripios de herrería como metralla. A medio tiro de piedra hicieron un reguero que circundaba el fuerte y a él arrimaron pólvora, estopa y brea, por si fuese menester levantar muralla de fuego. Se colocaron con estrategia los cañones de la carabela y don Íñigo dispuso líneas de escopeteros y otras para arqueros y ballesteros con el auxilio de peones tensadores. También seleccionó a los indios tequestas más habilidosos en el uso de cerbatanas y arcos, destinando a la intendencia a los incapaces y melindres. Instruido fue el cacique Patako para que informara a su pueblo sobre el peligro que sobre ellos se cernía y de la necesidad de que sus hombres defendieran a su pueblo con bravura. El jefe indio, menudo de piel curtida por los rigores del manglar, dijo que él no era un guerrero, pero que lucharía hasta la muerte para defender a su pueblo. Fueron días de mucho trajín y poco holgar a la espera de que los oteadores echaran luces de alarma.

Don Rafael Cámara, en contra de lo esperado, pareció mejorar al quinto día, y al sexto abrió los ojos y conversó con nosotros. Don Juan Ponce, sabedor de su rápida recuperación empezó a dudar de los efectos de la juvencia. De no cumplirse el vaticinio, el brebaje perdería su interés como oráculo. Al séptimo día, previsto para que don Rafael expirase, el arcipreste, a instancias del capitán, había preparado los santos óleos; pero, lejos de fenecer, don Rafael recuperó los movimientos, se levantó de su jergón y dio pasos cortos en la enfermería. Dolce aplaudió al ver su mejoría en la jornada prevista para su muerte.

—Ya os dije que solo Dios dispone sobre la vida, pero no nos revela el día de la muerte —susurró Cámara al verse recuperado en tan señalado día.

Don Juan Ponce pensaba para sí, como lo pensábamos todos, que la juvencia podría haber surtido en don Rafael de Cámara el efecto sanador y rejuvenecedor que le otorga la leyenda.

La bella Dolce dijo que don Rafael Cámara podía valerse por sí mismo por su rápida mejoría y me asignó asistirle en sus tímidos pasos. Así pasamos la jornada, cavilosos sobre el poder reparador de la juvencia. Pero al alba, cuando el claror de la alborada disputa a la noche su dominio, don Rafael de Cámara no respondió a mi llamada. Estaba tieso. Sí, frío y tieso, con los ojos nublados. Dejó de existir en su lecho antes de la aurora, lenta y silenciosamente. Dolce, consternada, movió la cabeza y dijo que su corazón no aguantó la pérdida de sangre y los muchos destrozos del acero en sus vísceras. Cierto es que muchos moribundos parecen mejorar a poco de fenecer, como la llama que despabila un instante sin cera en su palmatoria antes de expirar. Así fue como el ángel de la muerte recogió a don Rafael y lo llevó ante el Padre Eterno. Con palabras sentidas, el arcipreste recitó latines y derramó la lúgubre paz de su responso antes de inhumarlo en la capilla del fuerte, tal y como su condición exigía.

Ponce no ocultó su satisfacción al comprobar que la juvencia no herraba en sus profecías, lo que podría depararle grandes éxitos a él y a la Corona de España. Las muestras de júbilo de Ponce soliviantaron a Velasco y a Eslava, porque don Rafael aún estaba de cuerpo presente. La juvencia, lo vimos una vez más, en lugar de auxiliar para la vida, mostraba el camino de la muerte.

40

Tras el entierro de don Rafael Cámara, los días fueron pasando con el monótono infierno de sus noches iguales, en horas de a mil años, con esa calma artera y sigilosa. Los calusas no atacaban. Entre tanto, los carpinteros reparaban el barco y los colonos, inquietos, vagaban de un lado a otro del poblado, como almas en pena. Ni probar bocado, ni decir palabra. Días de quietud, de un silencio espeso que se adueñó de los páramos y las arboledas, huérfanas de pájaros en algarabía. El arcipreste Baena no cesaba de confesar y absolver a los muchos arrepentidos que a la capilla acudían, como en vísperas del juicio final. Os digo que aquel silencio, del que se contagiaron hasta los animales de granja —que también barruntan duelos— enturbiaba mis pensamientos, me desquiciaba el ánimo. Hombres harapientos y silentes afilaban aceros, emplumaban virotes, engrasaban ballestas y bruñían armaduras. Solo hablaban los hierros, ninguna palabra en las bocas, cerradas en eterna espera. Así quemamos la cera de las horas, sumidos cada cual en sus pensamientos.

A la puesta del sol, di forraje a las caballerías y revisé con esmero las guarniciones, más por aplacar el ansia que por necesidad de hacerlo. Luego fui a mi señor que, sentado en la escalinata, pasaba la piedra de amolar sobre la hoja de su espada. Tenía la mirada perdida en los peldaños. Así lo recordaba la vez primera que me topé con él. Allá estaba aquel soldado dos décadas más viejo, con más cicatrices en su piel, con las esperanzas diezmadas. Solo el amor que sentía por la bella Dolce y su insobornable fidelidad, le sostenían en aquellas lejanas tierras. Sin sus principios de caballero sereno, ya le hubiera rebaneado el pescuezo al codicioso Ponce y emprendido su propia empresa con vasallos leales. Pero don Íñigo de Velasco, caballero de humilde cuna, nacido y criado en la colación de Santa María

Magdalena, guardaba una sólida moral y un espíritu más fiel que muchos hidalgos traidores, que guerrean al mismo soberano al que sirven.

Tenía don Íñigo la mirada perdida en dolores viejos. Tal vez se refugiaba en recuerdos de su infancia, o en la guerra de Nápoles, o en los hombres que liquidó en las campañas del rey, o en los que cataron su espada en desafíos y justas sin apenas conocerlos. O en su madre Josefa, acaso ya con el Altísimo, que observaba los fantasmas de su hijo desde la bóveda celeste, porque los recuerdos que uno entierra en el silencio son los que nunca dejan de perseguirte. Me bastaba descubrirle con el gesto ausente y la mirada envenenada de resquemor para saber que en su corazón bullían las hieles del desasosiego.

—Nadie habla —le ofrecí hidromiel y me senté a su lado.

Echó un trago y musitó un agradecimiento. Después me miró con aquellos ojos azules que el diablo le concedió. Fue una mirada larga, como un funesto presagio que me inquietó por dentro. Después volvió a lo suyo.

—Demasiado silencio. Solo los aceros hablan —continué.

No respondió. Estuvo un trecho sin decir nada, pasando la piedra por la hoja una y otra vez, como si sospechara que aquel filo le sería preciso en breve. Atisbé a ambos lados para asegurarme de no ser oído.

—Señor, ¿qué opináis de la juvencia? —susurré.

—Acabará con la cordura de los hombres —acertó a decir con desgana.

Quedé un tanto turbado por su afirmación.

—¿Por qué?

—Nadie está preparado para conocer la fecha de su final —se puso en pie y enfundó el acero.

Iba a balbucir algo cuando reparé que mi señor llevaba las botas relucientes, pero yo no les di lustre. También los hierros estaban bruñidos, las hebillas brillantes y llevaba plumas nuevas en su morrión dorado, cosa que hizo sin requerir mis servicios, lo cual fue de mucho cavilar. Me acerqué a menos de un palmo y olisqué con mi nariz ganchuda. Acudieron esencias de almizcle.

—Señor, ¿tenéis nuevo escudero o vais a gala cortesana?

—Querido Gualas, tú serás siempre el mejor escudero —puso la mano en mi hombro. Después se frotó el polvo de las rodillas, se atusó el jubón achicando pliegues, se ajustó el correaje y pasó un dedo por los dientes antes de escupir.

—Id a dormir, fiel escudero. Dios proveerá —dijo antes de marchar en dirección a la enfermería.

¿Dormir? ¿Cuántos de los aquí presentes podrían dormir sin conocer lo que don Íñigo se traía entre manos con tan fragante apostura? A prudente distancia le vi entrar en la enfermería. Allá estaba Dolce sola, matando las luces de los candiles antes de retirarse a su aposento. Mi señor pidió permiso para entrar y yo, por fuera, me situé junto a la ventana, para enterarme de cuantas palabras fueran dichas. Él se aproximó y ella, turbada por tan inesperada visita, no supo qué decir. Don Íñigo, hecho un Macías, la miró con fijeza y le apartó el mechón dorado que habitualmente pendía en su rostro. Le acarició la mejilla con ternura. El pecho de la mujer se movió agitado y sus ojos se le iban quedando húmedos. Podríamos especular sobre quién sedujo a quién, pero sería inútil porque ambos corazones fueron traspasados al unísono el día que se toparon en el bosque por vez primera. Fue Dolce quien, sin esperar, se lanzó a la boca de mi señor abrevando en sus labios con sed antigua. Tal fue el ímpetu que se aferró a un poste para no ser trepado.

—Aguardad. He de deciros algo —atinó a decir, sin resuello.

Dolce se mostró inquieta:

—¿Qué ocurre?

Le tomó su mano y la invitó a sentarse. La miró afectando con semblante dolido.

—Vienen malos tiempos. El aire huele a sangre y a quebrantos, lo auguran las estrellas y las cornejas. El chamán de los indios también lo vaticina. Si sobre nosotros caen tantos caníbales como vimos en la playa, no aguantaremos más allá de una descarga de escopetería. En el poblado no quedan hombres ni armas para frenar a tantos indios. Presiento además que el poder de la juvencia es maldición sobre la que no valdrán ballestas ni fusiles, porque visto está que no es fuente de juventud, sino de padecimientos.

—¿Qué intentas decirme, Íñigo? —preguntó inquieta.

—Intento deciros que podemos morir mañana… que tenéis el alma de cristal fino por el que puedo ver el sentir de vuestro corazón… y que… que sabéis que yo….

Mi señor, poco ducho en departir con damas, no encontraba términos para expresarse y empezó a sudar y a balbucear como hacía cuando intentaba sacar de sus adentros los sentires del corazón. Negué, resoplé y gateé hasta la choza situándome junto a la pared de esteras, a menos de un palmo de la oreja de mi señor. Entonces susurré: «Vos sabéis que os amo». Y don Íñigo repitió: «Vos sabéis que os amo». Dolce se tapó la boca en risas. «Que llenasteis de luz mi vida el día que os vi aparecer», susurré. «La luz se hizo cuando os vi aparecer», volvió a decir. «Que no ceso de pensaros ni un solo instante». A lo que don Íñigo dijo: «Que os pienso a cada momento». Yo, crecido en el encendimiento, me dejé llevar y apunté: «Y cada noche miro las estrellas y en ellas os veo sin ropajes, vuestras pechugas firmes, las avellanas erectas y vuestro mollete peludo, libre de sayas y refajos...». A lo que mi señor repitió: «Y cada noche miro las estrellas y.... ¡Gualas!». No hubo más, porque Dolce prorrumpió en carcajadas y mi señor salió de la choza y me dio muchos sopapos, y no culminó severa paliza porque me zafé y corrí como galgo lebrero. Torné reptando como las culebras y aún reían a coro mis ocurrencias. Cuando las risas aflojaron, volvieron las miradas cálidas y Dolce, ebria de felicidad, acarició el rostro barbado de don Íñigo y se adelantó a sus pensamientos: «Yo también te amo», susurró. Mi señor hincó la rodilla en tierra:

—No soy hombre de palabras pródigas, solo de honor y de justicia. No poseo fortuna ni hacienda, solo mi espada, un pasado en España y el orgullo de una vida honesta. Siendo joven perdí mi castidad y, aunque tuve romances efímeros, ofrezco mi palabra de caballero que nunca amé a dama alguna tanto como a vos. Doña Dolce de Gabbana, ¿aceptáis a este humilde servidor vuestro como esposo ante los ojos de Dios y de los hombres?

Boquiabierta. Así quedó. Los ojos se le inundaron y de ellos brotaron lágrimas que mojaron sus mejillas. Confundida, miró las cicatrices de los fornidos brazos de Íñigo, después dirigió la mirada a la ventana iluminada donde Ponce velaba la fuente de la eterna agonía. Reparó en la negrura de la noche, en el poblado silencioso, en la tensa calma de los soldados que, como nosotros, podrían fenecer en breve. Luego volvió a sus ojos claros y esbozó una sonrisa triste. La luz ocre del candil le bailaba en la cara.

—Pertenecemos a mundos distintos y a tiempos distantes, pero el amor no conoce de saltos en el tiempo, ni de distancias insalvables. No sé cuánto tiempo permaneceremos juntos, pero en el amor no existen fronteras. Sí, querido Íñigo —le lloraba la voz— deseo ser tu esposa y amarte cada instante de mi vida, y aún después de ella.

En ese momento aplaudí con lágrimas en mis ojos. La pareja prorrumpió en risas. Don Íñigo, tras el desposorio, corrió a ver al arcipreste Baena. Lo despertó y le pidió que los casara en la capilla, con discreción, sin pompa ni boato ni divulgación de noticia. A lo que el arcipreste se negó sin la bendición del capitán.

—¿Acaso Dios precisa la bendición de los hombres para otorgar la suya? —frunció don Íñigo el entrecejo, dando a entender que no había lugar para deliberaciones.

El arcipreste asintió y fue a llamar al licenciado Tíscar, a quien requirió silenciar lo que viere y oyere. Don Íñigo fue a la cabaña del profesor Castillo y lo llamó haciéndole ademán de no hablar. Después advirtió a los centinelas de las torres de que íbamos a orar a la capilla, a pedir por la guarnición, así quedaron sosegados y agradecidos.

Allá fuimos los seis. Castillo y yo mismo ejercimos de testigos. Entre susurros se celebró la humilde ceremonia, pero don Íñigo interrumpió al arcipreste: «¡Aguardad!». Se marchó veloz y volvió con la niña Julia en los brazos que, soñolienta, se frotaba los ojos.

—Ya estamos todos.

El fraile inició el oficio, pero un servidor, como no pude contener mis lágrimas, soné los mocos con mucho estrépito y don Íñigo me miró y levantó la ceja. A la luz de las palmatorias, el arcipreste hizo homilía con lecturas de latines y rezos y, al fin, uniendo las manos de los contrayentes, musitó: «Don Íñigo de Velasco, ¿juráis delante de Dios y de estos testigos, tomar a esta mujer, Dolce de Gabbana, por vuestra legítima esposa para vivir con ella conforme a lo ordenado por Dios en el santo sacramento del matrimonio? ¿Juráis amarla, honrarla, consolarla y conservarla en tiempo de salud y enfermedad, en prosperidad y sufrimientos y conservaros exclusivamente para ella mientras los dos vivieren?». A lo que mi señor dijo: «Sí, quiero». Y las mismas preguntas hizo a Dolce y contestó: «Sí, quiero».

Entonces ella sacó de su bolsa dos pulseras que ella misma había fabricado con piel curtida de ciervo. «Las guardaba para una ocasión especial», dijo. Luego las colocaron en sus muñecas en señal de alianza eterna. El arcipreste concluyó: «Te rogamos, oh Dios Todopoderoso, que seas salvador y guía de sus almas inmortales, para que alcancen mediante la redención de nuestro Señor, la gloria eterna. Por cuanto don Íñigo de Velasco y doña Dolce de Gabbana han consentido el sacramento del matrimonio, delante de Dios y de estos testigos, habiéndose dado y empeñado su fe y palabra el uno al otro, lo cual han manifestado por la unión de las manos, yo los declaro marido y mujer en el nombre del Padre, del Hijo y del Espíritu Santo. A los que Dios ha unido, no los separe el hombre. Amén».

Entonces mi señor besó a Dolce en los labios y ambos, al unísono, como ensayado, hablaron a un tiempo: «Os amaré siempre». Dicho esto, dimos vítores ahogados, aplausos mudos y abrazos con ojos llorosos. Y la niña Julia, contagiada y precisada de cariño, batió palmas y se abrazó a las piernas de mi señor.

Al término, busqué en mis enseres un odrillo de vino dulce y dos libras de rosquillas de anís que, lejos de revenderlas, guardaba para ocasión propicia. El arcipreste, viendo a los contrayentes tan solícitos propuso: «Dejemos a los amantes que recurran a la intimidad y consumen el derecho que les asiste como desposados». Don Íñigo y Dolce marcharon a la cabaña donde, en amorosa coyunda, se entregaron al misterio fecundo de los bienmaridados. El universo, entre tanto, giraba indiferente sobre la bóveda del cielo.

El oficiante y los testigos nos dirigimos al aposento del arcipreste Baena donde, junto al escribano Tíscar, que levantó acta, compartimos un ágape modesto a modo de celebración.

Buena cuenta dimos del vino y las rosquillas, sobre todo Julita y el fraile, que comían con voracidad. Llevaría el cura varios cuartillos de vino entre pecho y espalda cuando, ya algo ebria la lucidez, arrastraba un tanto las palabras. Entonces se llevó la mano a la boca y administró un eructo breve pero muy sentido, después miró el vino y le regaló muchos piropos como mosto dulce de garnacha tinta que volvió a paladear con delectación. Chascó la lengua y alabó su color brillante y su embocadura de uva fresca. Era tan rico, concluyó, como el que guardaba consagrado en la sacristía para los oficios religiosos. Tras un breve pensamiento, me echó los ojos muy abiertos en redondo, desorbitados como los peces.

—Gualas, no será este el vino de la misa, ¿verdad?

El escribiente Tíscar añadió que aquellas rosquillas desaparecieron de sus pertenencias como a dos jornadas. Ante las risas del profesor Castillo y los rostros graves de los otros, viendo que se me avecinaban reproches, escancié más vino y puse en mi boca las palabras de don Juan Eslava cuando asentía: «Bienaventurados los borrachos porque verán a Dios dos veces». Luego resté relevancia a cómo había llegado los manjares hasta nosotros, siendo gran verdad que antes se aviva el ingenio con el hambre que con la hartura.

—No hagamos mala sangre con la sangre del Señor —les dije—. Dejad los enojos para el enemigo, calmad el espíritu y pierdan importancia las minucias, que la vida es breve y hay que gozarla a sorbos y a mordiscos. Acudimos para testificar y brindar por los desposados, y eso hacemos. Y hasta Cristo, que ha sido testigo del casamiento y de este humilde convite, no puso objeción alguna. Juntemos pues los vasos, alcemos el vino y que el Criador entre en nuestros cuerpos y nos dé salud.

«¡Y salud!», respondieron a coro.

41

Universidad de Miami, Florida.

Notó en las sienes el zumbido de mil abejas. La cabeza le estallaba y, cuando abrió los ojos, el disco halógeno del laboratorio le cegó. Se levantó con dificultad apoyándose en la esquina de la mesa. Estaba aturdida, como quien despierta de un sueño pesado, viscoso. Durante un instante le pareció escuchar, muy a lo lejos, las órdenes al timonel para corregir el rumbo. Aun le parecía escuchar el crujir de las jarcias tensadas por el viento. Se vio a sí misma bebiendo de una calabaza mientras los marinos dormían. Creyó haber soñado con indios, ciénagas y un barco de madera, pero no recordaba por qué se encontraba en el suelo. Se frotó los ojos como si quisiera desprenderse de la bruma que enturbiaba sus recuerdos. Aún persistía en su lengua un sabor ácido y ferruginoso.

No tardó en tomar conciencia de que había sufrido un desvanecimiento y se preguntó el motivo. Vio la vasija volcada sobre la mesa y el líquido azul esparcido junto al microscopio. Se esforzó en evocar los momentos previos, pero los recuerdos eran imprecisos, como envueltos en una gasa de tul. El reloj de pared del laboratorio señalaba las 20:40 horas. Se preguntó cuánto tiempo estuvo sin conocimiento. En la encimera había un vetusto cofre y un pequeño manuscrito. Recordó extraerlo del interior de la tapa, fotografiarlo y remitirle la fotografía a John.

«¿Dónde está mi teléfono?».

Lo encontró en el suelo, bajo la mesa. Tenía varias llamadas perdidas, casi todas de John y de Will, pero había varias de un número desconocido. Devolvió la llamada y escuchó un contestador automático: «Bienvenido a la Agencia Central de Inteligencia de los Estados Unidos de América. Le informamos que su llamada será grabada. Marque la extensión de la oficina o departamento con el que desea comunicarse. En caso contrario le atenderemos en unos segundos. Gracias». Colgó.

«¿La CIA? ¿Para qué me llama la CIA?».

Activó la aplicación WhatsApp de su teléfono y abrió el diálogo con John. Comprobó que la imagen la envió a las 19:40 horas, por tanto, estuvo sin conocimiento una hora. Después repasó los cuatro mensajes sin leer de su compañero:

«Voy de camino. ¿Va todo bien?».

«Coge el teléfono, Brenda».

«Ya estoy en Miami. El taxi me ha dejado en casa, quiero coger algunas cosas».

«Voy en mi coche. Estaré allí en veinte minutos».

Su último mensaje se recibió a las 20:33 horas. No tardará en llegar, pensó.

A continuación, leyó los mensajes de Will:

«Necesito el informe sin falta. Llámame».

«Coge el teléfono, es urgente».

«¿Por qué no coges mis llamadas?».

«Sé que estás en la universidad. Te he llamado varias veces, coge el puto teléfono».

«Se complican las cosas. Voy para allá. Espérame».

Decidió contestar a ambos con el mismo mensaje: «Ok. Aquí estaré».

Los mensajes de Will la inquietaron. Apenas recordaba que en los últimos días le notó más irritable de lo habitual. Pero no conseguía recordar con exactitud la última conversación con él. Sentía una extraña turbación, como si su presente fuera remoto y un lejano pretérito irrumpiese en su vida inundándolo todo. Era tarde. Apenas quedaba personal en la universidad. No había alumnos y la mayoría de los profesores se habían marchado, aunque el rectorado autorizaba horarios extraordinarios a algunos catedráticos que realizaban trabajos de investigación o proyectos urgentes.

El silencio en el laboratorio era absoluto. Podía oír su propia respiración. Observó el esqueleto que descansaba en la mesa de exploración, la oxidada cota de malla sobre el tórax, el morrión deformado junto al cráneo, las espuelas y la espada. Todo le resultaba familiar. Repasó el informe del AMS y recordó que se trataba de un soldado europeo con una antigüedad de quinientos años. Se estremeció al mirar las cuencas oscuras de la calavera. Parecían observarle desde el abismo. Se le erizó la piel.

De pronto, como *flashes* cegadores de una sala de baile, acudieron a su mente secuencias aisladas. Poco a poco las imágenes fueron tomando consistencia y las visualizó con mayor nitidez. Acudió a ella un hombre con los ojos azules, barba poblada y melena castaña. Sentía sus manos curtidas apartándole el cabello, casi notaba el aliento sobre su rostro. Le vio salvándola de los indios que la perseguían, cabalgar sobre una yegua parda, luchar contra un marino gigante, liberarla de una cárcel y romper odres de vino a mandobles. Se estremeció. Tomó la espada y observó las iniciales del arriaz: «IV». Después leyó el pequeño manuscrito. Se vio a sí misma introduciendo aquel papel en el cofre junto a una pluma y un tintero. «Te hará falta, créeme», su propia voz sonó por unos segundos en su memoria. Veía cabañas, heridos, ungüentos, armaduras y aceros sangrantes. Se vio trenzando dos pulseras de cuero y, como una oleada cálida, el encendido ardor del enamoramiento, de los momentos íntimos en el bosque y de... ¿una boda? Recordaba una boda clandestina a la luz de las candilejas. En la capilla entregó al barbado de mirar azul una pulsera de cuero a modo de alianza. El corazón le dio un vuelco cuando descubrió que la pulsera del sueño se encontraba todavía en su muñeca. ¿Cómo había llegado hasta ahí?

«Una pulsera no puede salir de un sueño», se dijo, sobrecogida.

Dudó si la compró días antes en alguna tienda de Dolphin Mall, pero no recordaba haber ido allí en las últimas semanas. Acarició el cuero y se estremeció al imaginar que había vivido algo más que un sueño. Tomó el manuscrito y lo leyó: «En el nombre de Nuestro Señor Jesucristo que es cumplido y cumplidor de su misericordia, por su merced rezo para que la juvenca no sea hallada. Malhacer de Satán. Vida y gloria a la corona de las Españas y a la Dolce mía amadísima. Sea Dios loado. Honesta mors turpi vita potior. IV». No daba crédito.

Se llevó la mano a la parte posterior del cuello y buscó la etiqueta de su blusa. No estaba. «¡Dios mío! IV es Íñigo de Velasco y yo... yo... yo soy Dolce... Dolce Gabbana». Reparó que Íñigo escribió aquella nota momentos antes de morir. Ahora conocía el motivo de la deformación de su cráneo y las fracturas de sus huesos. Acudió a su mente un tropel de recuerdos sobre Íñigo, Gualas, Ponce de León, Higueras, Eslava, Cámara, Malasangre… Le vino a la memoria el disparo que recibió Íñigo en el rostro antes de embarcar, aquella imagen la recordaba nítida por el dolor que le causó presenciarla desde el barco. Se dirigió a la mesa de exploración, tomó el cráneo y reconoció la marca de la descarga. El proyectil rasgó el hueso frontal, en la unión con el malar, junto al arco orbital derecho. Deslizó su dedo por el pequeño surco y sus ojos se inundaron de lágrimas. Besó el cráneo y lo apretó contra su pecho tal y como abrazaba la cabeza de Íñigo cuando se quedaba dormido sobre ella. Nunca sintió tanto amor por nadie, ni tanto dolor por una pérdida. Íñigo de Velasco sacrificó su vida para impedir que la juvencia cambiara el curso de la historia. No lo consiguió del todo porque quinientos años después apareció en una excavación en Everglades City. La Providencia, o un destino caprichoso e incomprensible, hicieron que aquel misterioso fluido cayera de nuevo en sus manos. Parecía como si Íñigo, incapaz de custodiarlo por más tiempo, se lo hubiera confiado personalmente, junto al encargo escrito en los umbrales de su muerte: «Que la juvencia no sea hallada».

42

El profesor Castillo se interesó por el templo donde fue hallada la juvencia y preguntó cómo se disponían sus relieves y ornatos. Se trataba, dijo Dolce, de una obra vetusta de mucho mérito, pero ella no estaba versada en culturas antiguas, aunque le recordaba, dijo, el estilo precolombino, similar a los que había visto en la villa que dicen de Cancún. Salí al paso y añadí que aquel templo pagano estaba bajo la tierra y bien parecía trazado por la mano del diablo por sus lienzos sin cruces, ni hornacinas, ni santos barbudos o querubines orondos. En él se idolatraba a una serpiente y cosa es sabida que las serpientes encarnan al diablo desde que una tentó a Adán y Eva a probar el fruto prohibido del Paraíso. Para ilustrar a Castillo, con una vara garabateé en la tierra un plano aproximado del templo y las filigranas de algunos relieves.

En esto estábamos cuando don Juan Ponce convocó junta y consejo con los sabedores de la juvencia, que éramos siete tras el fallecimiento de don Rafael Cámara. En aquella junta entendí los temores de mi señor sobre los trances que habría de traernos el contenido de las misteriosas vasijas. Al llegar, oímos voces en querella. Su Excelencia gritaba a los carpinteros de ribera a los que acusaba de holgazanería y no reparar la carabela a tiempo. La emprendió con ellos a vergajazos y juró, por el sol que calienta los panes, que habría de ahorcarlos si el navío no estaba listo para echarse a la vela en tres jornadas. Marcharon los carpinteros con cara de reprimir escupitajos contra el capitán, y lo hubieran hecho si en ello no les iba su propia vida.

Días llevaba Ponce sin ver la luz del día, sumido en lecturas y bitácoras, sin separarse de la juvencia, cada día más taciturno. Tenía la tez mortecina, pómulos salientes, cercos de fatiga en los ojos, como bolsas de cuero cárdeno. Con su jubón dorado y la capa, más parecía un nigromante anémico que el adelantado del rey. Al fin nos hizo entrar. Había dispuesto sillas, como en representación teatral.

—La juvencia debe embarcar para España cuanto antes por razones de alta política. No podemos arriesgarnos a perderla —su voz era firme, como la de un tetrarca.

—¿Por qué tanta prisa? —preguntó don Íñigo.

En los últimos días, dijo, en tanto el poblado se aprestaba para la defensa, comprobó el poder de la juvencia, que era mayor al de cualquier arma mortífera con la que el rey de España podría hacerse con el control de muchos reinos y, de paso, vencer a los otomanos que cerraron la ruta a las especias y tomaron los Santos Lugares de Jerusalén. Recias fueron sus palabras, mas no logramos entenderlas. Dijo haber experimentado por su cuenta y haber resuelto algunos prodigios. Una sola gota en un vaso de agua era suficiente para predestinar. Hizo cálculos y, como cada vasija tenía algo más de un cuartillo de juvencia, serían cinco mil gotas por cantarillo, pero, como eran veinte, daría para cien mil ingestas.

—¿Vislumbráis la relevancia?

Don Juan Ponce parecía arrebatado por una codicia sin límites.

—¿Su venta por gotas? —propuso Eslava.

Ponce sonrió torcidamente y negó. La empresa, dijo, era de mayor calado y se aprestó a exponer:

—Dios nos marca la fecha de caducidad en la nuca cuando nacemos, pero lo hace con tinta oculta. Solo Él conoce la fecha que asigna a cada cual para fenecer por ser Él quien determina cuándo ha de morir cada cual. Pero la juvencia hace visible la tinta de Dios y revela la caducidad de los marcados. Hace visible la fecha de la muerte, no siendo posible morir antes del vaticinio. Ya lo visteis en Karames y en don Rafael Cámara que no feneció, y aún mejoró de sus llagas, hasta que llegó la hora pronosticada por la juvencia.

—¿Cuál es la novedad? —requirió don Íñigo.

—Escuchad bien —Ponce se atusó el mostacho que se cerraba espeso en sus carrillos y miró uno por uno a los asistentes—. El emperador don Carlos Primero tendrá juvencia para cien mil soldados y podrá seleccionar los que posean lejana la fecha de su óbito. De esta manera podrá reclutar un ejército invencible, porque ese ejército será inmortal hasta el alcance de su hora predestinada. Esos soldados no podrán morir antes. España podrá al fin recuperar los Santos Lugares para la cristiandad. Y si la empresa prospera, con huestes inmortales y aliados de otros reinos, bien podría la Corona extender sus dominios por Asia y África. Y yo estaré junto a nuestro rey en tales empresas, y ustedes serán mis tenientes cuando los españoles tomen los últimos reductos del mundo con nuestro ejército de hombres inmortales. Debemos llevar la juvencia a España, sin más dilación.

Cruzamos miradas de asombro. Pensamos que Su Excelencia había perdido la sensatez de su juicio, si es que vez alguna lo tuvo. El profesor Castillo rompió el silencio, sobrecogido tras las palabras del capitán.

—La juvencia prueba que nuestras vidas están predestinadas y tienen un final previsto e inamovible, nada es fruto del azar, todo está preparado para que ocurra. Todo hombre es inmortal hasta que deja de serlo por alcanzarle la muerte, pero el hecho de desconocer el momento preciso de nuestro final, le frena para emprender empresas más peligrosas, justo por temor a morir antes. ¿En qué tipo de personas se convertirán aquellos soldados que no morirán en muchos años, sabiéndose inmortales hasta entonces?

Ponce dijo que conocer el momento de la muerte no implicaba librarse de enfermedades, llagas, dolores e incluso prisiones hasta el instante mismo de la hora suprema. Dijo que todos deberíamos conocer la fecha de nuestro final para valorar la vida que se nos otorga y disfrutar cada instante de ella, como un regalo del cielo.

A Dolce le pareció una idea disparatada que podría cambiar el curso de la historia.

—El ser humano debe evolucionar como lo hizo hasta ahora, aprendiendo de sus errores, creciendo en el conocimiento de cuanto le rodea, pero empequeñecido por la ignorancia de su propio destino. Debe temer su final tanto como al dolor, porque el temor a la muerte serena la codicia y las ansias de poder. Con todos mis respetos, lo que Su Excelencia propone es un desatino. ¿Cómo actuarán criminales y desalmados conociendo que nadie podría acabar con ellos hasta la lejana fecha de su muerte prevista? ¿Desea reclutar un ejército de cien mil desalmados inmortales? ¿Ha reparado en el dolor que supondría para los pueblos?

—La justicia del rey se aplicará contra quienes incumplan los códigos. La juvencia no les priva de sufrir penas y escarmientos —insistió.

—Excelencia —Castillo se sumó a las palabras de Dolce— el ser humano no está preparado para esto, porque cuanto más próxima esté la fecha de su muerte, si están sanos, se rebelarán contra su destino volviéndose desdichados o, peor aún, vengativos. Mientras desconozcan cuándo van a morir les quedará la esperanza de imaginar lejana su hora. Por el contrario, si les es vaticinada, les será vetado hasta la posibilidad de poner fin a su propia vida. Vimos a don Rafael Cámara acabar él mismo con su vida ante su gran desdicha y no fallecer. Los marcados no podrán poner fin a su vida antes de tiempo y su existencia será un tormento, pues cada día verán más próxima su propia muerte.

—Tanto mejor —arreció Ponce—, porque la muerte voluntaria es pecado mortal repudiado por la Santa Iglesia. Solo Dios goza de potestad para privarnos de la vida que nos cedió por tiempo limitado y solo Él puede arrebatarla cuando disponga, porque a Él pertenece. La juvencia nos adelanta el conocimiento de la fecha del juicio final, para que administremos la vida como mejor convenga. Esa es la grandeza de la eterna juventud.

—Si solo Dios dispone de la potestad de retirar la vida a los hombres, ¿por qué dispuso Su Excelencia la ejecución de indios y rebeldes? —inquirió Íñigo—. ¿Acaso decidís por el Creador?

A lo dicho sobrevino un silencio tan espeso que podía cortarse con un acero albaceteño. Dolce y Castillo veían una devastación futura por culpa de la juvencia.

—Los actos de los hombres marcados serán imprevisibles —advirtió el profesor tras negar con la cabeza el aserto del capitán—. Será un caos conforme se aproxime el desenlace. Los villanos se crecerán y ni la Justicia podrá ejecutarlos antes de su fecha, ni habrá cárceles para tanto rebelde. ¿Qué ocurrirá cuando los cien mil soldados mueran? ¿De qué habrá servido tanto dolor?

Ponce torció la sonrisa, pero no ofreció respuesta a las cuestiones que se planteaban. Abrió la puerta y mandó llamar a Sora, la esposa del chamán Tremike, el de los conjuros. La indígena entró con una criatura en los brazos y otros dos hijos mayores.

—¿Recordáis a Sora? —preguntó a Dolce.

—Sí. La asistí en el parto hace pocos días.

Ponce desnudó de collares la cerviz de la india. Tenía una fecha en latín. Después mostró las de sus tres niños. Entregó a la india un maravedí y pidió que se marcharan. Agradecida, la india besó la mano de Ponce antes de salir.

—¿Habéis marcado a Sora y a sus hijos? —preguntó sorprendido don Juan Eslava.

—A ellos y a otros más.

—Tienen la misma fecha. ¡Morirán todos el mismo día! —exclamó espantado Castillo.

—Es otro de los prodigios —añadió Su Excelencia dosificando la información. Se sabía único conocedor de los experimentos—. Por las fechas coincidentes de muertes masivas se pueden predecir grandes catástrofes y podremos así adelantarnos al futuro. Sora, sus hijos y otros indios marcados fenecerán la semana próxima, por ellos he sabido la fecha del ataque calusa. La juvencia nos ofrece el conocimiento del futuro para defendernos de catástrofes o, al menos, estar prevenidos ante ellas.

No es menester describir el sobrecogimiento de los reunidos ante el poder del oráculo. Caras de asombro en los circunstantes que miraban a un Ponce feliz de conservar a su recaudo el mayor descubrimiento de la historia. Faltaba una semana para el ataque calusa y Ponce sabía el día exacto, por ello apremiaba con ímpetu a calafates y carpinteros a fin de zarpar antes de la gran batalla. Pero ¿cómo iba a evitarlo si ya disponía de pruebas de que dicho ataque se producirá con certeza? Hubo desconcierto y desazón. La juvencia proporcionaba información a quien supiera usarla. Era sin duda un arma poderosa. Ponce pretendía continuar con los probatorios porque aquel brebaje prodigioso aún habría de aguardarnos grandes sorpresas. Pero don Íñigo leyó el temor en los ojos de su amada y empezó a inquietarse por dentro.

43

Laboratorio de datación C-14
Universidad de Miami, Florida

El teléfono del laboratorio rompió el silencio de la noche. Brenda dio unos pasos para atender la llamada, pero tropezó con un bulto en el suelo, al otro lado de la isleta. Abrió de par en par los ojos cuando identificó al profesor Juan Castillo. «¿Cómo ha llegado hasta aquí?». Recordó que en el poblado le comentó que ambos probaron la juvencia en el laboratorio, ella por accidente, él por curiosidad. Ambos perdieron el conocimiento y realizaron un viaje no pretendido en el tiempo.

Dio palmaditas en sus mejillas y lo llamó por su nombre, pero no reaccionaba.

El teléfono dejó de sonar.

Le tomó el pulso y examinó sus pupilas. Sus constantes parecían normales. Recordó que ambos le pidieron a Íñigo dos gotas de juvencia porque pensaban que sería la única forma de regresar, pero dudó si Castillo llegó a tomarla, o si prefirió continuar en aquel tiempo. Sabía que una de las propiedades del extraño fluido azul era revelar la fecha de la muerte. Ellos también la habían probado. Empujó la pesada espalda de Castillo y miró su cuello. Vio una fecha en números romanos:

IX Kal. Ian. MMDCCLXXXVIII AVC

2788 años después de la fundación de Roma. Cogió bolígrafo y papel y escribió: 2788-753 = 2035. El profesor le había enseñado a interpretar las fechas de la era romana. Después garabateo: *9 calendas Ianuarius*. Nueve días antes de las calendas de enero, esto es, el 24 de diciembre de 2035. Respiró aliviada al comprobar que el profesor Castillo aún viviría veintiún años. En cambio, se estremeció al recordar que ella también estaba marcada. De forma instintiva se llevó la mano a la parte posterior del cuello. El fantasma de la muerte resoplaba en su nuca. Comprobar la fecha de su final era una tentación difícil de vencer. Sacó del bolso un espejo de mano y se dirigió al aseo con pasos inseguros. Ante el espejo se vio pálida y con la expresión triste, como si hubiera envejecido varios años. Se situó de espaldas al espejo de la pared y levantó el de mano a la altura del rostro. Lo desvió ligeramente hasta que pudo ver su coleta sobre la espalda. Solo tenía que apartar el cabello y anotar la fecha. Su respiración se entrecortaba conforme se acercaba el momento. Le flaqueaban las piernas y el corazón le golpeaba el pecho. Casi podía oír los lamentos de los soldados de Ponce quienes, vaticinados por la juvencia, abandonaron sus puestos al descubrir que morirían en breve. Recordó el caos que se desató en el poblado y el enojo de Íñigo por la iniciativa del capitán de marcarlos sin su consentimiento. Ella tampoco tuvo opción de elegir, estaba marcada por un simple accidente. Tras unos segundos en el que pareció perderse en un universo lejano, en plena lucha entre la tentación y la coherencia, cerró el espejo de mano. Del botiquín de primeros auxilios tomó dos apósitos, uno para ella y otra para Castillo. Con ellos cubrió las predicciones.

Sonó su teléfono móvil. Era el profesor Tisdale. Cogió la llamada, pero no le dio tiempo a contestar porque la voz desatada de su compañero prorrumpió en el silencio.

—¡Sal de ahí rápidamente! ¡Van a por ti! —gritó desencajado.

—¿Quién viene a por mí?

—Estoy en la puerta principal del campus. Han entrado varios hombres armados y he visto cómo uno de ellos ordenaba que recogieran el cofre que tiene la doctora Lauper. ¿Qué diablos tiene ese cofre?

—John, tengo en mi móvil una llamada perdida de la CIA.

—¿Son de la CIA esos tipos? —preguntó nervioso.

Asustada, con el móvil pegado a la oreja, se asomó al monitor que recogía las imágenes de la cámara de seguridad del vestíbulo. Vio a tres tipos con traje que hablaban con el vigilante. Pensó que serían Will y sus hombres, pero no los conocía. El guardia, tras una breve conversación, negó con la cabeza y uno de ellos, el más delgado, sacó un arma y disparó una ráfaga. Horrorizada, vio caer al vigilante. El que disparó cogió el registro de visitantes y buscó entre los nombres. Hizo una señal a sus compañeros y se dirigieron hacia las escaleras.

—¡Acaban de disparar a Gregor!

—¡Sal de ahí! ¡Ahora!

—No puedo irme, Will está de camino. Le dije que le esperaría.

—¡Brenda, por Dios, vete de ahí o te matarán! Coge el cofre y sal por la escalera de incendios. Reúnete conmigo en… —Hizo una pausa dejando la frase sin terminar. Temía que los teléfonos estuviesen intervenidos.

—¿Dónde? —requirió nerviosa.

—¿Recuerdas el lugar donde aquel perro me mordió el zapato? —Años atrás, en el aparcamiento de la facultad, un pequeño schnaucer se enceló con el zapato derecho de John.

Siempre recordaban aquella anécdota entre risas.

—Sí.

—Nos vemos allí. Deshazte del teléfono, pueden rastrearnos.

El pánico se apoderó de ella. Asustada, miró a la calavera como buscando amparo en los hermosos ojos azules que un día, muy atrás, estuvieron alojados en aquellas cuencas. «Que la juvencia no sea hallada», parecían decir. «Vida y gloria a la Corona de las Españas y a la Dolce mía amadísima».

Con prisas, vertió el contenido del tubo de precipitado en la vasija mediada. El cofre era demasiado grande para cargar con él. Acelerada, miró a su alrededor. Vio en el perchero una amplia mochila, tal vez era de la becaria Romero. Vació su contenido sobre la encimera y metió en ella las veinte pequeñas vasijas. Se la colgó a la espalda, apagó la luz y salió del laboratorio a toda prisa, hacia las escaleras de incendios. Los pasos decididos de los hombres se oían nítidos en el silencio de la noche. Apenas había avanzado unos metros cuando los desconocidos le salieron al paso.

—¿Doctora Lauper? —el de mayor edad frenó en seco la carrera. Portaba un *walkie talkie* en una mano y una pistola ametralladora en la otra. Desconocía que aquel tipo elegante de perilla bien cuidada, pelo engominado y penetrantes ojos grises era Jacob Crespi, más conocido por Gottlieb, uno de los masones más influyentes de los Estados Unidos.

La mujer volvió sobre sus pasos y corrió cuanto pudo. «¡Espere!», voceó Gottlieb. Brenda entró al laboratorio, cerró la puerta, echó el pestillo y encajó el respaldo de una silla contra el picaporte, justo cuando los hombres intentaban acceder. Quedó frente a ellos a través del ojo de buey.

—¡Abra! Queremos hablar con usted.

—¿Qué quieren? —desconfió.

—El contenido del cofre. Démelo y no sufrirá ningún daño.

Negó con la cabeza. Gottlieb hizo una señal y Darian apuntó con su pistola al cristal redondo. La mujer se agachó justo cuando el vidrio estalló en mil pedazos. El jefe de seguridad de Gottlieb introdujo el brazo intentando localizar el pestillo. La doctora cogió un frasco, de los muchos que había en la isleta, y lo estampó contra la mano de aquel tipo. Los cristales se le incrustaron y el hombre bramó de dolor cuando el líquido abrasó sus heridas. Por el olor supo que era ácido clorhídrico. Enfurecidos, patearon la puerta deslizando la silla a cada embestida. Finalmente, el respaldo cedió y el cerrojo saltó por los aires. Accedieron al laboratorio, encendieron la luz y la buscaron bajo las mesas, en los armarios, en el despacho, en el baño y en el almacén. Se tropezaron en el suelo con el cuerpo inmóvil del profesor Castillo. Gottlieb se preguntaba dónde estaría Dores.

—Por aquí —Darian señaló a la ventana.

Brenda, aferrada a los salientes, había recorrido la fachada del edificio por la cornisa descolgándose por el canalón del tejado hasta alcanzar el suelo. Corrió por el jardín mientras escuchaba los sordos impactos de las armas silenciadas. Los proyectiles silbaban a escasos centímetros de su cabeza y penetraban en el mullido césped hasta que, al fin, amparada por la noche, consiguió perderse en dirección al lago Osceola. A una señal, Darian y Morillo abandonaron el laboratorio y bajaron las escaleras a toda velocidad. Desde la ventana, Gottlieb los vio perderse en la negrura. Volvió el silencio.

El americano dejó la pistola ametralladora sobre la encimera y registró la ropa del profesor. En un bolsillo de su chaqueta encontró el gemelo de oro. Volvió a ponerlo en el puño de su camisa. Ofuscado de odio por desconocer el paradero de Dores, le propinó una bofetada. Fue hacia el esqueleto y reparó en la espada con las siglas «IV». Vio el viejo cofre vacío y, sobre la mesa, un antiguo manuscrito. Intentó cogerlo, pero se rompía con facilidad. Lo leyó y volvió los ojos hacia los restos humanos.

—Menudo héroe —masculló entre dientes—. Ya ves para lo que te ha servido.

De un anaquel tomó un ejemplar al azar con tapa dura: *Isotopes Principles and Applications,* de Faure y Mensing. Lo abrió por la mitad e introdujo con cuidado el manuscrito, con el fin de protegerlo. Luego revisó el laboratorio. Observó el acelerador de partículas y repasó la pantalla del ordenador con los resultados del test. Tomó el informe impreso de la datación por radiocarbono, lo dobló y lo introdujo en el bolsillo interior de su americana.

«Sabía que no era una leyenda».

Tenía ante sí las pruebas que durante tanto tiempo había buscado. Solo le faltaba arrebatar la juvencia a la doctora Lauper, pero convencido estaba de que no había de tardar.

«Nunca estuve tan cerca. Casi puedo olerla».

Unos reflejos celestes sobre la mesa llamaron su atención. Inclinó la cabeza y se aproximó intrigado. Junto al microscopio había salpicaduras de un extraño aceite azulado. «Esto no será…». En el portaobjetos del microscopio había una muestra. Dedujo que la doctora Lauper se encontraba examinando el contenido de las vasijas cuando ellos llegaron. Miró por los oculares y, aunque no supo interpretar lo que vio, le pareció la imagen más hermosa del mundo. Acercó la luz del flexo a las salpicaduras de la mesa y las observó de cerca. Sus ojos fanáticos refulgían de satisfacción.

—Señor, se acerca un helicóptero militar. Abandonamos la búsqueda. Tenemos que salir de aquí —la voz de Darian sonó a través del radiotransmisor.

Deslizó el índice por una de las gotas azules, notó su tacto viscoso y contempló cómo aquel fascinante fluido se deslizaba lentamente por su falange. «Tan suave y tan poderosa», musitó sonriente.

—Señor, ¿me recibe? Hay que abortar la misión.

El elixir de la juventud eterna, la esencia del árbol de la vida, pensó. Se llevó el dedo impregnado a la nariz, cerró los ojos y buscó su olor. Fragancia dulce del paraíso primigenio, de abundancias y placidez de una vida eterna, de músculos firmes, de vigor lúbrico, de piel tersa, de lozanía jovial, de felicidad sin fecha de caducidad. Despacio, giró la mano en sentido inverso y la gota se deslizó hasta pender sobre la yema del dedo. Dejó que se precipitara en su lengua. Sin abrir los ojos, paladeó el sabor de su éxito con delectación morosa.

El rotor de un helicóptero se escuchaba cada vez más cerca.

—Señor, no podemos esperar más.

Arrebatado, deslizó los dedos por cada una de las salpicaduras y los lamió con regocijo, como un niño junto a un pastel. Buscó cada lágrima azul y deslizó su lengua por la mesa. Recordó el portaobjetos del microscopio, lo retiró y lo lamió varias veces.

La oscilante luz en polvo del foco penetraba por la ventana, las sombras del mobiliario crecían y se desplazaban proyectadas sobre suelo y paredes. Embriagado por el sabor de la victoria, esbozó la sonrisa suficiente de los vencedores. Se asomó a la ventana. Su pálido rostro, deslumbrado y cerúleo, sus labios ensangrentados, desfigurados, y la expresión arrebatada de sus ojos, le conferían un aspecto siniestro, desafiante.

—¡Sobreviviré a vuestras efímeras existencias! —voceó entre risotadas.

Pero el gesto le cambió inopinadamente. Se llevó la mano a la cabeza cuando le sobrevino un súbito aturdimiento. Abandonó la ventana y a duras penas pudo dar unos pasos vacilantes hasta la isleta. Intentó coger el libro con el manuscrito, pero no consiguió avanzar más. La vista se le nubló y todo parecía dar vueltas.

Cayó a plomo junto al profesor Castillo.

44

Don Juan Ponce estaba obcecado con la juvencia. Cierto que el brebaje tenía poderes, pero era tal su ansia de gloria, que en su cabeza rebullían riquezas, conquistas y honores anticipados. Y tramas conspirativas, pues creía que todo aquel que se aproximaba portaba la intención de arrebatarle el cofre.

Cumplido el plazo del capitán a los calafates mandó llamar a uno de ellos llamado Francisco Nájera, carpintero de ribera, pintador y artista meritorio en sus ratos de asueto. Con el miedo en sus adentros, acudió a la llamada de Ponce. El pobre calafate arrastraba los pies con desgana, como el reo que conducen al cadalso. Los trabajos avanzaban, decía el buen hombre, pero el barco aún no estaba listo para echarse a la mar. El capitán mandó azotarlo por incumplimiento de plazos, y como el calafate se le encaró e increpó a Su Excelencia y al rey que permite tales abusos, Ponce mandó ejecutarlo. Ejerció el verdugo su denigrante oficio escoltado por soldados de la guardia de Ponce. Fue ahorcado en la plaza de armas, ante la vista de todos para escarnio y advertencia de los demás carpinteros de bahía. Aquello causó gran aflicción entre los colonos, que ya no sabían si el enemigo estaba a un lado o a otro de la empalizada. Tenía Ponce el pecho pleno de ambiciones y una mente encendida de venganzas. Cegado por la codicia, ya no fue capaz de discurrir con lucidez.

Don Juan Eslava, hombre de juicio sereno, hizo ver al adelantado que, por escarmentar a los carpinteros ya disponía de uno menos para concluir los trabajos. Se encendió así la mecha del descontento.

Fue a la puesta —recuerdo que el sol comenzaba a dorar el páramo—, cuando el centinela de la torre dio la voz: «¡A las armas, a poniente!». A lo lejos, una decena de calusas, pintados y emplumados, enarbolaban una banderola blanca. El portador del banderín de paz se erguía sobre los demás por ser corpulento y sacar dos cabezas a sus acompañantes. Detuvieron el paso a prudente distancia de la empalizada, donde las escopetas no les alcanzaban. Entonces agitó la enseña de parlamento. Ponce mandó a don Íñigo salir al encuentro, prevenidos en armas y con escolta de cinco hombres. Debieron dar rodeo para no caer en las trampas y el foso oculto, lo que fue de mucha observancia del indio grande.

Tras un breve parlamento, volvió mi señor al poblado y contó que aquel indio alto y membrudo no era otro que el impío Matías Malasangre. Pese a las pinturas y plumajes, le reconoció por su gran estatura y su aliento pútrido. Junto a Bocatuerta, se había unido al pueblo calusa. Lo aceptaron porque venció en lucha al más fuerte de los guerreros de la tribu cuando lo apresaron y porque regaló al cacique una ballesta y dejó maravillado el jefe indio por el alcance del tiro. También le dio a montar un caballo, animal fuerte en el que los indios veían dioses venidos del cielo y les temían. Cuando el caudillo se vio a la grupa de la caballería, dominando sus movimientos, se sintió poderoso y agradecido a Malasangre, de manera que lo acogió en el poblado y le nombró lugarteniente. El gigante rio y dijo a Íñigo que recuperó la ballesta cambiándola al cacique por un trozo de espejo, y hasta agradeció el prodigio porque los indios pensaban que aquel cristal mágico era la ventana para comunicarse con el inframundo. Y aún rio más cuando recibió un puñado de pepitas de oro por seis cascabeles y un machete. Así de simples eran los indios y así de rufianes los españoles. Más falsos que el recato de las putas.

El gigante, mudado a indio, vino a darnos plazo de tres días con sus tres noches para rendir el fuerte, entregar el armamento, las caballerías y el barco. Caso contrario caerían sobre nosotros las dieciséis tribus calusas que se habían concentrado para asaltar el poblado, pues ultimando estaban nuevas canoas. Don Íñigo apretó los dientes, como si lamentara no haber ensartado su hígado con tres cuartas de acero cuando tuvo la ocasión. Así pues, lo mandó volver con los salvajes, que es donde debía estar, porque ninguno mérito ostentaba entre los buenos cristianos y las huestes de Su Majestad. Informado del parlamento, don Juan Ponce mostró su enojo con Íñigo porque la situación se aparejaba para acuerdo amistoso. Mi señor le dijo que Malasangre escupía sobre los pactos amistosos, pues carecía de honra y decencia. También refirió que el traidor vio el rodeo que dieron para alcanzar su posición cuando esquivaron el foso. «Mala cosa que españoles sean consejeros de los caníbales», acertó a decir Eslava. Renegó el capitán porque Íñigo no le dio traslado del parlamento, dando a entender que debían salvar la juvencia por encima de las vidas, por ser asunto de Estado. A lo que don Íñigo, adusto, dijo que no podía rendir el fuerte porque nos comerían como a venados y que por encima de la juvencia estaban colonos, soldados e indios que estaban a nuestro cargo. Su Excelencia reprochó airado que por encima de los vasallos estaba el servicio al rey, cuyo mandato venía dado por el Todopoderoso; a lo que Íñigo, ceñudo, increpó a Su Excelencia diciéndole que si tanto interés tenía en parlamentos debió acudir como adelantado del rey, en lugar de quedarse encerrado día y noche custodiando la juvencia.

Don Juan Eslava medió y serenó los ánimos. Al fin, tras caminar y resoplar como una fiera enjaulada, Ponce nos hizo una propuesta para salir del atolladero. Bajando la voz para no ser oído por la guardia, expuso su traza secreta basada en lo que dieron los calafates, que juraron que la reparación completa del buque aún llevaría una semana por el peso de personas y animalias que habría de soportar; pero si se limitaba la tripulación a una docena de hombres sin caballerías ni más carga, el barco podría zarpar en un par de días con reparaciones de urgencia. Con viento favorable alcanzarían las costas de Cuba sin muchos aprietos. Ponce propuso que, ante la relevancia de la empresa y la evidencia del ataque calusa, los siete conocedores de la juvencia, junto a cinco tripulantes, zarpásemos a Cuba en dos jornadas, y allá Su Excelencia mercaría navío nuevo con el que navegar a España de seguido.

Sabed que don Juan Ponce de León había hecho fortuna como gobernador de la provincia de Higüey. Allá empleó indios en sus plantaciones de yucas, que eran buenas para hacer panes. ¿Qué preguntáis las damas? ¿Que cómo es el pan de yuca? Ante la falta de cereal plantaban yucas, que son como palmeras chicas de hojas puntiagudas, que tienen sus raíces como zanahorias grandes de corteza áspera y color pardo, siendo por dentro muy blancas. Se rallan en fino y después lo estrujan con esteras tejidas que retuercen mucho para extraerle un zumo que es un veneno mortífero porque de un solo trago mata. Después de sacado el zumo queda un salvado que ponen a fuego lento en una cazuela de barro del tamaño del pan. Luego se cuaja y se hace una torta del gordor que se quiera y del tamaño de la dicha cazuela. La sacan y la ponen al sol y después la comen, y es buen pan que llaman de cazabi, que tiene buen mantenimiento en las travesías marinas, siempre que no se moje. Y este pan… ¡Maldita mi cabeza!… que las mujeres me eclipsan con recetas culinarias y pierdo el hilo de la historia. Prosigo, con lo que iba.

Os contaba los planes de Ponce y su intención de poner a la tropa el achaque de que los caballeros zarparían para entrevistarse con el gobernador de Cuba y solicitar refuerzos para enfrentarnos a los calusas y, al mismo tiempo, fundar una ciudad estable. Los concurrentes nos miramos extrañados sin dar crédito a lo que oíamos.

—¿Proponéis abandonar a nuestros hombres a punto de ser atacados por los caníbales? —don Íñigo bramó con el brillo de la indignación en la mirada.

—Preeminencia goza la misión por ser del interés del emperador —contestó hierático el capitán.

Mi señor le clavó los ojos.

—¿Qué obtenéis de todo esto? —prosiguió Íñigo.

—Méritos y honra de la más grande gesta para el reino a los ojos de la historia.

Íñigo, no conforme, insistió.

—Tengo entendido que Su Majestad concedió a Su Excelencia la décima parte del adelantamiento en Florida y de todos sus descubrimientos. Le correspondería pues un décimo de la juvencia, suficiente para acopiar gran fortuna vendiendo probatorios y predicciones a diez mil ricohombres del mundo.

Ponce estaba convencido de que Íñigo era uno escollo para sus propósitos.

—Los asuntos de mi encomienda solo me atañen a mí, y no a vos, y no he de daros explicaciones. Decidid, ¿quién de los presentes desea acompañarme a la corte del emperador don Carlos y recibir de nuestro rey generosas prebendas?

Íñigo se negó a abandonar a sus hombres y advirtió que hacerlo sería traición y una grave ofensa del honor. Mi señor se marchó de la estancia indignado por la propuesta infame del capitán. Salí tras él imitando el desaire, con la barbilla alta y aires de infinita indignación. Quedaron en compañía de un espeso silencio.

A la noche de aquel día fuimos a la cabaña de mi señor a beber un pellejo de vino que distraje del racionero cuando marchó a evacuar su vientre. Quise calmar a mi señor, que encendido estaba como una mecha junto a la pólvora. Don Juan Eslava, Castillo y la bella Dolce acudieron al poco.

—La juvencia será nuestra perdición —se condolía don Íñigo deslizando de nuevo la piedra de esmeril sobre la hoja de su espada, tal y como habituaba cuando le acudían los desvelos.

En tanto mi señor conversaba con Eslava sobre lo visto y lo oído en la casa de Ponce, con acuerdo de que el capitán andaba cegado por la codicia, Dolce se alejó con el profesor Castillo y mantuvieron una charla que no me quise perder. Con mis dotes en fingimientos, me dispuse a poner oreja. He aquí cuanto dijeron:

—Rafael Cámara estaba predeterminado a morir el dos de julio pero él mismo adelantó su final. La cuestión es si se hubiera quitado la vida de no haber probado la juvencia, pues fue el pronóstico el motivo de querer adelantar su muerte —cuestionó Dolce al profesor.

—Estaba marcado por el destino. Hubiera muerto de igual modo por un ataque al corazón, una intoxicación o un repentino accidente. Es lo que la ciencia llama principio de coherencia —respondió resignado el corbatado—. La juvencia acaba con la teoría del libre albedrío y desmonta la tesis de que el hombre forja su propio destino. Estamos ante la teoría de la predestinación para la que no valen rezos ni religiones. Tampoco las buenas obras pueden modificar el designio, porque no hay marcha atrás. El papel de la Iglesia como mediadora no sirve para nada.

—La mediación de la Iglesia ha sido inútil tanto en la teoría de la predestinación como en la del libre albedrío —Dolce hizo un mohín despectivo y continuó—. La predestinación es una enorme paradoja. Nuestro presente no puede modificar el futuro porque ocurrirá inevitablemente pase lo que pase, porque está escrito. Hagamos lo que hagamos sucederá lo que está previsto que suceda.

—Exacto. El hombre no puede cambiar el curso de su futuro. Nuestros actos y nuestra voluntad se ven subyugados ante el poder de una entidad superior. Son los cielos, o las leyes del universo, los responsables de todo cuanto ocurre en la Tierra. Existe un Ser o una Fuerza Suprema que ha establecido cómo deben suceder las cosas y en qué momento. El destino es inmutable y no posee variación, se mantiene tal cual está previsto, sin excepción alguna —replicó Castillo.

Doña Dolce agachó la cabeza y fijó la mirada en el suelo terrizo. Después trazó una mueca desaprobatoria.

—Yo pienso que el hombre es quien más influye en su propio destino. La teoría del libre albedrío sostiene que tenemos la capacidad de tomar nuestras propias decisiones y forjar nuestro futuro en función de nuestros actos en el presente.

—La Iglesia también tuvo profetas que anunciaron lo que iba a ocurrir. Jesús fue uno de ellos. Para la Iglesia el espacio-tiempo forma parte de la creación divina. Tal vez en el plano donde Dios reside el tiempo no existe. Desde aquella eternidad atemporal podría contemplarse la integridad de todo el tiempo, pasado, presente y futuro, en un único plano, aun cuando lo que ocurrirá sea la consecuencia de nuestras decisiones. De esta manera, Dios puede comunicar a sus profetas algunas de las cosas previstas sin que esto modifique el libre albedrío de los hombres.

Dolce, con la expresión triste, volvió a negar.

—Justificar que todo está en manos de Dios, ocurra lo que ocurra y hagamos lo que hagamos, hace inútiles todos los esfuerzos del ser humano por mejorar. Se pierde la esperanza por cambiar las cosas. Prefiero achacar las desgracias a los caprichos de una suerte adversa, antes que atribuir las desdichas a un Dios inamovible e implacable con indefensos e inocentes.

El profesor, inquieto, miró a ambos lados asegurándose de que nadie escuchó aquellas palabras. Había un brillo de censura en sus ojos.

—Más te vale que no divulgues reflexiones como la que acabas de hacer. Aquí no encontrarás quien te defienda si cuestionas la misericordia de Dios.

Dolce miró al profesor y se encogió de hombros dándole a entender que, viendo cómo se aparejaban las cosas, y después de lo vivido, poco importaba que se divulgara su opinión.

Castillo le confesó un temor que le embargaba. Si ellos, al probar aquel fluido azul, viajaron a los tiempos del pasado donde la juvencia se encontraba, otro tanto podría ocurrir con quienes la prueben en el pasado, que podrían viajar al futuro donde la juvencia igualmente se encontraba. Les dio por reparar en el desaguisado si esto llegara a producirse. El profesor, que se perdía en aquellos pensamientos, alcanzó a ver otra contrariedad.

—¿Has pensado qué sería de las religiones?

Ella le miró sin entender.

—Cuando el ser humano descubra que la fecha de su muerte es invariable haga lo que haga, que los rezos y las penitencias no modifican la voluntad inamovible de Dios, ni existe esperanza para indulgencias divinas, los feligreses se sentirán traicionados y se apartarán de la tutela religiosa. ¿Qué será del Vaticano para los católicos, la Meca para el islam, Potala para los budistas o Westminster para los anglicanos?

—De poco sirvieron las religiones, salvo para manipular conciencias, aplicar censuras y emprender cruzadas —suspiró.

Dolce se abismó en pensamientos hondos. Los vaticinios de la juvencia, dijo, creaban los mismos dramas que los médicos cuando tenían que anunciar a los enfermos que les quedaban pocos meses de vida. En tales casos, vaticinan como lo hace la juvencia, poniendo caducidad a la vida de las personas. Se preguntaba si era conveniente informarles de su limitada existencia para que se despidieran o hicieran las gestiones oportunas, o si era menester dejarlos ignorantes manteniendo una falsa esperanza mientras se les agota el tiempo y la salud.

Maese Castillo asentía resignado y añadió que la muerte no distingue entre sabios e ignorantes, ni entre pobres y ricos, pero es cruel cuando llama demasiado pronto a los justos y hace longevos a los villanos. Concluyó suspirando: «Este es el éxito de su fracaso». Y al decir esas palabras Dolce le preguntó si conocía el origen de la palabra «éxito» a lo que maese dijo: «Del latín *exitus,* que significa "salida", *exit* para los ingleses». En Medicina, dijo la física, *exitus letalis* es salida mortal, la muerte inminente. La Iglesia relacionó *exitus* con la muerte, con la salida del mundo físico hacia el plano eterno, es decir, el «éxito». Dicho esto, suspiró y añadió que ningún éxito supone el morir, que la juvencia convierte a los pronosticados en *exitus letalis,* en desahuciados de por vida, sin esperanza, como aquellos a los que los médicos anuncian la triste noticia de su exitus inminente.

Como me arrimaba para poner oreja, al verme gatear, Castillo me preguntó:

—¿Y tú qué piensas, Gualas?

—Disculpad, no estaba al tanto —fingí.

—Vamos Gualas, no te hagas el loco, que lo escuchaste todo. ¿Qué opinas de la predestinación?

Entonces, para no afear el llamamiento y demostrar que no era lerdo, me rasqué la barbilla y me puse a su altura:

—¿Cómo conocéis lo que piensa el Todopoderoso? —Una mano en la cintura, la otra señalando al cielo—. ¿Les confió Dios sus secretos? —Pausa teatral—. ¿Se lo preguntasteis? —Mano a la barbilla, como erudito pensante—. ¿Conocéis acaso el mirador celeste desde donde el Altísimo nos contempla y cómo se ven las cosas desde allá? —Barbilla alzada y palmas arriba, como clérigo en el púlpito—. ¿Sabía el Todopoderoso que le iba a robar este vino al ranchero cuando se fue a cagar? —Entrecerré los ojos envanecido—. Si el robo de este caldo fue predestinado por Dios y no hizo nada para evitarlo, ¿me otorgó con ello su bendición para deleitarlo sin ser mío? Rieron mis ocurrencias, pero a mí me parecieron tan acertados estos pensamientos que yo mismo me los agradecí.

Poco más acaeció en aquella jornada a no ser porque, a la puesta de sol, descubrimos que los nueve esclavos negros que quedaban en el fuerte habían escapado, lo que fue de mucha sorpresa porque sus grillos estaban abiertos. Rumores hubo sobre la presencia de un traidor entre nosotros. Recordé cómo escaparon los tres esclavos de nuestra expedición y encontré semejanza. Miré a don Íñigo y él enarcó la ceja de siempre, hablándome con la mirada. Bajé la cabeza y sonreí para mis adentros.

45

El Black Wawk UH-60 quedó suspendido en el aire y dirigía su potente foco a la fachada de la Facultad de Ciencias. Por sus compuertas laterales se descolgó el grupo de intervención de once agentes pertrechados con chalecos antibalas, fusiles de asalto con punteros láser y gafas de visión nocturna. En el vestíbulo los puntos rojos se movían inquietos en todas direcciones. Un agente se encargó del vigilante que agonizaba, dos custodiaron la puerta, cuatro subieron veloces por las escaleras del ala norte y otros tantos por la opuesta.

—Despejada posición sur —sonó una voz por los intercomunicadores.

—Dos civiles retenidos en un despacho del ala norte —emitió uno de los agentes desde el Departamento de Radiología del doctor Applewhite.

Abrieron todas las puertas de la Facultad de Ciencias, prácticamente vacía a aquellas horas de la noche.

—Dos hombres en el suelo en la última sala del corredor norte —informó uno de ellos desde el laboratorio—. Están inconscientes.

—¿Hay huesos? —preguntó el capitán Paterson, que dirigía la unidad.

—Afirmativo, señor. Veo un esqueleto sobre una mesa.

—Vamos para allá.

Los agentes se reunieron en torno al laboratorio del doctor Tisdale.

—Es su turno, Pope —ordenó Paterson al agente que portaba el maletín metálico.

Mathews Pope era especialista en criminalística con gran experiencia en el Departamento de Homicidios del FBI, hasta que fue destinado a la Agencia Central de Inteligencia. Le llamaban jocosamente *coonhound* por su habilidad para localizar rastros en la escena del crimen, como hacen los sabuesos de esa raza para buscar la presa. Se ajustó los guantes de látex, sacó de su maletín una avanzada cámara termográfica y buscó marcas en el laboratorio. El costoso detector criogénico era capaz de localizar rastros térmicos a una temperatura de 0,01ºC. Encontró señales recientes de calor humano sobre distintas superficies. Enfocó en todas direcciones hasta aproximarse a la ventana. Asomó medio cuerpo y lo confirmó.

—Señor, detecto señales térmicas recientes en la ventana, la cornisa y el césped. Alguien huyó en aquella dirección —en la pantalla brillaban manchas verdes y amarillas sobre fondo azul.

A una señal, seis agentes bajaron las escaleras a toda prisa y corrieron en la dirección que el *coonhound* señaló. Se ajustaron las gafas de visión nocturna y se perdieron en dirección al lago. Pope localizó huellas digitales, las hizo visibles tras polvorearlas con nitrato de plata. Adivinó la trayectoria del disparo desde el cristal roto de la puerta, encontró el impacto y extrajo el proyectil incrustado en una de las paredes. Con una lupa localizó cabellos que introdujo en bolsitas etiquetadas ayudándose de unas pinzas. Otro tanto hizo con las fibras de ropa que recogió sobre la isleta. Observó los destrozos de la cerradura y se llevó a la nariz el dedo de látex impregnado en el líquido del suelo, mezclado con gotas de sangre. Fotografió una huella de zapato que pisó el ácido. Después se centró en la pistola ametralladora de la encimera. Tomó sus huellas, olió la salida del silenciador y extrajo el cargador. «Mac-11, calibre de nueve milímetros con silenciador de arandelas», susurró.

Fue hasta los hombres que yacían inconscientes, observó sus pupilas, les abrió la boca y la examinó con una pequeña linterna. Tomó muestras de la mucosa bucal con un bastoncillo. Después se incorporó, caminó por el laboratorio reproduciendo mentalmente la escena y, tras unos segundos, desenterró su sonrisa lobuna y se dirigió al capitán:

—Eran tres los tipos que entraron, uno de ellos lleva cortes en la mano derecha —informó—. La chica tiene el pelo largo y castaño, teñido con mechas rubias, huyó por la ventana. Dos hombres la persiguieron, pero no regresaron, tal vez escucharon nuestro helicóptero. Uno de ellos, por el tamaño de su pie, debe rondar los dos metros de altura. El tercer hombre es uno de estos dos —señaló a los cuerpos del suelo—. En esta mesa hay numerosas marcas térmicas y restos de saliva, como si la hubieran lamido.

—¿Por qué iban a lamer la mesa?

—Tal vez algún líquido esparcido. Fue el de la perilla —aseguró Pope.

—¿Cómo lo sabe?

—Porque lamió el portaobjetos del microscopio y se cortó en la lengua.

El capitán Paterson ordenó la incautación del ordenador, el AMS y las muestras que se encontraban en el interior del acelerador de partículas. Recogieron los restos óseos, las armas, el cofre vacío, el libro con el manuscrito y una rosa que había junto al profesor Castillo. También registraron las ropas de los hombres que yacían en el suelo interviniéndoles la documentación, sus efectos personales y la pistola ametralladora.

—Capitán, el vigilante ha muerto —informó por el intercomunicador el agente que quedó a su cargo—; recibió una ráfaga de disparos. He recogido ocho casquillos calibre nueve milímetros Parabellum.

—La Mac-11 —sentenció Pope.

«Ni rastro de las vasijas», se lamentó Paterson. Registraron cada uno de los departamentos de la facultad, en todas las plantas del edificio. El capitán ordenó precintar la entrada del laboratorio y se prohibió el acceso al personal. Fueron interrogados el doctor Applewhite y su ayudante, que negaron haber visto a Brenda Lauper desde que se marchó al laboratorio para realizar una datación por radiocarbono. Identificaron al profesor Felipe Serrano como el tipo que preguntó por ella y que llevaba una rosa en la mano.

El capitán marcó un número en el teléfono.

—¿Sí? —se oyó la voz de Tomlin.

—Al habla el capitán Paterson desde la unidad de intervención Jaguar 5.

—Esperaba su llamada —respondió el asesor de Seguridad Nacional.

—Contacto realizado. Encontrados los huesos y los objetos, pero sin rastro de las vasijas. El cofre está vacío. Hay dos hombres en el suelo identificados como Jacob Crespi y Felipe Serrano. No parecen heridos, pero están inconscientes.

—¿Felipe Serrano?

—Afirmativo. Me temo que la documentación es falsa. Sus rasgos coinciden con la fotografía que Seguridad Nacional nos remitió del español Juan Castillo Armenteros.

—Las vasijas deberían estar ahí. Las tenía la doctora Lauper.

—Negativo. La doctora no se encuentra en el edificio.

—Esto no le va a gustar al jefe —se lamentó—. Ampliad el radio de búsqueda. El registro posicional de su teléfono la situaba en ese laboratorio hace quince minutos. No debe andar lejos y tiene las vasijas en su poder. Prioridad absoluta para localizarla.

—Señor, mis hombres le siguen el rastro, pero sería conveniente el envío de refuerzos, el campus es muy grande. Es posible que haya salido de él.

—Los refuerzos van de camino. Paterson, hay que encontrarla como sea. Es un asunto de Seguridad Nacional.

—¿Qué hacemos con Crespi y Castillo?

—Traedlos en el helicóptero de la segunda unidad cuando llegue.

Crepitaba el fuego cuando abrió los ojos. Le estallaba la cabeza. Una humareda densa y mortecina se esparcía entre las ruinas y se adentraba en el páramo. Se levantó del suelo y miró a su alrededor. Parecía un fuerte de madera arrasado tras una batalla. Una empalizada destruida, restos humeantes de chozas, torres caídas y el suelo sembrado de flechas, piedras, lanzas y machetes. «¿Cómo he llegado hasta aquí?», musitó mientras se sacudía las mangas del traje.

—¡¿Hola?! —llamó—. ¡¿Puede oírme alguien?!

A sus voces acudieron tres individuos emplumados. Iban casi desnudos y tenían la piel garabateada con pinturas negras y rojas. Abrían sus bocas sangrantes en una extraña mueca, imposible saber si sonreían o amenazaban. «¿Indios? ¿Qué sitio es este?». Uno de ellos le aproximó al cuello la punta del machete.

—Tranquilos —levantó las palmas de las manos—. Me llamo Gottlieb y estoy desarmado, ¿quiénes son ustedes?

Los nativos decían frases en una lengua desconocida y le aguijoneaban la espalda conminándole a andar. A pocos metros, tras las ruinas ardientes, decenas de indios aullaban y gritaban exaltados. El horror se apoderó de él cuando, en la explanada, vio a una muchedumbre que dentellaba cuerpos destripados y desmembrados de varios hombres blancos.

«¡Caníbales!».

Lo condujeron ante un jefe con brazaletes cobrizos y un gran penacho de garza en la cabeza. El cacique le mostró un ídolo de madera con forma de serpiente y plumas alrededor del cuello. Ceñudo, el jefe indio voceó palabras ininteligibles y señaló un estandarte español que había en el suelo.

—¡No sé qué dices, indio estúpido!

El jefe calusa le clavó los ojos y se aproximó. Quedó inmóvil, como un reptil a la espera. Habló, al cabo, con palabras articuladas:

—Hombres de piel clara profanar templo gran Quetzalcóatl. Hombres blancos no buenos.

Dicho esto, el jefe retrocedió unos pasos, levantó su cetro y los atabales de piel de bisonte sonaron frenéticos. Se aproximó un guerrero membrudo armado con un sable castellano. Dos indios sujetaron al forastero por los brazos y el armado le hundió el acero en el vientre. Sintió cómo un fuego lo penetraba de parte a parte abrasando sus adentros, desgarrándolo de dolor. Desorbitó los ojos y abrió la boca. El ejecutor extrajo el sable y Gottlieb se llevó las manos al vientre sangrante. Cayó a tierra, de rodillas.

—Bastardos... soy inmortal... —balbuceó vomitando sangre.

El guerrero volvió a estoquearle. Esta vez la hoja le atravesó el pecho de parte a parte.

Cayó a un lado entre estertores agónicos.

—No... pue...do... mo...rir... —consiguió decir con un hilo de voz antes de que sus ojos se cerraran para siempre.

46

Si hasta el presente punto os satisfizo el román, poned oreja a lo que sigue, que es cosa de contar en vuestras casas en las noches de candela. Don Juan Ponce de León andaba inquieto por no encontrar forma de zarpar y evitar con ello el ataque calusa. Tras mucho discurrir, Su Excelencia convocó a la guarnición y, desde la escalinata, a todos habló con estas palabras:

—Días y noches llevo en desvelo por el designio de este poblado que a mi cargo compete como adelantado de Su Majestad. Bien sabéis que los salvajes se disponen a atacar el fuerte y hacerse con el buque. Sabéis que el enemigo es de muy crecido número, pero los salvajes adoran a ídolos falsos y a nosotros nos asiste el Todopoderoso. Y si el Creador dispone que hemos de marchar con él a su Gloria, lo haremos como cristianos defendiendo patria y religión. Sea como el Señor disponga. En vista de mi débito por vuestro servicio, he ordenado a los rancheros doblar el racionado y servir generosas viandas de carnes, pescados, frutas y dulces por si la suerte nos diera la espalda en los próximos días. Os cedo los últimos odres de vino de mi bodega que reservaba para mejor ocasión. Pero ¿qué mejor ocasión que esta? Si hemos de fenecer hagámoslo bien comidos y agradecidos a Nuestro Señor. Sabed que si sobrevivimos y regresamos a España duplicaré los salarios en premio a vuestros servicios e informaré al emperador don Carlos sobre cada uno de vosotros para que os dispongan mesas francas y os concedan premios en función a vuestra valía. Tras la homilía del arcipreste, comed y bebed a vuestro gusto, deleitaos y bailad, que ya dispondrá el Salvador para el día de mañana. Así lo digo y así lo mando.

Siguieron a sus palabras aplausos de júbilo y vítores en algarabía a Ponce y al rey don Carlos. Pero don Íñigo, escamado, recelaba y, cuando el adelantado volvió a sus aposentos, mi amo, acompañado por Castillo y don Juan Eslava, fueron a ver a Dolce a la enfermería.

—Sospechosa la generosidad de Ponce —advirtió don Íñigo.

—Muchos hombres podrían morir en la batalla. Es justo que desee estimularlos.

El profesor Castillo nos sorprendió con una sentencia inopinada:

—Ponce morirá en breve.

Todos los ojos se dirigieron a él. Don Íñigo preguntó por qué lo sabía. Dijo el maese que conocía bien la vida de Juan Ponce de León por haberla estudiado en los libros de historia que de él hablarán en el futuro, lo cual causó la lógica turbación en los presentes. Pero los libros, decía, no aclaran el día preciso del fallecimiento, pero con certeza que fue en julio de mil quinientos veintiuno en la isla de Cuba. Quedaban pues escasas jornadas para el desenlace. En las crónicas y biografías sobre Ponce de León había periodos oscuros, episodios que jamás se conocieron, sobre todo los relacionados con su último viaje a la Florida. Doña Dolce dijo que si las biografías decían que don Juan Ponce murió en Cuba es porque consiguió zarpar de Florida.

A don Íñigo todo aquello le parecía un desatino y estaba convencido de que en el mundo existían asuntos complejos que escapan al entendimiento de los hombres. Dolce, con sus manos en la cabeza, tal y como habituaba en momentos de desasosiego, decía que había que evitar que la juvencia llegase a manos del emperador don Carlos. Si ya era uno de los hombres más poderosos del mundo, con la juvencia podía adueñarse del mundo entero y desatar un desaguisado entre culturas, imperios y religiones. Insistió en que los humanos no estamos preparados para conocer el anuncio de nuestra muerte y un conocimiento masivo y anticipado podría cambiar el mundo, desatar el caos.

Castillo asentía y añadió sus palabras:

—Poco sabemos aún de la juvencia. Desconocemos su origen, su composición y de dónde procede su poder. Lo único cierto es el drama que provocará.

Don Juan Eslava, que no alcanzaba a comprender la magnitud del problema, se mostró resignado, pues saber la fecha de la muerte no era tan gravoso. Si los hombres conocieran con antelación su final bien podrían habituarse y cada cual daría valor al regalo de la vida, centrándose en gozar de su presente poniéndose a bien con Dios hasta la hora suprema.

—Como bien decís, si todo está predeterminado y escrito, no importa lo que hagamos porque no podremos modificar ni el presente ni el futuro. Pasará lo que tenga que pasar —señaló.

Don Íñigo, extrañado, se acercó a Eslava con la ceja enarcada.

—¿Estáis marcado?

Humilló la cabeza y asintió. No pudo reprimir la tentación de conocer la fecha de su muerte y pidió a Ponce probar la juvencia. Necesitaba saber si sobreviviría al ataque calusa. Después desnudó su cerviz y mostró su marca. Le quedaban diez años de vida que juro vivirlos en paz y sosiego. Dicho esto, marchó a disponer la pitanza en la confianza de que empezaba el tiempo de sus años postreros.

Doña Dolce volvió a llevarse la mano a la cabeza y a caminar por la enfermería con desasosiego. Entre tanto, los rancheros y sus ayudantes disponían las tablas para el banquete que se iba a celebrar en la plaza de armas ante el jolgorio de muchos.

—Esto es una locura. Debemos impedirlo —repetía la mujer mirando a maese Castillo.

Don Íñigo, perdido en cavilaciones, requirió la opinión de Castillo. El forastero de la corbata puso la mano en el hombro de mi señor y habló de esta manera:

—Amigo Íñigo, la juvencia anuncia la muerte. Lo hemos visto. El destino existe y está escrito. Todo está previsto de antemano que suceda, pero el hecho de que Dolce y yo hayamos aparecido en este tiempo y en este lugar también estaba previsto; como también lo está que impidamos que los efectos de la juvencia se extiendan por el mundo. No hay otra explicación para nuestra presencia en este poblado. Debemos evitarlo y usted es el único que puede ayudarnos.

47

Perseguida por los hombres de Gottlieb, la doctora Lauper se adentró en la zona más oscura del campus dejando atrás los edificios administrativos, la biblioteca y la piscina. Con la mochila a la espalda, corrió cuanto pudo por la avenida del Doctor Miller hasta alcanzar la explanada del *parking*, junto a la Facultad de Derecho. Podía oír las carreras precipitadas de sus perseguidores. John Tisdale, al verla, lanzó dos ráfagas de luces. Cuando Brenda vio el antiguo Pontiac de John se sintió aliviada, porque el resuello le quemaba el pecho.

—Me alegra verte, colega. —El profesor se estiró hasta abrir la puerta del copiloto y Brenda saltó sobre el asiento.

—¡Pisa a fondo esta antigualla!

—¿Mi *muscle car* del 64 una antigualla? —gruñó al tiempo que las ruedas traseras chirriaban en el asfalto. Darian y Morillo dispararon.

—¡Agáchate!

Salieron del *parking* a toda velocidad y se incorporaron a la calle de San Amaro hasta el bulevar llamado, curiosamente, Ponce de León. En ese momento un helicóptero militar se adentraba en el espacio aéreo del campus.

—Menuda has liado —exclamó Tisdale, en el fondo encantado con aquella apasionante aventura—. ¿Quiénes eran esos tipos?

—No los he visto en mi vida. Han disparado a Gregor. Quieren esto —señaló la mochila que sostenía sobre sus piernas—. Me han llamado de la CIA, pero no conseguí hablar con ellos. Desactivé el teléfono como me dijiste.

—Nos buscarán en nuestras casas —advirtió John pensando dónde ir—. Tengo una idea.

En el cruce del bulevar con Red Road viró bruscamente al oeste y tomó la avenida 57.

—¿Dónde vamos?

—Desde un helicóptero no tardarían en localizarnos. No hay muchos automóviles como este. Mis padres tienen una pequeña casa en Matheson Park. Iremos allí, tengo las llaves.

Viró de nuevo a la izquierda por 80 Street y recorrieron varias manzanas en medio de un tráfico denso. Se desviaron por Cutler Road aproximándose a la costa. Pasaron junto a un cartel que anunciaba una milla a Matheson Hammock Park & Marina. El Pontiac giró a la izquierda y se detuvo ante el acceso del complejo residencial privado Journey's End, en el 9506 de Cutler Road.

—¿Qué contiene el cofre para que maten por él? —preguntó intrigado.

—Algo que tendrás que ayudarme a destruir.

—¿Destruir?

Brenda asintió con tristeza recordando el empeño de Íñigo de Velasco.

El profesor Tisdale pulsó un mando a distancia y la reja de entrada a la urbanización se desplazó por el raíl. Circularon un breve trecho por la vía principal del complejo hasta que pulsó un segundo botón del mando y el brazo hidráulico de la vivienda hizo chirriar los goznes del portón. Accedieron a una moderna residencia con tejados de pizarra perimetrada por un muro de piedra. El espacio era generoso y la vegetación, junto a la piscina, tropical y exuberante. En la cochera apagó el motor y se apresuró a abrirle la puerta a Brenda.

—¿A esto llamas pequeña casa? —dijo sorprendida.

Cuando se cerraron los automatismos, John exhibió su impaciencia.

—Venga, muéstrame tu secreto —movía los dedos recabando conocer el contenido de la mochila.

Ella puso en su mano una de las vasijas y Tisdale la observó con los ojos muy abiertos.

—¡Qué maravilla! —murmuró fascinado—. Es de un metal muy ligero y resistente. ¿Estás segura que lo encontraron en Everglades City?

Brenda asintió:

—Everglades City fue el último asentamiento de Juan Ponce de León. El esqueleto pertenece a un soldado español llamado Íñigo de Velasco. Fue quien arrebato el cofre a Ponce de León en 1521.

—¿Cómo sabes eso?

Ella suspiró y no contestó.

John, seducido por la vasija, la examinó mientras caminaba hacia el salón de la vivienda. Brenda le seguía. Depositó el recipiente sobre la mesa del comedor y la contempló desde todos los ángulos.

—¿Las demás vasijas son iguales o su decoración cambia?

—No lo sé. —La doctora Lauper le entregó otra vasija y él la dispuso junto a la primera para compararlas.

—Los relieves son distintos. Parecen jeroglíficos. Sácalas todas.

El profesor las puso en fila y las fue cambiando de orden hasta que, al fin, sonrió.

—El regreso de Quetzalcóatl, el dios de la serpiente emplumada —musitó.

—¿Quetzalcóatl?

Tisdale, apasionado de las civilizaciones perdidas, le explicó que se trataba de un importante dios precolombino y que los relieves de las vasijas pertenecían al arte maya.

—John, ¿sabes lo que contienen estas vasijas? —preguntó Brenda restando importancia a la conexión maya.

El profesor la miró con ojos brillantes y asintió.

—La eterna juventud.

—¿Lo sabías?

—Todo el mundo sabe que Ponce de León buscó esa fuente mágica en Florida. Brenda, esto es un descubrimiento de proporciones colosales. Hay una vasija medio abierta. ¿Qué tal si la probamos? —dijo tomando el recipiente.

—No, John. Tenemos que deshacernos de la juvencia —volvió a meter las vasijas en la mochila.

Cuando levantó la cabeza se topó con el cañón de un revólver.

—Suelta la mochila —conminó.

Por su expresión pálida y su mirada decidida supo que no bromeaba.

—¡John! ¡Confié en ti!

—Lo siento Brenda. No puedo permitir que destruyas lo que tanto tiempo costó localizar.

El profesor Tisdale cogió la mochila y, sin dejar de apuntarla, retrocedió unos pasos.

—Ya puedes salir —giró levemente la cabeza. Por la puerta del salón apareció un tipo con traje marengo, camisa blanca y corbata a rayas.

—¡Will! ¿Qué haces aquí? —Brenda no entendía nada.

Después miró a John y supo que aquella no era la casa de sus padres.

—¿Os conocéis?

—Somos hermanos de la orden —contestó el fiscal del Distrito.

—¿Qué Orden? ¿Will, qué está pasando?

El fiscal Will Carpenter le informó que el descubrimiento de la juvencia era el acontecimiento más importante de la historia de la humanidad desde la llegada de Jesucristo. La Orden Juven de San Agustín de Florida llevaba tiempo buscándolo, pero precisaban un informe técnico y forense con toda urgencia para verificar su antigüedad.

—Me presionaron de arriba para elevar el informe en cuarenta y ocho horas. John estaba fuera del Estado y solo podías hacerlo tú. Ordené al ayudante Morrison llevar los restos a tu departamento para el informe pericial preceptivo. Incluso él desconocía el valor del hallazgo. No debieron matarlo.

—¿Han matado a Morrison? —Brenda no salía de su asombro.

—En nuestra organización hay hombres muy poderosos dispuestos a entregar toda su fortuna a cambio de recuperar la juventud y gozar de vigor eterno. Pero sin un informe técnico para verificar la antigüedad y la autenticidad del descubrimiento se negaban a pagar lo acordado.

—Will, este fluido no rejuvenece, anuncia la fecha de la muerte.

—¿De qué diablos hablas?

—Lo que encontró Juan Ponce de León no fue una poción rejuvenecedora, la juvencia predice la fecha de la muerte de las personas y eso originó un caos entre los conquistadores españoles en 1521. Ponce de León fue consciente de esa predicción y quiso entregarla al rey de España para crear un ejército de soldados invencibles, porque todo aquel que la prueba no puede morir hasta la fecha predestinada. Pero Ponce no consiguió su propósito porque se lo impidió Íñigo de Velasco, que hizo desaparecer la juvencia.

—¿Dónde has leído esas patrañas?

—No lo he leído, lo he vivido.

—Estás loca —dijo Will cogiendo la mochila y haciendo una señal a John—. Enciérrala en la bodega y marchémonos.

—No, Will. ¡Espera, por favor! —clamó mientras el profesor Tisdale la conducía escaleras abajo.

A empellones la llevaron hasta un sótano que se utilizaba como despensa. Había estanterías con latas de conservas, salazones y garrafas de aceite. También un arcón congelador y una bodega con una nutrida selección de vinos. Al fondo un pequeño cuarto de baño.

—Will, te he mentido, lo siento —suplicó antes de que cerraran la puerta. Conocía la ambición de su expareja e improvisó un plan—. He analizado el fluido en el laboratorio, puedo proporcionarte información que nadie conoce.

Aquella frase causó el efecto esperado. Will quedó pensativo y, tras unos segundos, hizo una señal a John. La llevaron de nuevo al salón.

—Soy todo oídos —dejó la mochila sobre la mesa de centro y tomó asiento en el sofá.

Brenda se sentó en un sillón y respiró hondo. Señaló la mochila y le dejaron buscar en ella el recipiente mediado.

—Estas vasijas contienen un extraño fluido de origen desconocido —hablaba arrastrando las palabras. Buscaba ganar tiempo mientras pensaba una salida airosa a su comprometida situación—. Hice unas pruebas en el Departamento de Bioquímica. Está compuesto por una extraña cadena de aminoácidos capaces de invertir el envejecimiento celular.

Su explicación tal vez hubiera convencido a Will, pero no a un reputado científico como Tisdale.

—¿Cómo lo has comprobado? —preguntó John, escéptico. Seguía apuntándola con el revólver.

—Suministré una pequeña dosis a uno de los cobayas del laboratorio al que días atrás habían inoculado varios virus —mintió—. Macroscópicamente hubo un notable cambio. El animal se mostró activo y energético. También aprecié cambios en el ámbito microscópico. Cada cromosoma posee una serie de secuencias repetitivas denominadas telómeros —continuó dotando a su mentira de la mayor credibilidad. Luchaba en un mar agitado de emociones—. Debido a la replicación del ADN, los telómeros se van acortando en las sucesivas divisiones, aunque la telomerasa atenúa el proceso de acortamiento. Pero esta enzima funciona en células embrionarias, no en las células somáticas, lo que conlleva, con el paso del tiempo, un acortamiento progresivo de los telómeros cromosómicos desencadenando el proceso de muerte celular asociada al envejecimiento. Desconozco cómo actúa la juvencia en otros niveles, habría que hacer un estudio más pormenorizado, pero está claro que frena el acortamiento de los telómeros y detiene el reloj vital de las células. Es como beber del Santo Grial.

Ella dejó que sus últimas palabras se desvanecieran y aguardó su efecto. Will buscó en los ojos de John una respuesta, pero este quedó pensativo.

—No pudo darte tiempo a realizar el experimento desde que me enviaste la fotografía por WhatsApp hasta que te recogí en el campus. Ese estudio precisa semanas o meses.

En ese momento escucharon el rotor de un helicóptero sobrevolando la casa. Los tres dirigieron la mirada al techo.

—Nos han localizado. ¿Cómo saben que estamos aquí? —Will clavó los ojos en el profesor Tisdale.

—No lo he comentado con nadie —aclaró el profesor.

—El FBI no puede ser —añadió Will, inquieto.

—Es la CIA. Han llamado a Brenda.

La doctora aprovechó el desconcierto de los hombres para confundirlos aún más.

—Me buscan a mí y a la juvencia. Es vuestra única oportunidad de ser eternamente jóvenes e inmortales —dijo la doctora ocultando los verdaderos efectos.

Will miró a John pero este, reticente, frunció el ceño. No terminó de creerse la versión de la doctora. El fiscal Carpenter, tenso ante la posibilidad de perder aquella oportunidad única, cogió la vasija mediada y, sin pensarlo, se la llevó a la boca y apuró su contenido. Sus ojos resplandecían de satisfacción. «Siempre te cegó la codicia», musitó Brenda. Le vino a la cabeza la frase que con frecuencia pronunciaba Íñigo de Velasco cuando hablaba sobre la deslealtad: «Si deseáis una mano fiel que no os traicione, la encontraréis al final de vuestro propio brazo».

Will no tardó en sentirse aturdido. Primero se tambaleó, después se desplomó. Y en su caída se aferró al brazo de John provocando que el revólver rodara por el suelo, momento que Brenda aprovechó para estampar un jarrón de porcelana sobre la cabeza del profesor Tisdale.

Ambos quedaron en el suelo, inconscientes.

Cogió la mochila y corrió hasta la bodega.

48

Pitanza generosa autorizó Su Excelencia en regalo a los sacrificios desde nuestro arribo a Bimini, y a los que aún habríamos de padecer. Y lo hizo con tanto interés, que bien parecía querer cebarnos como a cochinos. Semanas hacía que no probábamos guisos de sustancia, fuera de calderetas aguadas, tasajos de tocino o tortas rancias de maíz. Don Juan Ponce, sabedor de las aflicciones que nos aguardaban, mandó vaciar los estancos. Luego habló a los cocineros y les ordenó contentar a colonos y soldados como en las fiestas patronales.

Dolce ayudó en la cocina de buen grado. A las piernas de puerco añadió especias majadas con cilantro y aliñó carne de ciervo con vinagre y esencias. Trajeron los ballesteros aves desplumadas que fueron guisadas en calderos, con sus adobos, menudillos y patatas, que son raíces gordas como puños que allí se crían bajo la tierra, como las yucas y los boniatos. También sazonó unas bayas como manzanas rojas, jugosas y de piel suave que los indios llaman tomates. Los tequestas contribuyeron con carnes de manatíes y langostas. Ponce autorizó servir los últimos madejos de tripas. Y os juro que los pastelillos de carne y los chicharrones daban más vida que una azumbre de agua que dicen de la eterna juventud. Para los postres, dulces de almíbar, buñuelos de miel y tortas rellenas. Para remate, tabacos que, al prenderles fuego por un extremo, se aspira el humo de su hojarasca seca. Como sabéis, la Santa Inquisición castiga aquellos hábitos, pues solo el diablo puede dar a un hombre el poder de echar humo por la boca. Pero allí humábamos a placer.

Doña Dolce se empeñó en picar las viandas muy menudas para los desdentados por escorbuto. Hervía patatas, cortaba tomates, ajos, cebollas y otras verduras y lo aliñaba todo con sal, vinagre y aceite a lo que llamó ensalada. Pese a ser plato fresco de verano, yo aporté mi toque especial para distinguirlo de la receta de la mujer. Y al mío llamé pipirrana, porque ensalada no es nombre para lucimiento porque todo lo que lleva sal debiera llamarse ensalada; pero pipirrana solo hay una, la auténtica, la que el gran Gualas trajo a España desde Florida. De ahí su fama.

Tras el román, y por un maravedí, revelaré a las damas oyentes la fórmula de la rica pipirrana de Jaén, por ser distinta a las de otros lares, pues lleva mi toque magistral. Consiste en pelar los tomates y, junto a los pimientos verdes y las claras de dos huevos duros, hacer trocitos y echarlos en un dornillo de madera. De seguido, en mortero, majar las yemas con ajos, sal y aceite y echarlo en el cuenco haciendo mescolanza caldosa para mojar en ella sopas con pan de escanda. ¡Maldita mi lengua ingenua, que con tanta distracción ya divulgué la fórmula pipirranil y, por mi boca pelleja, me quedo sin maravedí!

Bueno, a lo que iba.

Bullía el poblado con los preparativos del festín. Ved cómo iban de un lado a otro los guisanderos con sus trebejos, cómo humeaban los calderos llenando el aire de esencias, los estómagos de ácidos y las bocas de babas. A falta de esclavos negros, que huyeron, indios jóvenes servían en las tablas tarazones de carne aliñada dando muchos viajes con bandejas bien servidas. Se colmaban los vasos con aguamiel. El vino de Hipócrates, también llamado hipocrás, lo hacía el cantinero con mucho oficio, a saber: vino, cinco partes de canela, tres de clavo y una de jengibre y, por una de azumbre, seis onzas de miel a falta de azúcar. Todo ello mezclado y vaciado en una olla y hervido, y luego colado en una tela hasta que salga claro.

De su bodega, tal y como prometió, Su Excelencia llevó los odres de vino que el adelantado en persona aportó, como queriendo servir a los que sirven en vísperas del fin del mundo. Cuando el hipocrás se terminó, Ponce mandó repartir el vino, un tanto avinagrado por los vaivenes de la mar durante el viaje, pero de mayor agradecimiento que el hipocrás dulzón. Muchos bebieron con prodigalidad en tanto los marinos gallegos tañían laudes y gaitas y alegraban el oído con cánticos de su tierra. De esta manera nublábamos los penares.

Quien os habla observaba las viandas babeando como los lebreles, desoyendo las recomendaciones almibaradas del arcipreste sobre el comer regladamente. Decía que el hartarse es de puercos, mas no aplicaba para él regla tan estricta, ni en el comer ni en el yacer con indias, que muchos días el fraile solo era religioso de cintura para arriba.

Pero algo me impedía disfrutar del banquete: la inquietud de mi señor, que lo miraba todo como barruntando contingencias. Don Íñigo no probó bocado por su intuición y la sagacidad propia de quien ha mamado contingencias en los pechos de la vida. Fue así como clavó su mirada azul en Ponce, en los soldados, en los criados, en los manjares, en los marinos, en los indios y en los centinelas de las torres. Y ocurrió, como ocurre cuando la Providencia avisa que algo no está bien que ocurra, que mi señor reparó en el pescuezo de un soldado que portaba en la mano un cáliz de vino. Estaba su cerviz marcada con la fecha de su fallecimiento.

Don Íñigo, desconcertado, y ante la sorpresa de los comensales, fue despejando cuellos y vio que muchos estaban marcados. Eran los que mantenían en sus manos las jarras de vino con las que brindaban. Entonces mi señor tiró mi copa de un manotazo cuando estaba a punto de darle un tiento, luego desenvainó su espada y la emprendió con los pellejos de vino echando a pique su contenido. «¡No probéis el vino o quedaréis marcados!». Corrió hasta Dolce que se hallaba a mi lado y preguntó: «¿Bebisteis vino?». Negó contrariada. Acto seguido, fue hasta Su Excelencia y le acusó de haber contaminado el vino para marcar a la hueste. Algunos ingenuos, que desconocían lo tocante a la juvencia, se creyeron envenenados. Un peón de Talavera, al oír que el vino estaba contaminado, se llevó la mano al obligo y exclamó: «¡Confesión, que a morir me dispongo!». El profesor, tras mirar su cerviz, le serenó: «Tranquilizaos, no moriréis hoy». A lo que respiró aliviado, pero sus ojos mucho se abrieron cuando escuchó al maese murmurar por lo bajo: «Hoy no. Pasado mañana».

Los criados indios se encogían de hombros y miraban cómo los españoles se descubrían los pescuezos con urgencia. Los marcados gemían de espanto cuando Castillo convertía sus fechas a la era cristiana. Don Juan esbozó una sonrisa fúnebre, como un presagio.

—Serenaos vasallos y siervos. —El capitán alzó la mano diestra—. Calmaos —repitió—. Afortunados sois por ser los primeros de un nuevo orden. Os prometí la juvencia, la fuente de la mocedad eterna y aquí la tenéis, en esta vasija que porto en mi mano. La puse en el vino para que gocéis de su poder en regalo a vuestros buenos servicios.

Antonio de Martos, ballestero panzón de chapetas rosadas, se fue al adelantado y le habló:

—¿Curará la juvencia mi mal de higadilla? ¿Seré eternamente joven?

Ponce negó y alzó la voz con solemnidad:

—Falacia es que la juvencia rejuvenece, pero os hace inmortales hasta la fecha que predice vuestra cerviz. Nadie podrá acabar con vosotros hasta la fecha del mismo augurio. Bebed el vino de la vida y, a quien falte, venga a mí, que yo haré que conozca la fecha de su final y el inicio de un tiempo nuevo.

El desconcierto se adueñó del poblado cuando Jesús Tíscar, el escribiente enlutado, fue anotando los nombres y las fechas por orden del capitán. Mi señor miró a Ponce con desdén y no tardó en recriminar su actitud.

—¡Habéis perdido el juicio y la razón! ¿Cómo exigís fidelidad y secreto? Planeabais abandonar a vuestros hombres en Florida y ahora desveláis la juvencia marcándolos sin su consentimiento —voceó, resuelto a no dejarse atropellar por una Excelencia—. Mal quedáis ante los ojos de Dios por desconsiderar la voluntad de cada hombre para decidir sobre su destino. Mal queda vuestra merced ante quienes os sirvieron con lealtad.

Ponce lo fulminó con una mirada iracunda. Sus penetrantes y negras pupilas le apuntaban como cañones de espingarda.

—¡Maldito insolente, piojoso miserable que rescaté del estercolero para nombraros caballero! —estalló con malas trazas—. ¿Cómo osáis recriminar al adelantado de Su Majestad? ¡Seréis vos el próximo en ser ahorcado! —le vibraba el odio en la voz.

Don Íñigo apretó los dientes y se les empequeñecieron los ojos. Ya tenía cuatro dedos de espada fuera de la vaina cuando Dolce le fue a la mano y se dispuso a mediar.

—Lo que Íñigo quiere decir es que la decisión de conocer la fecha de la muerte no debe ser impuesta, sino solicitada voluntariamente.

—El agua prodigiosa no adelanta ni atrasa la fecha última, solo desvela la voluntad del Señor.

—Si el Altísimo dispuso que nuestro último destino fuera invisible, lo hizo precisamente para que así fuera —don Íñigo hablaba malcarado.

—Existen dos mundos, uno oculto y otro revelado, pero ambos confluyen en el conocimiento, como dos ríos próximos que desaguan en el mismo mar. La juvencia nos revela parte del universo oculto por Nuestro Señor.

—¡¿Quién es vuesa merced para divulgar el secreto que Dios no quiso que fuese revelado?! —recriminó mi amo.

—¿Acaso no creó Dios la juvencia? —exhibió la vasija en su mano—. ¿Acaso no escribió en el libro del destino que fuese encontrada por los españoles? —increpó.

—¿La habéis probado vos? —Mi señor hablaba enojado—. ¿Sabéis la fecha de vuestra muerte? ¡Mostrad vuestra cerviz!

Ponce, airado por el encaramiento, fue a fray Pepe de Baena, que se afanaba en verse el pescuezo con dos espejos. El adelantado requirió la opinión del religioso por representar la voz de la Iglesia. El arcipreste, con el rostro maciento, confundido por los acontecimientos, alcanzó a decir: «La misericordia de Dios no tiene límites. Razones de fe dispone, pruebas que hemos de superar con resignación y amor eterno. Su voluntad es santa y justa y, sea cual sea, hemos de aceptar nuestro designio felices por gozar de su favor». Ponce asintió satisfecho.

Treinta y ocho españoles quedaron marcados. Y no lo fuimos todos porque don Íñigo descubrió a tiempo el ardid. El escribano Tíscar leyó las fechas en que la muerte bajaría a la tierra a vendimiar. La mayoría se irían con Dios en dos jornadas. Supimos pues que morirían en el ataque calusa, y quedamos avisados de la mortandad que se avecinaba. Solo media docena tenían fechas posteriores, desde la semana de Jesús Tíscar hasta los once años del ballestero Higueras. Pero aconteció que entre los marcados hubo alaridos y muchas lamentaciones de saberse muertos en tierras paganas sin poder regresar a España. No pocos pidieron confesión al arcipreste y corrieron a la capilla a elevar rogativas para ponerse a bien con Dios y fenecer sacramentados. Los menos asumieron con resignación su destino porque nadie aguardaba su vuelta ni les llorarían. Entre los no marcados, algunos ofrecían sus jarras para probar la juvencia con el fin de conocer si sobrevivirían al ataque calusa, pero Dolce los convenció para desistir. Otros, espantados, creyeron que el demonio se alojó en el poblado. De esta guisa fue cundiendo la congoja, el griterío y el disputar de razones. Unos a otros se quitaban los fundamentos y hubo zozobra entre soldados y marinos. No pocos, perdidos en el desconcierto, se emplearon a puños y se descalabraban entre ellos. Reían los marcados y afligían daños a los no marcados alegando cuentas viejas en rencores, sabiéndose inmortales.

Viendo don Juan el desaguisado, subió a la escalinata y dijo a viva voz:

—¡Haya orden, vasallos! Ahora que conocéis vuestro destino y sois inmortales hasta la fecha de la marca, uníos a la causa del rey y ensalzad vuestro honor combatiendo con bravura contra los infieles. Que conozcan los salvajes cómo guerrean los españoles que no temen a la muerte.

Fue dicho esto en la confianza de que los marcados se iban a unir al adelantamiento en escuadras invencibles; pero fueron los no marcados los que querían marcarse, en tanto que los vaticinados renegaban de serlo por conocer su final inmediato. Algunos lloraban como plañideras y los centinelas abandonaron sus puestos de vigilancia para unirse a los que reclamaban conocer su destino. Tal fue el desbarajuste.

Dolce miró a don Íñigo con ojos incrédulos y negó con la cabeza. Mi señor, testigo del caos que pronosticó el profesor Castillo, barruntando el descalabro de la humanidad, se fue hasta Ponce y dijo con voz engolada:

—¡Mirad en derredor y admirad vuestra obra! Con los calusas a punto de atacarnos, las atalayas sin centinelas y los mejores infantes lloran melindres en la capilla. Muestra de lo que ocurrirá en el imperio si lleváis a cabo vuestro siniestro plan. Culpable seréis por las desdichas que han de venir. No sois digno caballero. En nombre de la razón y de la justicia os insto a destruir la juvencia por no ser obra de Dios, sino de Satanás, el caído.

Ponce hizo una señal y los guardias se llevaron a la cara las ballestas. Apuntaron al corazón de don Íñigo. El capitán quiso desembarazarse del jaenés para que no malmetiera a la hueste y dejara libres sus mezquinos horizontes. Con semblante grave, Ponce habló con estas palabras:

—¡Maldita la hora en que os nombré caballero! Pronto abandonáis mis fueros y las obligaciones con vuestro señor. Podría colgaros de una soga, pero, por ser caballero, ordeno vuestro destierro, porque perdisteis la confianza de quien os introdujo en la orden de caballería siendo, como sois, desleal y malcarado. Os excluyo para siempre del adelantamiento. Disponeos a marchar del poblado.

No fingió doña Dolce su dolor y, desconsolada, rompió a llorar. Sabía que un hombre solo, en aquellas tierras de muchas fieras e indios caníbales, mal podría sobrevivir. Me dispuse a partir con mi señor, pero Su Excelencia impidió que marchara con él.

Debíais ver, o mejor dicho oír, el silencio del poblado tras estas palabras, si es que el silencio de alguna forma puede ser oído. Don Íñigo de Velasco, cabizbajo en su honor, no replicó y fue a por Hechicera a las caballerizas, pero Ponce le salió al paso: «Marchad a pie, que no sois digno de caballería ni escudero. Os presté esta yegua por correspondencia, pero ya no disponéis de ella». Don Íñigo miró a los ojos del noble animal, le acarició la testuz y dejó que le oliera las manos. Después se acercó a mí, palmeó con afecto mis mejillas, suspiró y se lamentó en su corazón de esta manera: «Querido Gualas, una última orden voy a darte. Cuida de doña Dolce como a hermana de sangre y da tu vida por ella si fuera menester. Saldré adelante con la ayuda de Dios, pero nunca olvides lo que aprendiste en los diecinueve años que caminamos a la par. Si no volvemos a vernos has de saber que fuiste fiel y noble escudero, y que os quise como a un hermano». Me iba a arrodillar, pero lo impidió y me envolvió en un abrazo, como a igual. De nada sirvieron mis súplicas e insistencias a Ponce. A regañadientes, se vio en la obligación de acatar la orden del adelantado del rey. Con la cara descompuesta se acercaron Dolce y Castillo. En la puerta de la empalizada vimos a Dolce abandonarse a muy gran llanto. Cayó en sus brazos con lágrimas amargas. Ponce reparó que la pena de la mujer más correspondía a enamorada que amiga del desterrado.

—Debemos permanecer junto a la juvencia. La necesitamos para salir de aquí —dijo el profesor Castillo.

Mi señor asintió y le dedicó una mirada turbia. En los ojos de los amantes, improntas de sentimiento y desconsuelo, fijezas veladas por lágrimas que arrastraban zozobras, que delataban la congoja del alma, las del dolor sufrido de un amor a destiempo y un tiempo colmado de amor. Como hacía siempre, mi señor apartó el mechón dorado que pendía sobre su rostro, y Dolce, con la sonrisa triste, le regaló lágrimas saladas. No encontró límites su desconsuelo y las palabras se le anudaban en la garganta. Ella besó su pulsera de cuero, símbolo de su alianza, y él hizo lo propio con la suya. «Mi dulce alma de cristal, os amaré siempre. Más allá de la muerte. Más allá de los tiempos», atinó a susurrar mi señor.

Después, con afecto, colocó la mano en el antebrazo de Castillo y le confió: «Cuídela. No tengo más algo que ella». Marchó cabizbajo Íñigo detrás de su sombra. Ved su silueta deslizarse en el sendero a la luz gris de la atardecida, con su espada al cinto, terciada la ballesta, una escopeta y un hatillo con viandas para una jornada. Era su andar pando y remiso. Le vimos detenerse y mirar atrás con pesadumbre antes de perderse por el sendero que habría de conducirlo hacia ninguna parte.

49

Matheson Park, Miami, Florida

—Al habla el capitán Paterson informando desde la unidad de intervención Jaguar 5. —A bordo del Black Wawk, el oficial levantaba la voz para hacerse oír entre el ruido del rotor—. Abatidos dos individuos armados que abrieron fuego cuando les dimos el alto. Intentaban huir en un vehículo con orden de búsqueda: limusina Chrysler C300 de color negro. Han sido identificados como Darian Wefersson y Richard Morillo. En el maletero llevaban armas cortas, dos fusiles de asalto, quince granadas y abundante munición. Seguimos el rastro de un Pontiac GTO descapotable de color rojo. Sin rastro de posicionamiento geográfico del teléfono de la doctora Brenda Lauper.

—Han desconectado los terminales. ¿Llegaron las unidades terrestres y el segundo helicóptero? —preguntó el asesor de Seguridad Nacional.

—Afirmativo. He dado orden de traslado de Jacob Crespi y Juan Castillo. En este momento vuelan hacia el punto acordado.

—¿Cuál es su posición?

—Sobrevolamos Matheson Park.

—El Pontiac es propiedad de John Tisdale, profesor de la Universidad de Miami. Diríjanse a las coordenadas facilitadas por el agente Ferrara —añadió Tomlin—. Activen la emisión de imágenes. Recuerde Paterson: prioridad absoluta para encontrar las vasijas. No repare en medios para conseguirlo.

—Entendido. Corto y cierro.

Una explosión de pequeña intensidad hizo volar por los aires la cerradura de la vivienda de Journey's End. Los láseres rojos rasgaban la oscuridad y se movían inquietos en todas las direcciones. Los agentes atravesaron el vestíbulo y abrían todas las puertas a su paso.

—Capitán, dos hombres inconscientes en el salón.

—Señales térmicas en dirección al sótano —añadió Pope.

Bajaron las escaleras alumbrándose con linternas. Encontraron a la doctora Lauper jadeante, acurrucada en un rincón del cuarto de baño.

—Ponga las manos sobre su cabeza —ordenó el capitán Paterson.

Cinco puntos de luz roja bailaban en la frente de Brenda.

—¿Es usted la doctora Lauper?

Ella asintió asustada.

—Buscan esto, ¿verdad? —mostró una de las vasijas que sacó de la mochila.

Paterson respiró aliviado.

—Levántese. Se viene con nosotros.

Un agente recogió la mochila y otro tomó a Brenda por el brazo sacándola al exterior.

—Al habla el capitán Paterson desde la unidad de intervención Jaguar 5. Objetivo conseguido. Recuperadas diecinueve vasijas metálicas llenas en poder de la doctora Brenda Lauper y una más encontrada vacía en el salón de la vivienda. Hay dos hombres inconscientes. Uno de ellos sangra por la cabeza. Espero instrucciones.

—Hemos visto las imágenes en directo. Regresen al punto acordado con los detenidos y las vasijas. Buen trabajo Paterson. —El asesor Tomlin esbozó una sonrisa satisfecha.

50

Prestad atención a lo que viene, que no es baladí sino asunto de seria consideración, pues habréis de saber la razón por la que este pobre ciego perdió los ojos en aquella jornada infausta.

Cuando don Íñigo marchó en destierro, Castillo, Dolce y yo mismo, fuimos a mostrar quejas a Su Excelencia insistiendo en que el fluido milagroso sería la perdición del futuro y de los reinos del mundo pues, por recuperar Jerusalén, se echaría a pique a la humanidad. Le hicimos ver —lo intentamos con persevero—, que la juvencia no podía ser obra de Nuestro Señor, sino de Satanás, que trastoca la voluntad de Dios y las costumbres que dispuso desde el inicio de los tiempos. Dijo Dolce que el plan de Su Excelencia para conquistar los Santos Lugares con soldados inmortales iba contra la razón, pues no se sabe si los marcados transmitirán el designio a su descendencia por lo que, en poco tiempo, toda la humanidad estaría marcada. Se trastocaría de esta manera el secreto que Dios dispuso de antaño. Las mujeres y los hombres no deben conocer la hora suprema, cuyo negocio solo atañe al Todopoderoso. Pero don Juan Ponce, lejos de atender nuestras súplicas, ordenó a la guardia que nos prendieran como reos de insurrección. Entonces el gran Gualas, que no es otro que este que os habla, hastiado de las arbitrariedades de Ponce, le hizo un corte de mangas, que es poner la mano sobre el antebrazo y flexionar este con el puño prieto dejando tieso el dedo corazón. Tras lo cual me zafé de la escolta, cogí un bastón del suelo y corrí como alma que lleva el diablo. Había alcanzado el valladar cuando Ponce ordenó disparar. Silbaban las flechas y se incrustaban en los maderos de la empalizada. Cuando al fin pude brincarla, me perdí en el bosque con la esperanza de unirme a mi señor, de quien nunca me debí separar. Mientras corría, desbrozaba la maleza con el garrote y me convencía de que los guardias no apuntaron al cuerpo y erraron a propósito para facilitar mi escapatoria, pues eran buenos tiradores y me hubieran alcanzado si hubiera querido. Supe que Ponce tenía cada vez menos seguidores.

Vagué perdido por los marjales intrincados donde toda muerte se cobija. Mis pies me llevaban, yo, errante, los iba siguiendo. Tras horas de caminar por ciénagas solitarias, sin norte ni armamento, sin viandas y temiendo a la noche venidera más que al verdugo de la justicia, me dispuse a buscar abrigo. Debía hacerlo antes de que los gatos grandes que dicen jaguares acudieran encelados por los maullidos de mi estómago vacío. ¡Maldita mi desdicha!, que no caté ni un manjar del festín de Ponce.

La noche empezaba a engullirme, pero la luna me echó una mano. Al fin vislumbré un claror de fuego en la fronda oscura. Allá acudí esperanzado en que mi señor, mañoso y capaz, hubiera levantado campamento y anduviera adobando un venado recién cazado. Conforme me acercaba, más olía a carne asada y se me inundaba la boca de saliva y maullaban los gatillos de mis tripas que se daban unas con otras de vacías. Reptando entre las matas, tal y como espiaba a la bella Dolce en sus baños fluviales, descubrí desalentado a una decena de salvajes. Era la avanzadilla calusa que parlamentó con don Íñigo. Se habían dispuesto en un claro del bosque alrededor de la candela. Allá cortaban y yantaban tarazones de carne asada. Pero mis ojos se abrieron despavoridos cuando descubrí que no era venado lo que comían, sino las piernas de un cristiano que en la víspera salió al bosque a trampear y ya no volvió, siendo cazado y comido por los caníbales. El jefe de la avanzadilla, un gigante que reconocí como el taimado Malasangre, mostraba a los calusas que la carne de hombre, si se pasa por las brasas resulta menos correosa que la cruda, y los indios hacían aspavientos de satisfacción. Espantado, me batía en retirada cuando una horquilla de arcabuz presionó mi cuello contra la tierra, sin poder zafarme.

—Mirad quién se arrastra como una culebra.

—¿Quién? —preguntó Malasangre desenvainando el puñal.

—El escudero narigudo de don Íñigo —dijo Bocatuerta, que me prendió por retaguardia, sin apercibirme.

Cuando Malasangre rodeó mi cuello con su manaza me vi mordido, masticado, engullido y cagado. Matías, el de la boca pútrida, me interrogó y no me creyó cuando dije que escapé del poblado en busca de mi señor, que había sido desterrado por Su Excelencia. Tras muchas guantadas en interés de la juvencia y, aunque juré que el elixir carecía de poder para rejuvenecer los cuerpos, el marino no me creyó y me zurró a placer. Pese a los golpes, silencié su poder predictivo al reparar que, si revelaba tal detalle, Malasangre quedaría informado de que Ponce conocía por los marcados el día del asalto al fuerte y, el marino, que era amigo de los calusas, podría decidir no atacar el día previsto sino otro, modificando así el destino predicho. Yo sabía que la juvencia no erraba como oráculo, con lo cual el matón de los dientes negros, por más que lo intentara, no podría alterar el curso del destino, tal y como sostenía el profesor Castillo. Reparé aliviado que era yo mismo, con mi silencio, el aliado de la Providencia para que Malasangre no hiciese errar la predicción. De esta manera supe que cada cual formamos parte del designio y, si no podemos modificarlo, bien podemos contribuir a que ocurra tal y como está escrito, pero no somos sabedores de ello.

Matías el villano asió el cuchillo —aún tiemblo cuando lo recuerdo—, tiró de mi cabellera hacia atrás y no vi más porque hundió el acero en mis cuencas y de ellas sacó mis ojos como aceitunas pinchadas, dándoselos a comer a los caníbales. Fue tan grande el dolor y tanta la sangría, que a punto estuve de perder el conocimiento. Así abracé la negrura eterna, quedando ciego con mis óculos robados. La iniquidad de Malasangre era tan honda que, en comparación, el mar de las barracudas parecía un charco del camino, porque más infame villano no ha nacido de mujer. ¡Maldita la zorra puta que engendró a semejante monstruo! Así arda en el infierno. Pudo haberme matado, pero prefirió mancillar mi honor y menoscabar mi vida por inútil hasta yo mismo repudiarla, porque un escudero sin ojos es como tejedora sin manos. En aquel trance me pareció más amable irme con Dios que la deshonra de seguir vivo y no bien servir a mi señor siendo, como fui, un ciego inútil sin oficio ni provecho. Fue tanta mi desdicha que me asaltó el deseo de liberar mi alma, y recé a Cristo para que me recogiera, pero la muerte no vino toda de una vez. Bien sabe Dios que, si en aquel instante no puse fin a mi vida miserable, no fue por temor a pecar, sino porque a tientas no encontré acero con el que traspasarme el corazón.

Entre tanto, los villanos hacían burlas del ciego. Con jirones de la camisa llené mis cuencas vacías. Y con otro jirón a modo de venda las cubrí en derredor de la cabeza. De esta suerte, abandonado como un saco de lágrimas, maldije la estrella de los desalumbrados y barrunté mi final en aquellos confines perdidos de la mano de Dios.

Pero algo pasó, de pronto. A lo primero sentí un silbido y, tras él, un gemido. Un indio cayó a tierra. A poco otro silbido y otro caído, y así hasta seis de ellos que atravesados por flechas iban cayendo; en tanto los otros se parapetaban como mejor podían, sin saber el lugar de la negrura de donde disparaban los virotes. Pena que no pudieran verlo mis ojos, pero lo supe por aguzar el oído, que en los ciegos aquel sentido adquiere finura y relevancia.

Los indios de Malasangre caían a tierra uno tras otro, como cañas que troncha el viento. Eran atravesados por virotes de ballesta y el gigante, desconcertado en su razón, veía que unas veces las flechas venían por levante, otras por meridión, pero no se veía a nadie para entablar defensa. Malasangre, Bocatuerta y los dos indios vivos me tomaron como rehén en tanto se parapetaban. Así pasé de escudero a escudo, que todo está relacionado.

—¡Sabemos que sois vos, Íñigo! —el vozarrón del gigante sonó como un trueno—. No es honra de caballero esconderse. ¡Batiros como caballero que sois!

Hubo silencio. Un nuevo silbido y la cabeza de otro indio quedó clavada al árbol donde se ocultaba. Espantado, el último calusa emprendió veloz carrera y se internó en la espesura. La espada salió de su vaina como un aullido largo y lúgubre. Pude oírlo. Intuí, como así fue, que a aquel desgraciado le quedaban pocas zancadas. Un gemido validó mi sospecha.

Bocatuerta, viendo cómo se aparejaba la situación, puso el cuchillo en mi pescuezo y gritó a la negrura:

—¡Hijo de puta y de mil padres! —escupió—. ¡Entregad las armas o rebaneo el pescuezo a vuestro escudero!

—¡Acabad con ellos, mi señor, que estos perros me sacaron los ojos! —grité antes de recibir un metido en la boca.

Los renegados respiraban agitados y miraban en todas direcciones, sin saber el punto del bosque donde acechaba el peligro. Olían a sudor agrio y a odio.

—¡Salid de vuestro escondite y batiros como caballero! —tronó de nuevo Malasangre.

Aún crepitaba la candela en la noche oscura. Bocatuerta, que era el más temeroso, susurró al otro que había llegado el momento de huir, pero era necesario coger las armas de fuego y la pólvora, únicas con las que podían hacer frente al ballestero. Lo supe porque lo dijo junto a mi oreja y pensaron que por ser ciego no oía. Bocatuerta echó su cuerpo a tierra y reptó hasta los morrales y, cuando a punto estaba de coger las armas, la horquilla de arcabuz le aprisionó el pescuezo contra la tierra, tal y como hizo conmigo. Imaginé un reflejo metálico a la luz parpadeante de la hoguera. Meterle tres cuartas de acero en su cuerpo fue visto y no visto. Malasangre llamó a su compañero a viva voz y, como no respondía, se vio solo y aislado. Entonces ponderó la situación y, al fin, me echó a un lado y salió a la explanada, junto a la lumbre.

—Me rindo a vos —Matías arrojó su espada.

Acaeció, y debéis creerlo, aunque mis ojos no lo vieran por ausentes, que don Íñigo de Velasco apareció ceñudo y silente de la negrura. Soltó la ballesta y puso la punta de su toledana en la nuez del gigante.

—¡Hablad de los planes de los calusas!

—¿Dais vuestra palabra de caballero de no matarme?

—No brindo juramento a villanos.

Malasangre hizo un silencio como sopesando la situación. Le imaginé mirando en derredor, calibrando zafarse del acero para asir algún arma. Pero conocía la destreza de su oponente y desistió.

—Recuperaron algunas canoas y han construido otras. Atacarán el fuerte por el norte, donde la anchura del agua es menor. Harán dos flancos, uno a levante y otro a poniente, que es donde el foso oculto se estrecha. Fabricaron pasarelas para vencerlo.

—¡¿Le hablasteis del foso?! —dijo mi señor con ojos afilados—. ¡Sois un vil traidor! —increpó.

—Llevadme ante Ponce. Soy el único que puede frenar el ataque.

Don Íñigo, con calma glacial, apretó la mirada, abrió hueco y quedó silente, con esa mirada que ponen las fieras antes de atacar. Llegados a este punto no cabían ni las medias palabras ni las verdades a medias, por lo que, ahora sí, decidió despachar al ruin goliardo, pero no sería él quien le diera billete para el infierno. Pronunció en alta voz: «¡Yalanga ngui!», que luego supe que en habla bantú quiere decir «adelante». A su orden salieron de la fronda nueve fornidos negros a cuál más membrudo. Eran los esclavos africanos que mi señor liberó en secreto de sus grilletes y que, por tal motivo, estaban deudores con él. Estos negros, que serían docena de no ser porque nunca aparecieron los tres huidos en la expedición de la juvencia, sentían gran aborrecimiento por Matías Malasangre, que era de los que usaban la vara para azotarlos con saña llamándoles «orangutanes sin alma» y otras muchas ofensas. Los esclavos, liberados de sus hierros, se armaron con mazas, machetes y hachas que hallaron en el campamento calusa y rodearon al matón de la nariz chata.

—¡Yalanga ngui! —repitió don Íñigo.

A la nueva voz los africanos se emplearon con tal fiereza que, en pocos lances, quedó el vil Malasangre decapitado y sus miembros esparcidos por el soto. Final merecido para un villano despreciable a los ojos de Dios, y más aún a los míos, que de ellos me privó. El destino, ejemplar, dispuso que fueran las víctimas por él oprimidas los verdugos que con él se cebaran. Luego abandonaron sus despojos sin responso, ni santos óleos, ni cruz, para que sirvieran de alimento a las alimañas y su alma sufriera los rigores eternos del infierno. Quedó, pues, bien servido el diablo. Aquel rufián causó grandes padecimientos desde su llegada a las Indias allá por mil quinientos dos. ¿Quién podría contar la de indios que sucumbieron al filo de su espada, las cabezas que cercenó, las carnes que desgajó su fusta o las bellas indias a las que forzó y empreñó? ¿Quién mejor que yo conoce su vileza? La imagen de su pestilente boca se posó en mi memoria como un sapo en una piedra. Cada día desde entonces veo sin ver sus ojos execrables y todavía siento su aliento pútrido sobre mi rostro. Todavía recuerdo su mirada reflejada en el acero del cuchillo antes de cercenar para siempre mi luz. Bien merecido tenía el escarmiento por su infamia.

Mudos os quedasteis al conocer cómo el gran Gualas perdió los ojos. Dejad margen para el asombro porque aún quedan por conocer grandes sucesos en esta historia, cuyo epílogo ya se percibe en lontananza.

Sabed que don Íñigo me abrazó y me entregó mi bastón, aquel que cogí en el fuerte antes de huir, que bien sabía Dios que falta me haría. Conté a mi señor cómo hui del poblado y cómo Ponce encarceló a doña Dolce y al profesor Castillo por sojuzgar su deseo de llevar la juvencia al emperador don Carlos. Le rogué que, por caridad, me relevara como escudero y me diese muerte digna pues, si infame es para un vasallo no poder servir a su señor, peor es sentirse como lastre por inservible, pues un ciego es inútil en tierra de fieras, incapaz de sostenerse. Mi señor puso la mano en mi hombro y dijo con sentir: «Aún os queda mucho por servirme, mi fiel Gualas». Dicho esto, mandó a los negros ciertas labores, pues les oía afanarse en machetear lianas y cortar ramas y cañas.

Al fin, don Íñigo me guio hasta las andas que fabricaron para mí y en la silla tomé asiento, abrumado. Cuando cuatro negros me elevaron por los aires, me aferré al sitial como salamanquesa en pared temiendo caer de las alturas, lo cual fue de mucha risa de los africanos. Así, cuan príncipe casadero, me vi portado en el trono. A lo primero desconcertado, pues un escudero no merece tales privilegios, mas luego me acomodé y cogí mi palo con ceremonial, como un cetro de oro y gemas preciadas. Con ínfulas de enjundia, me coloqué una cobija sobre los hombros a modo de capa de armiño, y mandé apretar el paso a los porteadores para no inquietar a la bella princesa que me aguardaba en palacio, con la que iba a desposarme con licencia del emperador y la bendición del papa de Roma. Cubiertas estaban las andas por un dosel de seda con perinolas doradas y, en lo bajo, un arca con una dote de trescientas mil monedas de oro. Claman a mi derecha doce mil lanceros, seis mil peones de a pie y tres mil a caballo con tambores y trompetas. A la diestra, un sinfín de lanceros y estandartes. Vitorean al gran Gualas germanos, francos y portugueses que a millares se han sumado al séquito. Por la zaga, precedidos por maceros, legiones de infantes con alféreces que tremolan enseñas, y caciques indios y chinos de ultramar con elefantes, también criados, pajes, bufones, escuderos, eunucos con abanicos de plumas de pavo real y un harem de jóvenes cortesanas de carnes prietas y pechos rotundos. Entra la comitiva por la ciudad y la muchedumbre la recibe entre vítores y alharacas. Los músicos tocan músicas alegres y los coros muy dulces cánticos. Los tenderos empujan sus carritos con quesos y miel, sandalias, orejeras, especias, abalorios, espejillos, cinturones, cascabeles, odres, panes y diversas quincallas y embustes. Y los beatos, estampas bendecidas, reliquias y rosarios de cuentas variadas. Esparcen lirios y juncia olorosa por el suelo barrido, y las mozas rocían las calles con bálsamos de incienso y alhucema. Alargan pescuezos las damas para ver pasar la comitiva. Agitan pañuelos haciéndose notar exhibiendo alhajas y moviendo abanicos. Saben los lugareños que la comitiva se dirige al palacio del condestable, el de los tapices historiados y cortinas de Damasco. Fanfarrias, torneos y justas se organizan en honor del gran Gualas a su regreso de las Indias. Vaharadas a incienso, magnolias, terciopelos grana y dorados galones. Juegan en las calles los niños, corren y apalean cucañas preñadas de dulces y golosinas, libres del control de sus madres, porque todas ellas suspiran a Gualas, el recién llegado de las Indias.

En aquella visión me perdía cuando de súbito me di un trompazo con la rama colgante de un árbol que hizo brotar de mi frente un chichón como un huevo de paloma. El ramazo arrancó las risas de los africanos de retaguardia que, entre dientes blancos, decían: «Soe, soe», que en bantú es «tonto, tonto». Como imaginé a don Íñigo enarcando la ceja como solía, aminoré mi fantasía y la gocé en silencio, aún en mi diezmada impronta de ciego inútil y aporreado.

Atravesamos el bosque en dirección al fuerte, guiados por la inquietud de don Íñigo, sabedor de las prisiones de su amada Dolce y del gran ataque calusa que amenazaba al poblado como tormenta en cielo oscuro.

51

Dos cazas F-22 de la USAF surcaron el espacio aéreo restringido de Groom Lake. Escoltaban al C-9 Nightingale en el que viajaba el director de la CIA. Tras el aterrizaje, un *jeep* militar y un *crossover* negro con banderola de los EE. UU., se aproximaron al avión. El coronel Peter Simon, responsable del Área 51, se apeó y aguardó al general a pie de pista. Tras el saludo militar, Simon estrechó la mano al general Scocht.

—Me alegra verle, señor. Bienvenido.

—¿Ha llegado Tomlin? —Scocht caminó con prisa hasta el vehículo oficial.

—Sí. Le espera en mi despacho.

—¿Cómo están los detenidos? —preguntó mientras respondía con desgana al saludo militar del sargento que le abrió la puerta del vehículo.

—El profesor Castillo sigue en coma. Pero los otros...

—¿Muertos? —clavó en Simon su mirada de bulldog.

—Como si lo estuvieran. El equipo médico acaba de informar que el fiscal Will Carpenter y Gottlieb han entrado en una fase irreversible.

—¿Dónde están?

—En una unidad médica aséptica. Hemos aplicado el protocolo CBRN de prevención química, biológica, radiológica y nuclear hasta asegurarnos de que no existe riesgo de contaminación. La doctora Lauper y el profesor Tisdale aguardan retenidos y aislados, tal y como usted ordenó.

—¿Y las vasijas?

—En una cámara acorazada. Ordené extraer una muestra de una de ellas que está siendo analizada por el equipo científico.

Los vehículos recorrieron la pista de aterrizaje y se adentraron en uno de los gigantescos hangares de Groom Lake. El *crossover* circuló por una rampa en espiral y descendió tres niveles. Circularon por una larga vía soterrada cruzándose con *jeep* militares y personal con batas blancas que entraban y salían de los pabellones subterráneos. Al fin, el vehículo se detuvo y sus ocupantes continuaron a pie por un corredor de uso restringido. En el despacho del coronel se encontraba el asesor de Seguridad Nacional, Ethan Tomlin, junto a la doctora Juliette Merino, jefe de los servicios médicos.

Tras los saludos, tomaron asiento por invitación de Simon. El director de la CIA se interesó por el estado de los detenidos.

—Will Carpenter y Jacob Crespi estaban en coma, pero han entrado en fase de muerte cerebral —aclaró la doctora—. Los estamos manteniendo con ventilación mecánica, pero carecen de actividad cefálica. No responden a ningún estímulo. El electroencefalograma es plano. Imposible recuperarlos.

—¿Intoxicados?

—Todo parece indicar que ambos ingirieron una sustancia de origen desconocido cuya composición estudiamos en estos momentos.

—¿Y el profesor Castillo?

—Sigue en coma, aunque sus constantes son normales y no precisa respiración asistida, pero no conseguimos despertarlo. Parece que él también entró en contacto con la misma sustancia. Es posible que termine como los otros.

—Manténgame informado —concluyó.

La doctora estrechó la mano al general Scocht y salió del despacho. Tomlin puso al día al director de la CIA.

—La Orden Juven de San Agustín de la Florida ha quedado desarticulada. La unidad de intervención ha incautado un importante arsenal en la mansión de Gottlieb, en Homestead —Tomlin exhibía una sonrisa satisfecha, reclamadora de alabanzas.

—Buen trabajo de Ferrara —fustigó el general Scotch, conociendo las diferencias entre ambos. Tomlin torció el gesto.

—He retirado los cargos contra Ferrara —el asesor de Seguridad Nacional intentaba ganarse al director de la CIA tras el éxito de la Operación Juven.

Tiempo atrás Ferrara tuvo un duro enfrentamiento con el asesor Tomlin cuando se le destinó al Departamento de Espionaje Digital del proyecto Prism. Ferrara era agente de acción y no se veía en una oficina ante potentes equipos informáticos. Atribuyó aquel odioso destino a la manifiesta antipatía que le profesaba el asesor de Seguridad Nacional. Desde entonces, ambos se repelían como imanes de polos iguales. Prism era —y es, desde 2007— un proyecto secreto de vigilancia electrónica controlado por la Agencia de Seguridad Nacional de los Estados Unidos (NSA). Su objetivo es el control de la sociedad en todos y cada uno de sus ámbitos, amparándose en el poder que confiere la mayor arma de los nuevos tiempos: la información.

Aprovechando el carácter abierto de Internet y asaltando sin escrúpulos la privacidad de los ciudadanos, la NSA controlaba correos electrónicos, vídeos, chat de voz, fotografías, direcciones IP, notificaciones de inicio de sesión, transferencia de archivos, redes sociales, telefonía y un largo etcétera. A través de la red Prism espiaron a decenas de líderes mundiales, escándalo que se hizo público tras los informes secretos filtrados por el exempleado de la CIA Edward Snowden, en 2013.

Ferrara no simulaba su desdén por aquellos abusos de espionaje masivo y se propuso aleccionar al asesor de Seguridad Nacional, defensor a ultranza del proyecto. Utilizando el mismo proyecto Prism, hizo público entre los empleados de la NSA información íntima del propio Tomlin, desde los estridentes diseños de sus calzoncillos, hasta una conversación subida de tono con una prostituta afroamericana a la que, por teléfono, confesó sus prácticas sodomitas cuando se masturbaba. La anécdota provocó comentarios jocosos entre los funcionarios. Tomlin montó en cólera y denunció a Ferrara a quien se le instruyó un expediente sancionador que aún no se había sustanciado debido a la mediación del general Scocht.

—Desencriptamos las claves informáticas del sistema de seguridad de Jacob Crespi —continuó Tomlin, impaciente por atribuirse méritos—. Identificamos a los integrantes de la orden por las grabaciones de las cámaras de seguridad de la mansión. El fiscal de Distrito Will Carpenter y el profesor John Tisdale eran miembros de la orden. Tenemos los nombres de todos los miembros.

—Sorpréndame —Scocht levantó una ceja, intrigado.

—Un congresista republicano, dos senadores demócratas, un magnate de la informática y tres influyentes banqueros, entre otros grandes empresarios. Gottlieb les prometió la juvencia a cambio de prebendas. Les expuso el proyecto y los convenció con documentos históricos sobre su existencia. Pero hay más... —Tomlin alimentaba la intriga.

El general movió su cabeza de bulldog instándole a continuar.

—Noël Farris.

—¿Farris? ¿El asesor jefe del Gabinete Presidencial? —Scocht, sorprendido, encogió el cuello.

—El hombre de confianza del presidente —asintió Tomlin—. Participó en la última tenida masónica convocada por Gottlieb. Estaba dispuesto a pagar una fortuna por una dosis de juvencia. El presidente Obama en persona ha ordenado que las vasijas no salgan bajo ningún concepto del Área 51 y que, tanto el listado de integrantes de la orden como los experimentos realizados en Groom Lake, sean clasificados como alto secreto.

—Menudos ególatras —se lamentó el general—. Se creen imprescindibles, con derecho a no envejecer.

—Gottlieb llevó al profesor Castillo a Florida en su *jet* privado —continuó Tomlin—. Lo introdujo en los Estados Unidos con documentación falsa y lo alojó en Castle Moriá, su mansión en Homestead. Seguramente lo chantajeó con entregarlo a la Interpol por el robo del manuscrito español. Le inoculó el miedo y terminó de convencerlo ofreciéndole tres millones de dólares si hallaba la juvencia. Encontramos el contrato en Castle Moriá. El profesor, utilizando la información del manuscrito de Sevilla, que solo él conocía, redujo el círculo de búsqueda a una pequeña área del Parque Nacional Everglades.

—¿Dónde está el manuscrito?

—Aún no apareció. Tal vez Castillo lo ocultó para que no cayera en manos de Jacob Crespi. Gottlieb utilizó sus contactos prometiendo generosas recompensas a quienes informaran sobre restos de antiguos asentamientos españoles, con la excusa de un proyecto cultural financiado por una fundación sin ánimo de lucro. Desde Everglades City avisaron del descubrimiento, pero el fiscal Will Carpenter se adelantó y envió a su ayudante Morrison a incautar los restos y el cofre con la juvencia.

—¿Quién informó a Gottlieb?

—Piarulli

—¿Quién?

—La directora del museo, Virginia Piarulli. Hicimos un seguimiento de las llamadas y los correos electrónicos que nos facilitó Ferrara. Gottlieb, asesorado por Castillo, le informó que Everglades City era una de las posibles candidatas del asentamiento español que se buscaba. La directora sabía que en su museo se exponían objetos del siglo XVI encontrados con ocasión de la construcción del edificio en 1927. Cerámicas, cuchillos, puntas de flecha, cucharas de barro, en fin, diversos útiles domésticos que sugerían la presencia de un antiguo poblado español. Piarulli, interesada en la recompensa, ordenó algunos movimientos de tierras con la excusa de falsos saneamientos para desagües. A la tercera cata la excavadora tropezó con los restos de una antigua construcción de piedra. Pronto aparecieron los huesos, la espada y el cofre. Se trata de un antiguo polvorín donde se ocultó la juvencia y en el que se produjo, al parecer, un derrumbe.

—Pero las vasijas se salvaron.

—Por la dureza del metal. Están hechas de una aleación desconocida.

—No entiendo cómo el fiscal Carpenter llegó antes que Gottlieb.

—Nada más descubrir los restos humanos el operario de la excavadora, desconocedor de lo que se buscaba, avisó al FBI antes de comunicarlo a la directora del museo. Ese fue el motivo de que Carpenter se enterase antes que Gottlieb. No tardó en aparecer el ayudante del fiscal Bruno Morrison con un par de agentes federales. Las autoridades del condado de Collier restaron relevancia al descubrimiento y nadie, ni la misma directora Piarulli, conocían la importancia del contenido del cofre. Los integrantes de la orden llevaban el asunto con el mayor sigilo. Cuando la directora avisó a Gottlieb, los restos ya estaban en poder del fiscal Carpenter, que se los llevó a Miami.

—Supongo que Gottlieb montó en cólera... —dedujo el director de la CIA.

—Supone bien. El fiscal Carpenter se adelantó, aunque no tenía jurisdicción en el condado de Collier. Asumió el riesgo ante la relevancia del descubrimiento. Carpenter no deseaba compartir la juvencia con Gottlieb pese a que eran hermanos de la orden. Pura codicia. Eran dos tiburones sedientos de poder. Ante las presiones de Noêl Farris y otros mecenas que exigían un informe pericial sobre la antigüedad de los restos y su procedencia, el fiscal Carpenter recurrió a la doctora Lauper, su antigua pareja. Era la única que podía hacer el informe con la urgencia que exigía Farris, antes de que llegara a conocimiento de Gottlieb. Por esa razón los llevaron a su departamento de la Universidad de Miami.

—¿Por qué mataron a Morrison?

—El fiscal Carpenter ordenó a su ayudante regresar a Everglades City para comprobar si había más cofres o vasijas. Gottlieb pensaba que la juvencia le pertenecía por los años y la fortuna que empleó en su búsqueda y no perdonó la traición de Carpenter. Viajó a Everglades City y allí coincidió con Morrison, le abordaron para sonsacarle y después lo asesinaron. Usando el teléfono de la víctima, tendieron una trampa al fiscal del Distrito. Así averiguaron que la juvencia se encontraba en la Universidad de Miami. Hasta allá se fue Gottlieb con la intención de arrebatársela a Brenda Lauper, pero la doctora consiguió huir avisada por el profesor Tisdale, que resultó ser cómplice del fiscal Carpenter. Gottlieb llegó tarde, pero encontró restos del fluido en el laboratorio y los probó. De hecho, lamió hasta las salpicaduras de la mesa porque encontramos restos de su saliva. Después perdió el conocimiento y ya no volvió en sí. Momentos antes se presentó en la universidad el profesor Castillo y también debió probarla porque igualmente se desvaneció. Aún desconocemos el efecto que ese fluido produce en el organismo, pero hay algo que sabemos con certeza: que ni rejuvenece ni sana. De eterna juventud no tiene nada.

—Entonces, ¿a qué viene la obsesión por su descubrimiento?

En ese momento sonó el teléfono del despacho.

—Al habla Simon. Entiendo… Ajá… Gracias Juliette.

El coronel colgó y se dirigió a sus contertulios.

—La doctora Merino me informa que el profesor Castillo acaba de despertar. No hay riesgo de contagio ni contaminación. Tenemos que interrogarle.

52

Cuando supo mi señor que Dolce estaba presa por orden de Ponce, su espíritu era un clamor. Una sombra cruzó su rostro y se movía con prisas, sabedor de que los caníbales no tendrían piedad, ni ella opción a defenderse ni huir estando aherrojada en la cárcel. Don Íñigo guio a los negros hasta los aledaños de la primera atalaya y llamó al centinela. Mucho se alegró Gerardo Coba al vernos. Mi señor le informó de lo que se avecinaba y de la necesidad de echar luces a los otros centinelas advirtiéndoles de que los calusas estaban a un punto de atacar. Así lo hizo Coba, con la tardanza pactada antes de alertar para dar tiempo a don Íñigo a acceder al fuerte sin conocimiento de Ponce.

Marchó pues mi señor, pero antes, en consideración a mi estado, me ordenó con fingida exigencia que cesara de holgazanear y creerme príncipe casadero. Me mandó tareas sencillas de escudero para sentirme requerido: sebar la ballesta, bruñir el morrión o afilar aceros. Lo hice con la eficiencia justa de un ciego que a tientas se maneja.

Supe que don Íñigo entró en el fuerte saltando el valladar y que los muchos mílites y tequestas con los que se topaba se mostraban complacidos, pero él se ponía el dedo en la boca para cuidarse de la guardia de Ponce, ballesteros fieles a sus delirios y creedores de sus promesas que le obedecían como alanos fieros. Lisonjeros y alabanceros que reían sus donaires, cretinos soplaculos que medran adulando a hidalgos. Fue mi amo a ver a don Juan Eslava y al ballestero Higueras con los que hizo junta secreta. Dio instrucciones a Higueras de que, a la señal de los centinelas, franqueara la puerta y permitieran la entrada a Gualas y a los esclavos negros, a los que no debían apresar pese a haber huido, por acudir voluntarios para la defensa del fuerte. Allá marchó Higueras en tanto don Íñigo y Eslava se ocultaron junto a la escalinata. Ya se oían a lo lejos los lamentos convocantes de las caracolas que anunciaban calamidad. Echaron luces los centinelas y sonó estrepitosa la campana para poner a la guarnición sobre las armas. En medio del ajetreo de marinos, soldados e indios, don Juan Ponce asomó por la puerta, momento en que don Íñigo lo abordó poniéndole la punta de un puñal en su gaznate:

—Ordenad abrid la cárcel.

—Informaré a Su Majestad —respondió Su Excelencia.

—¡Abrid la cárcel!

Ponce caminaba tieso con la espalda aguijoneada y mandó al carcelero abrir candados y grilletes. Dolce y Castillo se alegraron de verle. Ella se lanzó a sus brazos entre sollozos y Velasco habló grave:

—Más de un millar de calusas vienen de camino. Llegarán por el norte y atacarán el fuerte en dos flancos, a oriente y a poniente.

—Embarquemos de inmediato —soltó Ponce, inquieto.

—No queda tiempo —respondió—. Solo si frenamos algo el envite podrían embarcar algunos, pero los defensores morirán. Hay que disponer en la empalizada a los hombres marcados con la fecha de muerte en el día de hoy.

—¡Menuda insensatez! —profirió el capitán—. Destacaré a los marcados que no morirán hoy, porque son inmortales hasta su designio, solo así podremos salvar la resistencia.

—¡No! Se hará como el Todopoderoso dejó escrito. Si han de morir hoy, será hoy cuando entreguen su alma y los que deban morir en otras fechas la Providencia lo determinará. No se hará interés del secreto desvelado a Dios —contestó don Íñigo.

—Erráis por no entender —el adelantado hizo una mueca desaprobatoria—. Los marcados morirán de todas formas el día revelado para ellos.

—¡Es Su Excelencia quien no entiende! —protestó don Íñigo—. Entre los marcados hay una veintena que sabemos que fenecerán hoy, si no quedan en el fuerte y embarcan, fenecerán en el buque. ¿Qué podría suceder en la carabela para que al menos una veintena de hombres mueran cuando se hagan a la mar, si no es porque el navío zozobre? ¿Es eso lo que deseáis?

El adelantado, pensativo, se mesó la barba y asintió otorgando razón.

Cuando abrieron la empalizada entraron los vigías de las torres, que abandonaron sus puestos por ser más útiles en el fuerte. Españoles e indios se sorprendieron al ver aparecer a los nueve negros armados, cuatro de ellos portaban las andas en las que me transportaban y abrieron las bocas al verme con los ojos tapados. En lo alto me engreía con mi cetro y el manto de falso armiño, sabiéndome dueño de todas las miradas. Con gentil meneo de mano, saludaba a los colonos a diestra y siniestra como caudillo a su pueblo. Me sentía importante, pues me fui huyendo del fuerte como rata apaleada y regresé como el gran kan de oriente, con trono y escolta de negros fornidos. Pero ello fue hasta que Higueras me dijo que dejase de saludar, porque dejaron las andas en las caballerizas y, a diestra y siniestra, solo había traseros de caballos y mulas que escaso interés mostraban a mis ceremonias.

Mi señor llevó a Ponce hasta sus dependencias y el centinela de puertas, al ver al desterrado y a los liberados, corrió a alertar a la guardia. No tardaron en aparecer un sargento y siete soldados armados con aceros y ballestas, pero Ponce levantó la mano y los frenó. Dolce, Castillo, Eslava y Velasco se encerraron en el aposento con el capitán y mi señor exigió la juvencia. El capitán, precisado, abrió un arcón grande donde al parecer la custodiaba, pero de él sacó un sable con el que se abalanzó sobre don Íñigo que, si bien esquivó el envite sobre el torso, no pudo impedir que el acero se hundiera en su brazo izquierdo arrancando un grito a Dolce y un rugido de dolor a mi señor. Eslava desenfundó, pero don Íñigo forcejó con el adelantado hasta que le tumbó de varios metidos con su puño sano. Tronó en el aire una ruda blasfemia. Cayó Ponce con la boca sangrante, hizo señal de rendición y señaló a una alhacena blindada que había tras la cortina. Mi señor, gruñendo maldiciones, arrebató al capitán el sartal de llaves, hurgó entre ellas, abrió la puerta de hierro y sacó el cofre con la juvencia. Extrajo la vasija mediada —la que se usó con la soldadesca—, llenó un vaso de agua y vertió una gota ante los ojos muy abiertos de los concurrentes.

—No estarás pensando… —atajó Dolce inquieta. Tenía el ademán dulce y el porte doliente.

Don Íñigo bebió de un trago el contenido y desnudó su cuello. No tardó en aparecer la predicción.

—Morirás hoy —sentenció compungido maese Castillo.

Dolce prorrumpió en llantos y Ponce torció una sonrisa. Al cabo de un instante, abandonado en una reflexión silenciosa, mi señor decidió que se quedaría en el fuerte junto a los demás marcados para asegurarse de que el buque se hacía a la mar sin la juvencia, que él mismo se encargaría de destruir. Después tomó asiento en el escritorio del capitán, en tanto Dolce le hacía un torniquete en el brazo con ropas ajadas. Cogió un pliego de papel, mojó la pluma en el tintero de loza y escribió una misiva a don Diego Colón, virrey de las Indias. Pese al rictus de dolor, fue su letra despaciosa y serena. Quedaron las primeras palabras esculpidas en mi memoria: «En el segundo día de julio del año de Nuestro Señor de mil quinientos veintiuno, por mediación de don Juan Eslava, os hago llegar la presente epístola. Viéndome precisado por los indios calusas y por taimados castellanos que hacen gran desprestigio a la Corona, y llegada la hora de mi final, os anuncio las razones que me llevaron a actuar como lo hice».

Don Íñigo reflejó en la epístola cómo descubrimos la juvencia, cómo loqueaban los marcados, el temor a desatar el enojo de Dios al desvelarse su destino secreto previsto para cada hombre, las fechorías de algunos castellanos y los motivos para destruir la fuente de la juventud. De una caja de palisandro tomó el sello del adelantado y las ceras de lacre. Tras la rúbrica, esparció polvos en la página fresca, sopló, dobló el papel, lo introdujo en un sobre y precintó las solapas quemando la pasta roja. Tras estampar el sello del adelantamiento, puso la misiva en manos de don Juan Eslava.

—Entregadla al virrey don Diego Colón —Íñigo se dirigió a Eslava, de quien se despidió con pesadumbre en un apretado abrazo—. Os encomiendo a mi amada Dolce y a mi fiel escudero, que a partir de hoy deja de serlo. La niña Julia quedará a cargo del arcipreste Baena. No tengo más nada en el mundo.

Después, echó en mí los ojos y me mandó arrodillarme. Ante la mirada atónita de Ponce, puso la parte plana de su espada en mi hombro y pronunció solemne:

—En el nombre de Dios Nuestro Señor, de San Miguel, de San Jorge y de Santiago, te hago y te nombro caballero por los buenos servicios prestados a vuestro señor y al rey Nuestro Emperador de España. Sé denodado, valeroso y leal. Os entrego mi espada y a mi yegua Hechicera la cual desde hoy es vuestra; con ello os hago miembro de la orden de caballería. Dicho queda ante dos caballeros testigos que actúan como padrinos, como manda la tradición. Caballo, espada, lealtad y noble corazón es cuanto precisa un caballero. Y vos lo tenéis.

Se refería como padrinos nobles a don Juan Eslava y a Ponce mismo que seguía los acontecimientos sin dar crédito. Don Íñigo miró ceñudo al capitán y conminó:

—¿Algún inconveniente por Su Excelencia?

Intimidado, Ponce negó con la cabeza.

—Pues firmad la ejecutoria y entregadla a Eslava —concluyó mi señor.

Así, abrumado por la sorpresa, me vi sin esperarlo compensado con el sueño de todo vasallo. Os preguntáis —lo sé por vuestras bocas, que imagino abiertas—, cómo siendo caballero terminé romanceando por villas y caminos implorando caridad. Pronto lo sabréis, pues en esta vida a los nacidos con mala estrella les vienen las desdichas enzarzadas unas con otras, como en racimos. Pero prosigo con el román de cómo se aparejó la situación en aquella jornada infausta. Momento habrá de hablar de mí.

Sabed que Dolce, rota en dolor, lloraba muy pesarosa y se negaba a embarcar, prefería quedar con don Íñigo y morir junto a él si fuera menester. Pero mi señor, con los ojos inundados en pesadumbres, la abrazó con sentimiento: «Os amo, pero debéis regresar al lugar de donde vinisteis». En sus miradas tristes vimos la congoja de sus almas, quebradas por un amor tan a destiempo. Entonces ella, hipando y sorbiendo, pidió que vertiera una gota de juvencia en cada una de dos calabazas que contenían la medida de un búcaro de agua, una para ella y otra para el profesor Castillo. Así lo hizo ante la mirada silente de los caballeros. Sin dejar de llorar, besó la boca de don Íñigo y suspiró: «Jamás te olvidaré».

Dolce tomó una cota de malla del capitán, bien tupida en anillos de acero, y la puso en mis manos para que armara con ella a mi señor. Lo hice a tientas, pero con tino.

—Ya no será preciso —se lamentó don Íñigo. Pero Dolce insistió y mi señor aceptó para darle satisfacción.

Después la mujer tomó del escritorio la pluma, el tintero y un cuartillo de papel y lo metió dentro del cofre de la juvencia. Acarició la mejilla de mi señor y dijo: «Te hará falta, créeme».

53

Área 51
Nevada, EE. UU.

El profesor Castillo se sentó en la cama de la unidad de observación. Tenía el aspecto cansado. Se llevó la mano a la nuca y rozó con los dedos el apósito que ocultaba su predicción. Sus pupilas se contraían con el vaivén de la linterna de exploración. La doctora Merino le escrutó la espalda con el fonendoscopio ante la mirada silente del general Scocht, el asesor Tomlin y el coronel Simon.

—¿Puede caminar? —sonó el vozarrón del director de la CIA.

La doctora asintió.

—Acompáñenos.

Un sargento auxiliar le ayudó a vestirse. Castillo rehusó la silla de ruedas, pero se incorporó con dificultad, como un artrítico. Se sentía flojo, desfibrado.

—¿Qué sitio es este?

—Se encuentra en unas instalaciones del Gobierno de los Estados Unidos —respondió el coronel Simon.

Caminaron un trecho por un laberinto de pasillos estériles y luz artificial.

—¿Qué día es hoy?

—16 de octubre de 2014. Jueves —respondió Tomlin.

—¿Se encuentra bien? —interpeló el general Scocht.

Castillo asintió sin hablar, caminaba cabizbajo con los ojos perdidos en el brillo del pavimento. El grupo se detuvo ante una puerta doble escoltada por dos policías militares que se cuadraron ante el general. Uno de ellos marcó un código en un teclado de la pared y la puerta se abrió. Era una sala de juntas con una imponente mesa de jacaranda, butacones giratorios de cuero negro y paredes de madera que escondían entre sus duelas discretos sistemas de grabación. En una de ellas pendía la foto de un Barack Obama sonriente con los brazos cruzados. En la estancia aguardaban la doctora Lauper y el profesor Tisdale. Cuando Brenda vio aparecer a Juan Castillo corrió a abrazarle. Se estudiaron mutuamente, como si cada uno buscase en el otro alguna huella que hubiera dejado el salto en el tiempo.

—¿Se conocen? —preguntó Tomlin.

—Coincidimos en un viaje —el español aún estaba aturdido.

—No has cambiado mucho en cinco siglos —bromeó Brenda.

Le presentaron al profesor Tisdale, que tenía la cabeza vendada. Los tres tomaron asiento. El general Schocht —director de la CIA—, el asesor Ethan Tomlin, el coronel Simon y la doctora Merino se sentaron frente a ellos y comenzaron las preguntas.

—Les hemos traído a este lugar para aclarar lo concerniente a la Operación Juven —expuso solemne Tomlin—. Se ha abierto una investigación reservada y tienen la obligación de colaborar con el Gobierno de los Estados Unidos advirtiéndoles que, de no hacerlo, se verán inmersos en un proceso criminal acusados de falsificación documental, inmigración ilegal, tráfico de sustancias prohibidas, homicidio y obstrucción a la Justicia.

Brenda, ajena a la grave advertencia de Tomlin, no cesaba de mirar a Castillo. Su mente era un hervidero de preguntas. Impaciente, desoyó las palabras del asesor de Seguridad Nacional.

—¿Por qué te retrasaste?

—Necesitaba ver el templo y pedí a Higueras que me guiara —respondió Castillo—. A la vuelta nos tropezamos con un tipo del siglo xxi llamado Will que dijo ser fiscal del distrito Sur de Florida. Perdió los nervios, nos atacó e Higueras le mató.

—¿Le mató? —exclamó sorprendida—. No puede morir, no pertenece a ese tiempo. Will está aquí, en una unidad médica.

—Will Carpenter entró hace unos minutos en muerte cerebral —atajó el general Schocht—. En el mismo estado se encuentra Gottlieb.

Brenda ahogó una exclamación y se llevó la mano a la boca. Recordó que fue ella quien, en un momento de desesperación, incitó a Will a probar la juvenca al sentirse intimidada. Sintió un lacerante sentimiento de culpa.

—¿Podemos saber de qué diablos hablan? —rezongó Tomlin mirándolos por encima de sus gafas de concha.

La doctora Lauper hizo un rápido recorrido desde la salpicadura del fluido en el laboratorio hasta el momento en que despertó tras sufrir un desvanecimiento. Castillo añadió que llegó al laboratorio con la pretensión de informar a Brenda de las intenciones de Gottlieb para arrebatarle la juvencia, pero no pudo hablar con ella porque estaba inconsciente. Por curiosidad probó el fluido y también perdió el conocimiento y despertó en el siglo XVI. Ambos aparecieron junto a un templo donde, de siglos, se custodiaba la juvencia. Ante el asombro de los funcionarios, relataron cómo vivieron en el poblado de Juan Ponce de León y cómo el adelantado de Florida se obsesionó con su búsqueda. Brenda detalló cómo descubrieron la juvencia en el interior de un templo milenario construido bajo tierra. Comprobaron que aquel fluido carecía de efectos sanadores, pero tenía la asombrosa propiedad de desvelar la fecha de la muerte de quienes lo probaban. Contó cómo aquella circunstancia desató la avaricia en Ponce por considerar que aquellos vaticinios proporcionaban una valiosa información, puesto que predecía, sin error, la fecha del desenlace de cada persona. Era imposible luchar contra el destino marcado, pues una fuerza superior se confabula para que nadie pudiese morir antes de su hora prevista. La hora suprema.

—Juan Ponce de León —continuó Castillo sumándose a las palabras de la doctora Lauper— ideó un plan para ofrecer al emperador de España un ejército de hombres marcados por la juvencia que serían inmortales hasta su lejana hora final. Tenía intención de proponer al rey de España abanderar la cruzada definitiva para recuperar los Santos Lugares y, de paso, ampliar los límites de su imperio. Pretendía convertirse en el hombre de confianza del emperador, pero su plan fracasó cuando, sin consentimiento de sus hombres, les dio a probar la juvencia camuflada en vino.

Tanto el profesor como la doctora Lauper ofrecieron detalles de cómo Íñigo de Velasco descubrió la argucia y del caos que se desató en el poblado ante los vaticinios de las muertes inmediatas. Velasco recriminó la acción a Ponce de León y el adelantado lo desterró, aunque regresó para avisar del ataque calusa.

Los funcionarios de la agencia se miraban estupefactos.

—Pero lo más importante —añadió Castillo con cierta solemnidad—, es que la juvencia confirma la teoría de la predestinación. Ese fluido posee la increíble facultad de hacer visible el gran secreto del hombre: la fecha de nuestro último día. Íñigo de Velasco sacrificó su vida para impedir que los pronósticos se extendieran por el mundo, porque el final de la vida debe continuar sin conocerse para el equilibrio emocional de los seres humanos. Por ello Íñigo, convencido de que se incumplían los designios divinos, decidió poner fin al codicioso plan de Ponce y se deshizo de la juvencia. Pero quinientos años después apareció, y yo me siento culpable de contribuir a su descubrimiento.

—¿Y todo eso en el intervalo de una hora? —el coronel Simon se resistía a creer una sola palabra de aquella historia delirante.

—Lo que dicen tiene sentido —intervino el profesor John Tisdale—. Existe un desfase temporal en dos planos distintos de la realidad. No transcurre el tiempo igual en cada uno de ellos. El cuerpo se desdobla viviendo una experiencia a distancia, ya sea geográfica o temporal. Hay documentados varios casos conocidos, pero no dejaban de ser presencias fútiles o viajes astrales. Pero en este caso los fotones se han desdoblado proyectando una réplica exacta en otro punto del espacio y del tiempo. El segundo cuerpo se materializa, se hace tangible y es capaz de interactuar en los dos lugares en los que se encuentra. Se conoce como teleportación o bilocación.

—No hay evidencia científica de esos viajes —apuntó Etham Tomlin—. No es más que una alucinación por la ingesta de esa sustancia.

—Los que prueban la juvencia quedan marcados en la parte posterior del cuello —enfatizó Castillo.

La doctora Merino miró al director de la CIA y asintió. Abrió una carpeta y mostró las fotografías de los cuellos de Will Carpenter y de Gottlieb en los que se apreciaba una fila de caracteres, idéntica en cada uno. El profesor español pidió ver las fotografías y las observó con atención.

—*Existus letatis* —Castillo miró a la doctora Lauper. Ella asintió.

—¿Cómo dice? —Tomlin le miró desorientado.

—Salida mortal. Así se llama en Medicina a la inminencia de la muerte —aclaró la doctora Lauper.

Tomlin seguía sin entender y se encogió de hombros.

—Son fechas en latín de la era romana. Morirán hoy —sentenció el profesor Castillo.

—¿Hoy?

—Sí. Hoy. Están marcados —insistió el español devolviendo las fotografías a la doctora Merino.

—No son más que tatuajes —Tomlin, reticente, hizo una mueca cómica.

—Si examinan la epidermis comprobarán que no hay proyección de pigmentos —añadió Brenda— y en cuanto el corazón se pare la marca desaparece.

Juliette Merino sacó de la carpeta otras dos imágenes de cuellos marcados y las exhibió por su dorso blanco, sin mostrarlas.

—Estas fotografías son de ustedes, de sus marcas. Las hicimos tras su detención, ¿desean verlas?

El profesor Castillo y la doctora Lauper palidecieron y ambos, al unísono, bajaron la cabeza y negaron. Merino volvió a guardarlas en la carpeta ante la atónita mirada de los asistentes. Brenda sabía que el profesor Castillo fallecería en el año 2035 pero se juró a sí misma no revelarlo jamás.

—Sabemos que estamos marcados, pero no deseamos conocer la fecha de nuestro final —añadió Brenda—. Aun cuando las cosas vayan mal necesitamos aferrarnos a la esperanza de que las malas rachas pasarán, que vendrán tiempos mejores. Los seres humanos no estamos preparados para conocer nuestro último destino, porque viviríamos en perpetua angustia. Si la predestinación se expande por el mundo se tambalearían los pilares éticos de las religiones, pues será completamente inútil la mediación de la Iglesia, ni habrá esperanza en la indulgencia de Dios mediante el arrepentimiento. Los rezos y los ritos de las confesiones serán una pérdida de tiempo, pues la predestinación es inamovible, no hay vuelta atrás ni retractación en la fecha última adjudicada a cada ser humano. Cada persona encajaría la noticia de una forma distinta y muchos harán un uso maquiavélico de ese conocimiento. ¿Imaginan un mundo donde los desalmados actúen sin temor a la ley por saberse inmortales hasta la fecha prevista? ¿Qué sentirán los padres del recién nacido cuando descubran que morirá en pocos años? ¿De dónde sacarán las fuerzas? ¿Cómo actuaremos cuando descubramos que a la persona de la que nos hemos enamorado le quedan pocos días de vida? ¿Cómo se vive la eterna angustia de conocer la fecha próxima de nuestros seres queridos? ¿Estamos dispuestos a vivir sin la esperanza de que las cosas cambien? Hemos vivido esa experiencia y les aseguro que los vaticinios cambiarían el curso de la historia, aun cuando haya millonarios capaces de pagar grandes sumas por esa predicción fiable, incluso por viajar en el tiempo. Las muertes de Carpenter y Gottlieb en su transmutación al pasado prueban que la juvencia, lejos de aportar un bien a la humanidad, supone un caos en manos de las personas equivocadas.

—¿Las muertes de Carpenter y Gottlieb? Por el amor de Dios, están vivos. En coma, pero vivos —atajó áspero Tomlin.

—Morirán hoy. Lo llevan escrito.

Sintieron las miradas estupefactas de los funcionarios.

—Cuesta digerir todo esto. —El coronel Simon meneaba la cabeza, descreído—. Desde que estoy al mando del Área 51 he visto muchas cosas sorprendentes, pero esta historia es la más inverosímil de todas.

Tras un silencio incómodo, el asesor Tomlin volvió a la carga:

—¿Por qué se apropió de uno de los objetos del cofre?

Ella le miró contrariada, sin entender.

—Entre los efectos que le incautamos en su detención nos llamó la atención esto —el funcionario de la CIA mostró una bolsita de celofán transparente con una pulsera de cuero en su interior. Brenda, al verla, instintivamente se llevó la mano a su muñeca desnuda—. La hemos sometido a una medición por radiocarbono y tiene la misma antigüedad que los restos humanos: cinco siglos.

—No la robé. Confeccioné dos iguales. Fueron nuestras alianzas de boda. Las hice yo misma con piel de ciervo en 1521. Cuando desperté en el laboratorio la encontré en mi muñeca.

—¿Alianza de boda? ¿Qué boda? —Tomlin frunció el ceño.

—Se casó con Íñigo de Velasco —añadió Castillo—. Yo fui testigo.

—¿Intentan hacernos creer que viajaron en el tiempo, que la doctora Lauper encontró la juvencia, que se casó con Íñigo de Velasco hace cuatrocientos noventa y tres años y que después regresó con su alianza de boda colgada en la muñeca? ¡¿Por quiénes nos toman?! —inquirió enojado el asesor Tomlin.

Castillo salió al paso.

—Imagino que en Castle Moirá habrán encontrado una tabla con un dibujo del siglo XVI y una nota manuscrita.

—Si se refiere al maletín con la pintura y la caja de metacrilato, sí, está en poder del Gobierno de los Estados Unidos.

—Gottlieb pagó mucho dinero por el pequeño manuscrito que contiene la caja de metacrilato. Si analizan la tinta y el soporte escriptórico confirmarán que fue escrito hace cinco siglos, pero su redacción caligráfica es actual. Lo escribió la doctora Lauper para despedirse de Gualas, el escudero de Íñigo de Velasco. Pueden someterla a un peritaje grafológico y contrastarlo con la prueba indubitada. Comprobarán que fue escrito por ella y que el salto en el tiempo realmente se produjo.

Las miradas se dirigieron a Brenda. Ella asintió.

En ese momento sonó el teléfono de la doctora Merino. Se hizo un silencio mientras la mujer escuchaba las palabras de su interlocutor. Después se dirigió al grupo.

—Me comunican que Jacob Crespi y Will Carpenter acaban de fallecer.

—¿Lo ven? *Exitus letalis.* —Castillo levantó las manos con un gesto a medio camino entre la impotencia y la resignación—. Estaba previsto que muriesen hoy. El fiscal Will Carpenter murió a manos del ballestero Higueras, es posible que a Gottlieb lo matasen los caníbales. Si mueres en el pasado ya no regresas. Esa es otra consecuencia.

El profesor Tisdale, que había permanecido en silencio, expectante a cuanto se decía, se dirigió al profesor Castillo.

—Es curioso —añadió admirado—. La juvencia actuó como un poderoso electroimán, como una brújula durante el viaje hacia el pasado, hacia su propia dimensión temporal.

—Hay que descubrir su procedencia y averiguar el origen de su poder —insistió Tomlin.

Su procedencia es Quetzalcóatl, el dios de los indios centroamericanos —apuntó el profesor Castillo—. Lo he visto con mis propios ojos en los relieves del templo y en el arca donde se custodiaba la juvencia.

—¡Lo sabía! —los ojos del profesor Tisdale refulgían como nunca—. La decoración de las vasijas pertenece a la cultura maya. Sus jeroglíficos forman un mensaje alusivo al regreso de Quetzalcóatl, el dios de la cabeza de serpiente.

El profesor John Tisdale, además de reputado científico, había dedicado media vida al estudio de las civilizaciones perdidas y las ciencias ocultas. Sus aficiones eran conocidas por la CIA.

—¿Mayas en Florida? —se extrañó el coronel Simon.

—Hubiera dado lo que fuera por entrar en aquel templo. Se sospechaba que los mayas pudieron cruzar en algún momento el mar Caribe por el arco antillano y alcanzar las costas de Florida, pero hasta ahora no se hallaron pruebas.

—Pues olvídese del templo porque se perdió en 1521. Estaba proyectado para no ser encontrado e inundarse cuando faltara la juvencia. Era una obra de ingeniería fascinante para su tiempo —añadió Castillo—. No era una construcción megalítica, estaba construido con gigantescos sillares bien labrados y unos relieves admirables.

Tisdale explicó que, dentro del entramado celestial de deidades mayas, había un dios supremo que destacaba sobre todos los demás y que, en la antigua lengua náhuatl, era conocido como Quetzalcóatl.

—*Quetzalli* significaba «plumaje» y *coatl*, «serpiente». Fue considerado el dios principal para las culturas precolombinas de mesoamérica como los aztecas, mayas, toltecas y olmecas.

Añadió que la presencia de arte maya en el Parque Nacional de Everglades demostraba que, contrariamente a lo que se creía, miembros de aquella civilización atravesaron el golfo de México y contactaron con las tribus de las Antillas y el sur de Florida, lo que explicaría el uso del círculo de Miami como observatorio astronómico, ciencia en la que alcanzaron sorprendentes conocimientos. Se refería a un círculo perfecto de trece metros de diámetro descubierto en 1998 en la desembocadura del río Miami con una antigüedad de dos mil años. Uno de sus agujeros tiene forma de ojo humano y, por su alineamiento con los solsticios y equinoccios, se cree que pudo utilizarse como calendario u observatorio astronómico. Según Tisdale, el grupo de mayas que llegó a Florida debió ser reducido, tal vez seleccionado para construir aquel templo y poco más, pues no se conocen en la península otros asentamientos mayas ni se han encontrado más restos arqueológicos de aquella cultura.

El general Scocht, renuente, preguntó por qué los únicos restos mayas serían precisamente los de aquel templo desaparecido.

—Tal vez Quetzalcóatl deseaba alejar la juvencia de los hombres —sentenció John Tisdale.

Todas las miradas se clavaron en el profesor.

—Según una leyenda náhuatl —prosiguió— hace unos dos mil años llegó a Centroamérica un personaje peculiar que enseñó a los indios grandes conocimientos, gracias a los cuales las culturas de la zona florecieron rápidamente. Fue conocido por Quetzalcóatl y adorado como un dios. Pero no era uno de ellos, sino un viajero lejano. En las representaciones más antiguas de la ciudad de Teotihuacán se le muestra como un hombre blanco, alto, sabio y con barbas. Era un caucásico, pues los aborígenes mesoamericanos son imberbes. Algunos investigadores creen que se trata de un ser procedente de algún planeta lejano que regresó a su mundo concluida su misión. Ello justificaría por qué los mayas tenían conocimientos tan avanzados en astrología.

La teoría alienígena suscitó muecas escépticas en los funcionarios de la CIA.

—¿Y cómo explica que las predicciones de ese fluido aparezcan en latín y no en maya yucateco? —rezongó Tomlin.

—Una segunda teoría —continuó Tisdale con énfasis— sostiene que el Quetzalcóatl caucásico no era otro que Jesús de Nazaret. La Biblia solo recoge los años de su nacimiento y los previos a su muerte, nada se sabe del resto de su vida. Esto explicaría la coincidencia de algunos episodios del Antiguo Testamento con la milenaria cultura maya como las tribus perdidas, la caída de Lucifer, la torre de Babel, la evangelización de los apóstoles o el diluvio universal. Con la llegada de los españoles, la Inquisición quemó casi todos los códices mayas. No le gustó lo que encontró en ellos.

Tomblin puso los ojos en blanco y el general Scocht movió la cabeza, en un gesto de evidente resignación.

—En cualquier caso —concluyó— la figura de Quetzalcóatl está rodeada de un gran misterio. Aquel personaje cambió la historia y el progreso de la cultura maya, y tras su marcha, persistió la idea de que aquel dios habría de regresar y reinar. Por eso continuaron levantando en su honor templos y pirámides escalonadas. Tal vez, acompañado de su séquito, alcanzó la costa de Florida y se internó en Everglades. En aquellas remotas y despobladas tierras, construyeron un templo secreto para preservar la juvencia de los hombres. La reliquia fue escondida bajo tierra en un lugar entonces deshabitado, prácticamente inaccesible. Quedó olvidada en la noche de los tiempos hasta la llegada de Juan Ponce de León que la buscó creyendo las falsas leyendas taínas sobre la eterna juventud. Pero lo que encontraron fue algo muy distinto.

Los funcionarios no daban crédito a la exposición del excéntrico Tisdale. Se miraban entre ellos preguntándose sobre el nivel de credibilidad de un apasionado del esoterismo, amigo de engrandecer misterios ancestrales.

—¿En estas fantasías perdíais el tiempo en las tenidas de vuestra orden? —El asesor de Seguridad Nacional trazó una mueca sarcástica.

Tisdale le miró con desdén. Ante el incisivo comentario de Tomlin, Brenda agachó la cabeza. Sabía que la erudición de su colega se diluía en fantasías esotéricas difíciles de digerir.

El español Juan Castillo había escuchado en silencio la disertación de Tisdale. Con la mirada vacua, parecía abismado, muy lejos de allí. Tomlin le requirió.

—¿Cuál es su opinión, señor Castillo?

Enarcó las cejas y suspiró. Demasiadas experiencias en poco tiempo. Miró con desgana a los ojillos del asesor de Seguridad Nacional y arrastró sus palabras, con cansancio.

—Que es obra del Titiritero.

—¿Titiritero?

—El Gran Arquitecto del Universo es un magnífico titiritero.

El general Scocht le clavó los ojos, como exigiéndole una aclaración inmediata.

—Él maneja la tramoya, los hilos del mundo, juega con sus títeres, los cruza, los sana, los echa a pelear, los hace desaparecer y crea otros. El destino de cada persona encaja con el de los demás con absoluta precisión. Hilos invisibles mueven sucesos que nosotros, ignorantes, atribuimos al azar. —Castillo se refería a la infalibilidad de las predicciones de la juvenca, prueba irrefutable, a su juicio, de la predestinación del destino humano.

—¿No cree en el libre albedrío?

—Ya no. El Titiritero anula el libre albedrío escribiendo un destino irrebatible, y lo que es peor, inmutable. Cuando la juvenca estaba a punto de ser localizada, manejó los hilos de cuatro personas. De Íñigo, que la arrebató a Ponce y la hizo desaparecer en el siglo XVI. De Gualas, que divulgó el mensaje a través de sus trovas. De Brenda y de mí, que viajamos en el tiempo para ayudar a Íñigo. Todo estaba previsto, incluso aquel salto en el tiempo. Estoy convencido de que existe un destino para cada uno de nosotros. —Hizo una pausa de un segundo y continuó—. Que a Gualas le arrancaran los ojos tampoco fue casual. Los cantares de ciego fueron la vía para divulgar la noticia desde aquel pasado remoto. La difusión de su crónica, aquel mensaje en la tablilla y la nota de despedida de Brenda dirigida a Gualas, llegaron a mis manos a través de Gottlieb, lo mismo que la carta de Íñigo de Velasco cuando me tropecé con ella en el archivo de Indias. No pudo ser casual, porque yo no fui a buscarla, fue la carta la que me buscó a mí. Ahora comprendo aquel impulso que guio mis manos para robar el manuscrito sevillano, algo impropio de mí, pero aquella ocasión lo hice. ¿Por qué? Hilos movidos por el Gran Titiritero impidieron que la carta de Íñigo llegase al emperador de España, porque él no debía ser el destinatario. Cinco siglos tardó en llegar a mí, como una llamada desde el universo, justo cuando la juvencia estaba a punto de ser encontrada de nuevo.

—¿Cómo está tan seguro de que el ser humano no es dueño de su propio destino? —requirió el director de la CIA.

—Porque Brenda y yo fuimos elegidos por quien maneja los hilos para completar su misión. Fuimos los únicos a los que se nos permitió el viaje de vuelta. En el poblado de Ponce de León muchos fueron los que probaron la juvencia, quedaron marcados, sí, pero ninguno viajó en el tiempo. Al principio temí que eso ocurriera y que los colonos marcados aparecieran en el laboratorio de la Universidad de Miami, donde se encontraba la juvencia. Pero el salto se produjo desde el futuro al pasado, del siglo XXI al siglo XVI, y no al revés. Las únicas personas que experimentaron ese viaje en el tiempo fuimos Gottlieb, Carpenter, Brenda y yo, pero solo nosotros dos regresamos vivos. He dado muchas vueltas a este asunto y he llegado a la conclusión de que el Gran Titiritero sacrificó a Gottlieb y a Will Carpenter por su codicia, y permitió nuestro regreso, tal vez como premio por alcanzar la empresa que nos encomendó. No le encuentro otra explicación.

Durante unos segundos, la inquietud se adueñó de la sala. Scocht, sobrecogido por las reflexiones de Castillo, se dirigió a Brenda.

—Y usted, doctora Lauper, ¿qué opina? —El general la miró con ojos casi suplicantes, como si precisara escuchar algunas palabras coherentes en medio de aquella historia delirante.

—No dispongo de conocimientos históricos para confirmar ni para refutar las tesis del profesor Tisdale. Ni siquiera estoy convencida de la predestinación que sugiere el profesor Castillo, pero he visto el templo donde se custodiaba la juvencia y los efectos que produce ese fluido en la vida de las personas. Me es suficiente para saber que escapa al control humano y, quien lo ocultó en aquel templo, no deseaba que fuese encontrado, mucho menos que cayera en manos perversas. Íñigo fue respetuoso con la juvencia porque estaba convencido de que aquel prodigio era obra de Dios, por eso se limitó a ocultarla bajo tierra, a esconderla sin destruirla para no incurrir en ofensa divina. Pero mi opinión es otra. Como dice el profesor Castillo, todo tiene un destino y el de la juvencia era no ser encontrada. Por eso decidí destruirla y poner fin a la empresa por la que Íñigo de Velasco entregó su vida.

—¿Destruirla? —preguntó confundido Tomlin.

Se hizo un silencio desconcertante. Brenda asintió esbozando una sonrisa satisfecha. El asesor de Seguridad Nacional la miró sin entender.

—La juvencia está en poder del Gobierno de los Estados Unidos, y en estos momentos nuestro equipo científico analiza su composición.

—No es necesario un equipo científico para determinar su composición. Es aceite de oliva —fue su serena respuesta.

—¿Cómo dice? —El general Scocht se sentía contrariado.

Se intercambiaron miradas de asombro, sobre todo entre los funcionarios del Gobierno que no atinaban a entender las palabras de Brenda Lauper.

—¿De qué diablos habla? —la expresión de Tomlin se endureció.

—Me deshice de la juvencia y rellené las vasijas con aceite de la bodega de la casa de Matheson Park. Antes era azul, ahora es verde —sonrió.

Ethan Tomlin frunció el ceño, amusgó los ojos e hizo un recorrido mental por las secuencias del asalto a la casa que presenció en directo emitidas por la unidad Jaguar 5. Visualizó a los agentes de intervención irrumpir en la vivienda, recordó a los dos hombres desvanecidos en el suelo del salón, vio a los agentes registrar la casa y descender prevenidos por las escaleras del sótano. Las linternas de los fusiles alumbraban la bodega, había un arcón frigorífico, una despensa y garrafas de aceite… ¡vacías! Se le heló la sangre en las venas cuando recordó que Brenda había sido encontrada en un cuarto de aseo. Tomlin desorbitó los ojos:

—¡¿Tiró la juvencia al váter?!

Brenda asintió satisfecha.

—Y descargué varias veces la cisterna.

El asesor de Seguridad Nacional y el coronel Simon, con los rostros desencajados, miraron al director de la CIA aguardando órdenes. El bulldog hizo una señal con la cabeza y ambos salieron de la sala a toda prisa.

—¡Eres increíble! —rio el profesor Castillo, que aplaudía en solitario ante la atónita mirada del profesor Tisdale.

El general Scocht se acodó en la mesa y cruzó las manos. Vio cómo Brenda y Castillo se abrazaban satisfechos. Después agachó la cabeza y pensó que tal vez fuera lo mejor, pues aquel misterioso fluido hubiera sido una tentación permanente tanto para los inquilinos de la Casa Blanca como para los militares de Groom Lake y los futuros responsables de la CIA. La predestinación de los hombres, pensó, si es que existe, venía marcada por una fuerza superior que determina los acontecimientos que han de suceder, pero él siempre consideró que el ser humano, con sus decisiones, es colaborador necesario para que la predestinación pueda cumplirse. Si la tesis del profesor Castillo era cierta, el Gran Titiritero les envió al pasado para cumplir una misión que él, como director de la CIA, no debería interferir. Tomó conciencia, en ese instante, de que aquellos hilos invisibles también le implicaban a él.

Sabía que Ethan Tomlin, después de asegurarse de que el contenido de las vasijas era aceite de oliva, ordenaría levantar el alcantarillado de la casa de Matheson Park para que el equipo científico del Complejo Nellis buscara restos del fluido en los botes sinfónicos, o en los desagües que conducen al mar. Miró de nuevo a Brenda Lauper, la única mujer que realizó un viaje en el tiempo. Allí descubrió el amor verdadero, aquel que carece de fronteras geográficas ni temporales. Cinco siglos después continuó con la misión de su amado Íñigo de Velasco, que no era otra que evitar a la humanidad una información tan desconcertante y dolorosa como la fecha de la hora suprema.

El general cogió su iPhone y, sin prisas, marcó un número.

—Tomlin, aborte la Operación Juven —ordenó con voz tranquila. Miró a Brenda y al profesor Castillo y esbozó un signo condescendiente, apenas una sonrisa imperceptible entre sus mofletes de bulldog—. No insista. Es una orden —añadió antes de colgar.

En aquel instante supo que Noël Farris, el hombre de confianza del presidente, haría todo lo posible por destituirle del cargo. Y seguramente lo conseguiría.

54

Los atabales de guerra de los indios se oían cada vez más próximos.

—¡Zarpemos! —apremió Eslava tirando del brazo de Dolce.

Don Íñigo ordenó a Higueras disponer el embarque, pero el leal ballestero insistió en quedar con mi señor y resistir en el fuerte pues, según la juvencia, aún viviría once años.

—Volved a España y disfrutad en paz del tiempo que os queda —insistió mi amo.

—Si la juvencia no yerra, los viviré sea cual sea el lugar donde permanezca. Me quedo con vos y os ruego que no insistáis, porque me pondríais en aprieto de insumisión —respondió el ballestero, a lo que mi señor agradeció poniendo la mano en su hombro.

Don Íñigo dispuso a hombres armados por los flancos de oriente y poniente, a fin de frenar a los indios con tiros de cañones y escopetas en primer término, y de ballestas y arcos en segundo, buscando en el tiro a los que portasen las pasarelas para salvar el foso. Dejó el encargo de encender el perímetro de brea cuando el griterío enemigo atronase. Cincuenta almas entre soldados marcados, voluntarios y africanos, era la exigua guarnición para hacer frente a cerca de dos millares de caníbales. Gran mortandad se avecinaba.

Eslava apremió a Dolce cuando asomó por el soto el bosque de lanzas. Ordenó embarcar con lo preciso. En barcas de remos subieron ancianos, tullidos, enfermos y unas cuantas indias, concubinas de soldados. Algunos, impacientes, se echaron al agua y nadaron con brío para llegar antes. En segunda tanda embarcaron el arcipreste Baena, la niña Julia, el físico Antonio Laguna, rancheros, sirvientes, carpinteros y otros colonos, así como los animales de granja. Atrás quedó Castillo remoloneando. Dolce, soliviantada, le pidió embarcar, pero el profesor, palmeando su calabaza, alegó que ya disponía de medios para su viaje, pues tenía un asunto pendiente. Quedó en tierra pese a los ruegos de la mujer.

Del cielo llovían flechas que se clavaban en las carnes y arrancaban gritos ahogados. Al poco, otro chaparrón dejó la tierra cosechada de varas de bambú coronadas de plumas. Costumbre tenían los calusas de envenenar las puntas de flechas y cerbatanas con un tóxico pardo procedente de hierbas tóxicas, de venenos extraídos de serpientes de cascabel y de los que excretan unos sapos asesinos de vivos colores que se criaban en aquellas ciénagas. La pasta mortífera, que los indios guardaban en tubos de bambú donde mojaban las puntas, una vez entraba en el cuerpo te lo paraliza y el herido fenece a no tardar, porque el pecho le queda quieto y no respira por sí mismo.

Nubes de flechas caían a tierra repicando como pedrisco. Algunas portaban bolas de fuego y prendían los tejados de las chozas, que ardían con rapidez. La techumbre ardiente de una cabaña se vino abajo abrasando a la familia de la india Sora, que feneció, tal y como estaba escrito.

Ponce, carcomido de resentimiento, aguardó hasta el último viaje de la patera. Entonces, alegando necesitar prendas de vestir, regresó a sus dependencias protegiéndose de la lluvia de flechas con un escudo. A su vuelta se fue a ver a don Íñigo para despedirse de él para siempre. Excusa vana pues, de entre los ropajes, sacó una pistola de chispa bien cebada y descerrajó un tiro en el rostro de mi señor. Don Íñigo cayó a tierra sangrando por la cabeza. «Estaba prevista tu muerte para hoy», murmuró el capitán. Ponce, que le creyó muerto. Le arrebató el cofre, corrió hasta la playa y subió a la barca. La Providencia quiso que la bola de plomo solo rajara la frente de mi señor, que se irguió, y vio cómo el adelantado huía con la juvencia. El de Jaén, con las tripas negras y el rostro sangrante, miró en derredor y tomó un arco abandonado. Cogió del suelo una flecha calusa de las muchas que llovieron aquel día, tensó, apuntó y soltó. Falló por el intenso dolor de brazo, pero hizo un segundo tiro y Ponce cayó con el hombro atravesado. Mi señor, allegándose a la chalana, con el agua hasta el pecho, recuperó el cofre arrancándoselo de las manos.

—No os remato porque sois caballero. Llevaos con vos la misma miseria que dejáis —dijo mi señor dando encargo a los remeros de bogar hasta la carabela.

Ya en el buque, Ponce, malherido, se negaba a zarpar sin la juvencia y daba órdenes para regresar a recuperarla. Pero Eslava, acero en mano, ordenó al contramaestre arriar las gavias, tensar las escotas y levar anclas, cosa que hizo gustoso temiendo que las flechas flamígeras los alcanzaran. El buque viró lentamente y el timonel puso proa al sur alejándonos con viento de zaga. Desde el castillo de popa, Dolce, que no cesaba de llorar, levantó la mano ofreciendo su último adiós a don Íñigo, que correspondía en la orilla de igual modo. Ambos, con el alma desgajada, lloraban la certeza de que jamás volverían a verse en esta vida. Al fin, con el cofre bajo el brazo y la cabeza ensangrentada, vieron a don Íñigo adentrarse en el polvorín subterráneo. Higueras aseguró la reja por fuera con candados y se marchó a disponer a los hombres, por orden de mi señor. «Que la tierra os sea ligera», fueron las palabras de Higueras en su despedida.

Tronaron los cañones y el batir de los tambores, después hubo tiros de pólvora medianos. Una rociada de fusilería dio con un buen número de calusas en tierra. Pero los indios, habituados ya a los fusilazos, dieron por buenos sus muertos y avanzaron sabiéndose superiores en número. Con bravura se defendió la menguada guarnición en los primeros envites, causando muchas bajas entre los indios. Habían jurado frenar a los caníbales o almorzar con Cristo en el Paraíso. Próximos ya los indígenas, prendieron el perímetro de brea y el cielo se volvió oscuro de humo negro. Se abrasaron algunos, pero los indígenas, todos a una, mataron las llamas vertiendo tierra sobre la muralla humeante. No pocos cayeron atravesados por las saetas de los ballesteros españoles y el plomo de los escopeteros, cuyos truenos ya no despavorían. Tal fue la muchedumbre de indios que, en un decir amén, salvaron el foso con pasarelas, tal y como predijo el impío Malasangre. Viendo a los calusas poner las tablas, los nueve esclavos negros, que desde su cautiverio en África se sabían difuntos, y a grito de «¡yalanga ngui!», saltaron al exterior de la empalizada y embistieron con bravura a los primeros indios que vencieron el foso en vanguardia. Los desmembraron a machetazos. Pero aquellos, mis fieles porteadores, no pudieron con tamaña multitud de bellacos y, al cabo, cayeron lanceados uno tras otro. De esta suerte se fueron al cielo de los negros, con más gloria y honor que muchos hidalgos españoles. No sabría deciros cuánto duró la pesadilla, pero me consta que la muchedumbre calusa salvó la empalizada y entraron en el poblado como hormiguero pisado. Y lo hicieron con tanta furia que no dejaron cosa con vida y lo arrasaron todo como el día del juicio final. Incendiaron la enfermería, la cantina, las caballerizas, las cabañas, la casa fuerte de Ponce y la capilla. Calusas rabiosos rodearon el polvorín donde se encontraba don Íñigo, bajaron por las escaleras y golpearon con mazas la puerta herrada. En ese momento un trueno colosal hizo temblar la tierra rizando el aire de una humareda ceniciienta que ganó en altura a las gaviotas. El estallido fue tal que la tierra se abombó para luego desinflarse y provocar el derrumbe del polvorín, quedando todo sepultado bajo la tierra.

Supo Dolce que don Íñigo dejó de ser para siempre. La muerte puso colofón a sus desvelos y ella, desgañitada en lamentos, cayó sobre sus rodillas. Rota en dolor, gritaba, se encogía, se estremecía en desolación con los ojos anegados. De esta manera se perdió al fin la juvencia a manos de mi señor cuando hizo volar todos toneles de pólvora negra, yéndose con Dios el día que debía de hacerlo. Se aseguró que la juvencia no fuera encontrada ni él capturado por las hordas calusas. Añadiré otro par de razones. Una, que mi señor, por obediencia, se negó a contrariar el fin que Dios dispuso para él. La otra, que se negaba a vivir sin su amada Dolce, sabiéndola a tan grande distancia que jamás podría hallarla así viviera mil años. Quiso Dios, o quien lo sustituyera en su ausencia, ponerle en camino y manera provechosa de alcanzar la gloria ultraterrena.

Sabed que aquella noche, cuando la luna se reflejaba en alta mar, nos recogimos silentes y cabizbajos, unos en la tablazón de proa, otros en el alcázar de popa, los más en sentinas y bodegas. Difícil conciliar el sueño tras el espanto vivido, con tan reciente añoranza de los caídos en un presente inexplicable. Mecidos por el vaivén de las olas, con los enigmas inescrutables de la juvencia en mi recuerdo, me dejé acunar por la fatiga y, al fin, me sobrevino el sueño.

Cuando en la línea del horizonte apuntaba la aurora, don Juan Eslava me despertó anunciando que Dolce había desaparecido. No la hallaron por más que buscaron en cada rincón del barco. Hubo quien dijo que Ponce la arrojó por la borda por resentimiento, pero yo bien sabía que volvió a su mundo con el mismo prodigio que llegó al nuestro. Obtuve la certeza cuando apareció en cubierta su calabaza de agua vacía, que sabíamos que era billete para su viaje. En mi bolsa me topé con una nota manuscrita que ella dejó mientras dormía. Eslava la leyó para mí: «Querido Gualas: solo los necios creen que el corazón que ama, después de muerto, deja de latir. Honra la memoria de nuestro querido Íñigo y no cambies nunca. Siempre te llevaré en mi corazón. Dolce». Manuscrito que aún conservo y que en este momento exhibo a la concurrencia en prueba de lo vivido. Y a más abundar os digo que, por un maravedí bien podéis tocarlo, verlo y hasta olerlo al final de mi recitación.

55

¿Cómo decís, mesonero? ¿Preguntáis qué fue de Higueras, el valeroso ballestero? ¿Que cómo sé que sois mesonero si no tengo ojos? A lo segundo, por el tufo a fritanga y a vino peleón de vuestro delantal. Paso a daros razón de lo primero.

Sabed que después de confinar a don Íñigo en el polvorín, Higueras dijo a Castillo que los caníbales tomarían el fuerte en menos que se reza un credo. El profesor le pidió que lo guiara hasta el templo donde encontraron la juvencia, por ser de interés para lo suyo. Ya he dicho en alguna parte que don Íñigo voló el polvorín y que la tierra tembló. El gran trueno puso en huida a los calusas, momento que aprovecharon los indios tequestas para echarse a la mar en sus canoas. Y cuando las lanzas de los caníbales asomaron de nuevo en lontananza, Higueras y Castillo subieron a una piragua pequeña y bogaron a poniente dejando atrás el poblado de los muertos, hasta perderlo a la vista. Por armas, la espada de Higueras, una ballesta y una aljaba con virotes colgada al cinto. Por viandas, una hogaza de pan moreno, una talega con frutos, un tasajo de tocino y dos azumbres de agua en calabaza. También llevó Higueras una maroma, sabiendo que le sería precisa. Avanzaron por el intrincado laberinto de canales y riberas verdes hasta donde les alcanzaron las fuerzas. Ocultaron la piragua entre la vegetación y continuaron a pie. Tras leguas de vagar perdidos, quiso el destino que el ballestero encontrara los numerales que, a modo de mojones, Ponce mandó marcar en las orillas de las charcas, con lo que pudo retomar el itinerario y alcanzar, al fin, el promontorio de la cabeza de serpiente. Luego de dar un rodeo por la trasera,

Higueras mostró a Castillo la puerta cegada por la gran losa redonda. Después lo llevó al luneto por donde salieron.

—De este pasadizo salieron —dijo el ballestero despejando la broza que lo tapaba.

El hábil maese Castillo, que por algo era profesor, cogió una piedra como de media libra, la sopesó, la dejó caer pegada a la pared y calculó su caída. Dijo que el túnel tenía forma de chimenea rampante por el ruido de la piedra al rozar, pero a mitad de trayecto cesaba el roce y caía a plomo sobre el agua, por lo que era precisa una maroma con suficiente largura. Como la soga que portaba Higueras era más corta, el ballestero la destrenzó y le dio mayor largura entreverando la tomiza con hebras de esparto indiano que por allá se cría, y lo hacía con mucho arte pues, antes de enrolarse como ballestero, en su juventud, su padre lo puso de aprendiz en una espartería donde se ganaba el sustento trenzando serones y cestas de esparto. Y mientras el ballestero trenzaba, Castillo oteaba los alrededores, cavilando. Admiraba la construcción del promontorio herbado, sus piedras bien labradas y ajustadas y los grabados que se adivinaban bajo el manto de musgo. Cuando Higueras dio aviso, mostró una maroma larga que metió por el tragaluz y amarró su extremo a un árbol. Hasta improvisó una tea con leño de pino cuyo extremo, a falta de brea, ató un trapo untado con la resina que sudaban los pinares. Bajaron, pues, por el conducto rampante hasta alcanzar la cúpula, descolgándose hasta el suelo.

«¡Asombroso!», exclamó el profesor cuando la luz titilante de la tea llevó a sus ojos los relieves de los muros. Boquiabierto, guio el brazo de Higueras y admiró el arca abierta donde se custodió la juvencia durante siglos. Contempló los meritorios relieves esculpidos que perimetraban la urna. Tan arrebatado estaba que no reparó que caminaba con el agua por la cintura. Salieron de la cámara cupular hacia la gran sala de los techos altos, donde la cascada seguía vertiendo aguas sin descanso. Castillo dijo que aquel templo estaba previsto para inundarse, pues no había salideros ni ventanas para evacuar las aguas. Avanzaban despacio iluminados por la luz de la tea, cuando vieron aproximarse a ellos un tronco flotante. Higueras desenvainó temiendo que fuese un lagarto de mil dientes, pero vieron con horror que lo que flotaba en el agua era el cuerpo abotargado del arcabucero Miguel Karames, fiel amigo y compañero de Higueras, que allá dejamos cuando feneció su vida. Frunció la boca el ballestero. En tanto el profesor escudriñaba los frisos a la luz de la tea, Higueras, con los ojos vidriados, habituados a la oscuridad del templo y los desplaceres de la vida, tomó entre sus brazos el cuerpo tieso de Karames. Con la delicadeza de lo añorado, lo depositó sobre el arca de piedra, a modo de catafalco, por no encontrar lugar más apropiado en aquel templo inundado. Después lo despojó de la espada que Íñigo puso en las manos del muerto, por ser más útil en las suyas, y rezó por el alma de su amigo. Tan honda aflicción causó en Higueras ver los restos de Karames flotar en las aguas negras, que desatendió las muchas explicaciones sobre arte del profesor, que entraban por sus orejas tan vacuas como el sonido de la lluvia en otoño.

Castillo propuso salir del templo antes de que el agua alcanzase mayor altura. Aferrados a la maroma ascendieron, primero Castillo, que al pisar el bosque se hizo visera con la mano, deslumbrado por la luz del sol. Luego de retrasarse un tanto, Higueras trepó por la maroma. Pronto supo Castillo el motivo de su demora. Y fue que había atado al muerto al extremo de la maroma y pudo izarlo con mucha bravura, tirando de él por la chimenea rampante para luego inhumarlo en la tierra con responso y cruz de palo, como corresponde en cristiandad. Lo hizo en atención al eterno descanso del alma de Karames y al descargo de su conciencia.

Cumplido el rezo, sintieron una sacudida bajo sus pies. La tierra tembló como si el infierno se sublevara. Por el luneto se oían caer al agua muchas piedras en el interior del templo. Castillo, viendo cómo se aparejaba la situación, tiró del brazo del ballestero y huyeron rápido, deteniéndose como a tiro de piedra. Las rocas del promontorio se fueron moviendo, primero en crujidos, luego en grietas que quebraban lienzos y desplazaban bloques con mucho estrépito. La cabeza de serpiente rodó por la tierra y, tras ella, la gran losa redonda de la entrada. Después, uno a uno, los grandes sillares cubiertos de vegetación se fueron resquebrajando hasta que, con el trueno grande, la tierra se lo tragó todo y el promontorio se hundió en sus profundidades con un enorme estruendo. Quedó así el templo sepultado en sus propias ruinas. La laguna próxima cedió sus aguas hasta inundar por completo las últimas piedras, lo que fue de mucho sobresalto para los dos testigos, que lo presenciaron sobrecogidos. De esta manera se perdió para siempre el templo Cabeza de Serpiente.

¿Que cómo supe lo dicho si, cuando esto acaeció, navegaba rumbo a Cuba? Veréis, tiempo atrás, en el año de mil quinientos treinta y dos, a dos lustros de mi llegada a España, fui a romancear a Granada. Como por pedir por Dios pordiosero fui, y como mi bolsa estaba más vacía que las cuencas de mis óculos, visité con mi lazarillo conventos y casas de beaterío. En el monasterio de San Jerónimo imploré a los frailes un cuenco menesteroso de sopa boba. Nos hicieron pasar al refectorio donde aguardamos hasta que un jerónimo misericordioso me ofreció un algo de sopa aguada con mendrugos y un tasajo de tocino. Pero al verme voceó: «¡Gualas, maldito bribón!». Pasmado, reconocí la voz de José Higueras que se había metido a monje para ponerse a bien con Dios en la certeza de que aquel mismo año fenecería, por ser vaticinio de la juvencia. Allá pasó sus años postreros viviendo en el arrepentimiento, en la meditación de los claustros y el recogimiento de su celda para alivio de su conciencia. Me abrazó y nos llevó al refectorio donde comimos el puchero de los monjes, guiso mejor adobado de carnes y avíos que la sopa que daban a los pobres, hecha de sus sobras. También mandó acicalar nuestro aposento. Después paseamos por el claustro y me contó cómo entró en el templo Cabeza de Serpiente con el profesor Castillo. Supe pues que, tras el entierro de Karames y el hundimiento del templo, marcharon hasta los derredores del fuerte, cautelosos y prevenidos, para ver de lejos si había supervivientes y si los calusas se habían retirado. Fue en aquel punto cuando se toparon con un forastero errante. Debía proceder del reino del profesor porque vestía ropajes parecidos, con zapatos de ataderos y corbata al cuello. Higueras le dio el alto en nombre del rey y dijo llamarse Will Carpenter, de oficio fiscal de las justicias y, por haberse perdido, no sabía dónde se encontraba. Higueras me contó cómo el profesor Castillo cogió del brazo al forastero y se alejó un trecho con él para hablar fuera de escuchas. Y como viera el ballestero que el forastero se encaraba a voces altas con Castillo y le daba órdenes cual si amo suyo fuera, acudió el Higueras, dejó en el suelo la ballesta, el hatillo y la espada de Karames y medió para templar los ánimos. Pero el recién llegado, furibundo, cogió el acero del muerto y puso el filo en la nuez del profesor diciendo a voz a grito: «¡Qué viaje en el tiempo ni qué narices! ¡Llévame a Coral Gables o haré de tu vida un infierno!». Entonces Higueras desenfundó y agarró por el hombro al forastero, momento en que se revolvió asestándole un mandoble que el hábil Higueras dribló y, en su defensa, lanzó un tajo en el cuello de su agresor. Sangrante, el forastero volvió a embestir y el ballestero a driblar. Higueras, al fin, le lanzó una estocada en el costado, desde abajo, tal y como don Íñigo le tenía instruido. El acero se hundió en el costillar de Will, que cayó a tierra y no tardó en fenecer más de un suspiro.

Castillo torció el gesto cuando descubrió en la cerviz del muerto la marca con la fecha del día que expiró. Supo que había probado la juvencia en el futuro, lo que fue de mucho pensamiento. Dijo el profesor que el cofre con las vasijas estaba en peligro en su tiempo y debía partir a toda prisa. Se despidió del ballestero con palabras agradecidas y un abrazo largo, luego bebió el agua que portaba en su calabaza y se adentró en el bosque hasta perderse a la vista. Chocado quedó Higueras sin entender las prisas y por más que lo buscó no lo encontró. Decidió entonces ponerse en marcha, primero hacia el norte, donde la tierra era afable, después a las costas levantinas de Bimini, donde recibió el amparo en el pueblo tequesta. Años después consiguió embarcar en uno de los buques de don Lucas Vázquez de Ayllón y regresó a España donde pasó sus últimos años, como dicho tengo, en la ciudad de Granada, poniéndose a bien con Dios en el convento de los jerónimos.

56

Jaén, España, 2014

El taxi solicitado por el hotel Infanta Cristina, apenas tardó en aparecer. Tras recoger a la pasajera, el vehículo se perdió en el tráfico de la ciudad y circuló parsimonioso por el paseo de la Estación, luego por la avenida del Ejército Español hasta bordear el torreón de la Puerta de Aceituno, uno de los escasos vestigios aún en pie de las viejas murallas medievales. Ascendió por la adoquinada calle Molino Condesa, ya en el casco antiguo, y se detuvo junto a la torre almohade. Allí pagó al taxista y se apeó.

La doctora Lauper dejó escapar un suspiró cuando puso los pies en el barrio que vio nacer a Íñigo de Velasco, allá por 1479. Orientándose con su plano turístico, contempló la fachada gótica de la iglesia de Santa María Magdalena. La torre del viejo alminar musulmán, rematado en campanario cristiano, se alzaba majestuosa contra el puro azul de un cielo antiguo. A través de la reja admiró el soberbio patio porticado con arcos de herradura y la vieja fuente de abluciones coránicas de la antigua mezquita aljama, obra de Abderramán II. Sin prisas, delectándose en el tipismo de aquel bello rincón, ascendió por las cuestas vertiginosas, recuperando el resuello en los rellanos de sus escalinatas.

Jaén alberga en su corazón histórico un dédalo de angostillos rincones, barrio abigarrado de calles estrechas con casitas que se engarzan en la falda rocosa del cerro de Santa Catalina, asentamiento primigenio de cuantas culturas ocuparon la ciudad al amparo de su alcázar. En los aleros piaban desaforadamente los gorriones. Ya desde lo alto, vio la ciudad derramarse hacia el norte y ganar la campiña con suavidad. Desanduvo los empedrados en descenso, sonrió a las vecinas que azotaban esterillos, a las que tendían ropas al sol, a las que regaban geranios y gerberas en los coloridos balcones. El viejo barrio de la Magdalena, apretado de casillas blancas, aún conservaba, en su entramado angosto, la esencia medieval de la vieja ciudad musulmana. Trató de imaginar la infancia de aquel niño de ojos azules a finales del siglo xv.

Errante por calles adoquinadas, tomó conciencia de lo vivido en los últimos meses. Le resultaba imposible desligar su viaje a Jaén de los recuerdos de Florida pues, en su delirante experiencia, pasado, presente y futuro se unieron produciéndole un *shock* que marcó un antes y un después en su vida, y cuyas secuelas aún estaban pendientes de evaluar por los psicólogos de la CIA.

Tras varias semanas de pruebas científicas en Groom Lake, y gracias a la intervención del general Logan Scocht, permitieron que el profesor Castillo regresara a España. Hicieron un pacto con él. El español les entregaría el documento del Archivo de Indias de Sevilla para su estudio en el Área 51, lugar donde también se custodiaban los restos de Íñigo de Velasco y los objetos encontrados en Everglades City. La CIA, por su parte, se encargaría de que los cargos contra el profesor fuesen retirados y pudiera incorporarse en su cátedra de la universidad, sin una sola mancha en su expediente. A Castillo no le hacía gracia la propuesta, pues el manuscrito pertenecía al patrimonio documental español, pero, tras la experiencia vivida, llegó a la conclusión de que aquel documento podía ser motivo de nuevas indagaciones, de buscadores de tesoros sin escrúpulos, además de tener que dar comprometidas explicaciones de la sustracción, puesto que en España se desconocía el contenido de dicho documento. Una vez destruida la juvencia, pensó, lo más sensato era correr un espeso velo de silencio. El Área 51 era uno de los lugares más discretos del mundo por los secretos inconfesables que aquellas instalaciones esconden.

La agencia norteamericana, en su afán por silenciar la Operación Juven y los experimentos del Complejo Nellis, descartó la gestión diplomática con el Gobierno español. Prefirieron actuar a su manera: la búsqueda de información y la destrucción de pruebas. Agentes de la CIA en España, con el apoyo de un experto informático del proyecto Prism, aquel que tantos quebraderos de cabeza ocasionó al asesor Eduard Tomlin, buscaron el rastro digital del archivo del vídeo que se presentó como prueba de cargo contra el profesor Castillo. Lograron localizar el fichero, marcarlo e inutilizarlo mediante un virus informático que dañó solo ese archivo entre todos los que se almacenaban en los soportes informáticos tanto del Archivo General de Indias como del juzgado de instrucción que instruía las diligencias judiciales. La argucia se remató con la contratación de un hábil abogado que pusieron a disposición del profesor y que consiguió que la causa contra él no prosperara. El juez instructor no tuvo más remedio que ordenar el archivo de las diligencias al no poderse visionar la única prueba de convicción. En la resolución se tuvo en cuenta, además, la reputación y la intachable trayectoria social y académica del profesor Juan Castillo Armenteros.

El español viajó de nuevo a Zúrich y recuperó la carta de Íñigo de Velasco escrita en 1521. La guardaba en una caja de seguridad del Credit Suisse. A continuación, se dirigió al Park Hyant, el mismo hotel donde empezó todo. Allí le esperaba el coronel Peter Simon quien, junto a varios agentes de la agencia, se desplazó personalmente para recoger el valioso documento y trasladarlo a Groom Lake.

Castillo exigió que la marca del vaticinio sobre su piel fuese desfigurada con un tatuaje sobrepuesto para que nunca fuese interpretada ni divulgada. «Me niego a conocer mi destino. Prefiero vivir cada día como si fuese el último», repetía sin cesar. En esto, Brenda coincidía.

A ella le hicieron la prueba grafológica para compararla con el manuscrito de despedida de Gualas. Aquella nota se convirtió en el único *oopart* —acrónimo en inglés de *out of place artifact*— verificado como auténtico. Un objeto fuera de su tiempo que probaba la presencia de humanos en una etapa histórica que no le correspondía. Los responsables de la CIA no salían de su asombro cuando confirmaron su autenticidad. La doctora Lauper puso como condición, además del tatuaje sobre la fecha de su cuello, recuperar la pulsera de cuero, alianza de su boda con Íñigo. Esto último fue más complicado porque a la CIA le costó desprenderse de un objeto que había realizado un insólito viaje de cinco siglos. Pero al final cedieron tras las pruebas de rigor y el empeinamiento de Brenda. Solo el profesor Tisdale se quedó un tiempo en Groom Lake colaborando con un equipo científico interesado en la relación entre Jesús de Nazaret y Quetzalcóatl.

Meses atrás, cuando tatuaban a la doctora Lauper y al profesor Castillo en el Complejo Nellis, y antes de embarcar en el avión que les llevaría de vuelta, les visitó el director de la CIA. Deseaba despedirse de ellos y agradecerles su colaboración. Aquel día el general Scocht apareció con la entereza de quien asumía su destitución con dignidad. El cese le había sido comunicado por la Casa Blanca aquella misma mañana. En el cuartel general ya se sabía que detrás de aquella decisión se escondía la mano despechada de Noël Farris, pero muy pocos conocían el verdadero motivo. Sus mofletes de bulldog jalonaban una sonrisa satisfecha, propia de quien acepta las decisiones sin problemas de conciencia.

—Antes de marcharme —serenas fueron las palabras del general Scocht— quisiera presentarles al agente Ferrara, gracias al cual la agencia pudo desarticular la Orden Juven de San Agustín de Florida, identificar a sus integrantes e incautar el arsenal que Gottlieb ocultaba en Castle Moriá.

Cuando el español vio aparecer a Dores, sonriente y con el brazo en cabestrillo, el corazón le dio un vuelco. Había estado convaleciente tras el disparo de Gottlieb y a punto estuvo de morir desangrada. Castillo, sobrecogido, y un tanto azorado por llevar puesta solo una bata sanitaria que dejaba a la vista su trasero, se levantó de la silla y miró a Dores con ojos líquidos. Ella se aproximó con el júbilo bailándole en el rostro y él le cogió la mano buena.

—¿Así que te llamas Ferrara? —preguntó enarcando una ceja.

—Ariadna Ferrara.

El profesor sonrió y acarició con el pulgar el suave dorso de su mano.

—Ariadna… —repitió su auténtico nombre con delectación—. Me gusta.

—He solicitado mi traslado a España —sonrió—. Me lo han concedido.

—No irás a espiarnos a los españoles, ¿verdad? —preguntó divertido el profesor Castillo, ufano por iniciar una nueva vida a su lado.

Dores esbozó una sonrisa cómplice antes de abrazarle.

Brenda no podía abstraerse de estos y otros recuerdos que acudían en tropel a su cabeza mientras fijaba la mirada en el Lagarto de la Magdalena, monumento alegórico de un saurio que, según una leyenda medieval, habitó en una cueva de aquel barrio y mató a muchas personas en Jaén. La imagen del gigante pétreo le trajo a la memoria aquel cocodrilo que a punto estuvo de devorarla junto al templo Cabeza de Serpiente. Íñigo acabó con él de un disparo de ballesta. Era la segunda vez que le salvaba la vida en pocos minutos. No sería la última. De no ser por la providencial intervención de Íñigo hubiera muerto en un tiempo que no era el suyo y habría acabado como Will y Gottlieb.

Le vino a la cabeza el cuadro de John E. Millais en el Tate Gallery de Londres. El caballero errante (Perseo) salva a una dama (Andrómeda) inmovilizada en un árbol del bosque. Aún se estremecía con la sensación de sentirse protegida, como las damas de la literatura gótica, como *Matilda*, de Horace Walpole; como Emily, en *Los misterios de Udolfo*.

Volvió al plano turístico y caminó despacio, mirando en todas las direcciones, saboreando cada instante. Se lo imaginó avanzando por un camino polvoriento, tirando de las bridas de Hechicera. O sentado en un pretil pasando la piedra de amolar por el filo de su espada. Se sentía desconcertada, desubicada, ausente. Todo parecía tan reciente y al mismo tiempo tan lejano… Con un punto de envidia, reparó en la fortuna del profesor Castillo cuando rememoró la pasión con la que besó a Ferrara en su reencuentro. Incluso el general Scocht se marchó azorado escondiendo el pudor entre sus mofletes de bulldog. Por eso, cuando el coche oficial la dejó en la puerta de su casa, el mundo se le cayó encima. Un acervado sentimiento de soledad le apretó la garganta. Le invadió una intensa sensación de vacío, de vacuidad, como si hubiera sido despojada de sus entrañas, como si careciera de corazón para vivir y de alma para sentir. Hostigada por la añoranza, desconcertada por el anhelo de vivir un amor a destiempo, tan sentido y tan injustamente arrebatado, sintió el deseo de saber más, de aproximarse a la memoria del único hombre al que amó de verdad. El que se adueñó de su corazón desde que le vio aparecer por el bosque con morrión dorado, ballesta y botas altas. El que le enseñó que las virtudes no eran privativas de la orden de caballería, sino de todo aquel que acoge en su corazón la nobleza de hacer el bien. El hombre que le marcó un camino y un sentido, el que le hizo vibrar, el que le mostró que el amor verdadero no entiende de saltos en el tiempo ni de lugares remotos.

Pasó días tristes, abandonada a una nostalgia infinita, hasta que un día decidió escribir a diferentes archivos españoles con la intención de recabar reseñas históricas sobre Íñigo de Velasco y su fiel escudero. No tardó en hacer el equipaje. Aprovechó la conclusión del año académico para tomar un vuelo a Madrid y un bus hasta Jaén. Necesitaba sentir la ciudad de Íñigo, aproximarse a su vida, a sus raíces, caminar por las calles donde se crio, ver las montañas que vieron sus ojos, pisar la misma tierra, respirar su aire, constatar, en definitiva, que lo vivido junto a él no fue un sueño.

Se detuvo ante el centenario frontispicio del real convento de Santo Domingo. Una placa cromada en la puerta anunciaba su actual uso: «Archivo Histórico Provincial». El videoportero crepitó.

—¿Quién es?

—Buenos días. Soy Brenda Lauper. Tengo una cita con don Juan del Arco.

57

Jaén, 1560

Llegados hasta aquí, paisanos, veréis cómo el presente román, como todo en la vida, concluye. Apenas quedaba día en el cielo de Bimini, solo un claror rojizo y decadente resistía agónico entre las nubes del horizonte. Por estribor. Desconsolados por lo vivido, recordé lo dicho por el profesor Castillo sobre don Juan Ponce de León. Él conocía el destino del adelantado, no por vaticinio de la juvencia, sino por los libros de historia, que aseguran que murió a causa de una flecha envenenada a pocos días de su llegada a Cuba. Y aunque Dolce, en el barco, le extrajo el dardo y curó su herida, el veneno se asentó en sus adentros causando grandes daños. En las crónicas —lo dejó dicho el profesor—, aparece Ponce como capitán hidalgo, primer gobernador de Puerto Rico, adelantado del rey en Bimini, descubridor de Florida y de la corriente del Golfo, gran conquistador muerto por una flecha india, sin que se acrediten los motivos ciertos del saetazo.

En su lápida puede leerse:

> *Este lugar estrecho*
> *es la tumba de un varón*
> *que en el nombre fue León*
> *y mucho más en el hecho.*

También sabía Castillo que don Juan Eslava cumpliría el encargo de don Íñigo y entregaría la misiva al virrey de las Indias, pero nunca llegó a manos del emperador de España, dejándola sin tramitar el hijo de Cristóbal Colón. Lo supo porque él mismo descubrió el documento en el Archivo de Indias, que se hallaba como olvidado entre cartas intrascendentes que llegaron a la Real Casa de Contratación como un siglo después, procedentes del archivo personal del virrey.

En Cuba, antes de fenecer, don Juan Ponce habló con don Diego Colón, a quien informó sobre el descubrimiento y de cómo don Íñigo, su escudero y dos forasteros —Dolce y Castillo—, privaron a la Corona de los poderes de la juvencia con la que grande gloria habría alcanzado nuestro emperador al recuperar Jerusalén con huestes invencibles. El virrey don Diego dijo que la cruzada sobre la Tierra Santa no podía ser desde aquellos lares, pues, en la ruta que su padre don Cristóbal atajó por occidente, puso Dios un continente nuevo cuyas proporciones colosales aún estaban por conocerse, quedando Jerusalén al otro lado de la Tierra redonda. Cierto era que algunos códices europeos extendieron el rumor de que se había descubierto un continente desconocido y se supo, al fin, que Amerigo Vespucci tenía razón en sus conjeturas. El virrey, avispado, no remitió la epístola de Íñigo para no verse comprometido ante el emperador don Carlos, con el que mantenía regulares relaciones por los muchos pleitos que sostenía sobre la gobernación de las Indias. Optó por cumplir el dicho de que ojos que no ven, corazón que no siente.

Don Juan Eslava miró la cerviz de don Juan Ponce cuando agonizaba en su lecho, para ver si estaba marcado, pero no encontró fecha ninguna. Supo pues que el capitán, que forzó vaticinios en la tropa, no los quiso para él. Don Juan Ponce de León y Figueroa se fue con Dios a la jornada siguiente, pero antes de expirar, le dio tiempo a denunciar la forma en que fui nombrado caballero. Impugnó por inadecuado mi nombramiento al no ajustarse a usanza y carecer de la bendición de la Santa Madre Iglesia, tal y como costumbre era. Alegó que fue coaccionado por don Íñigo y que un servidor carecía de raíz y fortuna, ni cepa como cristiano viejo, ni méritos de guerra en las campañas de Su Majestad, siendo mi cuna vil como plebeyo y niño huérfano fugado de un hospicio. Me vi así desposeído de mis preeminencias, me incautaron yegua y espada y fui embarcado a España como pobre, ciego e inútil. Regresé pues al inframundo de los menesterosos donde el dolor es permanente y toda dicha eventual. Aunque bien pensado, mejor así, que no ha de ser hidalgo el que ni algo tiene, ni un escudero mandando vasallos. La Providencia, sabia y justa, pone a cada cual en su lugar a lo largo de la vida.

¿Preguntáis qué fue de los amigos de don Íñigo?

Del noble ballestero Higueras dicho queda su arribo a España y su ingreso en los jerónimos de Granada, donde pasó sus últimos años. Don Juan Eslava, hombre de frente serena y cabellos ningunos, escribiente de pluma desenvuelta, también embarcó para España estableciéndose, primero en Barcelona y después en Madrid. Allí se entregó a la vida sosegada y a muchas lecturas al amor de la candela. Disfrutó de su afición como escribidor de códices con gran aceptación entre sus muchos seguidores. Tal y como predijo la juvencia, en el año de Nuestro Señor de mil quinientos treinta y uno, al bueno de Eslava le sobrevino el sueño eterno. El día previsto, aguardó al ángel de la muerte dejándose cabalgar por jovenzuela voluptuosa con las *Odas* de Horacio en una mano y un crucifijo en la otra, como de buen grado fenecería cualquier cristiano. Finamiento plácido y merecido para caballero de probada lealtad.

¿La pequeña Julia? La linda huérfana, ahijada de don Íñigo, pese a su áspera infancia, creció con carácter alegre. Quedó al cuidado del arcipreste Baena, que la entregó a las monjas del convento de San Juan de Puerto Rico. Crecida fue en virtud y devoción. Con el tiempo supo cómo perdió a sus padres, le hablaron de su rapto y cómo don Íñigo la recuperó a los caníbales con audacia.

Injusto es que ningún libro ni memorial haya recogido la empresa de don Íñigo. Que ninguno cristiano llegara jamás a conocer su épica historia mortificaba mi lucidez y llenaba mis cuencas de lágrimas. Teniéndolo por agravio, juré divulgar sus andanzas por los confines del reino hasta mis postreros atardeceres. Y de esta guisa, como el maltrecho bajel que las procelosas aguas del destino zarandearon en demasía, lustros ha que divulgo sus gestas por los reinos de España.

Y así fueron muriendo mis días, y con los días los años, y, tras ellos, el epílogo de una vida de amaneceres y jornadas con olor a caballo y vino rancio. En el ocaso de mi existencia, cediendo en mi pulso contra el aliento, este bajel desarbolado, ya sin rumbo ni aparejos, no aguantará, creed, la próxima galerna. Presintiendo pues mi muerte venidera, en espera del apacible estertor que pronto me redimirá, regresé a nuestro Jaén, cuna de mi señor y de este servidor vuestro, para pintaros al vivo los pesares de nuestro esforzado Íñigo. Aniden sus hazañas de ultramar en vuestros corazones y sean divulgadas de boca en boca por vuestra descendencia por los siglos de los siglos.

De los doscientos españoles que desembarcamos en la Florida en el año de mil quinientos veintiuno, apenas cincuenta llegamos vivos a Cuba. Allá padecimos, como en penitencia, cada uno de los martirios del infierno. La expedición de don Juan Ponce de León en busca de la fuente de la eterna juventud, causó un lento goteo de vidas, ahora por caníbales, ahora por ejecuciones, huracanes, epidemias, venenos o muertes voluntarias. Porque en aquel tiempo morir era más llevadero que el vivir. Y entre los caídos, don Íñigo de Velasco, que no fue un hombre sino un continente, porque sacrificó su vida por privar a la humanidad de mayores desdichas.

En mis últimos días, como cada uno de los que he vivido desde que el taimado Malasangre cercenara mi luz, veo a mi señor en mi noche eterna. Y junto a las estrellas de un cielo imaginado, veo, sin ver, su mirada turquesa. Es su memoria bálsamo de mi desventura pues, por mucho que se nuble, su sombra siempre estará presente como la memoria eterna de un pasado que ya forma parte perpetua de nuestras vidas. A cada día puesto, acuden remembranzas de antaño, entonces maldigo la mezquindad de los hombres cuando la codicia desata las ambiciones. Solo señala, al fin, el camino de la ruindad; desde el paje que roba bolsas, hasta el juez que dobla su vara por un montante de oro, o el rey que anhela imperios ajenos. Bienaventurados los pueblos que su rey menosprecia su propia riqueza, pero bien parece que de esta clase de soberanos y nobles se olvidó Dios de crearlos. Porque la ambición sin medida, demostrado está, hace a los hombres desdichados y peligrosos.

El misterio de la juvencia tuvo alcances que no logré entender. Cada noche me pregunto qué hubiera sido del mundo si se hubiera desvelado el secreto de nuestro final que Dios escribe en nuestra cerviz con tinta invisible. De las Indias regresé sin caudal ni eterna juventud. Peor aún, allá me dejé veinte años de ella, los ojos y a mi señor y maestro don Íñigo. Pese a todo fui afortunado pues, si en mi zurrón pesan tribulaciones y añoranzas, también caben enseñanzas sobre la vida y sobre los hombres. Pero estos lucros no lucen para los mediocres.

En cuanto a mí, desamparado por la juventud, ya no siento el ardor de mis verdores, ni la pujanza arrobada de mis mejores días. Tampoco las amarguras de antaño, porque si los años te hurtan la lozanía en silencio, te compensan con templanzas que auxilian en el vivir día a día y en asumir nuestro destino sin rebelarnos. A fin de cuentas, no tenemos la última palabra, porque Dios baraja sus naipes y los de todos. No fui gañán, tampoco un prodigio, solo un hombre de nuestro siglo que no eligió vivir en esta España nuestra, tan sublime y tan bellaca. Pasé por la vida sin más calor que el de mi señor y sin más algo que lo vivido. Algo pícaro fui, pero no merecí que aquel rufián me sacara los ojos. Y aunque hube de resignarme a mi perra suerte, no hubiera estado de más que el cielo le hubiera reservado aquella prueba de fe a cualquier otro. Verbigracia a Su Excelencia.

Con el magisterio de los años aprendí a ser bellaco con los bellacos y complaciente con los virtuosos. El tiempo corre y, tras él, todo. Cada alborada porta hechos nuevos y no podemos evitar que cada momento que transcurre ya lo tengamos menos de la vida, amaneciendo más viejos y vecinos a la muerte. Y ni la juvencia, ni los hombres con todas sus ciencias y codicias, pueden evitarlo. Aquí estoy, pues, al cabo de la vida, como fruto que, por pender maduro, no ha de tardar en caer a tierra como todo lo pasajero. Llegado hasta aquí con poco me conformo, con tal que Dios me conceda fuego y aceite para mis últimos días. Y si no es pedir mucho, unas poquitas gachas de avena, un tazón de sopa con corruscos y un barrillo de tresañejo. Y a lo último, una misa cantada a tres curas con sermón cuando ya Dios me reclame.

Esta es, amable concurrencia, la historia de don Íñigo de Velasco y de su escudero Gualas por tierras de Indias. Hora es de vuestro necesario donativo para este humilde trovador que durante dos jornadas os privó de enojos y gozasteis de la más grande historia jamás contada.

A vuestra generosidad apelo, que me he de vestir muy honradamente y comprar mi mortaja antes de que la tierra me sea ligera.

Id con Dios paisanos.

58

Se accionó la cerradura automática y Brenda empujó la pesada puerta del Archivo Histórico Provincial. Accedió a un amplio zaguán de sillería labrada y descendió algunos peldaños con gastados mamperlanes. Apareció ante sus ojos el soberbio claustro renacentista con veintiocho arcos de columnas toscanas. Quedó sobrecogida por su belleza. En su centro, junto a la fuente, cuatro cipreses coloreaban el espacio. Altivos, se abrían paso hacia el cielo y parecían señalar a las nubes en fuga. En la planta superior, ventanas y balcones con primorosos relieves vegetales y, sobre la clave de los arcos centrales, los escudos de la Casa de Austria, de la Orden de Santo Domingo, de fray Francisco de Vitoria y del caballero veinticuatro, don Juan Cerezo.

La sala de investigadores tenía los techos altos con vigas de madera vista. Grandes ventanales de forja rasgaban los muros en vertical llenando de luz la estancia. En las paredes, estanterías repletas de libros multicolores daba un toque alegre al espacio, que aún conservaba la sobriedad monacal dominica. Inclinadas sobre las mesas, varias personas consultaban antiguos legajos en completo silencio. No pocas respuestas a nuestro pasado se han descubierto bajo el mutismo observante de los archivos históricos. En sus salas se escudriñan tesoros documentales que embriagan el aire con aquel rancio aroma a papel en reposo. Aroma de historias atrapadas en códices y legajos.

La funcionaria que abrió la puerta acompañó a Brenda hasta el despacho de dirección situado en la planta superior. Juan del Arco, el director, llevaba puesta una bata blanca. Era un tipo afable, moreno, enjuto, acipresado, de cabello escaso y barba de varios días. La saludó y le invitó a tomar asiento.

—Recibí sus correos electrónicos y el aviso de su llegada —el director puso los antebrazos sobre la mesa y entrecruzó los dedos de sus manos—. Nuestros archiveros han buscado referencias en fondos de finales del siglo XV y primera mitad del XVI. Poca cosa se conserva sobre lo que nos solicita. En un registro de niños huérfanos de 1492 procedente del hospital de la Santa Misericordia, aparece una inscripción de un niño sin nombre en el que alguien sobrescribió el apodo «Gualas». No hay más datos.

—¿Y de Íñigo de Velasco? —la doctora estaba impaciente.

El director se calzó unos guantes blancos y cogió un viejo tomo encuadernado en piel de becerro con el frontispicio repujado. Lo había sacado para la ocasión de los depósitos del archivo. Era un tomo de protocolos notariales de 1534. El funcionario abrió el códice con delicadeza. Su papel macilento crujía como la madera vieja al paso de cada página. Se detuvo en el lugar preciso donde había un folio intercalado. Señaló un área del manuscrito y lo mostró a Brenda. Ella se aproximó colocándose el pelo detrás de las orejas, pero, aunque le pareció identificar la palabra «Ynnigo», fue incapaz de leer el texto debido a la apretada caligrafía en castellano antiguo.

—Imposible. No sé paleografía —se disculpó.

—Es un testamento ológrafo del mercader Pedro de Velasco quien, en 1534, a los ochenta años de edad, testó sus bienes en favor de sus cuatro hijos. En él hizo constar que Íñigo, su primogénito, falleció en las Indias en 1521 y dejó viuda sin descendencia. Me he tomado la libertad de fotografiar el documento y remitírselo por correo electrónico.

—¿Dice que dejó viuda? —preguntó extrañada.

Juan del Arco tomó el folio impreso que sirvió de separador y lo entregó a Brenda.

—Esta es la transcripción literal.

La doctora Lauper cogió el papel y lo leyó.

> En el nombre de Dios amen. Sepan cuantos esta carta de testamento vieren, cómo yo, Pedro de Velasco, vecino de la colación de Santa María Magdalena de esta muy noble y leal ciudad de Jaén, estando

enfermo del cuerpo y sano de la voluntad, presintiendo cercana mi muerte, otorgo este testamento con los siguientes encargos en él contenidos:

Primeramente encomiendo mi alma a Dios y, cuando mi finamiento acaeciere, mando que mi cuerpo sea sepultado en la iglesia de Santa María Magdalena de esta ciudad y que ese día se diga una misa de réquiem cantada con su vigilia y responso, ofrendada de pan, vino y cera, y los días siguientes se diga novenario de misas de réquiem rezadas y ofrendadas, y que mis albaceas paguen de mis bienes por ellas lo que es costumbre.

Confieso y declaro que la casa donde resido es en la que viví con mi legítima mujer Josefa, ya difunta, con la que tuve cuatro hijos llamados Íñigo, Emesenda, Alvar y Ramiro. Por el presente testamento mando que mis hijos vivos hereden a mi fallecimiento todo derecho y se entienda ser suyos propios enteramente.

Que mi hijo Íñigo de Velasco renunció heredar mi negocio de mercadería que por mayorazgo le correspondía, habiendo sido escudero joven e infante de Su Majestad, teniendo hechos muy grandes servicios a nuestro rey. Y habiendo renunciado por segunda vez a dicho negocio, embarcó a las Indias para probar fortuna. Que, según epístola remitida desde Cuba por el arcipreste don José Baena, mi hijo Íñigo fue a enrolarse en el adelantamiento de la Florida con Su Excelencia don Juan Ponce de León, siendo nombrado caballero por sus muy señalados servicios, habiendo finado su vida en la dicha Florida con honor, mas sin heredad ni bienes conocidos.

Mando que se diga por el alma de mi dicho primogénito, novenario de misas de réquiem rezadas, y paguen de lo mío por decirlas la limosna acostumbrada. Y lo mando porque así conviene al descargo de mi conciencia, pues marchó de esta ciudad a la edad de veintitrés años sin que sus padres pudiéramos decirle el orgullo y el amor que por él sentíamos.

Habiendo dejado mi hijo Íñigo viuda llamada Dolce de Gabbana con la que no tuvo descendencia, según acredita el arcipreste que ofició el sacramento del matrimonio en las Indias en el año de mil quinientos veintiuno, mando que, de aparecer doña Dolce, esposa de mi primogénito, caso de no disponer recursos propios, resérvese la parte de los bienes que a Íñigo correspondían como si hija mía fuera.

En testimonio de todo lo escrito entrego esta carta al escribano y firmo con los testigos, que es otorgada en la ciudad de Jaén, a nueve días del mes de abril del año del nacimiento de Nuestro Salvador Jesucristo de mil quinientos treinta y cuatro.

Brenda no podía articular palabra. Recordó el pequeño manuscrito del cofre y la voz de Íñigo resonó en algún lugar de su mente: «Vida y gloria a la Corona de las Españas y a la Dolce mía amadísima».

—La viuda tenía un nombre de lo más original: Dolce Gabbana, como la marca de ropa —bromeó el funcionario.

Emocionada, frunció los labios, pero no pudo sostener las lágrimas. Sintió un nudo en la garganta y unos enormes deseos de gritar al mundo que la viuda que refería aquel antiguo testamento era ella, que Dolce es Brenda, que conoció a Íñigo hace quinientos, que se enamoró perdidamente de él, como jamás lo estuvo, y que contrajo matrimonio por la Iglesia.

Una tristeza honda, como un vapor impreciso del álveo secreto de sus pensamientos, le nubló el ánimo. Sintió el deseo de retomar la Operación Juven, de viajar de nuevo al pasado, a los marjales que custodian el secreto de Everglades, emborracharse hasta las lágrimas de amor iluso, ignorar el efecto mariposa y cambiar el curso de la historia para gozar de una vida entera a su lado. Tal vez —pensó en un intento inútil de convencerse a sí misma—, los viajes en el tiempo no trasciendan en la teoría de la retrocausalidad al estar el mundo predestinado. Tal vez —persistió en su desconsuelo— las paradojas temporales solo sean una hipótesis ingenua ante el imperio de un destino escrito con la tinta invisible de Dios.

Salió a la calle impactada pero serena. Nunca imaginó descubrir una prueba documental sobre su aventura en Florida. Empezó a sentir en su estómago los hilos inefables del mundo, los que unen a dos personas, indefectiblemente, por muy lejos que se encuentren. Aquellos hilos que, con destreza, maneja el Gran Titiritero. Volvió a la vida rasgando las nieblas de aquel delirio y sintió que mereció la pena su amor impávido, los sonetos proféticos del amor a destiempo, los crepúsculos plácidos, los otoños que habían de llegar. Y la inmortalidad, porque a partir de ese día, su vida, toda su vida, no sería ya irrazonable. Porque la juvencia, la fuente de perpetua juventud —lo supo al fin—, no es otra cosa que el amor sentido. El verdadero. Porque la muerte no existe, solo es mudanza, tránsito. La mocedad eterna no se encuentra en lugares remotos ni en templos milenarios; vive en nosotros, en nuestros corazones, en el sentimiento dilecto y puro, en la plenitud del amor compartido. Ahí debemos buscarla, porque es ahí donde se encuentra.

Oyó su voz desde el abismo: «Os amaré siempre. Más allá de la muerte. Más allá de los tiempos». Aún le parecía ver su mirada turquesa bajo el morrión dorado. Firme, acogedora.

Se sintió satisfecha. Sonrió.

La vida, ahora sí, la estaba esperando.

Lugares de esta novela que existen
(o existieron) realmente

Archivo Histórico Provincial de Jaén. Se encuentra ubicado en el antiguo convento de Santo Domingo de Jaén, en la calle Santo Domingo, nº 12, Jaén (España). Fue fundado en 1382 sobre el antiguo palacio morisco del gobernador de la Cora de Yayyán y fue cedido a los frailes dominicos, que crearon el Colegio de Santo Domingo. En 1503 se convirtió en Estudio General del clero secular en la provincia de Andalucía y, en 1629, en Universidad de Santa Catalina Mártir. En el siglo xix fue habilitado como hospicio de hombres y, desde 1990, es la sede del Archivo Histórico Provincial, dependiente de la Delegación Provincial de Cultura de la Junta de Andalucía.

Ateneo Popular Español en Zúrich. Fundado en 1968, está constituido por medio millar de socios hispanoablantes interesados por la lengua y la cultura española. Posee la única biblioteca de Zúrich con todas sus obras en español, formada por más de 7000 volúmenes. Organizan numerosas actividades culturales, sociales y políticas, entre ellas conferencias. Se encuentra en la calle Limmatstrasse, nº 35, de Zúrich (Suiza).

Castle Moirá. En la novela, mansión de Jacob Crespi (Gottlieb). Aunque el nombre de «Castle Moirá» es ficticio, esta espectacular residencia existe realmente. Se encuentra en el 25791 SW 167th Ave de la ciudad estadounidense de Homestead (Florida). Fue construida en 2007 por el conocido arquitecto Carl Sieger. Se levanta en el centro de un lago y su estilo está inspirado en los castillos franceses del siglo xvii. En 2010 el popular rapero Birdman grabó en esa mansión su videoclip *Fire Flame* (ver en YouTube). Imágenes de esta mansión pueden verse en Internet escribiendo en Google: «mansión castle Homestead».

Catedral de Jaén. Es una de las joyas del renacimiento más importantes de España. Fue levantada sobre la desaparecida iglesia de Santa María, construida en 1246 sobre la mezquita mayor musulmana, pero en 1368 fue destruida por una incursión árabe. Tras sus ruinas se levantó un primer templo gótico pero, desde 1540 hasta 1724 se realizaron multitud de obras de remodelación adaptándola al estilo renacentista con posteriores elementos barrocos.

Círculo de Miami. Se trata de un círculo perfecto de 13 metros de diámetro descubierto en 1998 en la orilla del río Miami, posee una antigüedad de 2000 años. Está compuesto por 24 hoyos realizados sobre la roca caliza. Si bien los objetos encontrados por los alrededores corresponden a la tribu tequesta, podría tratarse de un vestigio maya. Aunque algunos piensan que los agujeros albergaban postes para una edificación, el parecido de las formas de las oquedades con animales marinos, la similitud de uno de ellos con un ojo humano alineado en el eje este-oeste del círculo y la coincidencia con los equinoccios y solsticios, sugieren su uso como observatorio astronómico o un calendario maya, cultura que poseía relevantes conocimientos de astronomía.

Everglades City. Pequeña ciudad costera ubicada en el parque nacional de Everglades, antigua sede del condado de Collier, al sur del Estado de Florida (EE. UU.). Tiene una población de 400 habitantes. En esta ciudad el autor ubica, de forma ficticia, el poblado de Juan Ponce de León en su expedición de 1521.

Hotel Park Hyat. Este selecto hotel de cinco estrellas se encuentra ubicado en el corazón del distrito comercial y financiero de Zúrich, en la calle Beethovenstrasse, nº 21, de Zúrich (Suiza). Es alojamiento habitual de financieros y turistas de alto nivel.

Hospital de la Santa Misericordia. Era un antiguo centro de beneficencia del siglo xv ya desaparecido y ubicado en el casco antiguo de Jaén (España). Junto al hospital de San Lázaro, fue entregado por el cabildo municipal a la Orden de San Juan de Dios para formar el hospital del mismo nombre. En la actualidad es sede del Instituto de Estudios Giennenses.

Parque Nacional Everglades. Reserva natural subtropical situada al suroeste del estado de Florida (EE. UU.). Es un ecosistema único en el mundo con gran diversidad de especies autóctonas protegidas. Declarado por la Unesco Reserva de la Biosfera (1976) y Patrimonio de la Humanidad (1979). Con sus 6104 kilómetros cuadrados, solo representa el 20 % de la extensión original del humedal de Everglades («ciénagas eternas»). Fue conocido por los españoles como «cañaveral de La Florida».

Plaza de Santa María. La plaza de Santa María es la más emblemática de la ciudad de Jaén (España). En ella se ubica la catedral de la Asunción, el ayuntamiento y el palacio episcopal. Con sus centros oficiales y sus tenderetes, junto a la calle Maestra y la plaza del Mercado, fue el epicentro social del Jaén medieval.

Universidad de Miami. Fundada en 1925, es una de las universidades privadas y laicas más exclusivas de los Estados Unidos. El campus abarca 230 hectáreas y se encuentra ubicado en Coral Gables, Florida (EE. UU.). Alberga a unos 16.000 alumnos en casi todas las disciplinas, y a más de 3000 profesores. Está formada por doce facultades entre pregrado y posgrado.

Personajes por orden alfabético

Anacaona: india taína esposa del cacique Caonabo.

Aurora: india tequesta.

Arco, Juan del: director del Archivo Histórico Provincial de Jaén (AHPJ). Este personaje existe realmente con el mismo nombre y cargo.

Baena, Fray Pepe: arcipreste franciscano de la expedición de Juan Ponce de León.

Barberán, Dores: secretaria de Gottlieb. Jefa de Juan Castillo Armenteros en Castle Moriá.

Bocatuerta: uno de los compinches del malvado Matías Malasangre.

Cámara, Rafael: caballero al servicio de Ponce de León. Personaje inspirado en Rafael Cámara Expósito, amigo del autor.

Caonabo: cacique taíno esposo de Anacaona.

Capllonch, Vicente: joven escudero de Juan Ponce de León.

Carpenter, Will: fiscal federal del Distrito Sur del estado de Florida, expareja de Brenda Lauper.

Casas, Bartolomé de las: fraile dominico y encomendero español procurador y protector de los indios.

Castillo Armenteros, Juan: profesor español de Historia Medieval. Es uno de los seis personajes principales de la novela. Personaje inspirado en el arqueólogo y profesor de Historia Medieval de la Universidad de Jaén, Juan Carlos Castillo Armenteros, amigo personal del autor.

Cayuela, Juan: arcabucero al servicio de Ponce de León.

Chirlo, El: marino sevillano compinche de Matías Malasangre.

Coba Gamito, Gerardo: soldado español y centinela del fuerte de Ponce de León.

Colón, Diego: hijo primogénito del descubridor Cristóbal Colón, heredero de los privilegios de su padre en el almirantazgo, virreinato y gobierno de las Indias.

Colón, Bartolomé: hermano de Cristóbal Colón. Adelantado y primer gobernador de La Española.

Crespi, Jacob: masón millonario de ascendencia italiana conocido también por Gottlieb. Uno de los principales personajes de la novela.

Eslava Galán, Juan: caballero al servicio de Ponce de León. Personaje inspirado en el escritor jiennense Juan Eslava Galán, amigo del autor.

Esther: india tequesta.

Farris, Noël: asesor jefe del Gabinete Presidencial de la Casa Blanca y hombre de confianza del presidente de los EE. UU.

Ferrara, Ariadna: verdadero nombre de Dores Barberán, agente de la CIA.

Gabbana, Dolce: sobrenombre de Brenda Lauper.

Gottlieb: apodo masónico de Jacob Crespi, millonario propietario de la mansión Castle Moriá. Uno de los seis personajes principales.

Gregor: vigilante de la Facultad de Ciencias de la Universidad de Miami.

Gualas: apodo de Benito Camelo, escudero de Íñigo de Velasco y trovador ciego que divulgará sus andanzas en España. Uno de los seis personajes principales.

Hechicera: yegua de Íñigo de Velasco.

Higueras, José: soldado ballestero.

Julia: niña india que rescató y adoptó Íñigo de Velasco.

Karames, Miguel: soldado arcabucero.

Laguna, Antonio: médico al servicio de Juan Ponce de León.

Lauper, Brenda: antropóloga forense y profesora de la Universidad de Miami. También conocida como Dolce Gabbana. Uno de los seis personajes principales de la novela.

Malasangre, Matías: malvado y forzudo marino al servicio de Juan Ponce de León.

Martos, Antonio: soldado.

Martos, Diego: herrero.

McGowan, Joe: operario de excavadora que encontró los restos humanos y el cofre con la juvencia en Everglades City.

Mendoza, Matilde: antigua novia de Gualas.

Merino, Juliette: jefe de los servicios médicos del Área 51 (Nevada).

Morillo, Richard: escolta al servicio de Jacob Crespi (Gottlieb)

Moses: mayordomo al servicio de Gottlieb en Castle Moriá.

Nájera, Francisco: carpintero al servicio de Ponce de León.

Nery: indio tequesta y rastreador.

Oriana: secretaria de Logan Scocht, director de la CIA.

Ovando, Nicolás: gobernador y administrador colonial en La Española, sucesor de Francisco de Bobadilla.

Romero, Lola: becaria del Departamento de Antropología Forense de la Universidad de Miami.

Patako: cacique de los indios tequestas.

Paterson: capitán de la unidad de intervención militar Jaguar 5, al servicio de la CIA.

Piarulli, Virginia: directora del Museo de Everglades City.

Ponce de León y Figueroa, Juan: conquistador español vallisoletano, primer gobernador de Puerto Rico, adelantado y descubridor de Florida y la corriente del Golfo. Uno de los seis personajes principales.

Pope, Mathews: agente de la CIA especializado en policía científica.

Quetzalcóatl: dios de los indios de Mesoamérica considerado como la deidad principal precolombina.

Quiles, Miguel: heraldo y ballestero.

Randall, Marina: directora de Ciencia y Tecnología de la CIA.

Rue, Miquel: caballero aragonés al servicio del condado de Barcelona.

Sánchez, Pedro: soldado arcabucero.

Scocht, Logan: general del Estado Mayor y director de la CIA.

Secundino, Fray: fraile dominico del hospital de la Santa Misericordia de Jaén.

Serrano López, Felipe: nombre falso del profesor Juan Castillo Armenteros.

Sheffer, Eduard: director del Servicio Nacional Clandestino de la CIA.

Simon, Peter: coronel de la CIA, responsable del complejo Nellis (Área 51), en Groom Lake, Nevada (EE. UU).

Snow, Mery: presidenta del Ateneo Español en Zúrich.

Sonia: secretaria de Will Carpenter, fiscal del Distrito Sur de Florida.

Sora: india tequesta, esposa del chamán Tremike.

Tíscar, Jesús: escribano al servicio de Juan Ponce de León.

Tisdale, John: profesor de la Universidad de Miami, compañero y amigo de la doctora Brenda Lauper.

Tremike: chamán de los indios tequestas.

Tomlin, Ethan: asesor de Seguridad Nacional de la CIA.

Velasco, Íñigo: infante y caballero de Jaén al servicio de Juan Ponce de León. Personaje central de la novela sobre cuyas aventuras gira la historia.

Velasco, Pedro: padre de Íñigo de Velasco.

Wefersson, Darian: jefe de seguridad de Gottlieb.

Wellinstone, Brandon: director de la Oficina de Apoyo de la CIA.